Les liens maudits

Les auteurs

Anne Plichota et Cendrine Wolf, deux amies de longue date, ont inventé le personnage d'Oksa un soir de réveillon. À l'origine autoéditées, les aventures d'Oksa Pollock ont suscité l'enthousiame des jeunes lecteurs, faisant peu à peu de cette série exceptionnelle un succès jamais vu. La Pollockmania ne fait que commencer…

DES MÊMES AUTEURS

Oksa Pollock, tome 1, *L'Inespérée*
Oksa Pollock, tome 2, *La forêt des égarés*
Oksa Pollock, tome 3, *Le Cœur des Deux Mondes*
Oksa Pollock, tome 4, *Les liens maudits*
Oksa Pollock, tome 5, *Le règne des félons*
Oksa Pollock, tome 6, *La dernière étoile*

Anne Plichota Cendrine Wolff

OKSA POLLOCK

4. Les liens maudits

XO ÉDITIONS

Loi n° 49 956 du 16 juillet 1949 sur les publications
destinées à la jeunesse : avril 2014

ISBN : 978-2-266-24952-2

Pour Zoé, résolument,
et pour ceux qui savent compter dans nos cœurs.

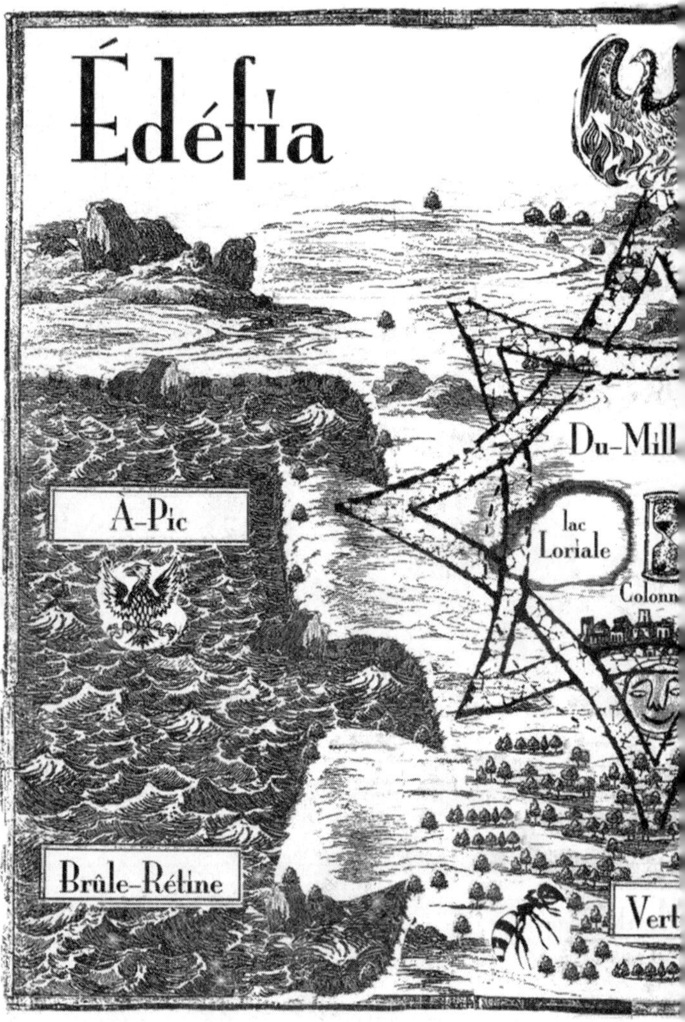
Édéfia
Du-Mill
À-Pic
lac
Loriale
Colonn
Brûle-Rétine
Vert

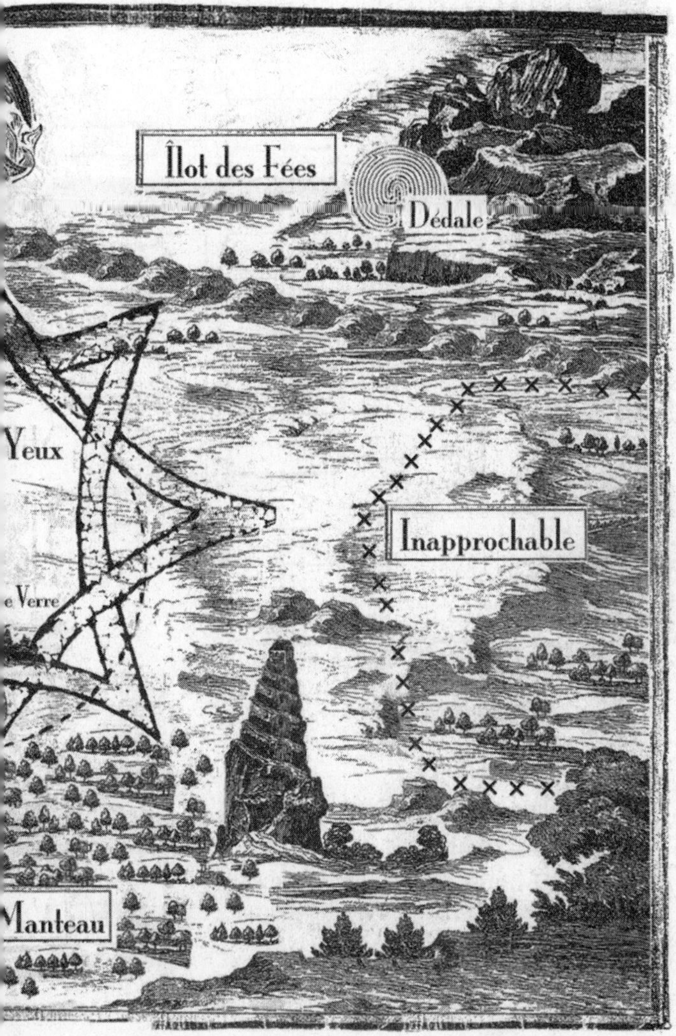
Îlot des Fées
Dédale
Yeux
Inapprochable
e Verre
Manteau

L'ARBRE GÉNÉALOGIQUE DES POLLOCK

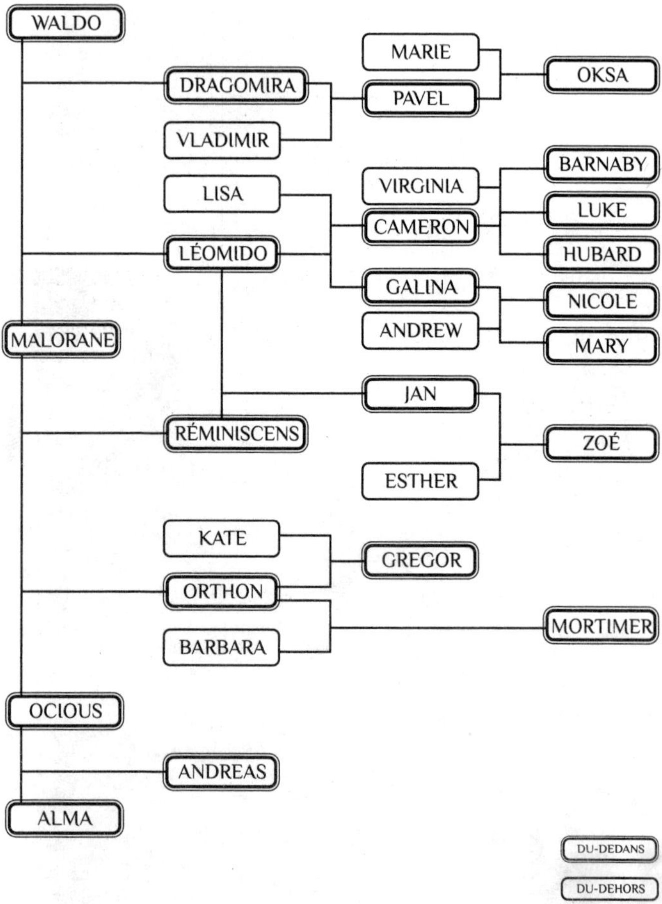

L'ARBRE GÉNÉALOGIQUE DES KNUT

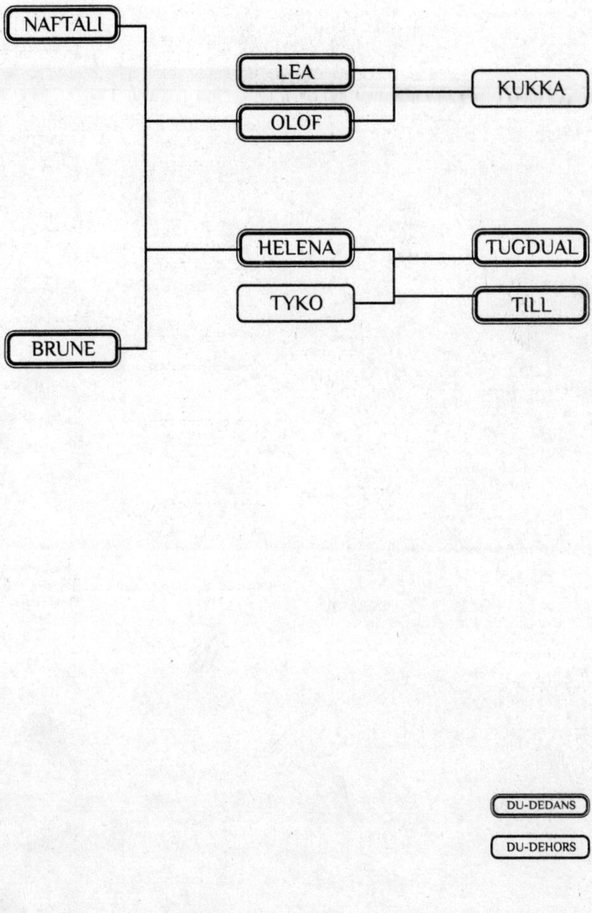

PRÉCÉDEMMENT DANS OKSA POLLOCK…

L'Inespérée, tome 1
La forêt des égarés, tome 2
Le Cœur des Deux Mondes, tome 3

À 13 ans, Oksa Pollock apprend qu'elle est la nouvelle Gracieuse d'Édéfia, la souveraine d'un monde parallèle et invisible à la Terre. La marque en forme d'étoile qui est apparue sur son ventre et les nombreux prodiges qu'elle réalise depuis peu le confirment à son entourage : elle est « l'Inespérée » que tous les « Du-Dedans » attendent pour sauver leur monde appelé à disparaître si elle n'intervient pas.

Collégienne à Londres, Oksa fait alors l'apprentissage de tous les outils à sa disposition pour utiliser ses pouvoirs magiques. Sa grand-mère, la chère Baba Dragomira est, en tant que précédente Gracieuse, le meilleur des professeurs. Mais elle est loin d'être la seule : autour d'Oksa, la communauté des Sauve-Qui-Peut exilée sur Terre et ses créatures se mobilisent pour l'aider.

Toute la difficulté pour la jeune fille est de continuer à vivre normalement afin que les Félons, ennemis des Sauve-Qui-Peut, ne la repèrent pas. Son père Pavel,

Abakoum l'Homme-Fé, ainsi que Gus, son meilleur ami Du-Dehors, sont ses plus ardents alliés. Mais bientôt découverte, Oksa doit désormais utiliser ouvertement ses pouvoirs et affronter Orthon, le sinistre frère de sa grand-mère prêt à tout pour s'emparer d'elle et retourner à Édéfia en conquérant. Sauver sa mère d'une maladie qui ronge son système nerveux, sortir Gus d'un tableau labyrinthique où il a été « entableauté », délivrer sa grand-mère capturée par le Félon Orthon ne seront que quelques-unes des épreuves attendant la nouvelle Gracieuse qui doit sauver le monde Du-Dedans, mais aussi Du-Dehors. La Terre est en effet confrontée à son apocalypse : tremblements de terre, éruptions volcaniques, déluges, avec pour seul horizon sa disparition. Oksa, accompagnée des fidèles Sauve-Qui-Peut, part à la recherche d'Édéfia aux confins de l'Asie. Le passage d'un monde à l'autre est la cause de grandes souffrances lorsque Gus et la mère d'Oksa, tous deux en danger de mort, ne peuvent les suivre et que Dragomira perd la vie.

Dans la Chambre de la Pèlerine, Oksa est intronisée Gracieuse avec la charge immédiate de rendre aux Deux Mondes leur équilibre perdu. Mais lors de ce périple, Oksa se trouve confrontée à de nouveaux obstacles : l'amour et la jalousie. Liée depuis l'enfance à Gus, elle se découvre une attirance troublante pour un des Sauve-Qui-Peut, le beau et ténébreux Tugdual. Comment choisir entre les deux ? Alors que Gus a dû rester sur Terre en plein chaos avec les Du-Dehors, dont la mère d'Oksa, la jeune fille fonce vers son destin, entourée de son père et de son Dragon d'Encre, ainsi que de l'irrésistible Tugdual. Mais c'est son amour frustré et jaloux pour Gus dont elle est séparée qui lui donne l'énergie et la volonté d'avancer.

Sera-t-elle à la hauteur de sa mission ? Saura-t-elle accomplir son incroyable destinée ? Sauver les Deux Mondes et ceux qu'elle aime, mais aussi faire un choix entre les deux garçons : le précieux Gus et l'énigmatique Tugdual.

Première partie

Conquête

1

Rendez-vous avec la destinée

Dans les profondeurs du septième sous-sol de la Colonne de Verre, la porte flamboyait avec l'intensité fascinante du métal en fusion. Le souffle court, Oksa plissa les yeux, éblouie par les faisceaux aveuglants qui jaillissaient autour de l'encadrement et par le trou de la serrure. L'heure était enfin venue, elle allait entrer dans la Chambre de la Pèlerine. Depuis la découverte de ses dons extraordinaires dans la maison londonienne jusqu'à son arrivée à Édéfia, des images du passé lui revinrent en rafales, fouettant sa mémoire et confirmant sa détermination. Elle inspira à fond avant de se retourner. Debout en arc de cercle, tout le monde la fixait, son père et les Sauve-Qui-Peut au centre, sévèrement encadrés par Ocious et les Félons au regard féroce. Ils étaient tous là. Tous, sauf les quatre personnes dont l'absence creusait dans son cœur un vide sans fond : sa mère et celui qui était plus qu'un ami, Gus ; Dragomira, sa grand-mère disparue ; Tugdual, l'insaisissable jeune homme dont elle était résolument amoureuse.

Oksa fronça les yeux, à la fois pour empêcher quiconque de lire dans son regard la violente émotion qui l'étreignait et pour se protéger de l'intense éclat émanant de la porte. Reflétée par les murs couverts de pierres précieuses dont les innombrables facettes l'amplifiaient à l'infini, la luminosité devenait plus forte de seconde en seconde. Mais le plus pénible était généré par les Chiroptères Tête-de-Mort et les Vigilantes qui créaient un effet stroboscopique insupportable par leur voltige incessante au-dessus des Sauve-Qui-Peut. Tentée de lancer un Feufoletto pour abréger le supplice, Oksa jeta un coup d'œil écœuré aux immondes chauves-souris et aux non moins immondes chenilles ailées.

— Nous y voilà enfin ! susurra Ocious en claquant des doigts en l'air, interrompant immédiatement les allées et venues de ses escortes volantes.

Le majestueux centenaire s'avança de quelques pas en direction d'Oksa. Pavel Pollock se raidit sous le regard d'Abakoum – le sage Homme-Fé –, qui fit un geste d'apaisement.

— J'attends ce moment depuis tellement longtemps…, poursuivit Ocious avec une jubilation évidente. Et pourtant, depuis que tu es parmi nous, chère enfant, c'est comme si le poids de toutes ces années n'avait plus aucune importance. La Chambre de la Pèlerine est réapparue, tu vas y entrer afin d'être intronisée, puisque c'est toi qui as été choisie pour devenir notre nouvelle Gracieuse, celle qui me permettra… qui *nous* permettra de mener à bien notre mission.

— Votre mission ? Mais vous êtes complètement mégalo ! protesta Oksa, les poings serrés. Et puis sachez que ce n'est pas pour vous que je suis là, c'est pour sauver les Deux Mondes ! Vous, vous ne servez à rien. À rien du tout.

Le Félon eut un sourire ironique.

— Quelle pauvre gamine…, fit-il. Que tu es naïve !

— Vous vous prenez pour le Maître d'Édéfia, poursuivit Oksa sur un ton fulminant, mais vous n'êtes rien d'autre qu'un vieux psychopathe sans avenir. Vous avez été un fléau pour le peuple de cette magnifique Terre qui est en train de mourir par votre faute et pourtant, vous continuez de croire que vous êtes le plus puissant. Je vous trouve… pathétique ! Vous ne pouvez pas éprouver un peu de remords, pour une fois ? Il est encore temps de prouver à tous que vous êtes un homme et non un monstre.

— Oksa ! souffla Pavel d'un air suppliant. Tais-toi.

Hors d'elle, la jeune fille tira sur le bas de son tee-shirt bleu au risque de le déchirer.

— Peu m'importe ton jugement insolent, fit Ocious avec un rictus méprisant, car, en attendant, c'est moi qui ai le pouvoir de vie et de mort sur les tiens.

Il fit un signe de la main et les gardes aux armures de cuir postés tout autour de la vaste salle ronde resserrèrent les rangs pour surveiller de façon plus étroite encore les Sauve-Qui-Peut. Avec une rapidité qui surprit tout le monde, il bondit aux côtés de Pavel et enserra son cou d'une poigne de fer. Puis, se redressant de toute sa hauteur, il darda sur Oksa un regard fielleux.

— Alors, tu vas me faire l'immense plaisir d'entrer dans cette Chambre, de rétablir l'équilibre et de ressortir pour m'ouvrir le Portail. C'est bien compris, ma petite ?

Oksa n'eut pas le temps de répondre, son attention soudain perturbée par un mouvement au sommet de la voûte couverte de joyaux bleus du septième sous-sol. Un splendide oiseau aux ailes de feu volait au milieu des Chiroptères et des Vigilantes qui s'effaçaient sur son passage. Il tournoya au-dessus des têtes avec une grâce silencieuse avant de se poser aux pieds d'Oksa. L'instant, incroyablement solennel, suspendit le souffle et les battements de cœur de tous, Félons comme Sauve-Qui-Peut.

— Mon Phénix ! murmura Oksa.

Après s'être inclinée, la créature céleste tendit la patte et déplia ses griffes pour libérer une clé ornée d'une étoile à huit branches. L'emblème d'Édéfia dont Oksa portait l'empreinte autour de son nombril et qui avait bouleversé toute sa vie. La clé tomba sur le sol en faisant voltiger de minuscules poussières pailletées alors que le Phénix émettait un croassement guttural avant de reprendre son envol et de disparaître dans les hauteurs du dôme.

— Ma Jeune Gracieuse fait désormais la possession de l'ultime élément, annonça un petit être joufflu en se précipitant pour ramasser la clé et la présenter à Oksa.

— Merci, mon Foldingot, fit la jeune fille, la main tendue.

Surprise par le poids de la clé et par son contact glacé, elle faillit la lâcher. À quelques mètres, la porte de la Chambre se dilata en mugissant sous l'effet de l'incandescence. Oksa frémit.

— Les flammes de l'enfer..., grimaça-t-elle.

Une main se posa sur son épaule.

— Non, ma chère petite, fit Abakoum à son oreille. Le rendez-vous avec ta destinée.

Oksa plongea son regard d'ardoise dans les yeux verts de l'Homme-Fé et lui adressa un pâle sourire. Se sentir puissante et *être* réellement puissante, ce n'était pas tout à fait la même chose.

— Vous permettez que j'encourage ma fille ? gronda Pavel en tentant de se dégager de la poigne d'Ocious.

— Si cela peut vous faire plaisir…, répliqua le vieux Félon.

Il le lâcha et braqua sa Crache-Granoks dans sa direction. Le visage défait, Pavel s'approcha d'Oksa et la pressa si fort contre lui qu'elle put percevoir son cœur battant à la volée.

— Tout va bien se passer, papa, murmura-t-elle, comme pour se rassurer.

Alors, s'empêchant de regarder quiconque et bloquant son esprit pour ne pas penser, elle s'avança vers la Chambre qui débordait de lumière.

2

Rencontre dans la Chambre

La clé à peine engagée dans la serrure de la porte, Oksa fut projetée de l'autre côté, derrière la cloison éblouissante. La porte se referma dans un fracas assourdissant comme un coup de tonnerre et disparut, absorbée par le mur. Les cris effarés des spectateurs de la scène furent aussitôt étouffés, comme si Oksa était passée dans une autre dimension.

— Oh ! Que se passe-t-il ?

Son corps tout entier venait de se soulever de terre et flottait, comme en apesanteur. Elle ne pesait plus un seul gramme. Ses cheveux châtains ondoyant mollement autour de sa tête, elle esquissa un mouvement de brasse pour s'éloigner de la porte.

— C'est pas croyable…, fit-elle.

Elle ne put s'empêcher de faire une pirouette. Alors que le Voltical lui procurait un intense sentiment de puissance, cette nouvelle expérience avait quelque chose de totalement fantastique. Elle avait toujours rêvé de connaître ça un jour, le grand prodige des astronautes… Mais qui aurait cru que cela arriverait dans de telles circonstances, là, à Édéfia, la terre invisible, perdue et retrouvée ? Elle tourna la tête avec précaution. La Chambre était tellement lumineuse qu'elle ne pouvait en déterminer ni les contours ni les limites. Elle cligna les yeux, impressionnée et intriguée. Tout sentiment de frayeur l'abandonna. L'endroit et cette ahurissante absence de gravité avaient un effet calmant, quasi hypnotique sur elle. Et pourtant, elle se sentait parfaitement lucide. Les ondulations du Curbita-peto, son petit bracelet vivant, œuvrant à réguler ses émotions les plus incontrôlables, chaque pulsion de sang dans ses veines, rien ne lui échappait. Y compris le silence surnaturel qui régnait dans la pièce.

La luminosité était-elle en train de faiblir ou bien Oksa s'habituait-elle peu à peu à son intensité ? Quoi qu'il en soit, elle devenait plus supportable et la jeune fille en était soulagée. Elle fit quelques brasses prudentes, sans aucun repère auquel se raccrocher, et pensa à sa grand-mère, Dragomira, qui lui avait promis de la retrouver à ce tournant décisif et inévitable de sa vie de Jeune Gracieuse : le jour de son intronisation dans la Chambre de la Pèlerine. Et ce jour était arrivé.

— Baba ? Tu es là ? risqua-t-elle d'une voix enrouée.

Suspendue en l'air, sans pouvoir déterminer si elle se trouvait à l'horizontale ou à la verticale, elle serra ses bras contre elle pour se rassurer. Tout autour, la pièce se révélait peu à peu être un vaste igloo à l'arrondi parfait, soutenu par des colonnes d'une blancheur opalescente. Oksa se retourna, le regard attiré par le phénomène qui s'opérait derrière elle. Les murs avaient perdu leur aspect nébuleux. Comme un miroir sans tain, ils laissaient maintenant apparaître à travers leur splendeur cristalline tous ceux qui se trouvaient dans le septième sous-sol. Oksa vit son père assis sur le sol, les coudes sur les genoux, la tête entre les mains. S'ajoutant aux dernières épreuves, cette séparation pesait sur lui de tout son poids. Oksa « nagea » jusqu'au mur et posa la main sur un des blocs de cristal.

— Papa..., murmura-t-elle.

— Il ne peut ni te voir ni t'entendre, ma Douchka, dit une voix tout près d'elle.

— Baba ! s'écria Oksa en se retournant, les yeux brillants. Tu es venue !

Le halo qui se tenait devant elle était beaucoup plus ténu que celui qu'elle avait rencontré dans la Grotte de la Source Chantante, quelques heures plus tôt. Et pourtant, il n'y avait aucun doute : les nattes enroulées autour de la tête, la silhouette majestueuse et surtout la voix, grave et apaisante... Dragomira n'avait pas failli à sa promesse, elle était là ! Oksa flotta vers elle et poussa un cri de déception en traversant l'ombre dorée qu'était devenue sa grand-mère bien-aimée. Oui, Dragomira était là. Mais avant tout, elle était morte. Et ce cruel rappel crevait le cœur d'Oksa. Ce qu'elle avait devant elle était l'âme de sa grand-mère, le prolongement de sa vie, une projection de l'éternité à laquelle elle appartenait désormais. Quelque chose de désespérant et pourtant si réconfortant... L'ombre fondit sur elle et l'enveloppa avec chaleur. Oksa tenta d'étouffer un sanglot.

— Je suis vraiment heureuse que tu sois là avec moi, fit-elle en essuyant d'un geste brusque ses yeux pleins de larmes. Je n'avais pas du tout envie de me retrouver seule dans cet endroit.

— Tu doutais ? demanda Dragomira.

— Non ! répondit Oksa d'un ton ferme.

— Alors, pourquoi as-tu tellement envie de pleurer ?

Oksa détourna la tête, puis regarda à nouveau l'ombre dorée.

— Tu me manques atrocement, Baba...

Les mots se bloquèrent dans sa gorge.

— Toi aussi, ma Douchka, tu me manques. Mais il ne faut pas flancher, sinon tout ce que nous avons fait jusqu'à maintenant, tout ce que nous avons subi n'aura servi à rien. Dis-moi ce que tu as au fond de toi, quel est ton état d'esprit.

— Il y a beaucoup de choses qui m'échappent, fit Oksa. Mais, avant tout, j'aimerais terrasser cette ordure d'Ocious et toute sa clique pour ne plus avoir la terrible impression qu'il peut m'enlever ceux que j'aime à tout moment. Il est vieux, mais il est très fort. Et très dangereux.

— Il n'est pas si vieux…, fit remarquer Dragomira avec un petit rire.

— Tu plaisantes, Baba ? Il a au moins cent ans !

— Ce qui est l'âge de la maturité à Édéfia… Et n'oublie pas qu'il possède certainement des Intemporentas.

— Les Perles de Longévité ? C'est vrai…, admit Oksa. Mais tu sais, je n'ai pas peur de lui. S'il ne me faisait pas son ignoble chantage en menaçant papa et les Sauve-Qui-Peut, je pourrais l'affronter sans aucun problème, ainsi que ses fils.

— Je n'en doute pas un seul instant, ma Douchka. Mais même si tu as les moyens de le défier, méfie-toi de lui. Et surtout, méfie-toi d'Orthon. Il est devenu encore plus mauvais que son père.

Oksa se tut un instant, le front plissé, puis demanda à brûle-pourpoint :

— Tu crois que je vais pouvoir sortir d'Édéfia un jour ?

L'ombre dorée perdit sensiblement de sa brillance. Jusqu'à maintenant, l'évocation de cette question s'était accompagnée de l'image de Malorane blessée à mort, puis de celle de Dragomira disparaissant au sommet d'une dune. Le Portail ne s'ouvrait qu'au prix de la vie des Gracieuses, comme l'énonçait depuis toujours le Secret-Qui-Ne-Se-Raconte-Pas. Mais le Secret ayant volé en éclats, en serait-il ainsi à tout jamais ? Les Gracieuses devaient-elles fatalement se sacrifier pour rendre possible le passage à Du-Dehors ? Au-delà de l'ouverture d'Édéfia, une autre question, plus lancinante et plus terrible, se posait : Oksa et les Sauve-Qui-Peut reverraient-ils les Refoulés, ceux qu'ils aimaient tant et qui n'avaient pu entrer à Édéfia ? Le souffle court, Oksa attendit des réponses de Dragomira. Puis elle comprit que sa grand-mère ne dirait rien. Elle soupira avant de redresser la tête.

— Qu'est-ce que je dois faire, Baba ?

— Viens par là…

Oksa se laissa entraîner jusqu'au centre de la vaste pièce.

— Veux-tu bien me donner le pendentif que t'ont confié les Corpusleox ? demanda Dragomira.

Oksa passa l'étrange bijou par-dessus sa tête et sortit sa Crache-Granoks afin de solliciter une Reticulata. Équipée de sa méduse-loupe, elle put observer au plus près le pendentif avant de le tendre à sa grand-mère : la Terre miniature était battue par les ouragans alors que les mers engloutissaient les côtes comme un géant affamé. La petite boule vibra dans sa paume. Aussitôt, le sol se mit à trembler à l'intérieur : le monde se convulsait, assailli de nouvelles souffrances.

— C'est vraiment la Terre ? demanda Oksa.

— Ce que tu vois n'en est qu'une représentation, bien sûr, mais elle est absolument fidèle à la réalité du moment, lui répondit Dragomira.

Oksa jeta un coup d'œil plein d'appréhension sur l'Angleterre et se décomposa. Livide, elle tendit nerveusement le pendentif à Dragomira.

— Maman et Gus sont en danger, Baba, dit-elle dans un souffle. Il faut qu'on fasse vite !

Oksa vit la sphère flotter devant elle pour s'élever au niveau de ses yeux. Puis l'objet se mit à grossir jusqu'à atteindre près de quatre mètres de diamètre et pivota sur lui-même, dévoilant une surface terrestre terriblement mutilée par tous les cataclysmes qui l'avaient accablée ces dernières semaines.

— C'est atroce ! s'exclama la Jeune Gracieuse, alarmée par l'ampleur des dégâts qu'elle constatait en grand format.

Quand la sphère eut terminé de faire un tour complet, les mers et les terres laissèrent entrevoir leur sous-sol en transparence et toute la structure de la Terre apparut devant Oksa. Les fonds sous-marins, hérissés de reliefs, ne cachaient plus aucun de leurs secrets. Interloquée, Oksa regarda les plaques tectoniques s'agiter avec plus ou moins de vigueur et le magma fusionner dans les abysses des volcans.

— Oh ! la fosse des Mariannes ! s'exclama la jeune fille, les yeux rivés sur la monstrueuse blessure au fond du Pacifique.

Puis les entrailles de la Terre apparurent, denses et pourtant transparentes, jusqu'au noyau. Soudain, la sphère se réduisit de moitié et l'univers se mit en place, de la volumineuse Jupiter à la minuscule Pluton. Enfin, le Soleil s'installa, impérial, et tout s'anima autour de lui dans une parfaite chorégraphie. Oksa chercha l'ombre dorée de sa grand-mère.

— C'est magnifique, Baba…

Pour toute réponse, un souffle tendre passa dans ses cheveux. Oksa voulut le saisir, en vain. Son front se plissa tandis que ses yeux se voilaient d'une tristesse inconsolable. Elle gémit, les lèvres tremblantes. Aussitôt, elle sentit que Dragomira l'enlaçait tout en redressant son menton : elle ne devait pas se laisser abattre. Alors, elle passa les mains sur son visage et s'avança en battant doucement des bras et des pieds, son attention concentrée sur le mouvement des planètes autour du Soleil.

Elles tournaient en suivant une trajectoire aussi complexe que parfaite. Un rayon plus intense que les autres s'échappa soudain de l'astre enflammé. Oksa attendit que la Terre ait terminé sa rotation sur elle-même pour s'apercevoir que ce rayon s'élargissait comme un cône et éclairait une petite partie du désert de Gobi.

— C'est Édéfia, n'est-ce pas, Baba ? On est là ?

— Oui..., répondit l'ombre. Mais regarde ce qui nous attend.

Tel un laser, le rayon lumineux poursuivit sa progression *sous* la surface de la Terre pour s'engouffrer dans ses entrailles jusqu'au noyau. Un noyau qu'Oksa fut persuadée de voir palpiter.

— Mais j'ai toujours cru que le centre de la Terre était inerte ! balbutia-t-elle. Si je me souviens bien de mes cours, c'est censé être du fer, non ?

— N'oublie pas que tout ce qui constitue notre monde est vivant, corrigea Dragomira. Écoute, ma petite fille...

Oksa tendit l'oreille et ne tarda pas à percevoir des battements faibles et irréguliers comme ceux d'un cœur malade.

— Laisse-moi deviner, Baba... On va devoir réparer le noyau de la Terre ? Comme des mécaniciens ? Ou des chirurgiens ?

Dragomira marqua un silence avant d'annoncer d'une voix émue :

— Je dirais plutôt que nous allons soigner et sauver le Cœur des Deux Mondes, ma Douchka. Comme des Gracieuses.

3

Massage cardiaque

Depuis qu'Oksa était revenue de la Source Chantante, Orthon McGraw n'avait pas ménagé ses efforts pour contrôler l'entrée de la jeune fille dans la Chambre. Deux tentatives brutales qui s'étaient révélées infructueuses grâce à la vigilance des Sauve-Qui-Peut, puis à l'intervention impérieuse d'Ocious, son père.

— C'est encore moi le Maître d'Édéfia, que je sache ! avait assené le redoutable Maître à son fils.

Orthon avait tant bien que mal ravalé sa fierté bafouée. Mais personne ne doutait que la rancune du Félon l'aveuglerait jusqu'à le pousser à commettre des actes graves – l'irréparable étant de porter atteinte à Oksa pour l'empêcher de mener à bien sa mission de sauvetage. Personne ne savait jusqu'où cette rancune pouvait le mener et la menace d'une opération kamikaze planait toujours. Orthon était un homme incontrôlable, un danger permanent. Si son père le poussait à bout, pourrait-il tout détruire seulement pour lui prouver qu'il était le plus puissant ? Tout le monde vivait dans cette angoisse. Aussi, quand une dizaine de Sans-Âge traversèrent les murs de la Chambre, le premier réflexe d'Oksa fut de s'armer de sa Crache-Granoks, sa sarbacane magique.

— Rassure-toi, ma Douchka…, fit Dragomira en l'enveloppant. Ici, tu ne risques rien.

— Le temps de votre intronisation est venu, intervint une Sans-Âge à la chevelure ondulante comme les algues au fond de la mer.

Comme celle de ses compagnes, sa silhouette était laiteuse et sa présence incroyablement apaisante. La Sans-Âge s'avança vers Oksa en tendant une longue étoffe d'un rouge profond.

— Votre Pèlerine, Jeune Gracieuse…, fit-elle. Nous avons commencé à la broder le jour de votre naissance.

— Mais comment saviez-vous que ce serait moi ?

— Nous le savions, répondit simplement la Fée.

Elle déplia le vêtement et Oksa put contempler un extraordinaire travail de broderie. Elle ne put retenir un cri d'admiration.

— Le fil a été fabriqué à partir des plumes de votre Phénix, précisa la Fée, puis nous avons teint chaque brin dans des décoctions de plantes ou de pierres avant de les broder sur une étoffe préparée par nos plus habiles tisserandes.

— C'est splendide…, souffla Oksa, les yeux fixés sur les motifs. Je ne pense pas qu'il existe un vêtement pareil sur Terre. Même les empereurs de Chine n'avaient rien de tel !

Le bas de la Pèlerine représentait les racines d'un arbre, entremêlées et puissantes, puis la terre grumeleuse, l'herbe parsemée de mille et une formes de fleurs, toutes uniques, toutes sublimes, survolées d'abeilles, d'oiseaux, de libellules et de créatures ailées. Plus haut, au niveau de la ceinture, le feuillage de l'arbre s'épanouissait dans un foisonnement de feuilles aux incalculables nuances de vert. Enfin, le fond rouge s'obscurcissait pour devenir presque noir, laissant la place au ciel et à la nuit parsemée d'étoiles, les planètes, le Soleil et son rayon magique tombant sur la Terre. La Sans-Âge tourna la Pèlerine et l'étoile à huit branches, l'emblème d'Édéfia, apparut. Oksa mit la main sur son ventre, par instinct. Elle savait que l'empreinte qui l'avait désignée comme la prochaine Gracieuse était toujours là, autour de son nombril. Elle la sentait, chaude et réconfortante.

— Tenez, Jeune Gracieuse. Cette Pèlerine est la vôtre.

Oksa chercha Dragomira des yeux. Sa grand-mère était une femme exceptionnelle. Avec l'ouverture du Portail d'Édéfia, elle avait accepté de donner sa vie d'être humain pour que les siens et les Deux Mondes aient une chance d'être sauvés. Mais par son sacrifice elle resterait à jamais une Gracieuse inachevée. Elle ne connaîtrait pas le privilège de porter sa Pèlerine, d'avoir un avenir aux côtés de son peuple, de voir grandir celle qui la seconderait.

— Ma destinée est autre, ma Douchka, fit la voix tant aimée.

— Alors, le Foldingot avait raison, murmura Oksa, la gorge nouée.

Le petit intendant Gracieux n'avait pas voulu dire tout ce qu'il savait quand Oksa l'avait questionné, mais la Jeune Gracieuse comprenait maintenant que son intuition avait été bonne : Dragomira allait devenir l'Entité Infinie, la Sans-Âge suprême, celle qui incarnerait l'équilibre des Deux Mondes quand leur cœur serait sauf.

— C'est un honneur infini pour moi de pouvoir aider ceux qui me sont chers, précisa Dragomira.

— C'est beaucoup plus que ça, Baba ! s'exclama Oksa. Tu vas incarner un avenir nouveau pour l'humanité tout entière ! C'est sur toi que tout va reposer, tu t'en rends compte ?

La silhouette de Dragomira perdit sensiblement son aspect vaporeux et Oksa fut persuadée de voir sa grand-mère sourire. Une vague de tendresse l'étreignit et gonfla son esprit d'une volonté qu'elle sentait sans faille. Elle flotta vers la Sans-Âge qui lui tendait la Pèlerine et se laissa vêtir. D'un rouge qui devenait presque noir, le tissu avait la douceur du velours et la légèreté de la soie. Mais, surtout, de chaque fibre semblait émaner une puissance, une énergie surnaturelle qu'Oksa reçut de plein fouet comme une décharge électrique. Tétanisée, elle vit toute son existence défiler en accéléré devant ses yeux, des moments doux de l'innocence aux plus douloureux, les séparations, les trahisons, les regrets. La dernière image de Marie Pollock, sa mère, abandonnée sur le sable glacé du désert lui arracha une plainte. Lui succédèrent les ultimes souvenirs de Gus et de Tugdual, son attachement inaltérable à l'un et l'attraction irrésistible pour l'autre, leurs baisers, ses incertitudes. Puis la sphère suspendue à quelques mètres d'elle se couvrit de nuages noirs crépitant d'éclairs alors qu'une épouvantable secousse ébranlait la Colonne de Verre jusque dans ses fondations.

— Guidez-moi ! implora Oksa, le regard rivé sur les eaux qui gonflaient autour de la Grande-Bretagne.

Sans attendre une seconde de plus, les Sans-Âge l'enveloppèrent et l'entraînèrent face à la sphère assombrie. Elles relevèrent la manche de la Pèlerine et celle, plus longue, de son tee-shirt et prirent alors sa main pour la plonger en plein océan Atlantique. Oksa sentit son bras s'enfoncer dans l'eau glacée, puis traverser la croûte terrestre sans aucune difficulté. Pendant un instant, elle craignit d'être brûlée par la lave incandescente dont les gros bouillons la terrorisaient. Mais sa main, dirigée par les Fées, progressait aussi facilement dans les profondeurs de la Terre que dans… de la crème fraîche ! Enfin, le bras enfoui jusqu'à l'épaule, elle arriva au noyau. Le moment fatidique était arrivé.

— Mais… comment je dois faire ? gémit Oksa. Je vais tout faire rater ! Aidez-moi !

— Prenez-le, Jeune Gracieuse ! souffla une Sans-Âge. Prenez le Cœur des Deux Mondes dans votre main et ramenez-le à la vie !

Bien décidée à ne pas laisser la panique ravager l'ultime espoir, Oksa obéit. Elle se saisit du noyau qui palpitait faiblement et, par pur instinct, se mit à le masser.

Sa texture était déroutante, spongieuse et élastique, proche de l'idée qu'elle se faisait de la chair. La jeune fille se concentra pour lui transmettre la formidable puissance qu'elle sentait en elle tout en continuant ses pressions régulières. Les vagues de l'océan clapotaient autour de son épaule, inoffensives à cette échelle mais certainement redoutables pour ceux qui se trouvaient en mer. Quant aux nuages, noirs comme du charbon, Oksa les voyait passer au ras de son visage. Elle souffla pour les chasser, mais s'aperçut vite qu'elle ne pouvait faire quoi que ce soit : les nuages étaient libres comme l'air… L'un d'eux, chargé d'éclairs, frôla son cou.

— Hé ! fit-elle en portant sa main libre là où la minuscule foudre venait de frapper.

— Concentre-toi, Oksa…, résonna la voix de Dragomira.

Le rouge au front, la Jeune Gracieuse reprit son travail de réanimation. Au fur et à mesure que la Pèlerine diffusait son incroyable énergie à travers chacune de ses fibres, Oksa transmettait au Cœur malade toutes ses forces et tout son espoir. Les heures défilaient, elle avait mal partout. Impuissantes, Dragomira et les Sans-Âge flottaient à ses côtés, ne pouvant faire mieux que de lui insuffler le courage que l'épuisement entamait inexorablement. Mais en réalisant qu'elle portait seule la responsabilité de ce sauvetage colossal, l'angoisse se mit à peser encore plus lourd que les efforts physiques qu'elle devait fournir.

La Terre continuait de tourner avec une lenteur régulière. Les continents et les océans se succédaient et Oksa se sentait traversée tour à tour par la chaleur des déserts, la moiteur des tropiques, le mordant des pôles. Les chocs thermiques la faisaient frissonner ou transpirer sans répit, mettant son organisme à rude épreuve. L'immense Sibérie passa devant ses yeux et une pensée l'étreignit. Une part de ses origines se trouvait là, sous la neige. Une part inamovible, aussi éternelle que les montagnes qui dressaient une muraille au centre de l'Europe. La France effleura sa joue, puis l'Angleterre apparut. Oksa suivit le cours de la Tamise, monstrueusement gonflée. Alors que son corps tout entier s'activait sans relâche, elle comprit qu'une partie d'elle-même lui échappait.

— Maman ! Gus ! cria-t-elle.

4

Sans aucun doute

Les manches de sa veste de survêtement relevées jusqu'aux coudes, Gus Bellanger était occupé à refixer tant bien que mal les dalles de carrelage que les inondations avaient décollées quand, soudain, il leva la tête. Une mèche de cheveux noirs tomba sur son visage, il la releva d'un geste machinal. Quelques secondes plus tard, Marie Pollock poussa un cri. Gus la regarda, stupéfait.

— Ce n'est pas… possible…, murmura-t-il.

Il resta debout au milieu de ce qui était autrefois le salon des Pollock, ses yeux bleu marine écarquillés et le corps figé. Puis il revint à lui et remua lentement la tête de gauche à droite. Virginia Fortensky – la femme de Cameron, fils de Léomido – se précipita, abandonnant la vaisselle qu'elle était en train d'essuyer dans la cuisine attenante.

— Que se passe-t-il ?

Gus ignora la question et s'accroupit devant Marie.

— Tu l'as sentie toi aussi, c'est ça ? lui demanda-t-il dans un souffle.

Les mains crispées sur les accoudoirs de son fauteuil roulant, Marie acquiesça, la gorge trop nouée pour pouvoir prononcer le moindre mot.

— Oksa ? Tu es là ? appela Gus avec une exaltation qui le déconcerta. Oksa ?

Alertés par les cris, les Refoulés, qui habitaient désormais la maison londonienne des Pollock à Bigtoe Square, accoururent. Gus était au milieu de la pièce, les yeux en l'air, cherchant visiblement quelque chose... qu'il ne voyait pas. Marie se trouvait dans le même état, bouleversée et aux aguets.

— Qu'est-ce qui vous arrive à tous les deux ? s'enquit Kukka Knut.

La petite-fille de Naftali et Brune le regardait d'un air intrigué. Gus se laissa tomber dans un fauteuil bancal. Il observa un silence avant de pouvoir répondre :

— Oksa était là.

— Quoi ? s'exclamèrent les Refoulés à l'unisson.

— Oksa était là, répéta le garçon en balayant de la main sa longue mèche.

— Mais enfin, Gus... Tu sais bien que c'est impossible ! fit Kukka en s'approchant de lui.

La jeune fille posa la main sur son épaule et ses yeux, bleus comme ceux d'un chien de traîneau, le fixèrent avec incrédulité. Gus se dégagea avec brutalité comme si ce contact le brûlait.

— Pas la peine de me dévisager comme ça ! rugit-il. Je n'ai pas besoin de ta pitié !

— Mais Gus..., se défendit la jeune fille en pâlissant subitement. Je n'ai pas pitié !

Le jeune homme bondit de son siège pour se coller à la fenêtre, les mains farouchement enfoncées dans les poches de son jean usé. Le square était désert, couvert de boue, déprimant. Des sirènes retentirent : une nouvelle crue de la Tamise s'annonçait imminente. Mais à l'intérieur de la maison, les préoccupations étaient tout autres.

— Gus a raison, intervint enfin Marie. Oksa était là. Je l'ai sentie, moi aussi.

Le pasteur Andrew se passa la main sur le visage, encore plus triste qu'embarrassé.

— Vous croyez tous que nous avons perdu la tête ? poursuivit Marie sur un ton amer. Cependant, je vous assure que ce que nous venons de vivre n'a rien d'imaginaire. Je ne sais pas comment Oksa a fait, mais elle était là ! J'ai reconnu sa présence, son parfum, ses cheveux contre ma joue… Elle… elle m'a serrée dans ses bras.

Elle baissa la tête, tout son corps s'affaissa, las et accablé. Depuis le retour des Refoulés à Londres, sa maladie n'avait fait qu'empirer et le poison sécrété par le savon fabriqué par Orthon McGraw continuait de ravager son organisme. Aussi, malgré la conviction qui imprégnait chacune de ses paroles, doutait-elle plus qu'elle ne pouvait l'avouer. Sa raison la fuyait-elle ? Peut-être voulait-elle tellement qu'Oksa soit là qu'elle avait *cru* la sentir aussi concrètement que si elle s'était trouvée dans cette pièce, auprès d'elle. Et pourtant non, elle savait au fond d'elle qu'il ne s'agissait pas d'un mauvais tour joué par son imagination, ni d'une banale hallucination. D'ailleurs, Gus avait éprouvé les mêmes sensations qu'elle… Mais comment faire admettre quelque chose d'irréalisable ?

— Il est possible qu'Oksa ait réussi à rêvoler, suggéra Virginia dans une bienveillante tentative de secourir son amie. Dans ce cas, cela signifierait qu'elle est devenue Gracieuse et qu'elle va bien…

— D'après ce que je sais, les rêvoleries sont des voyages de l'esprit, objecta Andrew. Elles ne peuvent générer aucune manifestation physique.

Le silence se fit plus grave encore et les visages plus sombres. Et si cette apparition voulait dire qu'Oksa et les Sauve-Qui-Peut étaient en danger à Édéfia ? Si elle était l'expression ultime… d'un adieu ? Marie ferma les yeux et gémit. Tout était devenu tellement incontrôlable.

— Nous devrions monter à l'étage ! fit soudain Gus en faisant face aux Refoulés. L'eau monte à nouveau.

Tous sursautèrent, interrompus dans leur sinistre réflexion. Depuis leur retour à Londres, c'était la cinquième « alerte inondation ». La dernière avait été plus sévère que la précédente. Mais grâce au demi-étage qui formait les fondations de la maison, l'eau n'était entrée qu'au premier niveau. Les jours suivants, les Refoulés avaient dû redoubler de courage pour redonner un semblant de normalité aux pièces endommagées par les crues. Malgré la pénurie d'eau courante, d'électricité et d'à peu près tout ce qui était nécessaire pour survivre, leurs efforts n'avaient pas été vains : le sous-sol était condamné, mais la cuisine et le salon pouvaient à nouveau être utilisés. Cette fois-ci cependant, l'alerte paraissait plus sérieuse et risquait de tout réduire à néant. Dans le vacarme des hélicoptères de l'armée qui sillonnaient le ciel en déversant des avertissements par les puissants mégaphones et les sirènes qui ne cessaient de hurler, Gus et Andrew empoignèrent le fauteuil de Marie et grimpèrent directement au troisième étage.

L'ancien appartement de Dragomira avait été épargné par les tempêtes et les crues, mais pas par les pillards qui s'en étaient donné à cœur joie en emportant tout ce qui faisait le charme de ces pièces au décor baroque et chaleureux. Seuls les canapés cramoisis et l'étui de contrebasse, trop encombrants pour être emportés, garnissaient l'espace dépouillé de ses innombrables tableaux, guéridons, rideaux et tapis. Quant à la bibliothèque qui abritait des centaines de fioles – dont certaines contenaient des ingrédients extrêmement rares –, elle avait été réduite à un amas de bois et de verre qui faisait peine à voir.

À bout de souffle, Gus et Andrew déposèrent le fauteuil roulant avec précaution et tous se dirigèrent vers les fenêtres. Le square se couvrait peu à peu d'une eau brune chargée d'un indescriptible fatras de débris et d'immondices.

— Au pire, nous avons encore l'atelier-strictement-personnel, dit Gus.

Car, heureusement, les pillards n'avaient pas atteint la pièce secrète culminant sous les toits. En effet, qui aurait pu penser que derrière l'étui de contrebasse se cachait un passage ? Ainsi, l'atelier était demeuré intact, si ce n'étaient quelques tuiles et fenêtres qui avaient été arrachées par la fureur des vents. Mais il était évident que la maison ne devait son salut qu'à sa proximité avec les autres constructions. Collées les unes contre les autres, toutes s'étaient mutuellement protégées et les dégâts s'avéraient mineurs. « Un principe à suivre pour pouvoir encaisser les mauvais coups que nous réserve la vie… », avait sobrement commenté Marie. Doué de ses mains, Andrew avait réussi à colmater les brèches et c'est ainsi que les Refoulés purent sauver les précieux stocks de nourriture constitués par Dragomira pour ses créatures. Un véritable butin constitué essentiellement de céréales et de conserves qui permettait aujourd'hui aux Refoulés de vivre en autarcie et dans une relative sécurité. Et pourtant, les choses n'étaient pas si simples. Même si la ville était quadrillée par les véhicules amphibies de la police, le pillage restait un risque permanent. Les rues devenaient de véritables zones de guérilla urbaine, le danger était partout, transformant l'État en machine militaire. La solidarité des premiers jours commençait à laisser la place à un individualisme désespéré dont la plupart avaient d'abord eu honte. Puis l'électricité était devenue défaillante, les rayons des magasins d'alimentation s'étaient peu à peu vidés et la peur panique de voir sa propre générosité se retourner contre soi grandissait, faisant oublier les plus grands principes. La loi du plus fort avait fini par s'installer. Le processus s'avérait inexorable et les exceptions étaient plutôt rares. Les affres du manque faisaient flancher les meilleures volontés, et la moindre bouteille de gaz, la moindre boîte de conserve devenaient un objet de convoitise.

Les Refoulés l'avaient expérimenté à leurs dépens en aidant les Simmons, les voisins des Pollock. Cédant à leur sens du partage, ils avaient décidé de donner quelques paquets de féculents à ce couple de retraités charmants tout droit sortis d'un manuel de savoir-vivre et de bonnes manières. Le surlendemain, les Simmons s'étaient présentés à nouveau à la porte, plus insistants et surtout nettement moins aimables. Andrew s'était autorisé une remarque pleine de diplomatie sur le devoir d'économiser les vivres : les céréales englouties par les Simmons en deux jours représentaient la quantité nécessaire pour nourrir pendant plus d'une semaine les sept personnes qui constituaient le groupe des Refoulés… M. Simmons s'était alors énervé et avait tenté d'entrer en force sous la menace d'un pistolet de collection qui, en d'autres circonstances, aurait été tout à fait disproportionné, voire ridicule. Furieux, Gus avait vu rouge et mis sans tarder à profit ses cours de karaté pour ne faire de Simmons qu'une bouchée en lui assenant une prise qui avait autant surpris l'indélicat voisin que les Refoulés eux-mêmes. Depuis cet incident malheureux, les Refoulés restaient sur leurs gardes, déçus et méfiants.

Les sirènes hurlaient toujours, meurtrissant les tympans et hérissant les nerfs.

— Je ne pourrai pas tenir comme ça très longtemps…, se lamenta Kukka Knut en se laissant glisser le long du mur. J'en ai plus qu'assez.

Elle recouvrit ses genoux en tirant sur son pull de laine écrue et enfouit sa tête dedans. Compatissant, Gus quitta la fenêtre d'où il observait l'eau de la Tamise couvrir l'asphalte des trottoirs et de la rue et s'assit près de Kukka. En cette période de grand trouble, les autorités paraient au plus urgent et la consigne avait été donnée aux agences de météorologie de ne plus se hasarder à communiquer la moindre prévision. Mais la constatation était terrible : depuis leur retour à Londres, les Refoulés n'avaient pas connu une seule journée sans pluie. Pas un rayon de soleil, pas un coin de ciel bleu. Juste l'eau grise et froide qui s'insinuait partout en laissant sa marque fangeuse sur tout ce qu'elle touchait. Et à Bigtoe Square, le moral, comme le temps, était d'un noir profond.

— On a froid, on s'éclaire à la bougie, on ne peut pas se laver correctement et, un jour ou l'autre, on n'aura plus rien à manger ! renchérit la jeune fille, la tête entre les mains.

Une mèche sale s'échappa de sa chevelure blonde enroulée en un chignon désordonné. Gus tendit la main pour la remettre en place, puis, à la dernière seconde, il se retint.

— Ça ne durera pas, murmura-t-il. Ça ne peut pas durer.

Kukka le regarda en coin.

— C'est nouveau, cet optimisme délirant ?

Gus se leva aussitôt.

— C'est toujours un plaisir d'aider quelqu'un comme toi…, grommela-t-il en la contemplant avec douleur.

— Si tu veux vraiment m'aider, fais en sorte que je retrouve mes parents ! s'énerva Kukka.

Gus, écœuré, tourna les talons et rejoignit Marie.

— Tu n'es qu'une gamine capricieuse…, grinça-t-il entre ses dents.

À ces mots, Kukka rougit.

— Tu oublies que Gus a lui aussi ses parents à Édéfia, intervint Virginia en s'adressant à la jeune fille sur un ton plein de reproches. Nous avons *tous* des personnes aimées là-bas, nous souffrons *tous*, tu es loin d'être la seule, Kukka ! Alors, n'aggrave pas la situation en nous faisant subir ta mauvaise humeur, s'il te plaît !

Kukka étouffa un juron en finnois – sa langue natale – et se renfrogna dans son coin. Le regard perdu dans le vide, Marie saisit la main de Gus. Après leur avoir apporté un formidable espoir, la présence fugitive d'Oksa les plongeait maintenant dans une désolation sans nom. Dehors, l'eau léchait la plus haute marche du perron, s'apprêtant à inonder le hall d'entrée. La situation n'était pas brillante et rien ne permettait aux Refoulés d'espérer quoi que ce soit dans l'immédiat.

5

Les dernières formalités Gracieuses

La visite de son Autre-Moi à Bigtoe Square avait profondément perturbé l'esprit d'Oksa et un sentiment paradoxal l'habitait depuis. Elle n'avait pas encore eu le temps d'apprivoiser ce nouveau pouvoir aussi rare qu'extraordinaire : permettre à son inconscient d'agir de façon concrète et pourtant immatérielle là où elle ne le pouvait pas elle-même. Même si elle comprenait le mécanisme et l'usage de son Autre-Moi, elle n'en avait pas la maîtrise. Mais peut-être qu'il ne se commandait pas… Qui pouvait savoir ? À part elle et la première Gracieuse d'Édéfia, personne n'avait jamais bénéficié d'un tel pouvoir. Tout ce qu'Oksa pouvait constater, c'était qu'une fois de plus la panique avait tout provoqué. Une panique fulgurante qui l'avait foudroyée quand elle avait vu la Tamise déborder de son lit. Quelques secondes avaient suffi pour que l'Autre-Moi de la jeune fille se retrouve blotti contre sa mère. Une parenthèse hors du temps s'était ouverte et, toutes deux plongées dans une forme de réalité impalpable, elles avaient partagé leur stupéfaction, leur émotion, leur désarroi. Gus était ensuite apparu dans son champ de vision. Elle s'était précipitée pour le serrer contre elle et l'attachement qu'elle éprouvait à son égard l'avait submergée.

Instinctivement, elle avait frôlé ses lèvres, paralysant le garçon de stupeur. Elle aurait voulu que cela dure des heures et pourtant, malgré leur brièveté, ces étreintes lui avaient fait un bien indescriptible. Elle avait ressenti les choses aussi intensément que si son corps les avait vécues. La douceur de la peau de sa mère, les effluves citronnés des cheveux de Gus, et même l'odeur d'humidité qui imprégnait la maison.

Puis il avait fallu revenir. Un long cri de désolation avait alors déchiré le silence de la Chambre de la Pèlerine. Ce nouveau pouvoir que la magie venait de lui offrir était immense et en même temps imparfait. Si puissant et si furtif. Il faudrait du temps pour supporter une telle frustration. Beaucoup de temps.

Le massage du Cœur des Deux Mondes dura de longues et pénibles journées, laissant Oksa exsangue et épuisée. Dragomira et les Sans-Âge faisaient leur possible pour la soutenir dans l'effort colossal qu'elle devait fournir. Jamais Oksa n'avait dû donner autant d'elle-même. Elle avait beau être une Gracieuse, elle n'en restait pas moins un être humain. D'atroces crampes dans les bras et les mains le lui rappelaient douloureusement… Mais ce qui rendait l'opération plus pénible encore venait des cataclysmes s'abattant sur la sphère et se répercutant sur la jeune fille. Plus les jours passaient, plus Oksa souffrait de l'effet des tempêtes et des volcans. Elle subissait mille douleurs que son corps endurait en silence, hébété. La peau marquée de zébrures rouges provoquées par les projections de lave, les lèvres gercées par les vents et la sécheresse des déserts, elle laissait de temps à autre Dragomira l'emporter à l'écart pour quelques instants de répit. Elle s'enveloppait de sa Pèlerine et se roulait alors sur elle-même pour s'endormir aussitôt, le corps prostré, suspendu en apesanteur au milieu de la pièce. Sa seule nourriture était une boisson étrange préparée par sa grand-mère. Oksa sentait bien que son ventre était vide, mais elle n'en souffrait pas car la boisson s'avérait extrêmement revigorante.

— Tu n'as pas perdu la main, Baba ! s'exclamait-elle d'un air réjoui en aspirant les bulles de potion qui flottaient autour d'elle.

Et elle se remettait au travail, massant le Cœur des Deux Mondes avec une énergie et une détermination sans cesse renouvelées.

Dix jours et dix nuits après l'entrée d'Oksa dans la Chambre de la Pèlerine, les battements du Cœur se firent enfin plus réguliers, plus fermes. À bout de forces, la jeune fille se recula avec précaution et contempla la sphère et les planètes qui tournaient en une parfaite synchronisation.

— Eh bien, je crois qu'on a fait du bon boulot…, murmura-t-elle, les mains sur les hanches.

Les Sans-Âge et Dragomira l'entourèrent, plus brillantes que jamais.

— Vous avez accompli votre mission, Jeune Gracieuse, fit la plus grande des Fées. Le Cœur des Deux Mondes reste fragile, mais il est sauvé !

— Est-ce que ça signifie… que toutes ces catastrophes sont terminées ? demanda Oksa.

Le halo qui entourait la grande Fée faiblit.

— Cela signifie que la fin de nos Deux Mondes a été évitée, répondit-elle.

— La Terre connaîtra toujours des catastrophes, intervint Dragomira. C'est inévitable. Mais ce que tu viens de faire, ma Douchka, est un prodige. Un véritable prodige !

Soudain, un énorme grondement résonna. Les murs de la Chambre tremblèrent, des poussières tombèrent du plafond. Oksa poussa un cri de désespoir.

— Ça ne marche pas ! Vous vous trompez toutes, je n'ai pas réussi !

Les Sans-Âge l'enveloppèrent aussitôt.

— Détrompez-vous, Jeune Gracieuse : vous avez réussi ! Ce que vous entendez est la mise en place de votre Sablier de Règne. Il détermine le temps Gracieux qui sera le vôtre.

Éberluée, Oksa cherchait à comprendre.

— Il vient de se retourner pour laisser s'écouler les premières graines de votre règne, continua une Sans-Âge.

— Et… je vais régner longtemps ? ne put-elle s'empêcher de demander.

Elle entendit les Sans-Âge rire entre elles. Un rire si communicatif qu'elle fut vite gagnée par leur liesse.

— OK, j'ai compris ! reprit-elle avec un large sourire. L'essentiel n'est pas là, on est d'accord. Mais j'avoue que j'aimerais quand même bien savoir…

— Comme l'univers et tout ce qui le constitue, le temps de règne est vivant, précisa la plus grande des Fées. Il dépend de la puissance de la Gracieuse en titre et de l'harmonie qu'elle génère. Il n'est pas déterminé à l'avance, nul ne le contrôle. Il ne s'arrête que si l'harmonie est brisée ou quand le moment est venu de passer le relais à une Nouvelle Gracieuse.

Oksa réfléchit un instant à cette information.

— Ou bien quand le Serment est rompu, comme avec Malorane, finit-elle par lâcher. Si la Gracieuse déroge aux lois qui accompagnent sa gouvernance, tout s'arrête.

Les Fées semblèrent acquiescer.

— Un temps de règne vivant..., reprit Oksa. Vous ne faites vraiment rien comme tout le monde ! Et il est où, ce Sablier ? Je voudrais le voir !

— Il est là, répondit la grande Sans-Âge en entraînant Oksa vers une porte dissimulée dans les blocs de cristal qui constituaient les murs.

Une pièce totalement nue jouxtait la Chambre. La faible lumière lui conférait une atmosphère confinée mais apaisante, confortée par sa configuration arrondie qui faisait penser à celle d'un chapiteau de cirque. Oksa flotta jusqu'à l'intérieur, cherchant des yeux le fameux Sablier.

— Je ne le vois pas..., fit-elle.

La pièce vide n'avait ni coin ni recoin où fouiller, si ce n'étaient quatre colonnes lisses regroupées au centre. Ce dépouillement absolu ne fit qu'attiser la curiosité de la jeune fille. Elle se maintint à quelques centimètres du sol et parcourut sa surface avant d'être subitement arrêtée par les Sans-Âge.

— Attention, Jeune Gracieuse ! Le Sablier est là !

La grande Fée se posta juste devant elle, éclairant une petite portion de dallage sur laquelle se trouvait effectivement le Sablier de Règne.

— Mais il est microscopique ! s'exclama Oksa.

Elle se contorsionna pour se maintenir en équilibre, examina le sol en plissant les yeux et finit par sortir sa Crache-Granoks.

— Voilà, c'est mieux comme ça ! constata-t-elle en faisant jaillir une Reticulata.

La méduse-loupe ne cachait aucun détail du minuscule objet. Au premier abord, le Sablier semblait d'une conception très anodine avec son armature de bois sombre et ses fines attaches de métal. Mais ce que la Fée appelait les « graines de règne » avait un aspect incroyable, luminescent et obscur à la fois. Deux d'entre elles s'étaient déjà écoulées – déjà ! – et Oksa se surprit à en être contrariée. Le Sablier venait juste d'être mis en place !

— Ça va vite…, maugréa-t-elle en rangeant sa Crache-Granoks.

— L'heure est venue de conclure votre intronisation, Jeune Gracieuse, intervint la grande Fée. Votre règne pourra alors commencer.

Le cœur d'Oksa s'emballa : l'avenir semblait encore plus compliqué que tout ce qu'elle venait d'accomplir. Ici, elle était en sécurité au moins…

— Venez ! dit la Fée en la raccompagnant dans la Chambre.

Dragomira avait retrouvé presque toute son intégrité physique, seuls les contours de son corps restaient imprécis. Elle tendit les mains vers Oksa qui se précipita vers elle, bouleversée par le sourire triste de sa Baba. Pelotonnées l'une contre l'autre dans un silence ému, elles profitèrent de cet instant qu'elles savaient cruellement éphémère, avant que Dragomira ne lui chuchote quelques mots dans le creux de l'oreille. Oksa recula en battant légèrement des pieds, les yeux écarquillés.

— Ceci est le nouveau Serment des Gracieuses, annonça la grande Fée. En avez-vous bien compris le sens, Jeune Gracieuse ?

— Oui…

— Et comprenez-vous les contraintes qu'il implique, ainsi que ses conséquences ?

— Oui…, répondit Oksa, pâle comme la mort.

— Nous vous prions de répéter ce que Dragomira vous a confié, s'il vous plaît. Ce sera la première et la dernière fois que le Serment sera prononcé.

Oksa obtempéra. Bien qu'elle ne l'ait entendu qu'une seule fois, le Serment paraissait ancré dans sa mémoire de façon indélébile. Soudain, elle sentit un certain trouble agiter son ventre. La sensation s'amplifia jusqu'à se manifester très concrètement : il se passait *quelque chose* sous son tee-shirt ! Paniquée par le mouvement qui déformait maintenant le vêtement, elle gémit.

— Qu'est-ce qui m'arrive encore ?

Des images aussi effrayantes les unes que les autres s'imposèrent, de l'alien qui aurait trouvé asile dans son corps à une mutation monstrueuse. Devenir une Gracieuse impliquait peut-être une transformation physique ! Quelqu'un aurait pu la prévenir… Puis elle comprit que *la chose* cherchait à s'échapper de l'emprise de son tee-shirt. Avec autant de précautions que d'appréhension, elle saisit l'ourlet et souleva le tissu, le cœur battant la chamade. Et là, elle vit l'incroyable phénomène : l'étoile à huit branches qui jusqu'alors marquait sa peau autour de son nombril s'était muée en une matière tangible. Libérée de toute entrave, l'étoile quitta le corps d'Oksa et flotta quelques secondes devant elle avant de se projeter à une vitesse irréelle vers le système solaire miniature qui continuait d'évoluer dans la Chambre principale.

— Elle a rejoint les autres étoiles, c'est fantastique ! murmura Oksa, impressionnée et surtout soulagée. Il y a une partie de moi dans l'univers maintenant.

Les Sans-Âge se mirent à briller aussi vivement que la lumière de ces milliards d'astres.

— Maintenant, vous êtes définitivement la Nouvelle Gracieuse d'Édéfia ! exultèrent-elles.

Oksa fronça les sourcils et se passa la main dans les cheveux.

— La Nouvelle Gracieuse d'Édéfia…, répéta-t-elle, le regard voilé. Et… qu'est-ce qui va se passer ?

— Tu vas retrouver ton père et nos amis, répondit Dragomira, et les aider à vaincre Ocious et les siens. Tu vivras des moments difficiles car tes adversaires ne te laisseront aucun répit, mais tu es forte et le peuple saura être à tes côtés. Ne l'oublie pas.

— Et toi, Baba ? demanda Oksa d'une voix étranglée.

Dragomira détourna la tête.

— Moi ? Je vais rester ici. J'ai une mission à accomplir, souviens-toi…

— Tu es l'Entité Infinie, tu vas maintenir l'équilibre des Deux Mondes…, murmura Oksa dans un sanglot. Et je ne te reverrai plus jamais.

— Qui peut savoir ce que l'avenir nous réserve ? fit Dragomira. Qui peut savoir… ?

Comme pour matérialiser cette nouvelle étape, la Pèlerine glissa doucement des épaules d'Oksa et tomba sur le sol. La jeune fille se sentit soudain épuisée.

— Vous devez quitter la Chambre, Jeune Gracieuse, rappela la grande Fée en poussant Oksa vers l'extrémité de la salle.

— Hé ! Ce n'est pas par là ! objecta-t-elle en constatant qu'elle était entraînée du côté opposé à celui par lequel elle était entrée dix jours plus tôt.

— Ce serait trop dangereux de sortir par le septième sous-sol. Ocious et ses partisans vous attendent de pied ferme.

Oksa frémit. Elle était loin d'en avoir fini avec les ennemis des Sauve-Qui-Peut.

— Par ici, vous serez en totale sécurité, indiqua la Fée.

Une nouvelle ouverture apparut dans la paroi arrondie. Elle débouchait sur un couloir sombre qui semblait interminable.

— Un passage secret ? Excellent ! s'exclama Oksa. Il mène où ?

— Il mène loin, très loin, là où personne ne pourra vous faire de mal, répondit la Fée. Mais ne soyez pas inquiète, vous ne serez pas seule longtemps, quelqu'un de confiance vous attend au bout.

— Qui ? lança Oksa.

— Ne craignez rien.

Les réponses étaient de plus en plus laconiques, la Sans-Âge n'en dirait pas plus, comprit Oksa. Devant elle, le couloir s'enfonçait dans l'obscurité. Elle se retourna. La silhouette de Dragomira s'était déjà effacée.

— Au revoir, Baba…

— Au revoir, ma Douchka, murmura la voix tant aimée.

Alors Oksa essuya son visage du revers de la main, inspira à fond et s'avança dans le passage qui allait la mener vers sa destinée.

6

Cap vers les confins d'Édéfia

Marcher dans ce couloir n'était pas ce qu'Oksa avait connu de plus agréable. Après avoir goûté au confort de l'apesanteur, elle vivait avec un profond dépit le retour de la gravité qui lui donnait la pénible impression que son corps pesait des tonnes. Le sol était couvert de gravats et d'aspérités rendant sa progression irrégulière. Sans parler de la luminosité très faible et de l'air saturé de poussière. Mais surtout, Oksa tombait de fatigue. Une fatigue épaisse comme du béton en train de se solidifier qui entravait chacun de ses gestes, jusqu'aux battements de ses paupières. Elle se tordit les pieds une énième fois et pesta. Faisant écho à son humeur, son ventre émit un effroyable grognement : la Jeune Gracieuse était affamée. Au bout de ce qui lui parut des kilomètres, le couloir se rétrécit sévèrement, l'obligeant à se courber.

— Magnifique…, marmonna-t-elle. Je vais bientôt devoir ramper pour sortir de là.

Puis elle pensa à Ocious, le redoutable vieillard qui régnait sur Édéfia depuis des décennies, à tous ceux qui l'entouraient et à ses deux fils rivaux. Andreas, le préféré, et Orthon, le méprisé. Si l'un d'entre eux mettait la main sur elle, ce serait la fin de tout. Tous ces sacrifices, ces séparations, ces souffrances, tout cela n'aurait servi à rien.

— Vous ne m'aurez pas ! lança-t-elle avec force. Jamais !

Elle continua d'avancer tant bien que mal, courbée, le dos en compote et les pieds en feu. Son Curbita-peto ondulait sans s'arrêter autour de son poignet pour lui apporter du réconfort par des pressions bien ciblées sur différents points de sa peau, mais il s'avérait lui aussi être bien mal en point. Sa langue pendait sur le côté et ses minuscules yeux étaient presque clos. Pour illustrer cet état consternant, des déflagrations intestinales parvinrent enfin jusqu'aux oreilles d'Oksa, qui marqua un temps d'arrêt avant de réagir.

— Oh, mon Curbita, je suis une ignoble ingrate ! s'écria-t-elle en fouillant aussitôt dans son petit sac porté en bandoulière. Pendant tout ce temps, tu m'as apporté une aide incroyable et moi, j'oublie complètement de te nourrir, pardon, pardon, pardon ! Tiens bon, je vais réparer ça tout de suite.

Elle s'empressa d'ouvrir son Coffreton dans lequel elle stockait ses Capaciteurs et les granules nourriciers destinés au Curbita-peto. « Un par jour, ni plus ni moins », lui avait précisé Abakoum. Le petit ours-bracelet goba le granule qu'Oksa lui présentait sur le bout de son doigt et ses yeux s'entrouvrirent, embués de reconnaissance. Oksa fit une caresse sur sa tête duveteuse et poursuivit son chemin, pressée d'en finir avec cette interminable évasion.

Elle commençait à imaginer une fin de vie atrocement précoce dans ce couloir sans fin quand un point lumineux apparut au loin. D'abord minuscule, il grossit au fur et à mesure qu'elle avançait pour prendre la forme définitive d'une issue vers l'extérieur. Enfin ! Il était temps ! Malgré l'épuisement qui transformait chacun de ses pas en une véritable épreuve de force, Oksa se mit à courir, le cœur gonflé. La lumière du jour apparut et l'air frais gagna ses poumons. Comme c'était bon... de respirer ! Elle parcourut les derniers mètres avec une frénésie que la prudence ne parvenait pas à freiner. Pourtant, quand une silhouette traversa son champ de vision, elle s'arrêta net, le souffle suspendu.

— Mon Foldingot ? C'est toi ? murmura-t-elle avec prudence.

La silhouette trapue fit à nouveau son apparition devant l'issue du passage secret.

— La domesticité de ma Jeune Gracieuse fait l'apport d'une réponse positive, lança la voix nasillarde de la petite créature.

— Oh, je suis trop contente de te voir ! exulta Oksa en sortant complètement du passage secret.

Elle se précipita pour le serrer contre elle et la face ronde du Foldingot prit la couleur d'une aubergine bien mûre. Il la regarda de la tête aux pieds, d'un air désemparé, mais Oksa était trop soulagée de le voir pour prêter attention à son désarroi.

— Mais qu'est-ce que tu fais là ? demanda-t-elle, les yeux brillants. Qui t'a prévenu que je sortirais par ce côté ? Et comment vont les Sauve-Qui-Peut ? Papa ? Abakoum ? Et Zoé ? Ils vont bien ?

Le Foldingot se recula, l'air affolé. Ses longs bras s'agitèrent le long de son corps potelé.

— Le volume des questionnements recueille une abondance qui crée la perturbation dans l'esprit de votre domesticité car votre domesticité a fait le don d'une promesse prioritaire sur toute parole. Les interrogations de ma Jeune Gracieuse pourront bénéficier de l'apport d'une réponse dans un délai secondaire, quand la communication farcie d'importance aura été transmise.

Oksa se rembrunit.

— Oui, je comprends. Qu'es-tu chargé de me dire ?

— Le danger connaît la vive survivance et ma Jeune Gracieuse doit être orientée vers un abri de grande sûreté pour faire l'échappée des Félons honnis et malveillants.

Oksa ne put s'empêcher de regarder autour d'elle. Un paysage vallonné, infertile et poussiéreux s'étalait à perte de vue, comme un désert gris. La capitale d'Édéfia, Du-Mille-Yeux, comme tout ce qui pouvait ressembler à une quelconque forme de vie, semblait bien loin.

— Est-ce que tu sais où je dois aller ?

— Un seul endroit procure l'assurance de la protection intégrale de ma Jeune Gracieuse : les confins d'Édéfia où se localise l'Îlot des Fées.

— C'est pas vrai ! s'exclama Oksa d'un ton enthousiaste. Je vais aller à l'Îlot des Fées ?

Le Foldingot acquiesça avec vigueur.

— Une ancienne Gracieuse va procéder à l'accompagnement et à l'orientation de ma Jeune Gracieuse et de sa domesticité.

— Baba ? questionna Oksa, pleine d'espoir.

— La Vieille-Gracieuse-Tant-Aimée possède désormais la mission dans les intestins de la Chambre de la Pèlerine.

Malgré la tristesse de ce rappel, Oksa réprima un sourire.

— Tu veux dire… « dans les entrailles de la Chambre », n'est-ce pas ? précisa-t-elle poliment.

— Votre correction rencontre l'exactitude, admit le Foldingot, ses gros yeux bleus fixant la jeune fille avec une admiration sans limites.

— Bonjour, Oksa, fit une voix féminine venue de nulle part.

Oksa sursauta et se mit instantanément en position de défense, jambe droite en avant, bras en équerre. Une silhouette apparut devant elle, immatérielle et pourtant beaucoup plus perceptible que celle de Dragomira. La femme était belle et mince, ses cheveux d'une longueur étonnante et son visage d'une mélancolie infinie. Sa ressemblance avec sa Baba était flagrante, Oksa la reconnut aussitôt.

— Vous êtes Malorane ! s'exclama-t-elle en reprenant une posture normale.

La femme avança d'un pas assuré et pacifique.

— Oui, je suis Malorane, ton arrière-grand-mère. Malgré ces circonstances particulières, c'est un privilège pour moi de te rencontrer.

— Mon Antécédente Gracieuse…, salua le Foldingot.

— Mon Foldingot…, murmura Malorane en caressant la tête de celui qui avait été à son service autrefois.

Oksa la contempla, incapable de dire un seul mot. Comment aurait-elle pu imaginer se trouver un jour face à celle par qui tout était arrivé ? Les conséquences du secret de sa liaison avec Ocious, la naissance clandestine des jumeaux Orthon et Réminiscens, le Détachement Bien-Aimé subi par cette dernière, le Grand Chaos… Cette femme était à l'origine de tant de malheurs. Bien malgré elle, voilà ce qui était le pire dans toute cette histoire, et Oksa le savait. Malorane avait été abusée, sa confiance et sa naïveté dupées. Comment lui en vouloir ? D'autant plus qu'elle était la première victime de ses propres erreurs en ayant perdu les siens, le pouvoir Gracieux et, surtout, la vie. Oksa, fortement impressionnée, ne pouvait détacher les yeux de l'ancienne Gracieuse, brûlant d'envie de lui poser mille questions. Mais ce n'était guère le moment, l'urgence était ailleurs.

— Nous devons nous presser ! souffla Malorane en jetant un regard circulaire sur la plaine. Ocious et les siens vont bientôt se rendre compte que tout ne se passe pas comme ils l'avaient prévu. Tu dois être mise à l'abri très vite !

Pendant un bref instant, Oksa lut sur son visage parfait tout le ressentiment apeuré qui débordait de son cœur et elle en éprouva une profonde peine. Malorane observa la jeune fille avec une certaine inquiétude.

— Pourras-tu volticaler ?

— Bien sûr !

— Je veux dire… n'es-tu pas trop épuisée ? insista Malorane.

— Ça ira…, répondit Oksa en se disant qu'elle devait avoir une mine effroyable pour que son arrière-grand-mère semble aussi préoccupée.

— Alors, allons-y !

Elle se saisit du Foldingot dont le teint devint aussitôt translucide. Avec la majesté d'une étoile filante, elle s'éleva vers le ciel sombre, suivie par Oksa qui se plaça dans son sillage. Les premières secondes furent parfaites, mais la jeune fille ne tarda pas à comprendre ce qui avait motivé les questions de Malorane. Elle était épuisée. Paniquée par l'énergie qu'il lui fallait déployer pour volticaler, elle vacilla. Un trou noir à l'intérieur de son ventre semblait engloutir ses dernières – et très maigres – réserves.

— C'est pas le moment de lâcher, Oksa-san !

C'est ce que lui dirait Gus s'il était là. C'est aussi ce que lui conseillerait son père.

— Papa… Tu es où ? gémit-elle.

Plusieurs kilomètres derrière elle, la Colonne de Verre se dressait, barrant l'horizon. Des nuées formaient des ombres sombres et mobiles autour de la résidence Gracieuse : les Chiroptères Tête-de-Mort, l'arme fatale des Félons. Oksa frissonna au souvenir de leurs cruels yeux rouges et de leurs dents tranchantes comme des lames de rasoir. Pavel et les Sauve-Qui-Peut devaient encore se trouver dans le septième sous-sol, à attendre sa sortie de la Chambre, solidement encadrés par Ocious et ses sbires. Un immense sentiment de solitude envahit la jeune fille. Tous ceux qu'elle aimait étaient loin, si loin. Et elle, elle était là, dans ce ciel morne, en compagnie d'une femme qui n'était plus en vie… Étourdie, triste à en pleurer, elle tangua et plongea.

— Encore un effort, Oksa ! l'encouragea Malorane.

Par réflexe, Oksa fouilla dans sa sacoche. C'était le moment ou jamais d'utiliser ses munitions. Elle avala d'une traite un Capaciteur d'Excelsior en faisant la grimace – son goût de terre était vraiment infâme… Les effets furent immédiats : sa vue s'éclaircit, ses muscles se tendirent et la force qu'elle croyait avoir perdue se propagea à nouveau dans ses veines. Malorane se retourna et les regards des deux Gracieuses se croisèrent, l'un anxieux, l'autre ardent : Oksa reprenait la main ! Il était plus que temps d'arriver à l'Îlot des Fées.

7

La guerre des nerfs

Pendant ce temps...

Alors qu'à Londres, on souffrait de la montée des eaux, la sécheresse était en train de tuer Édéfia. Aussi les pluies torrentielles qui s'abattirent sur la terre retrouvée créèrent-elles une indicible euphorie aux quatre coins du territoire. Cela faisait cinq ans qu'il n'avait pas plu une seule goutte ! Cinq longues années pendant lesquelles la terre, autrefois d'abondance, s'était appauvrie pour devenir un désert infertile. Cinq terribles années pendant lesquelles le peuple s'était recroquevillé sur lui-même, éreinté par les pénuries et la tyrannie. Dès que les premières gouttes s'écrasèrent sur le sol poussiéreux, les habitants se précipitèrent dehors, avec une certaine prudence d'abord, hésitant à croire à ce miracle. La pluie rebondissait sur le sol trop sec pour pouvoir l'absorber, dégageant un parfum d'humidité chaude que tous pensaient avoir oublié. Puis l'onde se fit plus intense pour devenir diluvienne, déversant sur la terre et les hommes des trombes d'eau. Tout le monde riait, chantait, dansait, grisé de soulagement et d'espoir.

Malgré leur puissance, les échos de la pluie et de la frénésie générale ne pouvaient parvenir jusqu'au septième sous-sol. Voilà des jours et des nuits que les Sauve-Qui-Peut et les Félons étaient confinés dans la grande salle tapissée de pierres précieuses. Douze jours et onze nuits, très précisément, pendant lesquels une véritable guerre des nerfs s'était engagée entre les deux clans. Malgré l'atmosphère étouffante et les incitations de leurs adversaires respectifs, tous étaient restés. Tant pis s'il fallait dormir sur le sol, s'alimenter avec frugalité et procéder à une toilette très sommaire. Seules les créatures faisaient des allées et venues pour assurer l'intendance de base – ce qu'elles accomplissaient avec un zèle fiévreux –, fournissant des couvertures et des vivres à leurs maîtres. Dans cette ambiance pénible, les yeux rivés sur la porte de la Chambre ou sur leurs ennemis, les Sauve-Qui-Peut et les Félons avaient les nerfs à vif. Et c'était bien la seule chose qui les unissait. Aussi, quand un jeune gardien fit irruption en hurlant, tous se redressèrent, ébahis.

— Maître..., bredouilla-t-il en s'inclinant devant Ocious. Il pleut ! Il pleut !

Le regard d'Ocious alterna entre le haut plafond en forme de dôme, la porte de la Chambre et les Sauve-Qui-Peut sur lesquels il s'attarda d'un air glacial. La rage crispa son visage quand Abakoum lui rendit son regard avec un sourire en coin. Deux jours plus tôt, le Foldingot avait demandé à rejoindre les appartements Gracieux, arguant que son éloignement pouvait nuire à la bonne santé des créatures.

— La Jeune Gracieuse va accéder à l'issue de sa mission salvatrice, avait-il glissé à l'oreille d'Abakoum. Les retrouvailles avec l'extérieur de la Chambre de la Pèlerine connaissent l'imminence.

Contre toute attente, Ocious avait consenti à ce que le petit intendant quitte le septième sous-sol, néanmoins sous la garde consciencieuse de deux Vigilantes. Et ce que l'Homme-Fé pensait depuis ce départ furtif se confirmait aujourd'hui : Oksa avait réussi à rétablir l'équilibre et il était plus que vraisemblable qu'elle ne se trouvait déjà plus dans la Chambre ! Le bouche à oreille battait son plein et la rumeur se répandait déjà du côté des Sauve-Qui-Peut. L'agitation gagnait du terrain, les cœurs explosaient en jetant des étincelles dans les yeux fatigués.

— Elle y est arrivée ! soufflaient les voix. Elle nous a sauvés !

— Taisez-vous ! hurla Ocious.

Tout le monde sursauta. Pâle et tendu, le vieux Maître des Félons se massa les tempes.

— On dirait bien que la situation t'échappe, Ocious…, lâcha Abakoum.

— Aurais-tu perdu la partie ? fit Brune Knut en faisant tinter ses innombrables bracelets.

Le regard de la grande Scandinave brillait d'une exaltation pleine de défi.

— Oksa n'est plus dans la Chambre, renchérit Naftali. Elle a été plus forte que toi.

Ce n'était pas la première fois que les Sauve-Qui-Peut avançaient diverses probabilités dans des tentatives de déstabilisation qui étaient restées vaines : par pur esprit de contradiction, par principe et surtout par obstination, Ocious n'avait pas cédé un pouce de terrain. Chaque fois, il avait balayé avec dédain l'idée qu'Oksa pouvait éventuellement lui échapper car, selon les Archives Gracieuses accumulées durant des siècles à la Mémothèque, la Chambre ne comportait qu'une unique issue. Et cette issue, il ne l'avait pas quittée depuis que la jeune fille l'avait franchie. Cependant, aujourd'hui, il paraissait évident que les choses ne se passaient pas comme le vieux Cicérone l'avait prévu et que les Sauve-Qui-Peut se doutaient depuis le début de ce qui allait se passer. Ils avaient tout fait pour le retenir dans le septième sous-sol, laissant tout le temps qu'il fallait à Oksa pour s'évader. Ocious écumait de rage. Il aurait dû agir dès que la luminosité avait décru autour de la porte, deux jours plus tôt. C'était un signe, à n'en pas douter ! Il fusilla Abakoum du regard.

— Tu le savais ! tonna-t-il.

Les deux hommes se défièrent en silence pendant un instant, bien conscients qu'aucun d'eux ne baisserait les yeux.

— Tu te rends compte de ce que tu as fait ? reprit Ocious.

— Oui, répondit Abakoum avec gravité. J'ai permis à Oksa, notre Nouvelle Gracieuse, d'échapper à tes griffes et à une mort probable ! Tu crois que nous n'avons pas compris que tu n'hésiterais pas à la condamner pour assouvir tes ambitions ?

Depuis toujours, Ocious était réputé pour son sang-froid. Son tempérament, plus proche de celui des reptiles que de celui des fauves, s'avérait d'autant plus redoutable que rien ne laissait prévoir ses réactions. Il pouvait rester des heures dans une morne impassibilité et porter soudain une attaque fatale sans qu'aucun signe le laisse envisager. Même ceux qui le connaissaient depuis des décennies se laissaient encore prendre par l'apparente placidité de son visage austère. Aussi, quand il bondit sur Pavel au lieu de sauter à la gorge d'Abakoum, tout le monde poussa un cri de stupeur. Sous les yeux des membres de leur clan, les deux hommes tombèrent sur le sol et roulèrent dans la poussière pailletée.

— Tu fais une grave erreur, Ocious ! fit Pavel avec un grondement rauque tout en lui assenant des coups de poing dans les côtes.

Alors que des Chiroptères et des Vigilantes se positionnaient en rangs serrés au-dessus des Sauve-Qui-Peut, ce qui devait arriver arriva, prouvant à Ocious que pour la seconde fois, il avait fait un mauvais choix : le Dragon d'Encre émergea du tatouage qui couvrait le dos de Pavel et enveloppa les deux ennemis de ses ailes mordorées, faisant aussitôt cesser les coups qu'ils se donnaient sans répit. À l'étroit dans ce sous-sol pourtant vaste, le Dragon remua furieusement la tête en l'air et cracha. Une langue de feu embrasa une centaine de monstres volants, les désintégrant sur-le-champ, alors qu'une écœurante odeur de brûlé envahissait l'espace. Tout le monde se figea. Pavel et son Dragon savaient imposer un certain respect… Seul Orthon eut l'audace de les attaquer. Une Granok fusa vers la gueule du Dragon et fut réduite en une microscopique boule de feu absolument inoffensive. Puis la créature relâcha son prisonnier et retrouva sa version d'encre. Malgré son corps endolori, Pavel se redressa et se contenta de regarder Ocious rejoindre les siens avec raideur. La démonstration était assez éloquente.

— Nous sommes loin d'en avoir terminé…, menaça le vieux Maître en rajustant son habit.

Orthon s'avança pour le soutenir et le geste que fit Ocious pour le repousser n'échappa à personne, pas plus que ses paroles, dures et tranchantes comme la lame d'un sabre.

— Toi, ne t'avise plus jamais de lancer une Granok dans ma direction, cracha-t-il entre ses dents, l'index tendu vers son fils. Plus jamais, tu m'entends ?

Aucun trouble ne marqua le visage d'Orthon. Seuls ses yeux, gris comme l'aluminium, se noircirent jusqu'à devenir aussi ombrageux qu'un ciel d'orage.

— Quelle humiliation ! murmura Brune, la main sur la bouche.

Plus impérieux que jamais, Ocious se tenait raide comme un I, les mains derrière le dos. Il regarda les Sauve-Qui-Peut avec un dégoût qui masquait mal son acrimonie.

— Vous êtes des irresponsables ! tonna-t-il d'une voix terriblement grave.

Puis, le menton haut, il conclut :

— Emmenez-les ! Enfermez-les dans leurs appartements et maintenez-les sous bonne garde !

Épaulés par les Vigilantes qui vrombissaient d'un air dissuasif, une trentaine de gardiens en armure de cuir encerclèrent les Sauve-Qui-Peut : Abakoum, Pavel, Brune et Naftali Knut, Pierre et Jeanne Bellanger se laissèrent « accompagner » sans résistance. Leur cœur était assailli de sentiments contradictoires, rongé par la réclusion et les difficultés, mais étonnamment gonflé de certitudes. À l'image du déluge qui noyait Édéfia pour la sauver.

8

Branle-bas de combat

— Il faut inspecter tous les territoires, interroger tout le monde, fouiller toutes les maisons, chaque recoin, chaque grotte dans la montagne, chaque trou dans la terre ! Cette gamine est forcément quelque part !

Face à la fenêtre de l'appartement qu'il s'était approprié au dernier étage de la Colonne de Verre, Ocious tournait le dos à ses fils et à ses alliés. Mais il n'était nul besoin de voir son visage pour comprendre combien la colère l'étreignait. Il suffisait pour cela d'observer la contracture qui raidissait ses épaules sous le lin gris anthracite de sa chemise.

— Nous allons la retrouver, père ! intervint Andreas de sa voix hypnotique. Édéfia n'est pas si grande…

Orthon ne put retenir un soupir. Soit son demi-frère était aveuglé par l'optimisme, soit il faisait tout pour ne pas déplaire à leur père.

— Tu as dit que nous disposions de combien d'hommes ? lança-t-il avec une infime raillerie dans la voix en pensant aux cent vingt mille kilomètres carrés que couvrait Édéfia.

Le regard d'Andreas glissa vers son demi-frère avec une expression pleine de défi.

— Je n'ai rien dit, répondit-il, rejetant par ces simples mots la tentative de vexation d'Orthon.

Comme s'il pouvait se laisser avoir par des provocations aussi… basiques. La commissure de ses lèvres s'étira légèrement sous l'effet de la satisfaction, alors que ses yeux se fixaient à nouveau sur l'assemblée d'hommes et de femmes au visage creusé par l'épuisement des derniers jours. Une femme aux cheveux roux et à l'air sévère se tourna vers les Félons qui étaient revenus de leur exil à Du-Dehors.

— Il reste peu de villes, expliqua-t-elle. Depuis que la sécheresse a rendu notre Terre stérile, les gens ont choisi de se regrouper. Ils ont formé des communautés pour pouvoir s'entraider, c'était une question de survie. Aujourd'hui, en plus de Du-Mille-Yeux, nous comptons cinq villes réparties à Vert-Manteau, le territoire des Sylvabuls, et dans les Montagnes À-Pic, celui des Mainfermes.

— Nous devons être stratégiques, continua Andreas. Il faut prendre les gens par surprise afin de ne laisser aucune chance à ceux qui abritent la Jeune Gracieuse.

Ocious se retourna enfin et passa la main sur son crâne chauve d'un air préoccupé. Il acquiesça en silence avant de demander :

— Que disent nos informateurs ?

Un homme corpulent à la barbe fournie et au regard dur prit la parole.

— Nos infiltrés ont resserré le filet qu'ils avaient lancé, voilà quelques mois, et cette grande opération nous a permis de débusquer l'agitateur qui sévissait à Du-Mille-Yeux.

Ocious se redressa sur son siège alors que ses yeux s'éclairaient.

— Qui est-ce ?

— Achille, le petit-fils d'Arvö.

Ocious étouffa un juron alors que les Félons laissaient échapper des exclamations choquées. Orthon, un des seuls à ignorer ce que cette révélation impliquait, restait de marbre.

— Arvö ? s'exclama Agafon, l'ancien Mémothécaire de retour à Édéfia. N'était-il pas le Serviteur de l'Irrigation sous le Pompignac de Malorane ?

— Ta mémoire est excellente, lui répondit Andreas. Arvö a rallié notre cause quelques mois avant le Grand Chaos. Quand il a mis son Pompignac en place, mon père l'a nommé Serviteur des Cultures, car c'était un brillant agronome – le meilleur d'entre tous. Grâce à lui, de nouvelles variétés de fruits et légumes ont été créées pour s'adapter à la dégénérescence de notre Terre, retardant ainsi l'échéance fatale vers laquelle nous nous acheminions jour après jour. Il est resté à nos côtés pendant de nombreuses années. Jusqu'à ce qu'il manifeste de façon de plus en plus hostile des prises de position incompatibles avec notre conception de l'ordre et notre façon de gouverner.

— Il a contaminé tout son entourage avec ses idées révolutionnaires ! tonna Ocious en abattant son poing sur la table. J'ai accordé ma confiance à des hommes et des femmes qui n'ont eu aucun scrupule à me trahir.

Tous baissèrent les yeux, sauf Orthon et Andreas.

— Où est ce traître d'Achille ? reprit Ocious.

— Nous l'avons neutralisé, répondit laconiquement l'homme barbu.

— Et Arvö ?

— Arvö est maintenu sous surveillance serrée par nos hommes.

— C'est du bon travail ! le félicita Ocious. Je m'occuperai de son cas plus tard. Et sur le reste du territoire, quel est l'état des lieux ?

— Le calme est revenu à Gratte-Feuillée, la capitale du territoire de Vert-Manteau. Depuis que nous avons dépêché là-bas les plus motivés de nos partisans, toute trace de rébellion semble s'être éteinte. Les ambitions des contestataires se sont avérées peu solides, dirait-on. Maintenant, les habitants se terrent comme des rats et se contentent de survivre.

— On ne leur demande rien de plus ! fit Ocious.

Le Maître affichait un air à la fois furieux et méprisant. Son regard avait perdu le voile de doute qui l'avait terni un moment plus tôt pour retrouver une expression conquérante.

— Que suggères-tu ? s'enquit-il en s'adressant à Andreas.

— Je pense que nous devons mettre en place six commandos et lancer des opérations simultanées dans chacune des villes, répondit celui sur lequel se concentrait toute la confiance de son père. Les possibilités de se cacher ne sont pas infinies et le peuple sait qu'il a plus à perdre qu'à y gagner en s'opposant à toi. Il te craint toujours, père. Nous finirons bien par débusquer cette…

Andreas chercha ses mots.

— … petite peste ! conclut-il enfin.

Ocious plissa les yeux, puis laissa échapper un rire féroce du plus sinistre augure.

9

L'Îlot déchu

L'Îlot des Fées ne ressemblait en rien à ce qu'Oksa avait imaginé. Lorsqu'il lui était arrivé d'y penser, elle s'était figuré un endroit hors du temps et de l'espace, un décor d'une beauté irréelle et d'une luxuriance sans comparaison avec tout ce qui pouvait exister sur Terre. Or ce qu'elle découvrait maintenant en compagnie de son Foldingot et de Malorane avait davantage des airs de paradis déchu que de jardin d'Éden. On sentait que le lieu avait été somptueusement féerique, mais que cette splendeur s'était effacée au fil de ces années noires. Adossé à une falaise de pierre blanche polie par la trace verticale d'une ancienne cascade, le territoire n'était pas très grand, à peine plus qu'un village parsemé d'arbres chétifs aux branches tordues. Le ruisseau qui sillonnait son centre avait dû être une rivière aux eaux vives autrefois. Aujourd'hui, il ressemblait à un fil d'argent, ténu et surtout en sursis. Quelques plantes éparses bordaient ses rives, apportant un peu de fraîcheur aux yeux d'Oksa, qui n'avait pas vu de verdure depuis des semaines.

Quand la jeune fille atterrit, tout son corps céda. L'épuisement avait raison d'elle, des pieds à la tête. Elle s'agenouilla sur l'herbe rase et desséchée alors que son Foldingot se précipitait d'une démarche maladroite.

— Ma Jeune Gracieuse fait la démonstration d'un relâchement musculaire et le cœur de sa domesticité se truffe d'inquiétude !

— Oh, mon Foldingot, soupira Oksa, les traits tirés. Il n'y a pas que mes muscles qui se relâchent, tu sais…

Elle s'affaissa encore davantage.

— Je dois avoir une mine désastreuse, dit-elle en regardant ses mains et ses vêtements, griffés et salis.

— Le désastre et la crasse couvrent le corps de ma Jeune Gracieuse, confirma le Foldingot, mais pas son cœur.

Oksa le regarda, les paupières frémissantes.

— Tu es adorable…, murmura-t-elle dans un souffle.

Malorane s'avança à son tour, flottant au-dessus du sol de terre sèche.

— Sur ce territoire, tu ne crains rien. Tu vas pouvoir prendre un peu de repos, ma chère petite.

Oksa redressa la tête.

— Mais…, commença-t-elle, hagarde.

— Il n'y a pas de « mais », la coupa Malorane. Tu ne pourras rien entreprendre sans avoir retrouvé tes forces. Viens avec moi !

Malorane la frôla, mais son immatérialité l'empêchait de la soutenir. C'est le Foldingot qui s'y employa avec tout l'empressement dont il était capable, ce qui s'avéra loin d'être négligeable. Motivé par une énergie insoupçonnée, il saisit les avant-bras de la jeune fille et la tira pour l'aider à se lever. Ses petites mains replètes étaient si moelleuses qu'Oksa aurait voulu rapetisser pour pouvoir s'y blottir. Douceur et chaleur humaines, voilà ce qui lui manquait certainement le plus. Mais tout cela devrait attendre… À ses côtés, le Foldingot poursuivait sans faillir sa mission d'assistance, et le sérieux qu'il y mettait ne supportait aucune entrave, aussi légitime soit-elle.

— Ma Jeune Gracieuse doit faire l'usage de sa domesticité comme d'une canne, l'encouragea-t-il en arrondissant le dos.

Son large sourire et son regard affairé s'avéraient irrésistibles : Oksa ne pouvait qu'obéir et le singulier duo suivit Malorane qui longeait le ruisseau.

— Ici, tu seras bien, indiqua l'ancienne Gracieuse.

De la main, elle montrait un petit belvédère en acajou qui surplombait le ruisseau. Oksa se laissa conduire docilement, le corps pesant de fatigue. Entre chaque colonne gravée de fins motifs végétaux flottaient des tentures vaporeuses et, quand la jeune fille découvrit ce qu'elles abritaient, elle soupira de soulagement.

— Fantastique…

Le plus difficile était de choisir entre manger et dormir. Des préoccupations bassement humaines qui la désespéraient, mais, toute Gracieuse qu'elle fût, elle se sentait incapable de penser à autre chose. Un grondement explicite tordit son estomac et parvint jusqu'aux oreilles du Foldingot.

— La restauration de ma Jeune Gracieuse fait la requête de l'urgence, s'affola-t-il en attirant Oksa vers la table basse couverte de mets. L'inanition connaît l'imminence, repaissez-vous !

Oksa ne se le fit pas dire deux fois. Elle s'assit en tailleur sur un gros coussin molletonné et détailla avec gourmandise le buffet préparé à son intention : des galettes roulées d'où dépassaient des filaments de légumes colorés, des lamelles de poisson grillées et marinées dans des herbes aromatiques, une multitude de minuscules fromages parsemés de noix et noisettes pilées, des tranches de fruit caramélisées, ainsi qu'une motte de beurre dont le crémeux semblait tout bonnement irrésistible. Oksa se saisit d'une miche de pain toute chaude et la coupa en deux avec un plaisir incontestable.

— Viens manger avec moi, mon Foldingot !

Le petit être rosit.

— Ooohhh… Ma Jeune Gracieuse procure à sa domesticité un colossal honneur en faisant don de cette proposition !

— Tu crèves de faim, toi aussi, n'est-ce pas ? fit Oksa, la bouche luisante de beurre.

Le Foldingot acquiesça tout en engloutissant une énorme tranche de pain dont la mie fumait encore.

— Votre domesticité souffrait de la rencontre avec la disette, avoua-t-il.

Oksa ne put s'empêcher de rire. Au-dessus de la rambarde du belvédère, Malorane laissa échapper un soupir.

— Comme c'est bon de vous avoir ici, tous les deux…

— Mon Antécédente Gracieuse possède la vérité en bouche, commenta le Foldingot.

— Eh bien, moi, c'est ce délicieux fromage que je vais avoir en bouche ! s'esclaffa Oksa en engloutissant une petite bouchée odorante.

Malorane et quelques Sans-Âge vêtues de longues robes éthérées les observaient à distance et Oksa était certaine d'avoir surpris un sourire sur leurs lèvres. Elle leur sourit en retour, engourdie de fatigue et soulagée. L'Antécédente Gracieuse – ainsi que la nommait le Foldingot – s'approcha d'elle.

— Merci ! ânonna Oksa. Une heure de plus et je serais morte de faim.

Malorane inclina la tête et ses longs cheveux couvrirent ses épaules comme un voile de soie. Elle était incroyablement somptueuse.

— Nous sommes toutes heureuses de t'avoir parmi nous et de contribuer à aider notre peuple. Mais avant de poursuivre quoi que ce soit, tu dois recevoir quelques soins. Tu es…

— … un peu amochée ? coupa Oksa.

Elle ne voyait que ses bras, striés de coupures, mais elle ne doutait pas que son visage et son cou aient eux aussi subi à leur façon les fléaux qui s'abattaient sur la Terre. Sa peau tirait, déshydratée, et le moindre frottement de son tee-shirt sur ses épaules lui procurait une gêne croissante.

— Je suis défigurée, c'est ça ? demanda-t-elle en voyant l'air soucieux du Foldingot.

— La physionomie de ma Jeune Gracieuse a fait la sauvegarde de son apparence, mais sa peau a connu la rencontre avec quelques dommages. Le témoignage de brûlures est inscrit par des rayures de feu sur le tendre épiderme et l'âpreté des tempêtes a donné l'empreinte de plaies bondées de hideur.

Malorane s'interposa. Toute vérité n'est pas toujours bonne à dire…

— OK…, soupira Oksa. Autant dire que je ressemble à Frankenstein.

— Ce n'est pas aussi grave que tu le crains, la rassura Malorane. Dans quelques heures, il n'y paraîtra plus. Foldingot, à toi de jouer !

La petite créature sortit de sa salopette un étui qui abritait ce qu'Oksa redoutait, à coup sûr des bestioles rampantes ou ces affreuses araignées brodeuses. Elle n'oubliait pas combien les Filfollias avaient « réparé » avec efficacité – et de façon totalement indolore – les coupures qui couvraient son corps après sa rencontre avec Orthon McGraw dans le labo de St. Proximus. Mais les Filfollias n'en restaient pas moins des insectes et Oksa les avait en horreur, quels qu'ils soient !

— Ma Jeune Gracieuse doit procéder à l'adoption d'un positionnement horizontal, suggéra le Foldingot.

Trop épuisée pour résister, Oksa obéit. Mais quand le Foldingot saisit une des araignées entre ses doigts boudinés, elle ne retint pas son dégoût alors que les fines pattes se mettaient aussitôt au travail. Elle ferma les yeux, juste à temps pour ne pas voir les pincées de Pelli-Nettoyeurs que son petit intendant déposait sur son cou et ses joues. Les minuscules vers orange commencèrent leurs soins en suçant consciencieusement chaque plaie. Dans quelques heures, on n'y verrait plus que du feu !

Il faisait doux sur l'Îlot des Fées. Le ruisseau chuchotait, une légère brise faisait danser les tentures. Tout était calme, si calme. Le cœur d'Oksa ne tarda pas à battre plus lentement, à l'unisson des ondulations de son Curbita-peto, alors qu'une langueur bienfaisante s'emparait de son corps. Elle se laissa bientôt tomber sur les énormes coussins et s'endormit, repue et exténuée.

Rêvait-elle ou bien était-ce la pluie qu'elle entendait ? Elle resta immobile, le temps de se souvenir des derniers moments avant sa chute dans ce merveilleux sommeil. Une certaine agitation semblait régner, elle entendait des voix inconnues venant de toutes parts.

— Oh là là…, murmura-t-elle.

Elle se décida à ouvrir les yeux et tomba nez à nez avec le Foldingot qui la fixait d'un air réjoui. Soudain, ce dernier se mit à clamer :

— Ma Jeune Gracieuse fait les retrouvailles de la conscience ! Le réveil est là ! Le réveil est là !

Aussitôt, le belvédère fut envahi de Sans-Âge, Malorane en tête. D'autres flottaient tout autour de la petite construction d'où s'élevait une clameur enthousiaste. Oksa se redressa, les yeux écarquillés.

— Il pleut ? fit-elle. Il pleut vraiment ?

— Oui, ma chère petite ! lui répondit Malorane. Tu as réussi ce prodige ! Grâce à toi et à ma bien-aimée Dragomira, Édéfia va pouvoir revenir à la vie !

Les pensées se précipitèrent dans l'esprit d'Oksa, déboulant comme une avalanche.

— C'est... génial ! lâcha-t-elle, un peu perdue.

Elle se passa la main dans ses cheveux ébouriffés.

— Comment je suis ? demanda-t-elle en observant ses bras.

— Pendant l'assoupissement, les Pelli-Nettoyeurs ont fait la digestion du mal qui creusait la peau de ma Jeune Gracieuse, répondit le Foldingot, et les Filfollias ont accompli la broderie épidermique farcie de triomphe.

— Ouf..., soupira Oksa. Et j'ai dormi longtemps ?

— Le sommeil de ma Jeune Gracieuse souffrait d'un long déficit, précisa le Foldingot. Le repos a connu la persistance pendant deux jours et deux nuits.

— Quoi ? Mais c'est horrible ! s'écria Oksa.

Ses yeux s'emplirent de larmes. Les Sauve-Qui-Peut étaient aux mains d'Ocious et elle, elle avait perdu deux jours et deux nuits... à dormir ! Elle se leva d'un bond, ce qui la fit chanceler. Tremblante de rage, elle s'agrippa à la rambarde et essuya ses joues humides du revers de sa manche. Tous les visages aimés défilèrent dans sa tête.

— Est-ce que quelqu'un a des nouvelles de mon père ?

Un mouvement se manifesta dans la petite pochette qu'elle portait en bandoulière.

— Mon Culbu-gueulard !

Elle aida la petite créature en forme de cône à s'extirper de la sacoche.

— Jeune Gracieuse, à vos ordres ! Que puis-je faire pour vous être utile ?

Elle lui glissa quelques mots à l'oreille et le Culbu, tel un gros bourdon ventru, s'envola vers le sud.

— Reviens vite..., murmura-t-elle.

Même si un fort sentiment de culpabilité pesait de tout son poids dans l'esprit de la jeune fille, il lui fallait reconnaître que tout signe de fatigue avait disparu. Entourée par Malorane et par quelques Sans-Âge, elle descendit les marches du belvédère avec précaution. Elle sentit alors la pluie s'abattre sur elle et en éprouva un bonheur surpris. En quelques secondes, elle se retrouva trempée, mais l'ondée était si tiède, si réconfortante que tout cela n'avait aucune importance. Elle leva le visage vers les nuages qui déversaient des trombes d'eau, effaçant la crasse et les marques poussiéreuses. Elle se sentait revivre. Elle retira ses chaussures et son pantalon, puis sa veste de survêtement pour ne garder que son tee-shirt. Le contact de ses pieds avec la boue s'avérait un délice et cette douche improvisée un véritable miracle. Peu s'en fallait qu'elle ne se roule sur ce sol onctueux comme de la crème ! Mais elle se contenta de plonger ses mains dans la terre liquide et se releva, paumes tendues devant elle, le visage levé vers le ciel couvert de nuages pour regarder la pluie laver sa peau jusqu'à ce qu'elle devienne immaculée.

Une odeur animale attira son attention. Stupéfaite, elle découvrit une dizaine d'êtres singuliers qui creusaient des rigoles pour canaliser l'eau gorgeant la terre.

— Des Attentionnés ! Incroyable ! s'exclama-t-elle en plissant les yeux pour mieux les observer.

Malorane la regarda d'un air surpris. Oksa répondit à sa question muette.

— C'est Baba qui m'en a parlé, expliqua-t-elle en tirant sur son tee-shirt. Elle aurait adoré les rencontrer..., ajouta-t-elle avec mélancolie.

— Oh, mais elle l'a fait ! précisa Malorane. Et je peux te dire que ce fut un excellent moment pour elle comme pour eux !

Les êtres interrompirent leur travail et s'approchèrent pour s'incliner devant Oksa. Leurs longs bois, dressés sur leur tête d'humains, frôlèrent les pieds de la jeune fille. Les Attentionnés grattèrent le sol boueux de leurs sabots avant de plier leurs pattes avant en signe de déférence. La pluie rebondissait sur leur pelage d'un brun chaleureux d'où s'échappaient de minuscules bouffées de vapeur, ce qui leur donnait un aspect encore plus irréel, encore plus fantastique. Troublée et admirative, Oksa les dévisagea : accepter de subir le sortilège qui allait faire d'eux des créatures mi-hommes, mi-cerfs pour vivre aux côtés des Sans-Âge, voilà la preuve d'une sacrée détermination !

— Merci d'avoir sauvé notre Terre, Jeune Gracieuse ! déclara celui qui semblait le plus âgé des Attentionnés, une créature à la barbe pointue et aux bois démesurés.

Et aussitôt, ils retournèrent tous à leur travail au grand galop.

— Euh… pas de quoi…, bredouilla Oksa.

Instinctivement, elle leva la tête et scruta le ciel, dans l'impatience fébrile du retour du Culbu-gueulard. Tant qu'elle n'aurait pas de nouvelles de ceux qu'elle aimait, elle n'arriverait à rien. Malorane s'approcha, attentive au moindre trouble de la jeune fille. Elle la frôla avec douceur, sans un mot. Même le Foldingot se trouvait à court de paroles réconfortantes. Oksa s'assit sur une des marches du belvédère et se rongea un ongle – sa vilaine manie n'avait pas disparu avec le passage accéléré des années. Puis, ne pouvant faire autre chose, elle attendit, repliée sur elle-même, le tee-shirt tiré jusqu'aux genoux.

Il était temps que le petit informateur ailé réapparaisse enfin : Oksa était au supplice. Elle bondit en poussant un grand cri. La créature se posa au creux de sa main, dégoulinante de pluie.

— Culbu-gueulard de ma Jeune Gracieuse, au rapport !

— Dis-moi, je t'en prie !

— Ma Jeune Gracieuse, j'ai volé de toutes mes forces et j'ai pu rejoindre la cité de Du-Mille-Yeux située à cent dix kilomètres en trente-sept minutes – mesure de Du-Dehors. Là-bas, de nombreux escadrons de Vigilantes menaient la garde autour de la Colonne de Verre, j'ai dû ruser pour pouvoir entrer en rampant le long des fondations. Ces hargneuses chenilles volantes m'ont pris pour un coléoptère inoffensif et je suis entré…

Oksa, bien que suspendue à ses mots, traduisit son impatience de façon involontaire mais suffisamment manifeste pour que le Culbu en vienne à ce qui la préoccupait.

— J'ai pu atteindre l'avant-dernier étage, ma Jeune Gracieuse, là où les Sauve-Qui-Peut sont cantonnés. Vous devez être informée que votre père, Abakoum et Zoé ne sont plus dans la Colonne.

— Quoi ? s'affola Oksa.

Son cœur manqua un battement, et elle imagina tout de suite le pire : Ocious s'était vengé de sa fuite en tuant ceux à qui elle tenait le plus. Elle poussa un gémissement déchirant. Des images terribles explosèrent dans sa tête alors que le Culbu se mettait en vol stationnaire juste devant son visage en vrombissant comme un moteur.

— Ne vous alarmez pas, ma Jeune Gracieuse ! J'ignore comment ils ont fait, mais je suis catégorique : ils ont tous les trois réussi à s'évader !

10

La chasse à la Gracieuse

Les habitants d'Édéfia avaient enduré bien des souffrances ces dernières années. À l'issue du Grand Chaos, la Gracieuse Malorane était morte et une poignée d'entre eux avaient disparu à travers le Portail : la future Gracieuse Dragomira, son frère Léomido, l'Homme-Fé, Orthon et certains éminents personnages… Aux yeux de la majorité, ils étaient morts, désintégrés lors de leur passage, et le traumatisme avait été aussi violent qu'inédit, car jamais dans l'histoire d'Édéfia on n'avait connu de telles horreurs. Depuis, plus rien n'avait été pareil et nombreux étaient ceux qui regrettaient la sérénité d'antan, quand ils ne savaient rien de Du-Dehors. Les Gracieuses les avaient maintenus dans l'ignorance pendant des siècles, tous le savaient maintenant et, après une période de stupéfaction scandalisée, ils en comprenaient les raisons : la sécurité et l'équilibre d'Édéfia en dépendaient, c'était aussi simple – et essentiel ! – que cela.

Mais depuis près de soixante ans, tous payaient le prix de la divulgation du Secret-Qui-Ne-Se-Raconte-Pas. L'orgueil, l'individualisme, la soif de domination… Après les avoir observés chez les Du-Dehors à travers les rêvoleries de Malorane, le peuple d'Édéfia comprit à ses dépens qu'il n'échappait pas aux pires travers de ceux qu'ils avaient d'abord craints, puis appris à connaître à travers les révélations de Malorane. « Il y a dans l'homme, à Du-Dedans, à Du-Dehors, du bon et du mauvais », disait le Secret. Comme la prise de conscience avait été cruelle…

Les premières décennies qui suivirent le Grand Chaos, rien ne se passa, si ce n'était la saisie du pouvoir par Ocious et ses partisans, ceux-là mêmes qui avaient provoqué la chute de Malorane et cet épouvantable gâchis. Le peuple d'Édéfia, sous le choc, laissa faire, et les rares protestataires, trop seuls et peu accoutumés à s'opposer, finirent par s'enfermer dans leur propre résignation. Puis tout s'était accéléré. En quelques semaines, le ciel s'était couvert d'une couche de nuages secs, épaisse et pénible comme une chape de plomb. Les températures et la luminosité s'étaient mises à chuter sévèrement, l'eau avait commencé à se raréfier, entraînant un appauvrissement des cultures, la désertification, les restrictions. Ocious avait tenté d'endiguer le processus inexorable qui chaque jour mettait un peu plus Édéfia en sursis. Entouré des plus grands spécialistes, il avait su mettre en œuvre tout un système visant à la fois à économiser et à exploiter différemment les ressources. On abandonna des centaines de kilomètres carrés de cultures pour concentrer l'irrigation sur des territoires plus restreints, on creusa toujours plus profond dans la terre pour en remonter une eau devenue plus précieuse que les diamants et les saphirs des troglodytes d'À-Pic, les tribus se regroupèrent afin de mettre en commun les ressources. Et les efforts. Car le peuple, soumis au manque, s'épuisait.

Mais au-delà des forces et des biens essentiels, c'était surtout l'espoir qui se raréfiait. L'âge d'or d'Édéfia s'était éteint et, malgré les discours enflammés d'Ocious, personne n'était dupe : ce qui avait été perdu ne se retrouverait jamais.

Seule une minorité croyait encore en l'avenir. Contrairement au peuple, Ocious et ses partisans étaient persuadés que ceux qui avaient disparu à travers le Portail avaient survécu. Mais il est vrai qu'ils bénéficiaient d'informations de première main qui donnaient un crédit certain à cette hypothèse.

Aux confidences de Malorane s'étaient ajoutées les milliers de données gardées secrètement depuis des siècles dans les Archives Gracieuses. Et c'est à la Mémothèque, au dernier étage de la Colonne de Verre, en partie détruit lors du Grand Chaos, qu'Ocious prit la mesure non seulement de l'envergure du Secret, mais aussi des possibilités infinies qui pourraient s'offrir à lui s'il parvenait à franchir le Portail. Aussi conserva-t-il pendant toutes ces années la profonde certitude qu'un jour il pourrait sortir d'Édéfia afin de régner sur ce monde Du-Dehors et ses milliards d'humains. Et comme son ancêtre Témistocle, il consacra une énergie phénoménale à la recherche du moyen qui lui permettrait enfin de passer la frontière invisible.

Longtemps, il est resté un Maître ferme et cependant juste. Un monarque à l'autorité martiale, mais également un homme sachant prendre des décisions salutaires pour son peuple. Puis ses convictions dépassèrent son sens du devoir, son impatience et ses ambitions finirent par étouffer sa raison. Certain que la solution résidait dans la fabrication d'un élixir Murmou surpuissant, il fit un choix ignoble qui mit le peuple d'Édéfia à la merci des infâmes Diaphans. D'énormes quantités d'élixir furent fabriquées alors que des centaines de personnes perdaient à tout jamais la possibilité d'éprouver des sentiments amoureux pour quiconque.

Édéfia venait d'entrer dans la pire période de toute son histoire : les Années de Goudron. À l'image de la substance écœurante qui coulait à flots des narines fondues des Diaphans. Alors qu'à cette même époque, Dragomira s'installait à Paris avec Abakoum et Pavel, à Édéfia, les Diaphans mouraient les uns après les autres d'overdose de sentiments Bien-Aimés sans avoir réussi à offrir à Ocious ce qu'il voulait. Et pour la première fois, le peuple Du-Dedans osait se révolter contre la barbarie égocentrique et mégalomane de son Maître.

Même si personne n'y laissa la vie, la répression fut terrible. Brimades, claustration dans des territoires arides, rationnements abusifs... Ocious n'était arrêté par aucun scrupule, si ce n'était de ne pas attenter à la vie humaine, un principe immuable à Édéfia. Par ailleurs, des quantités industrielles d'élixir Murmou furent distribuées à tous ceux qui acceptaient d'entrer dans l'armée du Maître sinistrement incontestable. Terrorisés par la tournure que prenait l'avenir, ils s'avérèrent nombreux et les rangs des Murmous grossirent de façon démesurée, faisant d'Édéfia, autrefois terre d'harmonie, un véritable État martial. Quant à Ocious, son pouvoir ne fit que se durcir au fur et à mesure que sa frustration de rester bloqué à Édéfia grandissait.

Et c'est ainsi qu'une grande partie du peuple perdit la richesse de la terre, le réconfort de l'amour et l'espoir d'un futur prometteur.

Quand Ocious en donna l'ordre d'une voix déterminée, ses commandos s'abattirent comme un épouvantable fléau sur les six villes que comptait Édéfia. Le retour de Sauve-Qui-Peut et l'arrivée de la Nouvelle Gracieuse avaient fait l'effet d'un coup de tonnerre dans les esprits recroquevillés des Du-Dedans. La nouvelle s'était répandue à la vitesse de la lumière, les têtes s'étaient redressées, à l'affût des bouleversements inéluctables que cette jeune fille allait générer.

Quelques jours plus tard, la pluie s'était mise à tomber. Le signe était fort. Très fort. Inespéré à plus d'un titre. Après le soulagement vint l'attente. Quelque chose devait se passer, inévitablement. Mais qui pouvait se douter de ce qui allait arriver ?

Escortés par des Vigilantes surexcitées et des Chiroptères aux dents aiguisées, les escadrons d'Ocious envahirent en pleine nuit les cités exsangues, entrant par la force dans toutes les maisons. Partout, les habitants furent littéralement jetés hors de leur lit et soumis au feu d'une unique question :

— Où est la Jeune Gracieuse ?

Devant le mutisme incrédule de la population, les soldats haussèrent le ton.

— Si l'un de vous sait où se trouve la Jeune Gracieuse ou s'il a des informations la concernant, qu'il le dise maintenant !

— Sinon ? demandèrent les plus téméraires.

Les Vigilantes se chargèrent de répondre en frôlant de leurs cils vibratiles extrêmement irritants les joues des audacieux qui se mirent à hurler de douleur. Alors, personne ne prononçant plus un seul mot, les soldats fouillèrent les habitations de fond en comble. De la moindre maison suspendue dans les arbres de Vert-Manteau à la plus petite grotte d'À-Pic, ils retournèrent tout, jetant le contenu des coffres et des meubles, soulevant les matelas, brisant les objets et le moral de leurs propriétaires. Quelques-uns essayèrent de s'interposer dans un mouvement de révolte furieuse, mais les escortes volantes s'avéraient plus redoutables encore que les commandos humains.

Du haut de la Colonne de Verre, Ocious observait l'opération qui était en train de se dérouler à Du-Mille-Yeux. Ses deux fils menaient en ce moment même la plus grande investigation jamais conduite dans la principale cité d'Édéfia depuis la Confiscation des Crache-Granoks, quelques années plus tôt. Une opération magistrale bien mal récompensée, se remémora le vieux Cicérone. Il balaya l'air d'un geste de la main comme pour chasser ce peu glorieux souvenir.

— Pourquoi s'obstinent-ils toujours à lutter contre moi ? soupira-t-il en voyant les gens s'attrouper à l'extérieur de leur maison sous la garde farouche de ses soldats.

Ses deux fils étaient là-bas, dans les rues rendues boueuses par la pluie qui tombait sans interruption depuis des jours. Orthon et Andreas. Andreas et Orthon. Ils se détestaient, c'était si évident… Et lui ? Les aimait-il ? Il grommela et concentra son attention sur un incendie qui naissait au loin, dans les faubourgs de Du-Mille-Yeux.

— Pourquoi faites-vous cela ? hurla une jeune fille en direction d'Andreas.

Deux soldats la maintenaient fermement, l'un par ses longs cheveux, l'autre par les bras.

— Ton père et ton arrière-grand-père sont des agitateurs, répliqua Andreas en se positionnant devant elle afin de la dominer de toute sa hauteur. Des agitateurs et des renégats, ajouta-t-il. Ils ont trahi Édéfia.

Sa voix, étrangement calme, presque envoûtante, tranchait avec la dureté de ses mots et surtout de son regard, noir comme ses cheveux coupés ras. Andreas était un homme peu ordinaire, dégageant une impression de majesté élégante et dangereuse. Ses gestes étaient rares, mais d'une précision impeccable, et son acuité se révélait redoutable. Il tourna la tête pour regarder la foule consternée, offrant aux uns son regard insondable et aux autres son profil parfait. Face à lui, la jeune fille se débattait. Les soldats resserrèrent leur emprise, déchirant au passage la manche de la robe de leur prisonnière.

— Mon père et mon arrière-grand-père ne sont pas des renégats ! cracha-t-elle. Ils aiment Édéfia plus que vous et votre dictateur de père !

Tout le monde crut qu'Andreas allait la gifler. Et tout le monde se trompait. Il se contenta de la dévisager longuement, puis il claqua des doigts. Aussitôt, des soldats entrèrent dans la maison de la jeune fille et se déchaînèrent : tout ce qui était contenu à l'intérieur fut jeté par les fenêtres et un vieil homme au visage sillonné de rides traîné dehors.

— Laissez-le, bande de brutes ! cria la jeune fille en se débattant de plus belle.

— Relève-toi, Arvö ! ordonna Andreas. N'ajoute pas à la honte qu'a semée Achille sur ta famille.

— Mon père n'a rien fait ! reprit la jeune fille malgré l'essaim de Vigilantes qui vrombissaient près de son visage. Dire ce que l'on pense n'est pas un crime !

Andreas la fixa en souriant de ses yeux noirs comme la nuit.

— Bien sûr que non, ce n'est pas un crime, fit-il avec une jubilation malsaine. Mais semer la discorde en des temps si difficiles, ça l'est.

— Où est-il ? demanda le vieil Arvö, couvert de boue.

— Là où ses mensonges ne peuvent être entendus que de lui, répondit Andreas.

— Vous n'avez pas le droit ! s'insurgea la jeune fille.

Cette fois-ci, le visage d'Andreas se crispa dans une expression menaçante. Il s'approcha jusqu'à se retrouver à quelques centimètres de celle qui lui tenait tête et pointa son doigt sur son front, juste entre les deux yeux.

— Tu te trompes, jeune Lucy : j'ai tous les droits.

Puis il fit volte-face, se saisit d'un flambeau et mit le feu à la maison sous les regards terrifiés de la population.

À quelques mètres derrière, Orthon affichait un air supérieur. Voilà donc comment son *merveilleux* et *si talentueux* demi-frère s'y prenait pour s'imposer ! Un beau parleur à la tête d'une bande de mercenaires aux gros bras, c'est ce qu'il était, rien de plus. Bousculer ce vieillard, terroriser cette gamine, brûler cette maison… Quelle ridicule démonstration de force ! Lui, Orthon, le fils aîné, avait plus de cran, plus de style. Il sortit sa Crache-Granoks et souffla en direction d'Arvö. Le vieil homme s'écroula dans une flaque, inerte, les yeux écarquillés. Aussi stupéfaits que tous les témoins de la scène, les gardes lâchèrent la jeune fille qui se précipita auprès de son arrière-grand-père. Sous ses pleurs et le silence horrifié de la foule, Orthon adressa à Andreas un long regard plein de défi et s'éloigna sous la pluie battante. La bataille s'engageait à un autre niveau.

Les six villes furent mises à sac, méthodiquement, sauvagement. Le message était à la hauteur de l'enjeu et les principes qui avaient réussi à survivre jusqu'alors s'effondrèrent comme un château de cartes. Il était évident que l'autorité et les menaces ne suffisaient plus, et c'est ainsi que la brutalité la plus aveugle put s'imposer, ravageant tout sur son passage.

Néanmoins, Gratte-Feuillée – la plus grande cité du territoire de Vert-Manteau – offrit une résistance inattendue. La configuration des lieux fut le premier obstacle auquel se trouvèrent confrontés les soldats d'Ocious, y compris les plus motivés d'entre eux : les maisons étaient construites à différentes hauteurs sur les arbres, toutes liées par des tyroliennes ou des ponts de singe, et cette répartition en escalier compliquait diablement la mission des commandos d'Ocious. Mais davantage encore que le terrain difficile, ce furent quelques insoumis qui donnèrent le plus de fil à retordre. Menés par un homme au visage masqué porteur d'une Crache-Granoks, des Sylvabuls se rebellèrent contre cet usage éhonté de la force. Alors que les soldats passaient tant bien que mal de maison en maison, des silhouettes se profilèrent le long des troncs d'arbres géants. Agiles comme des écureuils, rusés comme des renards, ils créèrent une zizanie sans nom dans les rangs des soldats en leur tendant de multiples pièges et traquenards, tous plus inventifs les uns que les autres. Les victoires remportées étaient menues, mais elles revêtaient un haut pouvoir symbolique malgré le risque qu'elles entraînaient. Blessés dans leur orgueil encore plus que dans leur chair, les soldats n'eurent aucun scrupule et c'est à Grattc-Feuillée – l'irréductible – que la répression connut ses heures les plus rudes.

En vain, puisqu'on ne trouva rien et que personne ne parla.

11

Encerclée !

Depuis le début, Ocious se doutait bien que l'Îlot des Fées représentait le lieu idéal où pourrait se cacher la Jeune Gracieuse. Cependant, Agafon, le Mémothécaire, était formel : nulle part dans les Archives Gracieuses n'était mentionnée une quelconque visite d'un être humain dans cette partie du territoire. À part les Attentionnés et les Gracieuses – défuntes ou encore en vie –, personne ne pouvait y entrer. Comme le Manteau invisible entourant Édéfia, l'Îlot était protégé par une frontière indistincte et surtout extrêmement dissuasive qui éjectait à plusieurs dizaines de mètres tous ceux qui s'en approchaient. Sans la coopération des Sans-Âge, il n'existait aucune possibilité de pénétrer à l'intérieur et Ocious avait bien compris qu'elles étaient loin d'être ses alliées… Depuis la disparition de cette idéaliste de Malorane, aucune d'entre elles ne s'était manifestée. Et pourtant, elles n'avaient pas manqué d'être actives, comme le lui avait confirmé Orthon. Elles étaient apparues plusieurs fois aux Sauve-Qui-Peut, à Du-Dehors, et nul doute qu'elles avaient pris Oksa en main dès son entrée dans cette satanée Chambre de la Pèlerine.

La fouille des six villes d'Édéfia avait servi à prouver à la population une seule chose : c'était Ocious qui tenait encore les rênes du pays. Mais ce résultat était loin de satisfaire le vieux Maître. Aussi, faute de pouvoir y entrer, il avait fait encercler l'Îlot des Fées par deux escadrons : un volant hyper-entraîné mené par Andreas, et un autre terrestre dirigé par lui-même et Orthon. Et à supposer que la Jeune Gracieuse soit déjà à l'intérieur, elle ne pourrait sortir sans être vue. On verrait bien alors qui était le plus fort.

L'encerclement n'échappait à personne à l'intérieur de l'Îlot des Fées. Sans être vue, Oksa pouvait observer le mouvement des patrouilles escortées par d'ignobles nuées de Vigilantes et de Chiroptères. Elle pouvait même voir Ocious, Andreas, Orthon, son fils Gregor... Harnachés d'armures de cuir, ils paraissaient prêts à tout. Un puissant ressentiment inonda le cœur d'Oksa.

— Ils sont tenaces..., grimaça-t-elle.

— Encore plus que tu ne l'imagines ! fit Malorane.

Attentive et soucieuse, l'ancienne Gracieuse rejoignit Oksa près du filtre invisible et fixa Ocious, celui qui avait causé sa perte. Son apparence, d'ordinaire d'un blanc opalescent, s'assombrit pour prendre l'aspect d'un nuage orageux, teinté de marbrures noires et violettes. À l'image de son ressentiment, Oksa n'en doutait pas.

Elle n'avait pas oublié les terribles images vues à travers le Caméroeil de Dragomira : presque soixante ans plus tôt, à côté du Portail béant, Ocious et Malorane s'affrontaient dans un face-à-face impitoyable. La tête ensanglantée, la Gracieuse déchue voltigeait dans un saut désespéré pour s'abattre de toutes ses forces sur son ennemi mortel. Depuis, elle était morte et devenue une Sans-Âge. Ocious, lui, avait survécu.

Soudain, comme s'il avait senti qu'on le regardait, il tourna la tête dans leur direction et braqua ses yeux sur les deux Gracieuses. Oksa ne put retenir un cri alors que Malorane restait parfaitement immobile, dans une attitude de défi implacable. Ocious s'approcha, les yeux plissés, et le temps sembla se suspendre. Il savait qu'elles étaient là, à quelques centimètres et pourtant hors d'atteinte. Ce qui expliquait la fureur qu'on pouvait lire sur son visage. Puis son expression changea radicalement pour afficher un sourire féroce qui fit frissonner Oksa des pieds à la tête. Il s'avança et, parvenu jusqu'à la frontière, fit un nouveau pas en avant. Et au lieu de le voir éjecté comme les autres soldats, Oksa constata qu'il s'enfonçait dans la barrière invisible. Elle ne put s'empêcher de gémir d'horreur.

— Ne t'inquiète pas, ma chère petite..., intervint Malorane.

— Je ne suis pas inquiète, souffla Oksa. Mais tout de même, il est le plus puissant des Murmous, le descendant de Témistocle, il pourrait réussir à passer !

— Non, ni lui ni personne, fit Malorane. Cet endroit est celui des Gracieuses et de leurs invités, nul autre n'est le bienvenu. Aie confiance, Oksa.

Plusieurs Sans-Âge l'entourèrent de leur halo bienveillant. Confirmant les propos rassurants de l'Ancienne Gracieuse, Oksa vit Ocious reculer sans toutefois se départir de son expression de défi.

— Qu'est-ce qu'on va faire ? s'enquit la jeune fille.

Elle se voyait déjà bloquée dans cet Îlot pendant des mois car, déterminé comme il l'était, Ocious pouvait tenir le siège longtemps. Très longtemps. Les larmes lui montèrent aux yeux. Elle était là, dans une bulle qui prenait de plus en plus les allures d'une prison dorée, alors que les siens luttaient sans relâche. Il y avait tant à faire !

— Tu es une Gracieuse maintenant..., lui répondit Malorane.

— Eh bien, je n'ai pas l'impression que ça m'avantage vraiment ! l'interrompit Oksa en donnant un coup de pied rageur dans la boue qui couvrait le sol.

— Tu es une Gracieuse, répéta Malorane. Ce qui te confère des pouvoirs uniques.

— Je ne peux pas... je ne peux pas lutter contre *ça* ! lâcha Oksa en pointant du doigt les escadrons de soldats et les nuées d'inscctes.

— Lutter ? Non, effectivement, tu ne le peux pas sans risquer ta vie, ce qui est hors de question. Mais tu peux t'échapper.

Oksa se passa les mains dans les cheveux et gémit :

— Comment ?

— Sais-tu ce qu'il te faudrait pour y arriver ?

Le front plissé par l'angoisse et la concentration, Oksa réfléchit quelques secondes à mi-voix, avant de se tasser sur elle-même.

— À part devenir invisible, je ne vois pas...

À ces mots, la silhouette nébuleuse de Malorane retrouva sa blancheur et une nette palpitation parcourut les Sans-Âge. Le Foldingot s'approcha, ses gros yeux bleus brillant d'exaltation.

— Ma Jeune Gracieuse vient de faire l'apposition de son doigt sur la solution, fit-il.

Le regard d'Oksa passa des Sans-Âge à la petite créature réjouie.

— Vous voulez dire que je peux devenir invisible ? s'exclama-t-elle, incrédule. C'est à cause... je veux dire *grâce* au fait que je suis désormais une Murmou ?

Le Foldingot agita la tête en signe de négation.

— Ma Jeune Gracieuse n'exprime pas la raison adéquate, fit-il. Mais sa domesticité va procéder à la mise à disposition d'indices capitaux. Ma Jeune Gracieuse a-t-elle fait la conservation du souvenir de sa visite à l'intérieur du silo appartenant au bien-aimé Homme-Fé ?

Oksa se passa la main sur le visage.

— Euh, oui… Il y avait beaucoup de choses ! Laisse-moi réfléchir… Centaurée, Nobilis, Pulsatilla, herbes magiques, Capuchons de Moine, Morelle Endormante…

— Ni les plantes ni les herbes ne feront le don de l'invisibilité à ma Jeune Gracieuse, la coupa le Foldingot.

— Alors, c'est quoi ? s'alarma-t-elle.

Elle avait beau avoir grandi et être devenue une Gracieuse à part entière, quelque chose en elle n'avait pas changé, malheureusement : la panique l'aveuglait toujours autant. L'image de Gus passa fugitivement dans son esprit. Dans ce genre de situation, c'était lui qui trouvait toujours la réponse. Une vraie mémoire d'éléphant ! Mais Gus n'était pas là.

— Allez, Oksa, creuse-toi la cervelle ! murmura-t-elle pour s'encourager.

Elle se força à respirer calmement et replongea dans ses souvenirs. La maison d'Abakoum, l'ancien silo à grains, la serre peuplée de plantes délirantes, les Ptitchkines qui faisaient les fous… Le visage radieux, elle s'écria soudain :

— Les Invisibuls ! C'est ça, n'est-ce pas ?

Les Sans-Âge se mirent à briller d'un éclat nouveau alors que le Foldingot battait des mains avec une maladresse irrésistible. Oksa exultait : la solution était en elle et elle l'avait trouvée ! Les Invisibuls n'étaient pas seulement des têtards volants qui avaient formé un tableau mouvant pour lui souhaiter la bienvenue, ils étaient aussi de merveilleux caméléons pouvant lui procurer l'invisibilité grâce à leur pouvoir mimétique. Oksa s'en souvenait maintenant… Quand elle avait demandé à Abakoum si elle pouvait essayer, ce dernier lui avait répondu avec un brin de mystère : « En temps voulu, oui, tu le pourras… » Eh bien, ce temps était arrivé, non ?

— Le problème, c'est que nous n'avons une quantité d'Invisibuls que pour toi et ton Foldingot, lui annonça Malorane. Aucune de nous ne va pouvoir t'accompagner, ma chère petite. Même si nous ne sommes plus de chair et d'os, Ocious nous détecterait, ce qui mettrait en péril ton évasion.

— Je vais y arriver, je vous assure ! s'exclama Oksa.

Elle s'interrompit, le regard soudain voilé.

— Mais… qu'est-ce que je dois faire ? Où dois-je aller ?

— Donne-nous ton Culbu-gueulard, veux-tu ? fit Malorane en tendant la main vers elle.

Oksa obtempéra et, pendant qu'une Sans-Âge glissait à l'oreille de la petite créature tous les repères nécessaires pour conduire la Jeune Gracieuse, Malorane annonça dans un souffle ardent :

— Tes partisans t'attendent, ma chère Oksa. Va en confiance.

12

Une belle échappée

Quand les Invisibuls recouvrirent son corps, Oksa crut qu'elle allait hurler de dégoût. Certes, les minuscules créatures n'étaient pas des insectes, mais être enveloppée par des têtards gluants n'était pas ce qu'Oksa avait connu de plus réjouissant.

— Oh… Je ne suis pas sûre d'arriver à supporter ça, murmura-t-elle en évitant d'ouvrir trop grand la bouche.

Par bonheur, son Foldingot se tenait collé contre elle, ce qui la rassurait considérablement. En quelques secondes, tous les deux furent enrobés, disparaissant aux yeux de tous les êtres vivants. Alors, consciente de l'incroyable avantage que lui procurait ce nouveau pouvoir, Oksa inspira à fond, fit le vide dans son esprit afin d'oublier l'épaisse couche d'Invisibuls qui grouillaient sur elle, et s'élança au-dessus de l'Îlot.

Les Sans-Âge l'accompagnèrent jusqu'à la frontière invisible en lui insufflant courage et volonté. Oksa n'en manquait pas. Cependant, bien qu'elle soit invisible, la perspective de se retrouver au milieu de ses pires ennemis s'avérait plus éprouvante qu'elle ne l'aurait pensé.

Comme s'il avait senti qu'elle était là, Ocious leva la main et rugit, entraînant la moitié des patrouilles terrestres dans les airs. Qu'avait-il bien pu déceler ? Un mouvement dans la protection qui entourait l'Îlot ? Une faille dans la couverture d'Oksa ? Les yeux étrécis, il scrutait le ciel brouillé. Il savait qu'elle était là. À quelques dizaines de centimètres seulement, Oksa croisa son regard soupçonneux et manqua de perdre l'équilibre. Que c'était troublant de voir sans être vue !

— Tous ici ! ordonna Ocious d'une voix impérieuse.

Les escadrons se ruèrent vers leur Maître. En un instant, une bonne centaine d'hommes formèrent un véritable mur autour de lui. Oksa s'en voulait amèrement. Au lieu de grimacer à propos de la viscosité des Invisibuls, pourquoi n'avait-elle pas posé les questions essentielles : allait-elle perdre sa densité ? Pouvait-elle être atteinte par des Granoks ? Pouvait-on la capturer ? Réceptif à ses doutes – et surtout à son cœur qui battait à la volée –, le Foldingot resserra son étreinte.

— Ma Jeune Gracieuse doit faire l'acquisition d'un renseignement, fit-il à l'oreille d'Oksa, qui sentait la panique gonfler en elle.

— Je t'écoute, dit-elle dans un souffle.

— Les Invisibuls procurent la rencontre avec la transparence bondée d'intégralité. Ma Jeune Gracieuse peut déployer la conviction de n'être ni vue, ni entendue, ni sentie, ni touchée. Un unique inconvénient connaît néanmoins la subsistance : les gestes de ma Jeune Gracieuse n'ont pas le pouvoir d'adresser des conséquences.

— Quoi quoi quoi ? s'exclama Oksa, soudain revigorée. Tu veux dire que je suis immatérielle ? Comme un fantôme ?

— L'affirmation est complète, ma Jeune Gracieuse.

Il n'en fallut pas plus à Oksa pour se décider. Elle prit son élan et fonça sur la muraille humaine qui lui faisait face.

— Laissez-moi passer, bande de sales types ! cria-t-elle à tue-tête.

Elle sentit une vague résistance en traversant le corps de plusieurs soldats, mais rien qui puisse l'arrêter. Réciproquement, ces hommes semblaient percevoir un mouvement sans pouvoir en déterminer l'origine. Certains s'entre-regardèrent avec scepticisme pendant que d'autres tournaient sur eux-mêmes, cherchant d'où venait cette étrange sensation.

Quand Ocious risqua un Knock-Bong, le coup traversa Oksa comme un simple coup de vent : sous la couche d'Invisibuls, ses cheveux voltigèrent alors qu'elle sentait le souffle de l'onde sur sa peau.

Grisée, elle jubilait. Elle se retrouva soudain face à Orthon, son ennemi de toujours, et son enthousiasme se mua instantanément en une colère noire. Le Félon se tenait immobile, suspendu dans les airs, à l'affût. Oksa se mit en Voltical stationnaire juste devant lui et fixa sans retenue ses yeux gris aluminium.

— Je vous hais ! hurla-t-elle, protégée par les Invisibuls qui étouffaient le moindre son qu'elle pouvait émettre. Vous êtes le pire pourri qui existe sur les Deux Mondes ! Et laissez-moi vous prévenir d'une chose : vous paierez très cher tout ce que vous avez fait à ceux que j'aime !

Orthon n'entendait peut-être pas les mots, mais la rage de la Jeune Gracieuse semblait pouvoir franchir toutes les armures imaginables, y compris la surpuissante couverture des Invisibuls. D'un mouvement brusque, il tendit le bras en avant et sa main atteignit l'épaule d'Oksa. Pétrifiée, la jeune fille n'osait plus bouger. Le Foldingot se serra de toutes ses forces contre sa maîtresse.

— Ma Jeune Gracieuse doit procéder à l'échappée, murmura-t-il. Maintenant.

Dans un sursaut, Oksa partit à la vitesse d'un éclair, s'élevant en un temps record au-delà des nuages. Léomido – son cher maître – aurait été fier d'elle... Ocious, Orthon et leurs escadrons maudits pouvaient toujours chercher, ils n'étaient pas près de la trouver !

Comme à son habitude, le Culbu-gueulard s'avéra un éclaireur hors pair. Enduit d'une poignée de têtards magiques, il guidait Oksa à travers le ciel sans négliger de l'encourager. La jeune fille, encore tremblante de sa dernière rencontre aérienne, lui en était reconnaissante. Braver seule de tels dangers la déstabilisait, elle devait bien le reconnaître.

— Ma Jeune Gracieuse ne fera jamais la rencontre avec la solitude, dit soudain le Foldingot en enroulant ses longs bras autour du cou d'Oksa. Sa vie connaîtra toujours le déroulement avec la compagnie de ses créatures.

Oksa ralentit.

— Tu es vraiment gentil, mon Foldingot, finit-elle par lâcher. Et tu as sacrément raison !

Touchée, elle continua son vol, les yeux braqués sur le Culbu qui battait poussivement des ailes. Sous eux, Édéfia s'étalait en un morne désert, désormais boueux et parcouru de rivières devenues bouillonnantes avec les pluies incessantes des derniers jours. De temps à autre, ils croisaient des soldats qui poursuivaient leur vol sans les voir et, chaque fois, Oksa se sentait plus forte. Plus solide. Farouchement prête à affronter l'adversité. Elle avait retrouvé bien plus que son énergie après ce séjour réparateur chez les Sans-Âge.

— Où sommes-nous, mon Culbu ? interrogea-t-elle.

— Culbu de sa Jeune Gracieuse, au rapport ! fit la créature en continuant de battre des ailes. Nous nous trouvons à soixante-quatre kilomètres de notre destination, direction plein sud. Sachant que nous volticalons à une vitesse moyenne de quatre-vingt-douze kilomètres par heure, nous pouvons envisager d'arriver dans quarante et une minutes.

— Nous allons si vite ? s'étonna Oksa.

— C'est une moyenne, ma Jeune Gracieuse. Vous êtes capable d'aller beaucoup plus vite. Vous avez, par exemple, atteint votre vitesse maximum il y a cinquante-sept minutes, lorsque vous vous trouviez face aux soldats d'Ocious. Votre échappée vous a alors permis d'atteindre cent trente-deux kilomètres par heure.

Oksa siffla entre ses dents.

— Pas mal !

Enthousiasmée par ces informations, elle s'enhardit à faire une pirouette en plein ciel. Ce qui fit glousser de plaisir le Foldingot.

— Et cette fameuse destination ? reprit-elle. Tu peux m'en parler ?

Ses petits yeux ronds largement écarquillés, le Culbu fit volte-face pour se planter devant elle en battant vivement des ailes.

— Nous allons dans un endroit qui fut autrefois la plus resplendissante cité de Vert-Manteau, ma Jeune Gracieuse. La cité native de votre arrière-grand-père Waldo et de l'Homme-Fé : Gratte-Feuillée.

— J'en étais sûre ! fit Oksa, enthousiaste.

Le crépuscule assombrissait peu à peu l'horizon. En plein milieu du désert de boue, une oasis de verdure, à la fois sublime et monstrueuse, se distinguait, hérissée d'arbres gigantesques. Oksa se sentait sans limites. Elle allait enfin connaître la cité mythique, berceau des Sylvabuls et d'une part d'elle-même, et son instinct lui disait que cette nouvelle étape allait être plus que déterminante dans l'accomplissement de sa destinée.

13

Rencontre dans la nuit

Une large bande de végétation moribonde ceinturait Gratte-Feuillée. Des arbres aux branches nues et tordues expiraient entre le désert qui mordait la forêt et les géants qui semblaient ne pouvoir survivre que grâce à ce sacrifice. Toujours recouverte par les Invisibuls, Oksa volticala jusqu'à une centaine de mètres des premiers colosses. Puis elle plongea en direction d'une dune, s'y cacha et observa, le corps moelleux et tiède du Foldingot serré contre elle.

Au premier plan, impossible d'ignorer les soldats en armure de cuir qui sillonnaient le périmètre de la ville végétale, dans les airs et sur terre. Oksa hésitait : ces hommes étaient-ils dans le bon ou le mauvais camp ? Félons à la solde d'Ocious ou bien habitants de Gratte-Feuillée soucieux de protéger les leurs ?

— Ma Jeune Gracieuse doit rencontrer la nécessité d'examiner la suprême précaution, chuchota le Foldingot à son oreille, balayant ainsi ses doutes. L'intensité soldatesque revêt la dépendance aux ordres d'Ocious, le Cicérone honni.

D'instinct, et malgré son invisibilité, Oksa s'aplatit davantage contre le sable humide et continua son observation. Cette enclave de verdure était extraordinaire, comme issue d'un rêve ou de l'esprit d'un botaniste aussi imaginatif que mégalomane. Entre les arbres, dont certains sommets se perdaient au-delà des nuages tant ils étaient immenses, un entrelacs incompréhensible de ponts, passerelles et corridors aériens reliait entre elles les habitations littéralement incrustées dans les branches. Accompagnant la nuit qui enveloppait désormais la cité-forêt, des centaines de petites lumières jaillirent de l'intérieur des maisons à travers les branchages, alors qu'un éclairage mouvant se mettait en place au niveau de chaque ponton.

À part les soldats qui surveillaient sans relâche, Oksa ne distinguait aucun signe de vie. Et pourtant, elle percevait sans aucun doute la nette activité vibrant au sein de cette forêt profonde.

— Ma Jeune Gracieuse doit recevoir quelques renseignements pratiques, intervint le Culbu-gueulard en se posant sur son épaule.

— Je t'écoute, chuchota Oksa, avide d'en savoir plus.

— Gratte-Feuillée s'étend sur un cercle de six kilomètres de diamètre. Son sous-sol correspond à une des dernières nappes phréatiques d'Édéfia, grâce à laquelle la ville a pu survivre jusqu'à aujourd'hui. Trois cent quarante-huit personnes et cinq cent douze créatures y habitent actuellement, sans compter les deux cent vingt soldats patrouilleurs d'Ocious, vingt-trois réfugiés Gorges-Hautes et Mainfermes, quatre Sauve-Qui-Peut et onze créatures évadées de la Colonne de Verre.

Oksa écarquilla les yeux.

— Quatre Sauve-Qui-Peut ? Tu as bien dit quatre ?

— Je suis catégorique, ma Jeune Gracieuse, confirma le petit informateur.

Cette révélation mit l'esprit de la jeune fille en ébullition.

— Mais tu m'avais dit que seuls mon père, Abakoum et Zoé avaient réussi à s'échapper ? Alors, qui est le quatrième ?

— Je suis navré de ne pas avoir la réponse à toutes vos questions, bredouilla le Culbu.

— Ma Jeune Gracieuse doit réceptionner une information qui va pétrir son cœur de félicité, renchérit le Foldingot.

Oksa le regarda, pleine d'espoir.

— Le Tant-Aimé Homme-Fé connaît la procédure d'une approche géographique.

Aussitôt, Oksa se mit à scruter l'obscurité désormais dense. À part les multiples lumières vacillantes qui luisaient dans les arbres, et les Trasibules sur les casques des soldats, elle ne voyait rien. Absolument rien.

— Abakoum ! fit-elle dans un souffle.

Elle fouilla des yeux la nuit noire. Malgré la fraîcheur, un filet de sueur acide glissa le long de ses tempes. Et si Abakoum ne la voyait pas ? L'envie était grande de se débarrasser de son armure d'Invisibuls, mais l'appréhension de devenir repérable l'était encore plus. Tant qu'elle était invisible, elle ne risquait rien. Aussi, dans un murmure ténu, puis avec plus de vigueur, elle continua d'appeler.

— Ma Jeune Gracieuse a-t-elle la volonté de faire bifurquer son regard dans la direction préconisée par sa domesticité ? demanda soudain le Foldingot.

— Tout ce que tu veux ! souffla Oksa, étourdie par l'angoisse.

La créature tendit alors son doigt potelé en direction de… nulle part. Et pourtant, au bout de quelques secondes seulement, Oksa comprit combien cette apparence de néant était trompeuse. En effet, il fallait posséder l'acuité dont son Foldingot et elle-même bénéficiaient pour discerner à travers l'opacité de la nuit une ombre qui s'avançait sur les dunes. L'Homme-Fé. L'Homme de l'Ombre. Comme un négatif de photo, à peine décelable, le halo gris clair glissait sur le sable avec la souplesse et le silence d'un serpent.

— Abakoum ! Je suis là ! ne put s'empêcher de lancer Oksa.

— Je sais, ma chère petite, je sais ! lui répondit la voix reconnaissable entre toutes.

— Tu m'entends ? poursuivit la jeune fille, soudain inquiète d'être devenue audible.

— Tu as déjà oublié ma part animale ? la taquina Abakoum.

L'ombre se rapprocha encore, jusqu'à effleurer Oksa qui en sentit le souffle plus que le contact.

— Je suis trop contente de te voir, Abakoum, trop contente !

L'ombre frémit.

— Tu vas venir avec moi et suivre à la lettre tout ce que je te dirai. Il est temps que nous soyons réunis à nouveau, qu'en penses-tu ?

Rejoindre Gratte-Feuillée fit à Oksa l'effet d'un slalom, d'abord entre les dizaines de tentes appartenant aux escadrons d'Ocious, puis à travers les troupes de soldats et de Vigilantes, méfiantes et surtout extrêmement mobiles. Une difficulté rendue plus vive encore par un fait inattendu : les Invisibuls avaient en horreur les chenilles volantes au moins autant qu'Oksa. Chaque fois qu'une de ces ignobles bestioles s'approchait, Oksa avait des haut-le-cœur… et les Invisibuls se rétractaient, comprimant le corps de la jeune fille avec une force proportionnelle à leur aversion, c'est-à-dire monstrueuse.

— Je vais mourir étouffée, c'est vraiment nul..., maugréa-t-elle.

À califourchon sur ses épaules, le Foldingot soufflait de toutes ses forces et faisait des moulinets avec ses bras pour chasser les chenilles, en vain. Les gestes entravés par la pression physique, Oksa avançait tant bien que mal sans perdre des yeux Abakoum. Ou plutôt son ombre claire la guidant vers l'énorme forêt.

— Évite de passer à travers les hommes ! indiqua Abakoum. Tu es immatérielle, mais ils sont très aguerris, ils pourraient percevoir ta présence.

Il n'était pas trop difficile d'esquiver la trajectoire des soldats. Mais, concernant les Vigilantes, Oksa endurait un véritable calvaire : des centaines de chenilles traversaient littéralement son corps ! Leurs ailes battaient dans un chuintement écœurant et leurs minuscules cils l'effleuraient comme les ailes d'un papillon vénéneux. Et dire qu'elle ne pouvait rien faire... Pas même un Feufoletto bien dirigé qui aurait montré à ces monstruosités quel sort devait être le leur : la transformation de leur corps répugnant en petits tas de cendres ! Au lieu de cela, elle sentait avec horreur le passage de chacune, ainsi que la contraction involontaire des Invisibuls qui vivaient les pires moments de toute leur existence de têtards magiques. Les nerfs au bord de la rupture, elle finit par foncer droit devant elle en criant et en battant des bras, consciente de ressembler à une folle furieuse.

Quand la barrière de soldats et la ceinture de végétation morte furent enfin traversées, il lui fallut quelques instants pour se convaincre que le plus pénible était passé. Les Invisibuls relâchèrent leur pression, elle inspira profondément et aida le Foldingot à descendre de son dos. Elle le posa par terre et sentit aussitôt la main dodue de son petit intendant se glisser dans la sienne, ce qui gonfla son cœur de tendresse.

— La victoire se repaît de totalité, ma Jeune Gracieuse, et l'esprit de sa domesticité est abreuvé de soulagement.

Oksa rit doucement et entendit Abakoum lui faire écho.

— On est prêts, Abakoum, on te suit ! annonça Oksa, la tête haute.

L'ombre s'engagea alors sur un large chemin dégagé, bordé de Trasibules. Les pieuvres aux tentacules éclairants laissaient apparaître le tronc des arbres démesurés en rendant l'atmosphère étrangement belle, quoique un peu inquiétante. Des escaliers partaient du pied des arbres et les entouraient pour former des colimaçons gigantesques. Oksa leva les yeux, subjuguée. À cinq mètres de hauteur, puis bien au-delà, des plates-formes fixées au croisement de plusieurs branches épaisses soutenaient des habitations d'où émanait la lumière des foyers Sylvabuls.

— C'est fantastique…, murmura Oksa.

Ils marchèrent ainsi pendant deux bons kilomètres, croisant de temps à autre des petits groupes de quatre ou cinq soldats.

— Ils sont vraiment partout, pesta la jeune fille, excédée par ce climat dictatorial.

Le long du chemin, des plantes palpitaient en faisant bruisser leurs feuilles dentelées, et ce qu'Oksa imaginait être le simple effet de l'air s'avérait être tout autre chose.

— La végétation effectue la manifestation de salutations gorgées d'estime pour ma Jeune Gracieuse, expliqua le Foldingot.

Oksa s'arrêta net.

— Tu veux dire que ces plantes me voient ?

Le Culbu-gueulard et le Foldingot s'esclaffèrent.

— Ma Jeune Gracieuse fait l'expression de paroles cocasses ! Les plantes ne font pas la connaissance avec la vision, mais avec la clairvoyance *supra*-sensorielle !

— Euh… oui, bien sûr, c'est ce que je voulais dire…, rectifia Oksa avec un sourire amusé.

Elle ne se lassait pas de contempler la forêt dans laquelle ils s'enfonçaient tous ensemble, enveloppés par le silence de la nuit, et Oksa ne doutait pas que la beauté de cet endroit prodigieux devait être encore plus saisissante en plein jour. « Quand je pense qu'il y a quelque temps encore, j'avais une vie normale, j'allais au collège, je faisais du roller dans les rues de Londres, pensa-t-elle, les yeux humides. Et là, je suis couverte de têtards magiques, en train de traverser une forêt absolument ahurissante avec des plantes qui me saluent. C'est du délire… »

Droit devant le petit groupe se dressa bientôt un arbre plus colossal que tous ceux que la jeune fille avait pu voir jusqu'alors. À vue d'œil, son tronc faisait au moins cinquante mètres de diamètre et sa frondaison se perdait très loin au-delà des nuages.

— Nous sommes arrivés, annonça Abakoum.

Il guida Oksa et ses petits compagnons vers la base de l'arbre et la Jeune Gracieuse eut l'impression de se trouver devant un gratte-ciel couvert d'écorce. Après avoir regardé attentivement autour de lui, l'Homme de l'Ombre reprit son apparence physique. La faible lueur ne pouvait cacher son visage amaigri et ses traits si marqués qu'Oksa en eut le cœur serré de tristesse. Il tourna la tête pour échapper au regard de la jeune fille qu'il sentait sur lui, avant de sortir de sa poche un scarabée vert fluorescent – le même qui lui permettait d'ouvrir et de fermer l'entrée de sa maison à Du-Dehors.

La clé vivante disparut sous l'écorce de l'arbre pendant que le cliquetis sourd d'une multitude de verrous se faisait entendre. Une ouverture se dessina alors dans l'écorce, juste assez grande pour que tout le monde se faufile à l'intérieur du géant de bois, et se referma aussitôt.

14

À l'abri

Au lieu d'emprunter les marches qui semblaient mener à une hauteur incroyable, Abakoum entraîna Oksa vers une porte escamotée dans la paroi intérieure du tronc, derrière laquelle était dissimulé un minuscule escalier s'enfonçant à travers les racines de l'arbre dans les profondeurs de la terre.

— Abakoum ? appela la jeune fille avant d'avancer davantage. Est-ce que… tu pourrais me débarrasser de ça ? ajouta-t-elle en montrant la couche d'Invisibuls qui la recouvrait toujours.

L'Homme-Fé la regarda avec surprise, puis sourit largement.

— Ils m'ont rendu un sacré service, poursuivit Oksa, un peu gênée. Et je te jure que je leur en serai reconnaissante jusqu'à la fin de mes jours et même au-delà, mais là, je n'en peux plus !

Le Foldingot acquiesça en hochant vigoureusement la tête, sa main toujours scellée à celle d'Oksa.

— Prends ta Crache-Granoks, veux-tu ? indiqua Abakoum.

Oksa fouilla dans la petite sacoche qui ne la quittait pas et en retira l'objet magique.

— Maintenant, passe l'extrémité au niveau de ton cœur en prononçant ces mots :

Crache-Granoks,
Reforme ta coque
Et rassemble ces Invisibuls
Rendant ma présence nulle.

Dès qu'Oksa approcha la Crache-Granoks de ses côtes tout en murmurant la formule, les millions de têtards qui la dissimulaient aux yeux de tous – sauf un… – furent aspirés à l'intérieur de la sarbacane faite d'écume de mer et d'ambre. En même temps qu'elle, le Foldingot et le Culbu-gueulard furent libérés de leur armure salvatrice au bout de quelques secondes seulement.

— C'est complètement génial ! s'exclama-t-elle, émerveillée. Mais comment je dois faire pour les rappeler ? On ne sait jamais, je pourrais en avoir besoin à nouveau…

— C'est tout à fait certain, opina Abakoum. Pour cela, tu devras remplacer le mot « rassemble » par « délivre ». Mais attention ! Ce pouvoir est exclusivement Gracieux, je te le rappelle. Et il ne peut être sollicité que lorsque la nécessité est grande.

Il la regarda en coin, un sourire aux lèvres.

— Ne crois pas que tu pourras t'en servir par simple jeu !

— Non ! fit Oksa d'un air faussement indigné. Qu'est-ce que tu vas imaginer ? Loin de moi l'idée de vouloir jouer avec des têtards, même aussi excellents que les Invisibuls !

Le vieil homme lui adressa un clin d'œil assorti d'une expression à la fois triste et heureuse.

— Nous voilà redevenus des êtres humains à part entière maintenant ! fit remarquer Oksa en se tâtant. J'avoue que je n'en suis pas mécontente.

Et les yeux brillants, elle s'approcha de l'Homme-Fé et se blottit dans ses bras.

— Oh, Abakoum..., souffla-t-elle. Si tu savais...

Il l'entoura de ses bras, lui apportant par ce geste simple la chaleur et le réconfort qui lui avaient tant manqué, puis il la dévisagea. Bien sûr qu'il savait... Il s'apprêtait à dire quelque chose quand il se ravisa, lâchant Oksa et tournant son dos voûté vers l'escalier qui disparaissait dans les profondeurs de l'arbre géant. Il sortit sa Crache-Granoks et fit appel à une Trasibule. La pieuvre se déplia lentement, comme si elle se trouvait sous l'eau, puis se cala au creux de son épaule pour éclairer les parois de bois d'une lumière vive.

— Allons-y maintenant, murmura-t-il. Tu es attendue.

Était-ce l'effet de la fatigue qui commençait à peser lourdement ou bien l'impatience qui distendait le temps en rendant l'attente insupportable ? N'étaient-ils pas en train de descendre jusqu'au centre de la Terre ? Les marches, creusées à même le sol, étaient irrégulières, constamment parcourues de racines entravant le rythme de la progression. À chaque pas, Oksa devait redoubler d'attention pour ne pas tomber de tout son long. Mais ses difficultés étaient minimes à côté de celles qu'endurait le Foldingot qui venait de tomber pour la dix-huitième fois. Compatissante, Oksa finit par le prendre dans ses bras.

— Ooooohh, ma Jeune Gracieuse..., gémit le petit intendant. Votre domesticité connaît des chutes à perpétuité. Sa maladresse couvre son corps de meurtrissures et son cœur d'humiliation en faisant le don à ma

Jeune Gracieuse de l'obligation de subir le fardeau kilogrammique de sa domesticité affligée de gaucherie, ooohhhhh…

— C'est pas grave, mon Foldingot, le rassura-t-elle en caressant sa tête duveteuse. Pas grave du tout.

— La mansuétude de ma Jeune Gracieuse ne fait la rencontre d'aucune limite, soupira la pauvre petite créature en se pelotonnant contre sa jeune maîtresse.

La descente se poursuivit dans un silence concentré. De temps à autre, des galeries apparaissaient de chaque côté de l'escalier, laissant imaginer un véritable labyrinthe souterrain. Vivantes, les racines se dressaient au fur et à mesure et bloquaient certains accès dès qu'Oksa et Abakoum arrivaient à leur niveau, ce qui ne mettait pas la jeune fille très à l'aise.

— Ne te méprends pas sur leurs intentions, confia Abakoum. Elles ne font cela que pour nous indiquer la voie à suivre. On peut se perdre très facilement dans ce dédale.

Oksa entrevoyait parfois des ombres qui passaient fugitivement au fond de certains couloirs et qui ne manquaient pas de la faire frissonner. À son plus grand soulagement, l'escalier finit par s'élargir pour déboucher enfin sur une très grande salle en forme d'aquarium, couverte de racines biscornues. Et la première personne que vit Oksa la remplit d'un bonheur profond.

— Papa ! hurla-t-elle en lâchant sans ménagement son Foldingot.

Toute sensation de fatigue, tout sentiment d'abattement, toute pensée sombre quittèrent instantanément son esprit. Elle se jeta sur son père pour se suspendre à son cou et ses nerfs se libérèrent de toute la pression accumulée. Elle éclata en sanglots, incapable de se retenir.

— Comme c'est bon de te revoir…, murmura Pavel en la serrant contre lui avec une intensité qui le dépassait. J'ai tellement craint de te perdre…

Oksa le regarda, riant et pleurant à la fois, les joues luisantes de larmes.

— On ne sera plus jamais séparés, papa, je te le jure !

— Je t'en fais moi aussi le serment, fit-il, le souffle court. Ce fut trop dur cette fois-ci.

Son visage accusait les épreuves des dernières semaines. Ses joues, mal rasées, étaient creusées et ses yeux gris-bleu cernés de vilaines poches violacées. Et Oksa ne pouvait ignorer les fils d'argent qui parsemaient sa chevelure blonde tant ils étaient abondants. Elle enfonça encore la tête au creux de son épaule pour étouffer un nouveau sanglot et ils restèrent ainsi tous les deux, pelotonnés l'un contre l'autre, seuls au monde pendant de longues minutes, jusqu'à ce que les spasmes d'Oksa s'éteignent doucement.

— J'ai vu maman, tu sais…, annonça soudain la jeune fille.

Pavel frémit et la détacha de lui avec délicatesse pour mieux la regarder. Du revers de l'index, il essuya les joues noircies de sa fille, remit une mèche de cheveux derrière son oreille, et Oksa eut l'impression de le sentir broyé par l'incompréhension et le chagrin.

— J'ai un pouvoir, expliqua-t-elle à mi-voix. Un pouvoir qui me permet de sortir de moi et de faire des choses.

— L'Autre-Moi…, intervint la voix d'Abakoum.

— C'est comme ça que Baba l'a nommé, oui, confirma Oksa. Grâce à ce pouvoir, j'ai pu voir maman. Elle est à Londres avec les autres Refoulés, elle va bien, ajouta-t-elle en omettant de parler des eaux montantes.

— Dieu merci…, dit Pavel dans un souffle.

— J'ai même pu la serrer dans mes bras, reprit Oksa. Et je crois qu'elle a *vraiment* senti que j'étais là. C'était incroyable, papa.

— Et… est-ce que tu as vu Gus ? fit entendre une voix familière.

— Zoé !

Oksa se précipita vers sa petite-cousine – et meilleure amie – et toutes deux s'embrassèrent avec chaleur.

Zoé avait une mine épouvantable. Ses cheveux blond vénitien coiffés en arrière soulignaient son teint gris et la souffrance profonde reflétée par ses immenses yeux bruns.

— Oui, j'ai vu Gus, répondit Oksa. Il va bien lui aussi. Il assure comme un chef, tu peux me croire.

Zoé sourit.

— Et toi ? poursuivit Oksa. Ça va ? Il faut absolument que tu me racontes votre évasion !

— Hé, attends un peu, jeune fille ! intervint Pavel sur un ton pince-sans-rire. Je crois que tu as, toi aussi, un bon millier de choses à nous raconter ! Je te rappelle que nous ne savons absolument rien de ton séjour dans la Chambre de la Pèlerine. Alors, toute Gracieuse que tu es, si tu penses maintenir dans l'ignorance ton misérable vieux père et tes modestes amis, laisse-moi te dire que tu nages dans l'erreur !

Oksa ne put s'empêcher de pouffer de rire.

— Tu parles d'un misérable vieux père et de modestes amis ! Vous êtes les personnes les plus puissantes qui existent sur les Deux Mondes !

— Si seulement…, grommela Pavel.

— La preuve : vous avez réussi à vous échapper ! continua Oksa.

— Certes, admit Pavel avec un demi-sourire. Mais avant que nous nous lancions dans le récit de nos héroïques aventures, je voudrais te présenter quelques-uns de ceux à qui nous devons notre liberté.

Ils étaient plusieurs à s'avancer vers Oksa. Mais la jeune fille n'en vit qu'un. Celui qu'au plus profond de son cœur elle souhaitait voir aux côtés des trois Sauve-Qui-Peut évadés.

— Salut, P'tite Gracieuse…

15

La fièvre des retrouvailles

Oksa resta pétrifiée, les bras le long du corps, incapable de bouger ni de prononcer une seule parole. Le sang qui pulsait dans ses veines avait la puissance d'une tempête.

Tugdual était là, à trois mètres d'elle, immobile, les mains enfoncées dans les poches de son pantalon noir, la tête légèrement penchée sur le côté. Ses yeux de glace la fixaient avec une expression impassible qui la perturbait.

Que pensait-il ? Qu'éprouvait-il ?

L'avait-elle jamais su ?

Puis il esquissa ce sourire infime qu'elle avait appris à connaître. Alors, sans aucune retenue, elle fonça vers lui et se mit à lui frapper le torse.

— Oh, toi ! rugit-elle.

Tugdual attrapa ses poings pour la stopper et la serra de force contre lui. Furieuse, Oksa tenta de se dégager alors que les échos d'un violent orage parvenaient jusqu'au souterrain en faisant tomber de minces particules de terre.

— Calme-toi..., chuchota Tugdual à son oreille. Je t'en prie.

Il resserra son étreinte comme pour la contraindre de lui obéir et Oksa sentit le cœur du garçon battre sourdement contre elle. Submergée par une vague de chaleur irrésistible, elle capitula.

— Tu m'as trop manqué ! lança-t-elle entre ses dents. Je te déteste !

Tugdual rit légèrement et, la main sur la nuque de la jeune fille, il l'obligea à poser la tête contre son épaule. Elle se laissa faire, et finit même par entourer la taille de Tugdual de ses bras. Toutes les personnes présentes autour d'eux quittèrent la salle à pas de loup et ils se retrouvèrent seuls dans cette étrange pièce tapissée de racines.

Mais une silhouette gracile s'était tapie dans l'ombre et observait la scène, les yeux fiévreux.

— Tu te rends compte que tu es parti comme ça, sans un regard, sans un mot ? murmura Oksa, la gorge serrée.

— Si je t'avais regardée, je n'aurais pas eu le courage de partir…, répondit Tugdual, le visage soudain assombri. Et si j'étais resté, Ocious m'aurait conduit jusqu'au Diaphan.

Ses yeux se durcirent et il se mit à trembler en prenant le visage d'Oksa entre ses mains.

— Et je t'aurais perdue à jamais.

Il embrassa doucement son front tout en caressant ses cheveux emmêlés.

— Oksa… Oksa…, soupira-t-il.

Ses lèvres frôlèrent celles de la jeune fille.

— C'est Zoé qui m'a sauvé, fit-il dans un souffle. C'est elle qui a voulu se sacrifier pour toi. Pour nous. Elle a bluffé en disant toutes ces horreurs sur moi et ça a marché. Orthon a vraiment cru qu'il prendrait un risque en me présentant au Diaphan : si effectivement je n'étais pas amoureux de toi, le Diaphan n'aurait pas pu se nourrir de mon sentiment et tout aurait échoué. Tu serais tombée très malade, tu aurais fini par mourir en emportant avec toi toute possibilité de sortir d'Édéfia.

Oksa se détacha pour le regarder avec attention.

— Dis-moi la vérité… Tu savais que Zoé bluffait ?

— Non ! Elle est forte. Très très forte. Je n'ai pas été de taille face à elle. Elle m'a complètement désarçonné. C'était un vrai supplice d'imaginer qu'elle pensait vraiment tout ça de moi. Je n'ai pas pu le supporter. Mais elle avait l'air si convaincue de ce qu'elle disait que tout le monde a fini par la croire.

— Tout le monde, sauf moi ! objecta Oksa.

— Toi, tu ne *voulais* pas la croire, c'est différent, corrigea Tugdual.

Oksa resta silencieuse. Elle ne pouvait faire part à Tugdual de la question lancinante qui polluait son esprit depuis cette horrible journée : avant de subir le Détachement Bien-Aimé, Zoé était-elle amoureuse de Gus ou de Tugdual ? « Mais Zoé… tu ne peux être sûre de rien ! avait argumenté Oksa pour essayer de la dissuader de donner à tout jamais ses sentiments amoureux. Tu ne sais pas comment les choses peuvent évoluer, tu ne sais pas… ce que sera ta vie ! Il n'y a pas que Gus sur terre !

— Gus ? Mais qui te dit qu'il s'agit de Gus ? » avait alors lancé Zoé.

Cette réplique avait eu l'effet d'une véritable bombe dans l'esprit d'Oksa. Jusqu'à maintenant, elle avait toujours pensé que Zoé aimait Gus et que son sacrifice n'était dû qu'à l'abandon volontaire de cet amour. Gus ne l'aimerait pas puisqu'il aimait Oksa. Dans ces conditions, à quoi bon s'obstiner ? Voilà ce que Zoé avait avancé face à Ocious et aux Sauve-Qui-Peut. Mais peut-être tout cela n'était-il qu'un leurre ? Si Zoé était amoureuse de Tugdual, en le laissant donner son cœur en pâture au Diaphan, elle aurait perdu tout espoir qu'il puisse l'aimer un jour. Ce qui changeait beaucoup de choses. Oksa gémit, empoisonnée par le doute. Non plus vis-à-vis de Tugdual, mais de Zoé, sa bien secrète petite-cousine. Elle enfouit son visage dans le creux de l'épaule de Tugdual, tout en caressant doucement son dos. Comme elle aimait ce garçon…

— Sinon, tu vas bien ? demanda soudain Tugdual avec un flegme complètement décalé avec la situation présente. Il paraît que tu as sauvé le Cœur des Deux Mondes !

— Oui, ça et deux ou trois bricoles…, répondit Oksa sur le même ton.

— En tout cas, t'as mis le temps. Ça fait un bon moment que je t'attends, je te signale.

— Oh, mais c'est à cause des Fées ! Tu n'imagines pas comme on s'est éclatées dans la Chambre de la Pèlerine ! Elles n'ont pas arrêté de me distraire, et ensuite, elles m'ont invitée chez elles, j'ai dû remettre un peu d'ordre, c'était le vrai bazar… Et toi ?

— Oh, rien de spécial… Je me suis baladé, j'ai rencontré des gens sympas et on a décidé d'aller chercher quelques Sauve-Qui-Peut à Du-Mille-Yeux.

— T'as fait ça, toi ?

— Je trouvais que ce n'était pas très bon pour leur santé de rester tout le temps enfermés dans leur Colonne de Verre…

Ils éclatèrent de rire, puis s'arrêtèrent tous les deux en même temps pour se regarder droit dans les yeux.

— Bien que tu sois assez sale, je dois dire que tu es restée plutôt craquante, fit Tugdual en effleurant sa joue poussiéreuse.

— Et toi, tu sens le chien mouillé, mais bon… je t'aime bien quand même, répliqua-t-elle.

Une petite fossette se creusa alors qu'elle souriait. Tugdual l'emprisonna entre ses bras, ils se soudèrent l'un à l'autre, elle vacilla. Et leurs lèvres, à l'image de leur cœur, finirent par se retrouver.

— Hum hum…

Le Foldingot tirait discrètement sur le tee-shirt d'Oksa. La jeune fille le regarda, gênée.

— Ma Jeune Gracieuse connaît-elle la volonté de faire le prêt de l'attention ?

Derrière le petit intendant, une vingtaine de personnes avaient fait leur apparition.

— Pardon, papa ! bredouilla Oksa en se précipitant vers son père pour lui donner un baiser bruyant sur la joue.

Pavel se laissa faire avec un bonheur manifeste, non sans glisser un coup d'œil furtif à Tugdual.

— C'est dingue de se retrouver là, sous cet arbre géant ! fit Oksa en regardant tout autour d'elle.

— Quasiment miraculeux, tu veux dire ! renchérit son père. Et si nous sommes ici aujourd'hui, c'est grâce à nos puissants alliés que je souhaitais te présenter… Mais Tugdual a retenu toute ton attention, ajouta-t-il en souriant.

Sans se laisser décontenancer, Oksa répliqua :

— Raconte-moi !

Pavel l'entraîna vers les vastes coussins de toutes les couleurs, épais et moelleux comme des édredons, disposés en cercle au centre de la pièce. À la lueur de flambeaux protégés par des bulles de verre opaque, tout le monde les suivit pour s'asseoir, le regard focalisé sur la Jeune Gracieuse.

Mais avant que sa propre curiosité soit satisfaite, Oksa dut relater dans les moindres détails ce qu'elle avait vécu, suscitant maintes exclamations de surprise et d'émerveillement.

Les coudes posés sur les genoux, Tugdual la fixait avec une intensité qui lui plaisait autant qu'elle la perturbait. À côté de lui, Zoé avait ramené ses jambes pliées contre elle pour écouter, l'air grave, et Oksa ne put s'empêcher de lire en son amie une profonde intelligence, ainsi qu'une incommensurable tristesse. Quant à Pavel et Abakoum dont l'attention grandissait à chaque mot prononcé par Oksa, nul ne put ignorer le chagrin mêlé de soulagement qui étreignit leur cœur quand la jeune fille évoqua Dragomira, puis sa brève visite chez les Refoulés. Le regard d'Abakoum s'emplit de larmes et son corps se tassa sur lui-même, comme s'il se racornissait, alors que Pavel serrait les poings, le visage terreux et crispé.

À part eux trois, Oksa ne connaissait personne. Son regard se posait au hasard, sur les uns et sur les autres, et chaque fois une expression de fascination admirative lui était renvoyée avec une force dérangeante. Être le point de mire n'était décidément pas sa tasse de thé… Quand elle eut terminé son récit, le silence enveloppa l'assemblée. Un silence plein de respect et de méditation seulement ponctué par les reniflements du Foldingot. Gênée, Oksa posa les coudes sur ses genoux et enfouit son visage entre ses mains.

— C'est vraiment… prodigieux ! finit par lancer une jeune fille aux longs cheveux châtains.

Cette remarque fit l'effet d'un détonateur : tout le monde se mit à parler en même temps et à gesticuler avec enthousiasme. Chacun y allait de son commentaire, les joues rougies par l'excitation.

Sans rien pouvoir dire, Oksa observait ces hommes et ces femmes qui parlaient d'elle en glissant parfois dans sa direction un regard captivé. Elle porta la main à sa bouche, tentée par l'envie instinctive de se ronger les ongles.

— Tu vois la jeune fille qui vient de parler ? demanda soudain Zoé en se penchant vers Oksa.

Oksa acquiesça.

— Tu ne devineras jamais qui elle est…, poursuivit Zoé avec un air mystérieux.

— Tu sais bien que je ne suis pas douée pour les devinettes ! s'insurgea Oksa en se redressant. Dis-moi !

— Eh bien, elle s'appelle Lucy et elle est toiletteuse de Gétorix !

Le sourire d'Oksa se transforma rapidement en un véritable éclat de rire.

— Toiletteuse de Gétorix ! hoqueta-t-elle. Mais c'est absolument dé-li-rant ! J'adore !

En la voyant aussi enjouée, tout le monde s'était arrêté de parler et Oksa connut à nouveau un très grand moment de solitude.

— Euh…, bredouilla-t-elle. Bonjour, Lucy, je suis ravie de te rencontrer.

Elle se mordit l'intérieur des joues, confuse à l'idée de s'être montrée indélicate ou, pire, malpolie à l'égard de cette jeune fille qui avait l'air si gentille. Mais cette dernière ne semblait lui en tenir aucun grief : elle vint jusqu'à elle en lui adressant un large sourire. Quand elle s'inclina, Oksa s'agita.

— Tu as… bien du mérite de t'occuper de ces créatures intenables ! lança-t-elle comme on lance une bouée à la mer.

— Oh, merci, Jeune Gracieuse ! fit Lucy. C'est vrai que ces petits monstres me donnent du fil à retordre !

Elle regarda Oksa avec vénération.

— Tu ne t'en souviens certainement pas, mais j'étais là le jour de ton arrivée à Du-Mille-Yeux. Tu volticalais entre les gardes d'Ocious…

— Je m'en souviens très bien, l'interrompit Oksa. Tu étais dans la rue, tu m'as saluée de la main.

— Tu m'as vue ? Vraiment ? s'exclama Lucy, ravie. Mon arrière-grand père était sûr que tu étais la Nouvelle Gracieuse. Et il avait raison !

Sa voix se brisa.

— Lucy est la petite-fille d'Achille et l'arrière-petite-fille d'Arvö, deux de nos plus solides alliés, précisa Abakoum.

Aussitôt, Lucy plongea son visage entre ses mains. Abakoum se leva pour la prendre dans ses bras.

— Achille et Arvö étaient des proches d'Ocious, expliqua-t-il en aidant la jeune fille à s'asseoir près de lui. Ils ont fait sécession et l'ont payé très cher, comme toutes celles et tous ceux qui sont ici aujourd'hui. Oksa, je te présente tes partisans les plus farouches, ceux qui depuis près de soixante ans préparent ton retour.

16

L'évasion

Un homme robuste, bien que très âgé, coiffé d'un chignon de style asiatique et vêtu d'un kimono gris impeccable, s'avança pour saluer Oksa avec déférence. Il était si élégant qu'Oksa se sentit un peu piteuse dans son jean déchiré et son tee-shirt taché.

— Je m'appelle Edgar, ma Jeune Gracieuse, et j'étais le meilleur ami de votre arrière-grand-père, Waldo. Nous nous sommes connus lorsque nous étions enfants et j'ai été à ses côtés jusqu'à son dernier souffle. Soyez la bienvenue au sein de l'Arbre Magistral et veuillez accepter notre protection.

Oksa tourna la tête pour chercher dans le regard d'Abakoum une indication, un signe ou quoi que ce soit qui puisse la guider. L'Homme-Fé prit la parole :

— Bien avant le Grand Chaos, Edgar avait mis Waldo en garde contre Ocious. Mais comme Malorane, Waldo était un idéaliste incapable d'imaginer que les hommes puissent se laisser dominer par la part sombre qui est en chacun d'eux. En chacun de nous, devrais-je dire… Et puis la catastrophe a tout emporté, les vies, les illusions comme les certitudes. Le peuple d'Édéfia avait toujours cru vivre dans le pacifisme le plus absolu et la bonté la plus pure, ce qui était une grave erreur.

Aucun de nous n'est un ange et c'est ce que tous ont découvert, la plupart d'entre eux avec une telle violence qu'ils ont été anéantis et n'ont pu faire autrement que de rester recroquevillés pour survivre. D'autres, par contre, ont redressé la tête et retroussé leurs manches pour lutter. Edgar et nos amis font partie de ceux-là. Pendant toutes ces années et malgré la déchéance qui faisait sombrer Édéfia jour après jour, l'espoir qu'un temps nouveau viendrait est resté chevillé dans leur cœur et ils n'ont eu de cesse d'œuvrer dans l'ombre pour préparer l'avenir. Et cet avenir, grâce à toi, c'est aujourd'hui qu'il commence.

Oksa dévisagea les hommes et les femmes qui ne la quittaient pas des yeux. Ils n'étaient pas tous de vénérables vieillards, ils n'étaient pas tous des forces de la nature, mais ils possédaient la même lueur au fond des yeux : une sorte de puissance implacable qui paraissait capable de déplacer des montagnes.

— Avant même que les premiers Velosos – nos petits messagers aux longues jambes – n'arrivent jusqu'à nous pour nous informer que tu étais à Du-Mille-Yeux, nous savions que tu allais arriver, reprit Edgar en s'adressant à Oksa. Lucy travaillait alors à la Colonne de Verre et tout ce qu'elle pouvait observer nous était ensuite rapporté par Achille et Arvö. Une certaine agitation régnait depuis quelques jours au dernier étage de la Colonne, chez Ocious, et étant donné la nervosité grandissante de notre Cicérone, tous se doutaient qu'il se passait quelque chose d'important. Il n'a pas fallu longtemps pour que nos soupçons se confirment : vous avez traversé le ciel d'Édéfia, toi, Jeune Gracieuse, et vous, Sauve-Qui-Peut, et ce fut le moment le plus extraordinaire que j'aie vécu pendant ces six dernières décennies. Depuis le sommet de cet arbre dans lequel nous nous trouvons, j'ai vu la Gélinotte encadrée par les gardes d'Ocious. J'ai vu notre Maître honni vous mener avec fermeté. Mais surtout j'ai vu Abakoum, l'Homme-Fé dont je connaissais la probité, et j'ai compris que ceux qui l'accompagnaient et que je ne connaissais pas allaient bouleverser notre funeste destinée. Les Velosos ont alors parcouru tout le territoire pour répandre la nouvelle. Aux quatre coins d'Édéfia, il n'y avait plus un seul être vivant ignorant que la Nouvelle Gracieuse était arrivée. Et puis nous avons tous attendu. Pendant plusieurs semaines, rien ne s'est passé, si ce n'était la poussière qui continuait de dévorer notre terre et l'espoir qui s'émoussait. Nombreux d'entre nous sont retombés dans un état d'esprit pétri de défaitisme. Personne ne nous sauverait du déclin, c'est ce qu'ils pensaient. Nous autres, nous restions accrochés à l'espoir. Non… Plus qu'un espoir, c'était une certitude. Et pourtant, plus aucune information ne filtrait. Suite à l'arrestation de son père, Lucy était devenue indésirable à la Colonne de Verre. Heureusement, le destin a mis sur notre route un être providentiel.

D'un geste de la main, il désigna Tugdual. Le jeune homme baissa la tête, laissant une mèche de cheveux cacher une partie de son visage. Sans qu'Oksa s'y attende, il braqua soudain sur elle un regard polaire. Le cœur de la jeune fille fit un bond alors qu'elle pestait intérieurement. La glace brûlait parfois plus que le feu, elle devrait le savoir maintenant… Malgré tout, elle se laissait encore avoir !

— Où est-ce que tu étais ? murmura-t-elle.

Tugdual se ferma comme une huître.

— Nos alliés Mainfermes l'ont trouvé à moitié mort au fond d'un canyon des Montagnes À-Pic, reprit

Edgar devant le mutisme de Tugdual. Il avait été gravement piqué par des Vigilantes lancées à sa poursuite. Nos amis l'ont recueilli dans une des habitations troglodytes servant de base secrète dans cette région. Ils l'ont soigné, remis sur pied et conduit jusqu'à nous. Tugdual nous a donné des informations capitales sur ce qui se passait à Du-Mille-Yeux et surtout dans la Colonne de Verre. Grâce à lui, nous avons pu préparer une opération visant à libérer les Sauve-Qui-Peut retenus prisonniers à l'avant-dernier étage. Nous étions quasiment prêts quand, un jour, le soleil a filtré à travers l'épaisse couche de nuages dont nous subissons les effets depuis si longtemps. Son rayon était si beau, si intense ! C'était le signe que nous attendions tous. Il n'a pas duré longtemps car, aussitôt, les nuages ont comme explosé et il s'est mis à pleuvoir. Peux-tu imaginer, Jeune Gracieuse, ce que cette pluie pouvait représenter pour nous ?

Les yeux écarquillés, Oksa fit « non » de la tête.

— C'était un vrai miracle, continua Edgar. Une bénédiction pour notre pauvre Terre qui se mourait. Et sais-tu ce qui m'a le plus secoué ? C'est la réaction de mon arrière-petit-fils. À plus de cinq ans, il n'avait jamais vu tomber la pluie. Ce jour-là, alors que tout le monde manifestait sa joie, il a pris peur et s'est mis à hurler de terreur en voyant ces trombes d'eau qui s'abattaient. Là, je me suis dit que nous avions été bien près de la fin.

Le vieil homme opina plusieurs fois de la tête, assailli par ses souvenirs.

— Et qu'est-ce qui s'est passé ensuite ? demanda Oksa avec autant de douceur que son ardente curiosité le lui permettait.

— Ocious est déjà allé très loin pour montrer à tous que c'est lui qui détient le pouvoir, répondit Edgar d'une voix atone, et nous pensions qu'il avait atteint les limites de ce que nous pouvions supporter. Pourtant, il a su nous prouver que nous nous trompions.

Edgar et tous ses amis s'assombrirent. Une femme détourna la tête, pâle comme la mort.

— Qu'est-ce qu'il a fait ? insista Oksa après plusieurs longues secondes d'attente.

— Il a commis l'irréparable en portant atteinte à son peuple. Ta disparition l'a rendu fou de rage. Son orgueil démesuré a été touché au plus profond et, chez un homme comme lui, il n'y a pas de pire blessure. Alors, il a lancé des opérations commandos dans tout le territoire pour te retrouver, au mépris des derniers principes que nous avions réussi à préserver malgré notre déclin. Même la Grande Confiscation des Crache-Granoks n'avait pas atteint ce degré de violence…

— Ocious vous a confisqué vos Crache-Granoks ? s'écria Oksa d'un air scandalisé.

— Il y a une dizaine d'années, oui. Seuls ses proches et les membres de sa garde ont été autorisés à les conserver. Ce fut un coup dur pour nous tous, comme si nous étions dépossédés d'une partie de nous-mêmes.

— Mais qu'est-ce qu'il a bien pu en faire ? s'enquit la jeune fille. Les Crache-Granoks ne peuvent être utilisées que par ceux pour qui elles ont été fabriquées, alors à quoi bon ?

— Oh… le but n'était pas d'en faire quelque chose. C'était simplement pour lui l'occasion de nous priver d'une partie de nos pouvoirs et de nous asservir davantage. Mais au moins il n'attentait pas à nos vies.

— Ce n'est pas Ocious le pire ! s'emporta soudain la jeune Lucy.

Elle fondit brutalement en larmes. Quelques personnes pâlirent alors qu'Abakoum serrait son épaule dans un geste compréhensif.

— C'est son fils le plus ignoble de tous ! Je le hais ! fit Lucy avec un lourd sanglot.

Oksa jeta un coup d'œil interrogateur à son père.

— L'arrière-grand-père de Lucy a été tué par Orthon sous ses yeux, murmura Pavel à son oreille.

— Orthon ? ne put s'empêcher de s'écrier Oksa.

Tous les regards convergèrent vers elle, y compris celui de Lucy, empli de larmes.

— C'est atroce…, bredouilla-t-elle.

— Ocious et Andreas sont des hommes très durs, mais Orthon semble les surpasser largement en bien des domaines, précisa Edgar.

— Il est pourri jusqu'à la moelle ! commenta Oksa. Moi aussi, je le hais.

Tout le monde se tut pendant quelques instants, plongé dans de bien sombres réflexions.

— Cet acte extrême fut déterminant pour nous, reprit Edgar. C'en était trop, il nous fallait agir. Profitant du choc causé par ce branle-bas de combat, nous nous sommes rendus de nuit à Du-Mille-Yeux. Tugdual était celui qui connaissait le mieux la Colonne et les mesures de sécurité dressées par Ocious. Si un homme averti en vaut deux, autant te dire que notre petit groupe a su utiliser au maximum toutes les précautions dont ce jeune homme nous a généreusement fait part. Les Vigilantes n'ont pas été un problème : nous avions à nos côtés le plus fameux entomologiste d'Édéfia et, après tout, les Vigilantes ne sont que des chenilles.

— Vous avez fait comment ? interrogea Oksa en frémissant au souvenir de ces infâmes créatures.

— Nous avons une recette secrète, fit le vieil homme. Veux-tu la connaître ?

Oksa acquiesça vivement, faisant naître un sourire amusé sur le visage d'Edgar.

— Il existe une substance contenue dans les racines des Majestiques, l'essence d'arbre qui produit les Papillax, précisa-t-il.

— Oh, les fèves qui permettent de donner aux aliments le goût que l'on souhaite, je connais !

— Il se trouve que l'absorption de cette substance peut entraîner une grave confusion de la perception qu'on peut avoir de son propre corps dans l'espace. Elle ne modifie pas la gravité, mais simplement la sensation qu'on peut en avoir.

— Qu'est-ce que vous voulez dire ?

— Les Vigilantes sont gloutonnes, répondit Edgar. Elles se sont jetées sur les boulettes préparées par notre ami et s'en sont goinfrées. Quelques minutes plus tard, persuadées de ne plus posséder d'ailes, elles rampaient sur le sol, soumises à l'attraction terrestre qu'elles ressentaient plus dominante que jamais.

— Les Vigilantes rampaient ? s'écria Oksa. J'aurais adoré voir ça… !

Elle vit Tugdual esquisser un sourire.

— J'avoue que nous avons eu du mal à résister à la tentation de les piétiner, poursuivit Edgar. Mais nous avions une mission. Tugdual et Lucy nous ont conduits jusqu'à l'avant-dernier étage. Lucy et nos amis Sylvabuls sont passés par les coursives intérieures pendant que ceux doués du pouvoir du Varapus étaient guidés par Tugdual sur la façade extérieure.

— La technique de l'araignée ! s'exclama Oksa. Excellent !

— Même si nous avons dû faire face aux hommes d'Ocious, beaucoup plus aguerris que nous tous, c'était si exaltant de passer à l'action et de mettre à profit nos dons…, soupira Edgar avec une évidente jubilation.

— Et depuis vos appartements, vous aviez conscience de ce qui se passait ? demanda Oksa en se tournant vers son père, Abakoum et Zoé.

— Grâce à certaines de nos créatures hypersensibles, je peux te dire que nous ne pouvions rien ignorer de ce qui se tramait dans la Colonne, fit Pavel en lui faisant un clin d'œil.

— Entre les Ptitchkines fureteurs et les Devinailles survoltées, chacun de nous avait bien compris qu'il se passait quelque chose, compléta Abakoum. Quand à son tour Ocious a saisi qu'une double attaque était lancée, il a fait irruption dans ma chambre avec Orthon et Andreas pour m'emmener.

Oksa laissa échapper un cri.

— Tu te souviens de l'effet corrosif des crachats d'une de nos chères créatures ? demanda Abakoum.

Les yeux de la Jeune Gracieuse se mirent à briller.

— Ne me dis pas que l'Insuffisant leur a lancé ses redoutables postillons ?

— Disons qu'il a su causer quelques dégâts qui ont créé une intéressante diversion, lui répondit mystérieusement Abakoum.

— Il est trop génial !

— Tout le monde l'a été, tu sais. Ocious avait commis une grave erreur en ne vérifiant pas si nous possédions des Crache-Granoks. Il pensait sûrement que nous étions incapables d'en fabriquer à Du-Dehors. Aussi, quand Tugdual est apparu à mes côtés et que nous avons commencé à riposter en leur lançant des

Putrefactios et des Colocynthis, il a compris que la partie allait être plus difficile qu'il ne l'avait imaginé.

— Vous avez réussi à le toucher ? souffla Oksa, captivée par ce récit.

— Tugdual a touché Orthon.

— Bravo !

— Mais n'oublie pas qu'Orthon est un puissant Murmou au métabolisme hors du commun, précisa Abakoum. Cependant, grâce à l'effet de surprise que nous avons pu créer, les choses se sont terriblement compliquées pour Ocious et ses fils. Nos amis Knut et Bellanger ont réussi à sortir de leur appartement-prison pour porter secours à Réminiscens et à Zoé, qui étaient emmenées de force par Andreas et une quinzaine d'hommes. Zoé a pu s'échapper, mais notre chère Réminiscens est restée entre leurs griffes.

Le visage d'Abakoum se contracta imperceptiblement. Oksa posa sa main sur la sienne.

— On la retrouvera bientôt, j'en suis certaine, murmura-t-elle. C'est la fille d'Ocious, il ne peut rien lui arriver !

— Malheureusement, je n'en suis pas aussi sûr que toi, ma chère petite. Je vais cependant continuer d'espérer, ajouta-t-il, les lèvres tremblantes.

Il avait l'air si peiné, si accablé par le poids de son inquiétude, qu'Oksa en eut le cœur brisé. Abakoum avait passé toute sa vie au service des autres, veillant sans faille sur Dragomira et les siens, au détriment de toute vie amoureuse. Réminiscens avait été son seul amour. Un amour inavoué, perdu à tout jamais quand, jeune femme, elle était tombée amoureuse de Léomido, puis quand elle avait subi le Détachement Bien-Aimé. Mais rien n'avait pu émousser les sentiments d'Abakoum. Malgré quelque soixante années de séparation et l'espoir qui s'éloignait au fil du temps, l'Homme-Fé aimait toujours Réminiscens et la sauver de l'Entableautement avait été un des plus beaux jours de sa vie, même si Léomido y avait laissé la sienne. Tous le savaient et respectaient la profondeur de cet amour silencieux. Oksa lui serra la main, par compassion et par soutien. Abakoum remua légèrement la tête, comme s'il émergeait des abysses où l'avaient plongé ces pensées. Il regarda Oksa d'un air désolé et reprit :

— Nous aurions aimé tous nous échapper, mais la bataille était rude. Alors, quand ton père et son Dragon d'Encre sont apparus, brisant les fenêtres et les balcons, j'ai attrapé l'Insuffisant et nous avons sauté sur le dos du Dragon. « Dépêchez-vous ! » a hurlé ton père à ceux qui se trouvaient dans la Colonne. À l'intérieur, nos amis Sauve-Qui-Peut luttaient de toutes leurs forces : Naftali et nos partisans protégeaient Zoé des assauts d'Orthon, les Mainfermes par leur part animale et les Sylvabuls par leur maîtrise des plantes. Les uns utilisaient leurs mains comme des serres et leur corps comme des masses, les autres sortaient de leurs besaces des filets et des vaporisateurs de concentrés végétaux extrêmement nocifs. Puis j'ai aperçu Tugdual qui remplissait ma Boximinus pendant que Brune et les Bellanger le couvraient. C'était une idée formidable et très courageuse : les créatures représentent un atout considérable pour nous, Ocious avait commis une seconde erreur en les laissant à nos côtés. Tant mieux… Tugdual m'a lancé la Boximinus à travers une fenêtre brisée et a disparu dans le désordre qui régnait. Le Dragon continuait d'envoyer des tornades de feu vers les gardes d'Ocious et recevait en retour des centaines de Granoks. La situation devenait intenable, nous devions nous replier. Ceux qui, parmi nos alliés, ne pouvaient pas volticaler ont bondi sur le dos du Dragon, Zoé à leurs côtés. Pierre est apparu. « Partez ! Maintenant ! » nous a-t-il crié. À contrecœur, le Dragon a foncé, immédiatement suivi par une foule de Volticaleurs, parmi lesquels se mêlaient nos amis prisonniers et nos partisans Mainfermes, ainsi qu'Ocious et ses hommes. Il était impossible d'agir sans risquer de toucher l'un des nôtres.

— Que sont devenus les Sauve-Qui-Peut ? demanda Oksa d'un air tendu.

— Tugdual et quelques-uns de nos compagnons ont tout fait pour libérer Brune et Jeanne…, répondit Abakoum, le regard trouble.

Le vieil homme se tut. Oksa lui agrippa le bras, la respiration coupée. Ses yeux se mirent à piquer alors qu'elle cherchait sur le visage de l'Homme-Fé la réponse à la question qu'elle ne parvenait pas à poser. Brune… Jeanne…

— Orthon a réussi à les capturer, malgré nos efforts acharnés, dit enfin Abakoum. Naftali, lui, a pu s'accrocher au Dragon pendant quelques kilomètres, mais Ocious lui a lancé une Granok paralysante qui l'a fait chuter. Il n'a eu qu'à le cueillir comme une fleur, ajouta-t-il d'un air amer.

— Et Helena ? Le petit Till ? Le clan Fortensky ? s'enquit Oksa.

— Tous repris…

Oksa pouvait à peine respirer.

— Mais est-ce qu'ils sont… vivants ?

— D'après nos petits informateurs à plumes, tout le monde est sain et sauf. Le moral est au plus bas, certains ont été blessés, mais leur vie n'est pas en danger.

Malgré le ton rassurant d'Abakoum, Oksa fit une moue sceptique.

— Est-ce que cela pourrait changer ? demanda-t-elle.

Elle vit Tugdual se raidir sur son siège. Elle se mordit la lèvre inférieure et serra les poings. Fichue curiosité… Contre toute attente, c'est le jeune homme qui lui répondit :

— Bien sûr que cela pourrait changer. Ocious pourrait à tout moment décider de les tuer tous.

— Ocious, ou bien Orthon…, ajouta Abakoum, les yeux perdus dans le vague.

17

Réveil en douceur

La première nuit d'Oksa à Gratte-Feuillée fut aussi étonnante que réconfortante. Dormir dans une cavité en terre battue entre les racines d'un arbre géant était peu banal, même si la liste de la jeune fille en matière d'expériences singulières commençait à s'allonger sérieusement. Ses hôtes avaient fait preuve d'une grande sollicitude en lui réservant un espace avec un lit à baldaquin encadré d'un fin voilage de lin gris et recouvert d'une couverture en laine pourpre, un petit meuble surmonté d'une vasque argentine et d'un minuscule miroir, ainsi que quelques vêtements posés sur le banc que formait une des racines. Mais elle était trop épuisée pour accorder une seule seconde à un quelconque brin de toilette. Au plafond, une Trasibule diffusait une douce lumière en créant des mouvements apaisants comme ceux d'un aquarium. Oksa se laissa tomber sur le lit, tout habillée. Le moindre sentiment d'oppression, de claustrophobie ou d'angoisse s'évanouit peu à peu et le sommeil l'emporta rapidement.

Se réveiller dans un tel endroit était étrange. Le lieu était repérable et un peu oppressant sous ses quelques centaines de mètres sous terre, mais toute notion de temps avait disparu. Faisait-il encore nuit ou bien déjà jour ? Avait-elle dormi pendant deux ou douze heures ? Une seule chose était sûre : elle se sentait parfaitement reposée. Elle sortit de son confortable lit, non sans peine, et entreprit un examen complet de son apparence.

— Hum… Pas brillant…, grommela-t-elle en observant des portions de son visage dans le petit miroir.

Depuis l'accélération du temps sur elle, elle avait eu peu d'occasions de se rendre compte de l'image qu'elle renvoyait désormais, et encore moins de s'habituer à son reflet. Aujourd'hui, elle avait presque du mal à se reconnaître tant ses traits étaient tirés, ses yeux ardoise cernés de violet et ses cheveux emmêlés. Elle passa les doigts sur ses joues, laissant des traînées de poussière noire. Quant à ses habits, ils témoignaient sans conteste du passage des Invisibuls par les marques luisantes comme de la bave d'escargot qu'ils avaient laissées sur son jean et son tee-shirt.

— Je suis répugnante, soupira-t-elle.

Instinctivement, elle pensa à Tugdual. Comment faisait-il pour être toujours aussi irrésistible ? En toutes circonstances, il restait ab-so-lu-ment parfait, comme si rien n'avait de prise sur lui. « Il doit venir d'une autre planète…, se dit Oksa en riant de l'absurdité de sa pensée. Disons qu'il est un peu plus surnaturel que tout le monde ici ! »

— Qu'est-ce qui te fait rire comme ça, ma P'tite Gracieuse ? résonna soudain une voix bien connue derrière elle.

Oksa se retourna et rougit en voyant Tugdual nonchalamment adossé contre le mur de terre. Les bras croisés, le regard vissé sur elle, il affichait cet inégalable petit sourire en coin qui faisait saillir ses pommettes et creusait une ombre sur ses joues.

— Oh, je me disais que j'avais l'air misérable à côté de toi ! répondit-elle sans se sentir capable de dire autre chose. La souillon pouilleuse et le prince très charmant, tu vois le genre ?

Tugdual s'approcha d'elle avec la souplesse d'un chat. Il posa les mains sur ses épaules avant de lui donner un léger baiser au coin des lèvres.

— Tu parles d'une souillon pouilleuse..., soupira-t-il en la dévisageant de la tête aux pieds.

— Arrête de me regarder ! murmura Oksa, nerveuse.

Loin d'obéir, Tugdual prit un linge et l'humecta de l'eau contenue dans la vasque, puis entreprit de nettoyer délicatement le visage de la jeune fille, tremblante de confusion.

— Ça sent bon..., souffla-t-elle.

La proximité de Tugdual ajouta à son trouble et amplifia la rougeur qui colorait son front. Mais pourquoi n'arrivait-elle jamais à se taire ? À quoi bon dire des choses aussi... incongrues ?

— C'est de l'essence de Nobilis, précisa Tugdual. Si tu veux, je te montrerai un endroit où on en trouve des centaines.

Oksa acquiesça. Le souvenir de sa première « rencontre » avec une Nobilis lui revint en mémoire. Elle se trouvait dans le silo secret d'Abakoum et la plante avait gloussé de plaisir en la cajolant de ses pétales. Une autre expérience insolite... Pendant ce temps, Tugdual continuait de laver son visage, l'arête de son nez, ses paupières, ses doigts, alors qu'elle avait une furieuse envie qu'il l'embrasse. Mais il n'en fit rien, clôturant cette séance de débarbouillage par une douce caresse sur sa joue.

— Maintenant, tu devrais mettre ça, fit-il en indiquant les habits posés sur la racine. Je t'attends à côté.

Il sortit en refermant le rideau qui coupait la pièce du reste de l'habitation souterraine. Avec beaucoup de difficultés, Oksa retira son jean zébré de traces nacrées et son tee-shirt maculé de taches pour enfiler un pantalon et une courte tunique kaki embaumant un parfum frais et réconfortant. L'odeur de propre lui rappelait sa maison, Bigtoe Square, sa mère, la vie normale, à tel point que les larmes noyèrent ses yeux. Non. Il ne fallait pas penser au passé. Pas quand il plombait le présent, en tout cas. Alors, elle inspira à fond, redressa la tête et ouvrit le rideau.

Elle ne les avait pas vues quand elle était arrivée et, pourtant, les créatures et les plantes « vivantes » étaient bien présentes dans les sous-sols de l'arbre. Il y avait celles qu'elle connaissait bien – Insuffisants, Devinailles, Gétorix, Ptitchkines, Merlicoquettes et Goranovs, toutes appartenant aux Sauve-Qui-Peut – et d'autres qui lui étaient inconnues, notamment une sorte de hérisson aux pics mous et une étrange variété de marmotte couverte d'une toison bleu électrique.

— Alerte ! Alerte ! cria la Goranov. La Jeune Gracieuse est parmi nous !

— Eh bien, il faut te réjouir au lieu de te lamenter, la laitue ! rétorqua le Gétorix en agitant son opulente toison. Si la Jeune Gracieuse est là, c'est pour nous sauver !

Agitée de violents frissons, la Goranov poussa une longue plainte. Puis, après une ultime convulsion, toutes ses feuilles s'avachirent le long de son tronc. L'émotion avait eu raison de son psychisme fragile.

— Mais moi, je suis bien ici, j'ai pas envie de me sauver..., intervint l'Insuffisant de sa voix molle.

Oksa ne put se retenir : elle explosa d'un rire communicatif, s'attirant les regards des hommes, des femmes et de toutes les créatures qui lui firent écho. Sauf l'Insuffisant qui ne voyait rien de drôle et qui la regardait béatement.

— Je suis trop contente de les revoir ! fit-elle en s'essuyant les yeux.

Elle tenta de reprendre son sérieux avant de saluer toutes les personnes qui déjeunaient, assises en tailleur sur les gros coussins, un plateau posé sur des trépieds devant elles. Son père et Abakoum semblaient fatigués, mais apaisés. Quant à Zoé, le sourire qu'elle lui adressa ne cachait pas sa profonde tristesse. Cependant, Oksa l'apprécia et le lui rendit avec sincérité.

— La présence de ma Jeune Gracieuse dans ce lieu forestier fait la rencontre d'un honneur blindé d'unanimité de la part de tous les êtres dotés de vie, annonça le Foldingot depuis un plan de travail où il coupait du pain.

La drôle de créature aux poils mous s'activait à ses côtés et aspirait dans un mouvement rotatif permanent la moindre miette qui tombait.

— Ma Jeune Gracieuse connaît-elle la volonté d'ingérer une tartine ? poursuivit le Foldingot. Et fait-elle le vœu de procéder à sa désaltération ?

— Volontiers ! répondit Oksa. J'avoue que j'ai un peu faim...

Sitôt dit, sitôt fait : le Foldingot se rua littéralement sur elle, manquant de faire tomber le petit plateau qu'il portait. C'est Zoé qui réagit la première en redressant le plateau d'un simple mouvement de l'index.

— J'oublie toujours que je sais faire ça ! chuchota Oksa en faisant un clin d'œil à son amie.

Le réconfort que lui apporta le pain blanc tout chaud s'avéra sans pareil. Elle engloutit les cinq tartines recouvertes d'une fine couche de confiture au goût aussi indéfinissable que délicieux. Mais quand elle porta à ses lèvres la tasse de liquide fumant que le Foldingot lui avait apportée, elle ne put retenir une grimace.

— Boouuhh, le visage de ma Jeune Gracieuse fait la démonstration d'un profond dégoût, se lamenta le petit intendant. Sa domesticité rencontre l'échec farci de cuisson, booouuuhhh…

Et il s'effondra contre le mur, inconsolable.

— Le malheureux ! s'exclama Zoé. Il a oublié de te dire qu'il avait mis un extrait de fève de Papillax ! Tu dois penser au goût que tu souhaites pour ta boisson et la Papillax te comblera !

Oksa se frappa le front du plat de la main. Mais oui, bien sûr ! Elle se concentra, trempa ses lèvres dans la boisson et sourit. Le Foldingot, à l'affût des réactions de sa maîtresse, releva aussitôt sa large tête.

— L'oubli de cette consigne perpétuera le remords dans le cœur de votre domesticité jusqu'à la fin de ses jours, sanglota-t-il.

— Hé, tout va bien, mon Foldingot ! s'écria Oksa en s'agenouillant devant lui. Tu es parfait !

Elle le prit dans ses bras et lui colla un baiser sonore sur la joue. Le Foldingot devint aussi violet qu'une aubergine.

— Tu as choisi quel goût ? demanda Lucy.

— Thé noir aux agrumes et épices, répondit Oksa. Recette russe, « à la Dragomira ».

Ses yeux se voilèrent soudain. Elle plongea le nez dans sa tasse et but le reste du thé, malgré sa gorge serrée à lui en faire mal.

— Bon, P'tite Gracieuse, maintenant, j'aimerais te montrer quelque chose, intervint Tugdual. Viens !

18

En tête à tête à Gratte-Feuillée

Oksa était surprise de la facilité avec laquelle son père et Abakoum l'avaient laissée partir. Oh, ils ne l'avaient pas fait sans les ensevelir, Tugdual et elle, sous une avalanche de recommandations, mais cette liberté accordée était une première pour Oksa. La raison essentielle était que les garnisons d'Ocious se cantonnaient autour de Gratte-Feuillée et que leur présence au sein même de la cité était limitée aux lieux stratégiques, issues, places et quartiers commerçants. Avant de s'effacer, Pavel avait jeté un dernier regard non dénué d'inquiétude à Oksa, puis un plus menaçant à Tugdual – s'il devait arriver quoi que ce soit à sa fille alors qu'il lui avait fait confiance, le jeune homme aurait affaire à sa rancune impitoyable…

— Après tout ce que j'ai traversé, tu ne crois pas que je suis capable de me défendre toute seule, mon vieux papa craintif ?

Pavel avait amorcé le geste de lui ébouriffer les cheveux, puis il s'était repris. Sa petite Oksa était devenue la Nouvelle Gracieuse.

Quand les deux jeunes gens eurent gravi un nombre incalculable de marches pour déboucher sur l'extérieur,

Oksa respira enfin l'air pur de Gratte-Feuillée. Elle avait entrevu des bribes de la ville végétale la veille, mais elle était loin d'avoir perçu le gigantisme et la vitalité qui y régnaient.

L'arbre sur lequel elle était perchée avec Tugdual se trouvait au centre de cette vaste forêt. Tel un maître sylvestre, démesuré et superbe, il étendait les premières branches de sa ramure inférieure à près de vingt mètres de la surface du sol. C'est par un escalier intérieur sculpté dans le tronc qu'on accédait à une plate-forme servant de fondations à une dizaine d'habitations. Tugdual saisit la main d'Oksa pour la plaquer contre l'écorce.

— Hé ! Ça respire ! s'exclama-t-elle.

Elle colla sa joue contre le tronc pour sentir le souffle régulier de l'arbre.

— Tu te rends compte ? s'écria-t-elle, les yeux brillants.

Tugdual lui sourit avant de l'entraîner entre les maisons. La luminosité était faible, absorbée par les épais nuages, puis par les dizaines de mètres de feuillages et de branches qui l'empêchaient de parvenir jusqu'au sol. Plus bas, le sous-bois était dégagé, mais restait plongé dans une pénombre intense, verte et animée. Quand une tache de lumière réussit à filtrer, Oksa poussa un cri de surprise en découvrant toute une activité qu'elle n'avait pas imaginée. Sur la terre ferme, des hommes et des femmes circulaient, chargés de paniers à roulettes ou d'outils, des créatures à leurs côtés. Tous vêtus de vêtements aux couleurs de la nature – du brun au vert, en passant par le gris et le roux –, ils convoyaient toutes sortes de marchandises dont Oksa put admirer la taille inhabituelle : des pommes de terre volumineuses comme des pastèques, des olives aussi massives que des melons, des tubercules énormes dont elle ignorait la nature.

— Ne t'y trompe pas, ma P'tite Gracieuse, l'alerta Tugdual. Ce n'est pas parce que tu vois ces quantités de vivres que les gens ne subissent pas le manque. Ils sont encore très nombreux et la terre est devenue beaucoup moins généreuse. Elle est comme les hommes : épuisée.

Côte à côte, ils parcoururent tous deux la plate-forme, croisèrent des hommes et des femmes qui les saluèrent avec déférence, jouèrent les indiscrets en espionnant à travers les fenêtres, s'émerveillèrent du système complexe de tyroliennes et de poulies qui permettait de convoyer des marchandises à tous les niveaux. Des gouttières parcouraient les troncs et les toits pour déverser de l'eau au goutte-à-goutte dans des réservoirs au pied de chaque habitation ou au sommet des plantations qui les couvraient. Ainsi chaque maison s'ornait-elle de cultures verticales prenant racine directement dans les murs enduits de terre compactée. « Voilà un moyen génial d'économiser l'eau », se dit Oksa. La jeune fille avisa un monte-charge en bois et câbles d'acier qui semblait mener bien plus haut. Elle leva la tête : une quinzaine de mètres au-dessus, plusieurs plates-formes prenaient appui sur les branches énormes de tous les arbres qui l'entouraient. Reliées les unes aux autres par d'innombrables ponts suspendus, toutes ces terrasses formaient un labyrinthe extraordinaire à multiples niveaux qu'Oksa avait très envie de visiter. Elle se dirigea vers le monte-charge.

— Nous, on n'a pas besoin de moyens mécaniques, fit Tugdual. Suis-moi.

Il commença à grimper le long du tronc.

— Hé ! Mais je ne peux pas faire ça ! protesta Oksa.

— Alors, fais ce que tu sais faire, P'tite Gracieuse ! lança Tugdual.

Il paraissait s'accrocher à l'écorce de l'arbre par la seule force de ses ongles, ce qui eut le don de motiver Oksa, qui s'élança dans un Voltical très acrobatique.

— Eh bien, voilà ! Tu vois quand tu veux..., commenta Tugdual avant de continuer son ascension.

Ils passèrent ainsi plusieurs étages de plates-formes habitées jusqu'à celle édifiée au sommet de l'arbre, l'un avec l'agilité d'un singe, l'autre avec la fluidité d'un étourneau. Oksa tourna maintes fois autour du tronc et de Tugdual, le narguant par des pirouettes plus acrobatiques les unes que les autres.

Arrivés à la dernière terrasse, ils s'assirent l'un à côté de l'autre, les pieds dans le vide, et contemplèrent Gratte-Feuillée dans toute son étendue. Devant ce paysage – le plus époustouflant qu'Oksa ait jamais vu –, la jeune fille resta bouche bée, ses yeux balayant l'océan d'arbres gigantesques qui hérissaient l'horizon de verdure.

— C'est beau, n'est-ce pas ? murmura Tugdual.

— Tu veux dire que c'est carrément fantastique ! fit Oksa. J'imagine toutes ces maisons, tous ces gens qui vivent là, dans les branches. On dirait des gratte-ciel végétaux, ajouta-t-elle en prenant aussitôt conscience de l'origine du nom de la ville-forêt.

— La plupart des maisons sont vides aujourd'hui, précisa Tugdual.

— Pourquoi ?

— D'après ce que m'a raconté Edgar, Gratte-Feuillée a compté jusqu'à trois mille habitants quand Édéfia était au sommet de sa splendeur. Depuis le Grand Chaos, la population a diminué. Entre les pénuries, les

Diaphans et le déclin, les gens n'avaient plus le cœur à mettre des enfants au monde. D'ailleurs, tu verras très peu de petits et encore moins de bébés. C'est comme ça qu'une civilisation s'éteint : les gens meurent sans passer le relais.

Au-delà du cercle vert, le désert formait un contraste douloureux. Malgré sa démesure, la ville végétale semblait s'accrocher coûte que coûte au milieu d'une immensité de mort guettant la moindre faille pour s'immiscer et anéantir la vie. En témoignaient les squelettes d'arbres qui ceinturaient la cité, leurs branches nues désespérément tordues vers les survivants comme pour les appeler à l'aide. Ou pour les attirer dans leur déchéance… Un frisson parcourut Oksa. Tugdual passa son bras autour de ses épaules et, instinctivement, elle blottit sa tête contre lui. C'était un moment très particulier. Délicieux… Elle glissa sa main dans celle de Tugdual et leurs doigts s'entrelacèrent.

— Embrasse-moi…, se surprit-elle à demander.

— À tes ordres, ma P'tite Gracieuse.

Avait-elle déjà connu un moment aussi intense ?

Aussi parfait ?

Ce garçon était fabuleux. Du bout des lèvres, il murmura le refrain d'une chanson à l'oreille de la jeune fille.

We're flying high
we're watching the world pass us by
Never want to come down
Never want to put my feet back down
On the ground[1]

1. « Nous volons haut
Nous regardons le monde nous ignorer

Au-dessus d'eux volaient des oiseaux dont ni l'un ni l'autre ne connaissait le nom. L'essaim, très mobile, plongea soudain dans le feuillage des arbres, puis en ressortit en pépiant à tue-tête, ce qui amusa considérablement Oksa. Mais quand une énorme libellule s'approcha, la jeune fille se contracta de dégoût.

— Elle ne te fera rien…, la rassura Tugdual en resserrant son étreinte.

— Non mais tu as vu sa taille ? On dirait un aigle !

Tugdual éclata de rire.

— Un aigle ? J'aurais tout au plus dit un merle. Regarde comme elle est belle !

Il tendit le bras et la libellule vint s'y percher, confiante. Ses ailes d'un bleu-vert nacré battaient à toute vitesse dans un vrombissement de tracteur contrastant avec leur extrême finesse. Oksa eut un mouvement de recul.

— Tes relations avec les insectes n'ont pas l'air de s'arranger, on dirait ! fit remarquer Tugdual.

Oksa fit la grimace.

— Jamais, tu m'entends ! Jamais je ne pourrai supporter ces créatures démoniaques !

— Tu sais qu'elles ont une certaine utilité, quand même…, se moqua Tugdual en relâchant la libellule.

— Eh bien, tout ce que je leur demande, c'est d'être utiles loin de moi !

Soudain, des jeunes gens passèrent devant eux, accrochés à des planches volantes comme celles qu'Oksa avait vues chez les gardes d'Ocious qui

Je ne veux plus jamais redescendre
Je ne veux plus jamais poser mes pieds
Sur le sol. »
(*Never Let Me Down Again*, Depeche Mode, paroles & musique : Martin Gore.)

étaient venus les « accueillir » à Édéfia. Ils surfaient littéralement sur l'air dans le but de tendre un filin entre le sommet de deux arbres.

— C'est quoi, cet engin ? demanda-t-elle, fascinée.

— Des Propulsars, répondit Tugdual. Ils sont fabriqués à partir d'un matériau capable de capter et de stocker l'énergie solaire.

— Tu en sais des choses, dis donc !

— Mais qu'est-ce que tu imagines, mademoiselle la P'tite Gracieuse ? Pendant que tu t'éclatais dans la Chambre de la Pèlerine, moi, je me documentais et j'apprenais des tas de choses intéressantes. Malgré les apparences, je suis un garçon curieux et ouvert sur le monde !

— Oh, mais je te crois, monsieur l'Humaniste ! répliqua Oksa, le regard pétillant.

Ils observèrent un moment les surfeurs aériens. Oksa poussait des soupirs de moins en moins discrets et de plus en plus pathétiques. Tugdual lui jeta un coup d'œil en biais et sourit.

— Je sais à quoi tu penses. Mais sache que ces véhicules sont réservés à ceux qui n'ont pas la chance de pouvoir volticaler.

— Oh, dommage..., soupira Oksa. Je me serais bien offert une petite balade.

— Il y a trop peu d'énergie en ce moment, mais peut-être qu'un jour, quand tout ira mieux...

Le jeune homme se tut et porta son regard vers les Sylvabuls qui allaient et venaient plus bas.

— Tu crois que tout ira mieux ? demanda Oksa d'une voix quasiment inaudible.

Tugdual mit quelques interminables secondes à répondre :

— Oui. Tout va *déjà* mieux.

— Tu trouves ? renchérit Oksa, dépitée.
— Tu as échappé à Ocious et à Orthon.
— Tu penses que ça suffira ?
— C'est l'essentiel. Le reste est secondaire.

D'un mouvement brusque, Oksa tourna la tête vers lui.

— Tu te rends compte de ce que tu dis ? lança-t-elle au jeune homme qui gardait obstinément les yeux braqués sur l'horizon.

— Tu te rends compte de ce que tu représentes ? rétorqua-t-il.

Oksa ne répondit pas. Son rôle paraissait parfois plus important aux yeux des autres qu'aux siens, et ce n'était pas la première fois qu'on le lui faisait remarquer. Honteuse, elle se rongea un ongle en regardant Tugdual du coin de l'œil.

— Qu'est-ce qui s'est passé dans les Montagnes À-Pic ? demanda-t-elle à brûle-pourpoint.

Le jeune homme inspira à fond et s'étira, faisant craquer les jointures de ses doigts.

— Rien de plus que ce qu'Edgar t'a raconté, fit-il.

Oksa fulmina. Plus que les mots, c'est le ton faussement décontracté de Tugdual qui l'exaspérait au plus haut point.

— Edgar n'a rien raconté ! protesta-t-elle. Il a juste dit…

— … ce qu'il fallait savoir, l'interrompit sèchement le jeune homme.

Oksa se détacha de lui. Ses joues se colorèrent et ses yeux se mirent à briller d'un éclat noir comme le charbon.

— Je cherche juste à comprendre… qui tu es…, marmonna-t-elle.

— Il faudrait déjà que moi, je comprenne qui je suis avant de pouvoir te répondre, tu ne crois pas ?

Oksa se figea malgré la frustration qui rendait sa respiration saccadée.

— Pourquoi tu ne me fais pas confiance ? réussit-elle à articuler.

Tugdual resta parfaitement immobile cette fois. À croire qu'il n'avait pas entendu la question d'Oksa. Puis, soudain, il ouvrit les vannes, comme il avait su le faire sur le bateau qui menait les Sauve-Qui-Peut jusqu'à l'île de la Mer des Hébrides.

— Tu veux que je te dise quoi ? Que j'ai eu aussi mal de te laisser auprès d'Ocious que j'avais eu mal en voyant partir mon père ? Que la pensée d'avoir tout perdu m'a rendu presque fou ? Que je me suis égaré dans ces montagnes sans chercher à être sauvé ? Les Vigilantes ont failli me tuer alors que j'aurais pu les réduire en fumée, j'avais tout pour le faire. Mais je souffrais tant que la mort m'importait peu, si tu veux tout savoir. J'ai laissé ces gens me sauver uniquement parce qu'ils avaient besoin de moi. Est-ce que tu peux comprendre ce que cela signifie ? J'avais besoin qu'on ait besoin de moi !

Il martela ces derniers mots avec toute la force du désespoir qui l'accablait et Oksa en fut pétrifiée. Le souffle coupé, elle resta inerte et, quand son corps lui fit signe qu'elle était au bord de l'étouffement, elle eut un violent soubresaut, comme lorsqu'elle se réveillait après un cauchemar. Et son trouble ne fut pas dissipé quand Tugdual prit son visage entre ses mains pour l'embrasser avec une intensité décuplée par ses révélations intimes.

— Il faut être sacrément solide avec toi..., murmura-t-elle.

Tugdual n'eut pas le temps de répondre. Les sens aux aguets, il se redressa d'un coup et scruta la masse de verdure autour d'eux. Il attrapa la main d'Oksa.

— Ne restons pas là, lança-t-il. Les hommes d'Ocious ne sont pas loin.

Et, quittant leur promontoire aérien, ils plongèrent tous les deux dans le vide.

19

Course-poursuite dans la forêt

Oksa tomba comme une pierre.

— Volticale ! cria Tugdual.

— Je ne peux pas ! hurla-t-elle en agitant ses bras dans un geste aussi désordonné que vain.

Aussitôt, Tugdual se précipita pour se plaquer derrière elle et la soutenir, stoppant la chute qui s'annonçait fatale.

— Si ! souffla-t-il à son oreille. Tu peux !

Tel un radar, ses yeux balayaient le périmètre avec une nervosité palpable. Il relâcha peu à peu son étreinte, le temps pour la jeune fille de chasser la panique paralysante. Un peu plus bas, un groupe de gardes bardés d'armures de cuir sillonnait la forêt entre les arbres. Il n'en fallut pas plus à Oksa : le visage crispé par la concentration, elle s'élança et suivit Tugdual sur trois kilomètres, jusqu'aux confins de Gratte-Feuillée, à l'opposé de la patrouille. La ceinture de végétation morte n'était qu'à quelques pas et contrastait affreusement avec la luxuriance de la ville-forêt. Le jeune homme entraîna Oksa sur une plate-forme décharnée où quatre habitations semblaient laissées à l'abandon. Ils se posèrent, essoufflés.

— Quoi qu'il arrive, tu ne sors surtout pas ta Crache-Granoks, d'accord ? l'avertit Tugdual. Ici, nous ne sommes que cinq à en avoir une, on serait vite repérés.

Il la poussa brutalement sous la treille desséchée d'une des maisons et se maintint contre elle dans une immobilité parfaite derrière les lambeaux de verdure fanée. Quelques secondes plus tard, une vingtaine de gardes passèrent à toute vitesse. Tugdual plaqua sa main sur la bouche d'Oksa.

— Ils te cherchent…

Les yeux d'Oksa s'agrandirent de terreur.

— Qu'est-ce qu'on va faire ? bredouilla-t-elle.

Tugdual regarda autour de lui avec précaution.

— On va rejoindre l'Arbre Magistral. Dès que tu vois un garde d'Ocious, tu essaies de rester naturelle et de faire comme si tu étais une habitante d'ici. Ne va pas trop vite, cela attirerait leur attention.

— Mais les Sylvabuls ne volticalent pas ! lui opposa Oksa. On va tout de suite se faire remarquer !

— Les Sylvabuls sont majoritaires, mais quelques Gorges-Hautes et Mainfermes vivent ici, certains d'entre eux depuis plusieurs générations. Les Volticaleurs font partie du décor, tu n'as rien à craindre. Pas par rapport à ça, en tout cas.

Il regarda à nouveau à droite et à gauche, en bas et en l'air, puis prit la main d'Oksa.

— C'est bon, viens ! Je passe devant, tu me suis.

— Et si on était séparés ? demanda Oksa, la voix tremblante.

— L'Arbre Magistral est droit devant. Au pire, tu volticales en altitude. Il dépasse tous les autres, tu ne peux pas le rater.

Il prit son visage entre ses mains, la fixa avec intensité et déposa un baiser sur son front.

— Ça va aller, P'tite Gracieuse.

Ils s'élancèrent prudemment et disparurent dans la futaie.

Tout se passa sans encombre jusqu'à ce qu'ils tombent nez à nez avec une patrouille qui déboucha sans prévenir devant eux. Les deux jeunes volticaleurs s'arrêtèrent net, à l'image du cœur d'Oksa quand les gardes les encerclèrent. Tugdual lui jeta un regard ferme l'incitant à rester calme et forte.

— Déclarez votre identité ! ordonna un des hommes.

À la grande surprise d'Oksa, Tugdual répondit :

— Je suis Henning, fils de Gunnar, Mainferme.

Le garde consulta la tablette cristalline qu'il tenait entre ses mains. Apparemment, la réponse de Tugdual lui convenait. Il se tourna alors vers Oksa :

— Et toi, qui es-tu ?

Une goutte de sueur âcre glissa le long de la tempe de la Jeune Gracieuse.

— C'est ma cousine, Ingrid..., s'interposa Tugdual.

Le garde scruta à nouveau sa tablette avant de dévisager Oksa d'un air suspicieux. Très peu d'entre eux avaient eu le privilège de voir la Nouvelle Gracieuse en chair et en os. Et malgré les indications d'Ocious, la jeune fille qu'il avait en face de lui n'avait rien de plus, rien de moins, que n'importe quelle jeune fille de cet âge. Sauf si elle avait ce fameux signe distinctif...

— Montre-nous ton nombril ! fit-il avec autorité.

Le regard de Tugdual glissa vers Oksa. Sans le vouloir, ses yeux se froncèrent. Alerté, le garde réagit aussitôt.

— Un problème ?

Instinctivement, tous se positionnèrent comme pour une intervention imminente.

— Aucun problème ! intervint Oksa.

Alors que Tugdual luttait pour ne pas montrer son trouble, elle souleva le bas de sa tunique.

— Très bien ! s'exclama le garde après quelques secondes d'observation.

Le nombril de la jeune fille était un nombril tout à fait ordinaire, sans trace d'étoile ainsi qu'Ocious l'avait mentionné.

— Ton père ?

Oksa le regarda avec un calme aux antipodes de son état d'esprit. Autour de son poignet, le Curbita-peto ondulait de toutes ses forces pour l'empêcher de flancher. Mais le ciel déjà gris s'assombrissait d'imposants nuages noirs. Si la situation s'aggravait, l'orage éclaterait. Sans aucun doute.

— Mon père ? ânonna-t-elle.

Les gardes se rapprochèrent sensiblement.

— Ne lui en veuillez pas, lança Tugdual.

Il se colla contre Oksa et s'accrocha à son bras. Il s'en fallait de peu que la jeune fille s'éjecte dans les airs comme une fusée.

— Elle est un peu... Vous savez...

— Un peu quoi ? fit le garde.

— Un peu limitée..., poursuivit le jeune homme sur le ton de la confidence. Son père est Lars. Nous sommes venus ensemble chercher des vivres à Gratte-Feuillée.

Le garde les observa longuement, peu amène. Après quelques instants qui parurent durer une bonne année-lumière à Oksa, il s'écarta.

— C'est bon, allez-y ! lâcha-t-il. Et évitez de traîner seuls.

Oksa faillit lui demander s'il avait peur qu'ils ne fassent de mauvaises rencontres, mais Tugdual l'entraînait déjà.

— Filons…, murmura-t-il.

Elle obéit.

— On l'a échappé belle ! dit Tugdual.

Il lui jeta un coup d'œil curieux.

— Je ne savais pas pour ton étoile…

— L'étoile servait à me désigner comme la future Gracieuse, précisa Oksa. Quand j'ai été intronisée, elle s'est détachée de moi. Je savais que je ne risquais rien en soulevant ma tunique. Toi, par contre, tu m'as bluffée.

Tugdual lui avait donné une sacrée leçon de sang-froid, elle était très impressionnée.

— Bravo ! fit-elle à mi-voix en volticalant à son niveau. Comment tu savais tout ça ?

— Oh, ce n'était pas difficile de connaître les questions qu'on ne manquerait pas de nous poser. J'ai juste eu à préparer les réponses.

— Ingrid existe vraiment ? Henning aussi ?

— Bien sûr ! répondit Tugdual. Dans ce genre de circonstances, c'est toujours bien d'avoir un bon prête-nom en réserve.

— D'accord…, acquiesça Oksa. J'essaierai de m'en souvenir.

— Ne crions pas victoire trop tôt. Je ne les ai peut-être pas convaincus, mais juste retardés en semant le doute.

Ils poursuivirent leur Voltical côte à côte, concentrés.

— C'est bien ce que je craignais…, l'avertit subitement Tugdual sans même avoir regardé en arrière. Ne te retourne surtout pas, ils nous suivent.

— Oh, non…, gémit Oksa. Ils ne vont pas nous lâcher !

Ils accélérèrent, zigzaguant entre les arbres et les terrasses avec le maximum de naturel dont ils étaient capables. Mais les gardes ne semblaient pas dupes. Rejoints par une autre patrouille, ils étaient maintenant une bonne cinquantaine derrière eux. Oksa et Tugdual s'engagèrent alors dans un véritable slalom, montant et descendant comme des flèches, tournant soudain à droite, bifurquant brutalement à gauche. Cependant, malgré leur habileté, ils ne parvenaient pas à distancer les hommes d'Ocious qui avaient pour eux le bénéfice du nombre.

— Arrêtez-vous ! leur cria une voix.

Loin d'obtempérer, Oksa redoubla d'efforts pour se maintenir aux côtés de Tugdual. Pendant ce temps, des dizaines d'habitants de Gratte-Feuillée avaient pris leur parti et apportaient leur contribution en coupant la route aux gardes volticaleurs par les moyens les plus astucieux : jetés de filets, lâchers d'oiseaux complices, catapultages de boulets de bois... Autant de moyens rivalisant de simplicité et d'efficacité. Quand Oksa vit un garde prendre de plein fouet un panier lancé à toute vitesse sur une tyrolienne, elle exulta. Un ennemi de moins ! Cependant, les gardes affluaient maintenant de toutes parts, le danger se resserrait chaque seconde un peu plus autour d'Oksa et de Tugdual. Alors, quand le jeune homme lui montra une plate-forme en contrebas, ils foncèrent tête baissée et, pendant que des Sylvabuls formaient un front défensif pour les couvrir, ils se glissèrent sous la terrasse, accrochés aux poutres de bois comme des araignées. Des vignes pendantes formaient un rideau protecteur tout autour d'eux.

— Je vais tomber..., murmura Oksa en concentrant toute son énergie sur ses doigts et ses pieds.

Autour de l'arbre où les deux amis s'étaient cachés, la bataille faisait rage. Des Sylvabuls, portés par les fameux Propulsars, semaient la zizanie dans les rangs des gardes d'Ocious en passant comme des trombes hurlantes. De vrais diables volants !

Soudain, une trappe s'ouvrit au-dessus d'Oksa. Un bras surgit et l'attrapa par sa tunique. Tirée hors de son abri de fortune, elle pensa sa dernière heure arrivée. Elle ferma les yeux, le cœur percé à vif. Ocious avait gagné…

— Venez, Jeune Gracieuse ! chuchota une voix en la poussant sans ménagement.

Elle se décida à ouvrir les yeux et son visage s'illumina : elle se trouvait à l'intérieur d'une des maisons construites sur la plate-forme et, face à elle, Edgar, le vénérable Sylvabul. Elle était si heureuse de le voir qu'elle lui aurait volontiers sauté au cou ! La porte s'ouvrit à la volée pour se refermer aussitôt : Tugdual venait de les rejoindre.

— Par là, vite ! souffla Edgar.

Il fit face à l'un des murs couverts de briques brunes et, du bout du doigt, traça les contours invisibles d'un carré d'environ un mètre de côté. Quelques secondes suffirent pour que cette figure se matérialise en une ouverture providentielle. Edgar pressa sa main sur la tête d'Oksa pour l'encourager à se faufiler dans le trou. Oksa agit comme une automate et s'engouffra dans ce qui s'avérait être le tronc d'un arbre creusé. Quand Tugdual et Edgar furent passés à leur tour, le vieil homme referma l'issue de la même façon qu'il l'avait ouverte : magiquement.

Au-delà de la cloison, tous les trois purent entendre avec une netteté qui les figea d'effroi des cris, des menaces et surtout la porte de la maison exploser. Et alors qu'Oksa, encadrée par Edgar et Tugdual, s'enfonçait à l'intérieur du tronc de l'arbre, les gardes d'Ocious faisaient irruption dans la maison vide, le regard mauvais.

20

Le vieux fauve blessé

Ocious explosa d'une telle fureur que ses proches crurent que son cœur allait lâcher. Que la Jeune Gracieuse lui ait échappé était déjà difficile à supporter. Mais qu'aux quatre coins d'Édéfia on ne parle que de son échec décuplait sa rage. D'autant plus que ce revers s'accompagnait d'une sévère déconvenue : le peuple s'était opposé à lui avec une détermination tout à fait inédite. Jusqu'à aujourd'hui, personne n'avait osé lui faire un tel affront et la blessure s'avérait aussi béante que féroce. Son grand âge lui pesait plus que jamais. Tel un vieux fauve estropié, il accusait le coup tout en essayant de garder un certain panache. Depuis le retour des Sauve-Qui-Peut, tout allait de mal en pis. Certes, la présence d'une Nouvelle Gracieuse ouvrait des perspectives qu'aucun d'eux n'espérait plus. Grâce à elle, le Cœur des Deux Mondes était sauvé, la pluie était revenue et le Portail avait de grandes chances de pouvoir s'ouvrir à nouveau… Il allait enfin pouvoir accomplir son rêve le plus absolu : connaître Du-Dehors et profiter de sa supériorité écrasante sur ces humains dont le plus puissant d'entre eux ne disposait pas d'un centième de ses immenses capacités. Mais pour le moment, la Jeune Inespérée remettait en cause un ordre que lui, Ocious, avait mis toute sa vie à établir.

— Tu avais raison, Père…, annonça Andreas d'une voix atone. La Jeune Gracieuse se trouvait à Gratte-Feuillée.

Orthon lui jeta un regard plein de mépris. Que ne ferait pas son demi-frère ennemi pour s'attirer les grâces de leur père ?

— Vous paraissez tous sous le choc de cette réaction, lâcha-t-il en fixant Ocious de son étrange regard d'aluminium. Mais cette rébellion était plus que prévisible : elle était inévitable !

Il ne lâcha pas son père des yeux.

— Je sais que c'est ce que tu penses…, susurra-t-il. Toi et moi, nous sommes pareils, nous avons compris que seule la force compte et que le pouvoir ne s'acquiert pas avec de bons sentiments. Mais tu as fait le choix de la modération à l'égard de ton peuple et tu as fait une erreur. Ce qui s'est passé à Gratte-Feuillée en est la preuve.

Fidèles parmi les fidèles, ils étaient une dizaine autour d'Ocious. Tous s'agitèrent sur leur siège : le fils retrouvé allait trop loin. Tout le monde retint sa respiration alors que les yeux du Cicérone se plissaient jusqu'à devenir une minuscule fente.

— Comment te permets-tu ? murmura-t-il, les dents serrées.

Orthon ne se laissa pas démonter. D'une main, il lissa ses cheveux plaqués en arrière, avant de poursuivre :

— Au lieu de me blâmer, tu devrais voir les choses en face. Tu as pris trop de précautions pour épargner ces gens. Résultat : tu as fait d'eux des insoumis ne respectant plus ton autorité.

Il s'interrompit un instant avant d'assener une conclusion fatale :

— Le peuple d'Édéfia n'a plus peur de toi, Père.

Pendant le lourd silence qui suivit, tous baissèrent la tête, confus, perdus. Tous sauf le Cicérone et ses deux fils. Orthon et Ocious étaient face à face et Andreas dardait sur son demi-frère un regard chargé d'une haine glaciale.

— Tu n'as aucune idée des difficultés que nous avons endurées ici depuis près de soixante ans, tonna Ocious. J'ai fait ce que j'ai pu pour maintenir l'ordre et préserver la vie dans un environnement qui déclinait de jour en jour. Crois-tu que ce soit si évident de conserver des règles dans ces conditions ? Crois-tu que ce soit si simple de survivre quand tout s'effondre ?

Sa lèvre inférieure se mit à trembler quand il ajouta :

— Crois-tu que ce ne soit pas une souffrance d'affronter l'ingratitude de son peuple ?

Orthon l'interrompit par un éclat de rire insolent qui médusa tout le monde. Il s'enfonça dans son fauteuil, posa ses avant-bras sur les accoudoirs et croisa les jambes. En face de lui, Ocious pâlissait de rage. Son regard vacilla de façon presque imperceptible, mais cela n'échappa cependant pas à Orthon.

— Père, tu peux faire croire à tous que tu agis pour eux et avec eux, fit ce dernier en balayant l'assemblée d'un geste de la main. Mais pas à moi. Ne me dis pas que tu es persuadé d'avoir été magnanime ! Tu ne l'as pas été et le peuple n'est pas ingrat, comme tu te plais à le dire : il a simplement compris que pendant toutes ces années, tu te servais de lui pour assouvir tes propres ambitions. Et tu le sais très bien !

— Ton père est un homme extraordinaire ! s'insurgea un homme barbu proche d'Ocious. Tout ce qu'il a fait, c'était pour nous, le peuple d'Édéfia !

Orthon soupira avec ostentation.

— Même si mes propos sont acerbes, je respecte mon père, fit-il. Je le respecte et je le comprends. Car lui et moi, nous nous ressemblons sur bien des points.

— Tu te trompes lourdement, Orthon..., intervint Andreas. Père et toi, vous êtes à l'opposé l'un de l'autre. Malgré ce que tu penses et malgré les critiques du peuple d'Édéfia, Père a toujours respecté certains principes, alors que toi, tu n'as ni scrupules ni limites. Tu lui reproches d'avoir été ambitieux ? Mais de quelle ambition parles-tu ? Vouloir sortir d'Édéfia ? Rares sont ceux qui n'ont pas eu au moins une fois dans leur vie l'envie de voir Du-Dehors... Le pouvoir ? Laisse-moi te dire que dans l'état où se trouve notre terre depuis tant d'années, c'est plus un fardeau qu'un privilège.

Orthon le regarda d'un air dubitatif, puis il applaudit mollement avec un petit rictus moqueur.

— Mais tu arriverais presque à me tirer des larmes ! fit-il, les lèvres pincées.

Ocious leva la main, affichant sa large paume.

— Fin du combat ! s'exclama-t-il d'une voix tonitruante.

Puis, se tournant vers Orthon, il lança :

— Toi qui brilles par ton esprit critique, mon fils, je suggère que tu nous fasses profiter de tes très riches expériences et que tu nous prouves que ta méthode est plus efficace que la mienne. Si j'ai fait fausse route, alors montre-moi quelle est la bonne. Que proposes-tu ?

C'est suite à cette discussion tendue qu'Ocious décida d'écouter la très intéressante théorie de celui en qui il n'avait jamais voulu croire. Devant un auditoire extrêmement attentif, il fallut plusieurs heures à Orthon pour exposer les observations qu'il avait pu faire au cours de ses années à Du-Dehors en tant que témoin appliqué des bouleversements politiques et idéologiques qui étaient survenus. Mais c'est surtout sa carrière à la CIA – la très puissante agence américaine de renseignement – qui lui avait permis de comprendre depuis l'intérieur les mécanismes, les enjeux et les stratégies des hommes de pouvoir, qu'il s'agisse des plus grands démocrates ou des pires dictateurs. Captivé, Ocious l'écouta sans l'interrompre, réfléchissant au fur et à mesure qu'Orthon remontait le temps et sillonnait le monde. Devant le silence concentré de son père, le Félon marquait des points, sa crédibilité se consolidait. De temps à autre, Ocious plissait les yeux ou respirait de façon saccadée, surpris de ressembler autant à certains des dirigeants les plus haïs du monde Du-Dehors. Surpris également d'apprendre autant de choses de celui qui avait toujours été un piètre fils à ses yeux.

À l'issue de ce discours, acculé par ses propres limites, Ocious fit une concession inimaginable quelques jours plus tôt en acceptant d'accorder à Orthon sa confiance. Et malgré la désapprobation générale, Orthon s'en saisit à bras-le-corps sans un regard pour son demi-frère exécré et pour les honorables Murmous qui suivaient aveuglément Ocious depuis près de six décennies.

21

Réunion de crise

— Je te jure qu'on a été prudents, papa !

Face à son père, Oksa battait des paupières pour empêcher les larmes de déborder.

— Je le sais, Oksa..., finit par lâcher Pavel. Là n'est pas le problème.

La jeune fille le regarda d'un air interrogateur.

— Maintenant, Ocious sait que tu es là, poursuivit-il. Et c'est très mauvais.

Les visages de tous ceux qui se trouvaient face à elle s'assombrirent.

— Nous sommes prêts à donner notre vie pour sauver notre Jeune Gracieuse ! s'éleva une voix.

D'autres hommes et femmes lui firent écho alors qu'un frisson nerveux agitait Oksa.

— Vous ne pouvez pas dire ça, murmura-t-elle, pâle comme la mort.

— Ocious va tout faire pour t'enlever, intervint Abakoum. Et nous, nous ferons tout pour ne pas que cela arrive. Mais ce rapport de force n'est peut-être pas aussi avantageux pour lui qu'il l'imagine...

— Que veux-tu dire ? demanda Oksa.

— Les hommes comme Ocious ont toujours sous-estimé leurs adversaires. Le passé lui a souvent donné raison, mais rien n'est figé dans le marbre. Je pense que la réaction de nos amis de Gratte-Feuillée pour te protéger l'a profondément déstabilisé car, malgré son autoritarisme, il ne sait pas affronter l'opposition. C'est le point faible des tyrans : leur pouvoir se base essentiellement sur la peur qu'ils inspirent. Le peuple se tait, convaincu de n'avoir d'autre choix que de se soumettre. Mais dès qu'un grain de sable se glisse dans les rouages de la machine, c'est l'affolement.

Oksa fit une moue dubitative.

— Ocious peut tout de même vous faire beaucoup de mal ! fit-elle remarquer. Il peut faire de sacrés dégâts. N'oublie pas qu'il a des soldats à ses côtés, des armes, les Crache-Granoks de tout le peuple. Face à ça, qu'est-ce que tu veux faire ? Moi, je trouve le rapport de force très déséquilibré : les risques sont beaucoup plus grands de notre côté que du sien.

La jeune fille tremblait.

— J'ai l'impression qu'une vraie guerre se prépare et ça me fait un peu peur, souffla-t-elle, le regard incapable de se fixer sur quiconque.

Tugdual se rapprocha d'elle et prit discrètement sa main dans la sienne. Quant à Pavel, il la fixa avec une immense tristesse au fond des yeux.

— Ça me fait plus qu'un peu peur..., murmura-t-elle. Ça me terrifie.

Elle se mordit aussitôt la lèvre. Elle aurait mieux fait de se taire. Mais malgré toutes les épreuves et malgré son tempérament aventureux, jamais elle ne s'était sentie aussi peu Gracieuse. Dire que ces gens avaient attendu si longtemps pour finalement se retrouver avec une mauviette ! Comme ils devaient être déçus !

— Oksa, ma chère petite, fit soudain Abakoum. Crois en toi. Crois en nous tous.

Puis, se tournant vers l'assemblée, il ajouta :

— Mes amis, nous sommes amenés à vivre des moments difficiles, mais je vous demande d'avoir confiance ! Et même si vous pensez que tout est désespéré, gardez en mémoire que nous avons des alliés secrets.

Il regarda un à un tous ceux qui se trouvaient là et annonça sur un ton mystérieux :

— Ne pensez pas que je vous abandonne en plein péril, mais gardez au plus profond de votre cœur la conviction que je prépare l'avenir !

Sur ces mots, il se transforma en lièvre et bondit. Oksa poussa un cri, la main plaquée sur la bouche, et le vit disparaître dans l'escalier qui menait à la surface de l'Arbre Magistral.

Une violente secousse ébranla les racines souterraines de l'arbre. Oksa jeta un coup d'œil inquiet vers le plafond de la salle d'où tombaient de petites volutes de terre. Elle se trouvait désormais seule avec son père et Tugdual, à plusieurs dizaines de mètres sous la surface du sol, impuissante et en colère. Tous ceux qui l'avaient si généreusement accueillie étaient en train de se mettre en danger pour elle et à cause d'elle. Et c'était plus qu'elle ne pouvait en supporter.

— N'y pense même pas, Oksa..., lui dit son père d'un air sévère.

— Mais, papa, on ne peut quand même pas les laisser se faire massacrer sans lever le petit doigt ! s'insurgea-t-elle.

Aucun bruit ne parvenait jusqu'à cette profondeur. Le silence était total, oppressant, et rendait l'attente encore pire. N'y tenant plus, Pavel se leva brusquement.

— Tu ne bouges pas de cette pièce ! ordonna-t-il en pointant son doigt sur Oksa. C'est le seul endroit où tu es en sécurité, personne ne viendra te chercher ici.

Le regard d'Oksa se fit implorant.

— Non, Oksa.

Pavel se tourna vers Tugdual.

— Tugdual, je compte sur toi.

Le jeune homme acquiesça en silence alors qu'Oksa étouffait un cri de colère.

— J'en ai assez ! s'emporta-t-elle alors que son père montait quatre à quatre les marches de l'escalier. Personne ne me fait confiance !

— Tu sais bien que ça n'a rien à voir, P'tite Gracieuse.

Plusieurs minutes passèrent, longues comme des heures, avant qu'Oksa ne manifeste à nouveau son désaccord.

— C'est la première fois que je déteste me retrouver en tête à tête avec toi…, marmonna-t-elle en jetant à Tugdual un regard noir.

Tugdual haussa les épaules sans répliquer, exaspérant Oksa encore davantage.

— Je n'en reviens pas que tu préfères obéir à mon père plutôt que me faire plaisir !

— Le plaisir n'a aucun rapport avec la situation, Oksa.

Tugdual n'était jamais aussi sérieux que quand il l'appelait « Oksa ». Ce qui n'était pas du goût de la jeune fille.

— Tu sais que tu m'énerves ?

— Il se passe des choses très graves, répondit-il. Alors, arrête de faire ta gamine, d'accord ?

Interloquée, Oksa eut le souffle coupé : Tugdual n'avait pas l'air de plaisanter. Pas du tout. Elle se tassa sur son coussin, le cerveau en ébullition, et la consternation laissa bientôt place à une franche détermination.

— Je peux aller boire un verre d'eau, monsieur le Grand Superviseur ? demanda-t-elle d'un ton plein de défi.

— Vas-y ! répondit-il en lui faisant un geste pour l'y inviter.

Oksa se leva et se dirigea vers le plan de travail où se trouvaient les ustensiles de cuisine et la réserve d'eau potable. Tugdual lui tournait le dos, l'occasion était trop belle. Malheureusement, la seule issue se trouvait à l'opposé. Impossible de passer sans que le garçon la voie. Par les murs, peut-être ? Elle posa sa main sur la paroi de terre battue.

— Tu es Murmou depuis trop peu de temps, lança la voix de Tugdual. Tu n'y arriveras pas aussi facilement, tu sais.

Oksa pesta intérieurement. Comment avait-il deviné ? À croire qu'il avait des yeux derrière la tête… Ou bien qu'il savait lire dans ses pensées. Quoi qu'il en soit, c'était très agaçant. Mais elle n'était pas à court de ressources. Elle ouvrit son Coffreton – la petite boîte magique contenant ses Capaciteurs – et avala un Excelsior supposé rendre son esprit plus performant. Puis elle retourna s'asseoir face à son inflexible ami. Le visage impassible, elle plongea ses yeux dans ceux de Tugdual et le fixa sans ciller.

— Qu'est-ce que tu fais ? fit-il à mi-voix. Tu cherches à m'hypnotiser ? Ou à me séduire par ton regard envoûtant ?

Il fallait à Oksa une immense concentration pour rester parfaitement imperturbable.

— Autant te dire que tu cours droit à l'échec, continua Tugdual. Je resterai imperméable à toutes tes tentatives.

Comme elle aimait ce garçon… Et comme elle regrettait ce qu'elle allait devoir lui infliger. Mais il ne lui laissait pas le choix.

22

La révolte de Gratte-Feuillée

Les deux Feufolettos partirent simultanément de la main droite et de la main gauche d'Oksa, droit sur Tugdual qui dut se jeter à terre pour les éviter. Aussitôt, la Jeune Gracieuse bondit et se précipita vers l'escalier qu'elle commença à grimper à une vitesse qu'elle n'aurait jamais cru possible. Tugdual ne mit pas longtemps à réagir. Il se lança à ses trousses avec une rapidité tout aussi impressionnante, mais elle bénéficiait d'une légère longueur d'avance qu'elle était bien résolue à ne pas perdre. Concentrée sur sa trajectoire, elle gravissait les marches quatre à quatre, évitant les racines, tête baissée et muscles tendus. Et pourtant, malgré ses efforts, Tugdual se rapprochait – son côté félin était un sérieux atout.

— Arrête-toi, Oksa !

La jeune fille ne prit pas la peine de répondre et redoubla d'efforts pour distancer son poursuivant. Mais soudain, une main l'attrapa par le bas de sa tunique.

— Ça suffit maintenant ! gronda Tugdual en tirant sur le vêtement.

Oksa fit un geste brusque pour se dégager. Le tissu se déchira, libérant la jeune fille qui poursuivit son ascension pendant que Tugdual roulait dans l'escalier.

Quand elle arriva au niveau correspondant au rez-de-chaussée de l'Arbre Magistral, un choix rapide s'imposa à elle : sortir immédiatement ou bien continuer de monter à l'intérieur du tronc. Les mains posées sur les cuisses, elle reprit son souffle tout en réfléchissant. L'entrée de l'arbre était secrète. Si quelqu'un la voyait émerger de là, le seul abri vraiment sûr des Sylvabuls serait découvert. Elle se pencha pour regarder le deuxième escalier en colimaçon sculpté à l'intérieur du tronc et reprit sa course. Des paliers se présentaient tous les vingt mètres, chacun d'eux permettant d'accéder à une plate-forme. Oksa décida de s'arrêter au troisième niveau. Le bruit qui lui parvenait de l'extérieur n'était pas aussi étouffé que lorsqu'elle se trouvait dans les racines souterraines. À l'évidence et ainsi que l'avait prédit Abakoum, l'offensive d'Ocious était bien engagée : les cris, les explosions, l'odeur de brûlé… Tout cela n'augurait rien de bon. Oksa respira à fond, se saisit de sa Crache-Granoks et poussa la porte imbriquée dans le tronc.

Elle risqua un œil prudent et porta la main à sa bouche.

— C'est pas vrai…, gémit-elle.

La veille encore, le foisonnant sous-bois était un modèle d'organisation et de luxuriance. Il avait fallu quelques heures seulement à Ocious et à ses sbires pour réduire en poussière un des seuls endroits d'Édéfia où subsistait une certaine forme d'harmonie.

Autour de l'Arbre Magistral, dans le crépuscule qui tombait, les Ombrelliers et les Boules-Feuillues étaient le théâtre d'une lutte sans merci : les soldats d'Ocious, destructeurs impitoyables, contre les habitants de Gratte-Feuillée, animés par la seule force de leur désespoir. Le feu s'avérait une arme peu probante – après les trombes d'eau des derniers jours, les flammes ne conservaient pas longtemps leur mordant. Alors, les soldats faisaient jaillir de leurs Crache-Granoks des Granoks explosives dont Oksa ignorait jusqu'alors l'existence et qui causaient un épouvantable carnage. Elles ravageaient tout : les maisons, les plates-formes, les arbres, les ponts… les gens. Une dizaine de Sylvabuls accrochés à des Propulsars passèrent tout près de la terrasse depuis laquelle Oksa constatait le désastre. Courageux, tenant d'une main leur planche volante et de l'autre un long fouet, ils fonçaient droit sur des soldats qui s'apprêtaient à attaquer un Majestique. Ils levèrent leur fouet en l'air et l'abattirent de toutes leurs forces sur les vandales. Certains tombèrent, d'autres lâchèrent leurs Crache-Granoks, aussitôt récupérées par des Volticaleurs. Une nouvelle explosion retentit sur la gauche : un Pieds-en-l'air, variété de banian d'Édéfia, subissait à son tour l'assaut des soldats. Si l'arbre avait été doté de la parole, Oksa était certaine qu'il aurait été en train de hurler.

Mais elle n'avait nul besoin de l'entendre pour comprendre combien il souffrait : ses racines aériennes se tordaient de douleur. Elles se convulsèrent soudain, se tendirent vers le ciel, puis s'immobilisèrent avant de retomber comme une énorme pieuvre végétale dans un bruit massif. Le Pieds-en-l'air était mort. Le sang d'Oksa ne fit qu'un tour. Elle s'aplatit sur le plancher de la plate-forme, rampa jusqu'au bord et commença à viser tous les soldats d'Ocious qui passaient à portée de sa Crache-Granoks.

Par le pouvoir des Granoks
Déchire ta coque
Par le pouvoir de l'Arborescens
Sois ligoté en tous sens.

— Tu veux un coup de main ?

Oksa ne prit pas le temps de tourner la tête, trop absorbée par son offensive.

— Te voilà enfin ? marmonna-t-elle entre deux lancers de Granoks.

— Je te signale que j'ai subi l'attaque d'une vraie furie qui a tout fait pour me tuer ! marmonna Tugdual.

Le sourire d'Oksa, à peine retenu, creusa ses fossettes.

— Eh bien, puisque tu as survécu, tu devrais te rendre utile ! Allez, au boulot !

Tugdual sortit sa sarbacane et les deux amis, embusqués sur leur terrasse, firent déferler un déluge de Granoks sur les soldats, créant un grand désordre. Les hommes tombaient comme des mouches, saucissonnés par de vilaines lianes visqueuses.

Stupéfaits, les habitants de Gratte-Feuillée assistaient à cette débâcle. Ils tournaient autour des arbres sur leurs Propulsars avant de plonger vers ceux qui étaient devenus leurs ennemis et confisquer leurs Crache-Granoks.

Puis le temps sembla se suspendre. Plus aucun soldat ne passait. On n'entendait plus que le craquement des plates-formes et des maisons qui finissaient de s'effondrer. Quelques Sylvabuls tournèrent autour de l'Arbre Magistral, à la recherche de leurs sauveteurs. Oksa aperçut Lucy qui volticalait. La jeune fille la repéra et s'approcha.

— Merci, Jeune Gracieuse ! lança-t-elle en lui faisant un signe.

— Attention ! s'écria un homme derrière elle. Les soldats reviennent !

Une cinquantaine d'hommes bardés d'armures et de casques de cuir surgirent du sous-bois jonché de débris.

Crache-Granoks aux lèvres, ils lâchèrent des centaines de Granoks explosives sur l'Arbre Magistral. Le monte-charge et plusieurs terrasses explosèrent en altitude, projetant des éclats de bois et de métal sur les Sylvabuls. Toutes les constructions en hauteur semblaient être pulvérisées pour piéger ceux qui se trouvaient plus bas. Nombre d'entre eux étaient touchés, certains mortellement. Horrifiés, Oksa et Tugdual ne ménageaient pas leurs efforts : les Arborescens et les Putrefactios fusaient sans relâche. Jusqu'à ce qu'un soldat pointe son doigt dans leur direction et fonce vers eux. Oksa le reconnut aussitôt.

Quoi qu'elle fasse, où qu'elle aille, du Collège St. Proximus jusqu'aux confins d'Édéfia, Orthon McGraw se mettrait en travers de son chemin. Elle poussa un cri de rage. Tendu, Tugdual lui fit signe de quitter leur emplacement. Ils rampèrent de l'autre côté de l'arbre avec la fluidité et la rapidité de gros lézards alors qu'Orthon lançait des Arborescens pour les stopper. Plaquée contre le tronc, Oksa attendit son ennemi juré de pied ferme, prête à en découdre. Mais Tugdual la poussa contre l'écorce. À sa plus grande surprise, elle sentit son corps s'enfoncer dans la matière végétale. Ses protestations furent étouffées jusqu'à ce qu'elle se retrouve à l'intérieur du tronc, Tugdual à ses côtés.

— Pourquoi tu m'as fait ça ? s'insurgea-t-elle. J'aurais pu l'avoir les doigts dans le nez !

— Ne crois pas ça, lui répondit Tugdual en l'entraînant dans l'escalier pour gagner les étages supérieurs de l'Arbre Magistral.

— Je croyais que je n'étais pas une Murmou assez mûre pour traverser des matériaux ! Et en plus, ce que tu as fait ne sert absolument à rien, Orthon va pouvoir nous rejoindre.

— Non.

Oksa s'arrêta net. Elle était essoufflée d'avoir parlé en montant les marches et furieuse. Contre Tugdual. Contre Orthon. Contre tout le monde !

— Comment ça, « non » ?

— L'Arbre Magistral est un arbre sensitif, fit Tugdual en continuant son ascension. Il n'est réceptif qu'à une certaine catégorie de personnes.

— Quoi ? Tu veux dire qu'il filtre ?

— Oui. À chaque issue, il détecte qui peut ou ne peut pas entrer. Il ne laissera jamais passer Orthon.

— Comment est-ce possible ? insista Oksa, éberluée.

— C'est possible, c'est tout. Allez, arrête de poser des questions et viens !

Elle se tut et continua de grimper l'interminable colimaçon. Le tumulte du saccage de Gratte-Feuillée se poursuivait, comme en témoignaient les échos qui parvenaient jusqu'au cœur de l'arbre. À chaque niveau, Tugdual passait son visage à travers l'écorce. Puis il revenait, le regard chaque fois plus sombre.

— Hé ! s'écria Oksa. Qu'est-ce qui se passe ?

— Il se passe qu'Orthon a compris que nous étions à l'intérieur de l'arbre. Il détruit toutes les plates-formes et tous les liens qui rattachent l'Arbre Magistral aux autres arbres. Il cherche à nous piéger, Oksa. À *te* piéger.

Oksa passa la main sur son visage.

— Alors, pourquoi on monte au lieu de rejoindre les salles souterraines ?

— L'escalier du deuxième niveau s'est effondré juste après mon passage. On ne peut plus rejoindre le souterrain depuis l'intérieur. Mais maintenant, sois très prudente, on arrive au sommet.

Oksa avait les nerfs à vif, sa respiration se faisait plus heurtée de seconde en seconde. Tugdual voulut prendre sa main, mais, au lieu de se laisser faire, elle la plongea dans sa petite sacoche portée en bandoulière et s'empara de sa Crache-Granoks. Tugdual fit de même en opinant de la tête, puis il poussa la trappe dissimulée dans le plafond. Aussitôt, les bras puissants de deux soldats se saisirent de lui et le poussèrent sur la dernière plate-forme, là même où les deux jeunes gens avaient passé un si doux moment quelques heures plus tôt. Oksa eut juste le temps d'apercevoir ceux qui l'attendaient avant de disparaître sous une épaisse couche d'Invisibuls.

23

Une leçon Gracieuse

Tugdual fut projeté sur le sol sans ménagement. Face à lui, ils étaient tous là : les prisonniers de la Colonne de Verre enchaînés au sol par de lourds anneaux, les Félons, ainsi qu'une centaine d'hommes en armure et surtout Ocious, entouré d'Orthon et d'Andreas. Au-dessus d'eux, Pavel et son Dragon d'Encre volaient en cercle, Zoé juchée sur l'échine de la créature. N'obéissant qu'à son instinct, Oksa se hissa par la trappe et roula sur la plate-forme au moment même où Orthon faisait irruption. Si elle n'avait pas été protégée par les Invisibuls, le Félon aurait fondu sur elle comme un aigle sur une souris. Il s'agenouilla pour se pencher au-dessus de la trappe surplombant l'escalier en colimaçon et tonna :

— Où est-elle ?

Tugdual esquissa un minuscule sourire alors qu'Orthon se penchait sur lui pour le mettre brutalement debout et saisir son visage du bout des doigts.

— Où est-elle ? répéta-t-il en articulant de façon appuyée.

Tugdual le fixa sans ciller.

— À votre avis ?

Orthon ne se départit pas de son expression impitoyable.

— Tu veux jouer au plus malin ? Alors, que dis-tu de cela ?

Il bondit à nouveau vers la trappe et brandit sa paume grande ouverte vers l'intérieur.

— Orthon ! tonna Ocious.

— Père ?

Ocious jeta à son fils un regard sévère, teinté de reproche.

— Voyons, Père…, susurra Orthon d'un air carnassier. À la guerre comme à la guerre !

Et il lança un Feufoletto à l'intérieur du tronc de l'Arbre Magistral. Quelques flammes léchèrent la trappe alors que le feu rugissait dans un souffle destructeur.

Horrifiés, les prisonniers de la Colonne poussèrent des cris et le Dragon se mit à mugir en lançant vers le ciel une langue de feu d'un rouge menaçant. Orthon observa crânement Tugdual.

— Alors, mon jeune ami, tu n'as toujours aucun… avis ? Ou bien te défiles-tu comme tu as si bien su le faire il y a quelques semaines ?

Tugdual blêmit. Le coup était bas. Et douloureux. Mais le Félon ne s'arrêta pas là. Il se tourna vers les prisonniers – les Knut, les Bellanger, Réminiscens…

— Je me demande pourquoi vous vous obstinez encore à accepter parmi vous un garçon qui n'a de cesse qu'il me démontre une loyauté aussi aléatoire… À croire qu'il n'agit à vos côtés qu'à contrecœur !

Il se rapprocha de Tugdual.

— Dans quel clan es-tu ? susurra-t-il. Tu sembles douter.

Tugdual le défia des yeux.

— Vous perdez votre temps.

Sous sa couche d'Invisibuls, Oksa était écœurée. Elle vit le Félon se diriger vers la trappe avec une lenteur pleine de défi et un déluge de Feufolettos déferla à l'intérieur du tronc de l'arbre. Le feu se propagea à une vitesse décuplée par les appels d'air que formaient les plates-formes. À chaque niveau, des gerbes ardentes s'échappaient du conduit et mordaient sans aucune indulgence ce qui restait des constructions.

Oksa volticala autour du géant végétal, accablée par ce spectacle de destruction et inquiète pour les créatures qui se trouvaient encore dans les profondeurs des racines lorsqu'elle en était partie. Pourvu que le feu ne pénètre pas jusque-là… Elle était à deux doigts de se séparer de sa couche d'Invisibuls pour venger cet arbre innocent du crime impardonnable d'Orthon. Elle remonta jusqu'au sommet, frôla son père et son Dragon d'Encre, puis observa les prisonniers solidement encadrés et renonça. Le moindre geste de sa part entraînerait des pertes, elle en était convaincue. Il n'était qu'à voir les Crache-Granoks des soldats braquées sur les Sauve-Qui-Peut.

— Bien ! fit Orthon en se frottant les mains, l'air satisfait de lui-même. Puisque notre jeune ami persiste dans son mutisme chevaleresque, nous allons passer aux choses sérieuses.

Il bondit jusqu'à Helena, la mère de Tugdual, et lui arracha des bras le petit Till. Paniquée, Helena hurla :

— Non ! Laissez mon fils !

Elle voulut se précipiter, mais tomba lourdement sur le sol de bois brut, retenue par sa chaîne. Le petit garçon, bouche bée, écarquilla les yeux avec stupeur.

— Je te propose un marché, mon jeune ami, poursuivit Orthon en s'avançant vers Tugdual.

Till commença à se débattre. Alors, le Félon resserra son étreinte avec force jusqu'à le réduire au silence. Helena gémit. À côté d'elle, Naftali et Brune subissaient un véritable supplice : les pieds et les mains entravés, des gardes derrière chacun d'eux, ils ne pouvaient que constater avec une impuissance ravageuse la suprématie d'Orthon sur eux tous, y compris sur Ocious et Andreas.

— Je ne suis pas votre jeune ami ! assena Tugdual en essayant vainement de se libérer de la poigne d'acier des soldats qui le bloquaient.

Orthon se rapprocha jusqu'à se trouver au ras du visage de Tugdual.

— Non, effectivement, fit-il avec un sourire mauvais. Tu es bien plus que cela.

Il darda sur lui son regard d'aluminium pendant de longues secondes. Personne ne disait plus rien. On n'entendait que les sanglots d'Helena et le crépitement des flammes autour des branches de l'Arbre Magistral.

Quant à Oksa, elle assistait à la scène avec une proximité « privilégiée ». Orthon, Tugdual, Till... Ils étaient tous les trois à portée de main et, pourtant, elle ne pouvait rien faire tant qu'elle était invisible. Elle passa plusieurs fois à travers le Félon dans l'espoir dérisoire de le faire dévier de son sinistre dessein. Car, elle n'en doutait pas, ce qu'il tramait ne manquerait pas d'être absolument ignoble. Mais comme lors de son évasion de l'Îlot des Fées, elle était aussi immatérielle qu'un fantôme. Orthon reprit enfin :

— Passons à notre marché, veux-tu ? Il est d'une simplicité enfantine, ajouta-t-il en caressant les cheveux bouclés de Till.

Il fut le seul à rire de son ironie.

— La vie de cet adorable bambin contre la reddition de notre Jeune Gracieuse tant aimée. Car elle est ici, je le sais. Peut-être même nous entend-elle. N'est-ce pas, Oksa ? ajouta-t-il en levant la tête.

Naftali poussa un juron et s'agita comme un ours prisonnier d'un piège. Ce qui lui valut d'être empoigné de plus belle par les sbires d'Ocious. Orthon baissa le ton et se mit à parler pour n'être entendu que de Tugdual. Et, sans le savoir, d'Oksa.

— D'ailleurs, on pourrait presque croire que c'est toi qui l'as amenée jusqu'à moi. C'est ce que tu voulais, Tugdual ? Me la livrer ? C'est très généreux de ta part, je n'en espérais pas moins de toi. Malheureusement, notre Jeune Gracieuse a été plus maligne que toi.

Déconcertée, Oksa dévisagea Tugdual. L'espace d'un instant, tout au plus d'un éclair, le doute la griffa. Un moment arraché à toute réalité pendant lequel elle ne sut plus de quel côté se trouvait la vérité. Les dernières heures défilèrent en accéléré dans sa mémoire. À deux reprises, Tugdual l'avait amenée au plus près du danger… Coïncidence inévitable en ces temps troubles ou bien manœuvre délibérée ?

— Vous êtes en plein délire ! grinça le jeune homme, les poings serrés. Et laissez-moi vous dire une chose : Oksa sera toujours plus forte que n'importe qui. Et savez-vous pourquoi ? Parce que, contrairement à vous, elle n'est pas seule.

En voyant son ami tendu comme la corde d'un arc, les yeux noyés d'une douleur abyssale, elle comprit qu'il luttait pour ne pas flancher. Une telle expression ne trompait pas. Comment avait-elle pu… Elle jura intérieurement de ne plus jamais laisser le doute l'empoisonner. Orthon ne reculait devant aucune vilenie, elle le savait pourtant ! Il continuait de menacer de sa

Crache-Granoks le petit Till, doux et tendre comme un jeune ange, paralysé par la peur. Alors, Oksa se décida. La reddition ? Sûrement pas ! Mais faire payer le prix fort à Orthon pour ce qu'il était en train de faire, alors ça, oui !

Par le pouvoir des Granoks
Déchire ta coque
Vent autour de toi
Comme l'ouragan t'emportera.

C'est avec une rage sans nom qu'Oksa lança une pluie de Tornaphyllons sur la plate-forme. Déterminée comme jamais, elle s'était cachée derrière le tronc de l'arbre pour se débarrasser de ses Invisibuls. Crache-Granoks à la bouche, elle se défoula en visant d'abord les soldats qui gardaient les prisonniers. Entravés au sol, les Sauve-Qui-Peut ne risquaient rien et c'est ce qui avait décidé Oksa à choisir cette Granok. Les Tornaphyllons aussitôt catapultées, un terrible ouragan se leva, emportant tout et tout le monde sur son passage. Les soldats, Ocious et ses sbires, personne ne pouvait résister à la puissance de la tornade. Les prisonniers se roulèrent en boule en s'accrochant de toutes leurs forces à leurs chaînes et Oksa pria pour qu'elles tiennent bon. Quant à Zoé, Pavel et le Dragon d'Encre, l'intervention d'Oksa ne leur avait pas échappé. Le souffle des Tornaphyllons les frôla, ils furent repoussés à trois bonnes centaines de mètres, mais rien qui puisse empêcher l'équipage de revenir à tire-d'aile.

Avant de lancer la Granok qui emporterait Orthon, mais qui risquait d'entraîner également Tugdual et Till, Oksa se débarrassa de sa couche d'Invisibuls et émergea de sa cachette. Orthon se trouvait dos à elle et la surprise provoquée par l'envol de ses alliés empêchait très momentanément son esprit de surveiller ses arrières.

La Jeune Gracieuse n'avait que quelques secondes pour sauver Tugdual et son petit frère, elle le savait. Elle croisa le regard de Tugdual par-dessus l'épaule d'Orthon et eut juste le temps de lui montrer Till et le ciel avant qu'Orthon, suspicieux, ne se retourne. Prenant son courage à deux mains, elle se rua sur le Félon en hurlant et le fit basculer par un Knock-Bong dans le dos – sournois mais efficace ! Sous le choc, Orthon lâcha Till et roula sur le sol jusqu'à une grosse branche contre laquelle il s'assomma. Tugdual se précipita pour saisir le petit garçon à bras-le-corps et décolla de la plate-forme dans un Voltical ultrarapide.

Entourés par les Sauve-Qui-Peut enchaînés, il ne restait plus qu'Oksa et Orthon sur la terrasse grignotée par l'incendie provoqué par le Félon. Sonné par le Knock-Bong, ce dernier se redressa tant bien que mal. Sa Crache-Granoks avait voltigé à plusieurs mètres de l'endroit où il se tenait, le corps endolori, les sens émoussés. Et avant d'être emporté par une tornade d'une puissance implacable, il eut le temps de faire un ultime plongeon pour récupérer son précieux outil et d'entendre la Jeune Gracieuse tant convoitée lui hurler :

— Vous ne m'aurez jamais ! Vous m'entendez ? Jamais !

24

Contrecoup

À l'image du cœur de ses habitants, Gratte-Feuillée sombrait dans une torpeur grise et suffocante. Pour ne rien arranger, une pluie torrentielle s'était abattue après la déroute des Félons, transformant la suie en une boue collante qui recouvrait chaque arbre, chaque maison, chaque chemin de la cité végétale. Après ce terrible assaut, les survivants étaient parvenus à se regrouper au pied de l'Arbre Magistral réduit à l'état de gigantesque squelette calciné. Certains pleuraient en silence, penchés sur les corps inertes de ceux qui n'avaient pas réchappé à l'attaque ; d'autres, les yeux dans le vague, se serraient les uns contre les autres, dans la recherche vaine d'un réconfort impossible. Ocious et les Félons avaient commis un acte aussi abject qu'irréparable et personne n'arrivait à admettre que cette limite impensable ait été franchie. Et pourtant…

Assise à même le sol, les bras autour des genoux, Oksa récupérait sous une tente de fortune au pied de l'arbre martyr, entourée des Sauve-Qui-Peut libérés et des créatures sauvées *in extremis* de l'effondrement des souterrains.

— Ma Jeune Gracieuse fait l'exposition d'un accablement farci de profondeur, murmura le Foldingot livide. Son esprit connaît la coloration d'une grande noirceur.

— Épuisée, crasseuse et perdue… Voilà ce que je suis…, répondit-elle d'une voix atone.

— L'épuisement et la crasse peuvent rencontrer l'effacement grâce à la générosité du repos et de la savonnette, rétorqua le Foldingot. Quant au cœur perdu, il subit le creux passager. Les retrouvailles avec le chemin victorieux font la promesse d'une grande proximité.

Oksa lui adressa un sourire hésitant. Le Foldingot savait être si réconfortant… Il frotta sa grosse tête duveteuse contre elle et se blottit au creux de son épaule. Oksa le caressa dans un geste reconnaissant. Son regard croisa celui de Tugdual et elle se surprit à l'éviter avant même de pouvoir intégrer ce qu'elle y lisait : la douleur partagée par tous d'avoir triomphé au prix de pertes insupportables, et une autre souffrance, plus intime, plus secrète. Mais son attention se porta rapidement sur le Gétorix qui sautillait avec mollesse dans les flaques d'eau et l'Insuffisant planté non loin d'elle, hagard mais irrémédiablement serein. Une Merlicoquette s'échinait à briser les dernières chaînes autour des chevilles de Naftali et de Réminiscens.

Quant aux Foldingots de Léomido, ils s'étaient transformés en infirmiers et appliquaient des onguents curatifs sur les plaies des blessés.

Mais qu'ils soient en train de s'affairer ou de recouvrer leurs forces, tous restaient muets, enfermés dans leur propre chagrin. Quand Oksa vit tout le monde se regrouper pour l'ultime adieu aux défunts, elle se leva. Des Grenettes se précipitèrent pour tendre la large feuille d'un Ombrellier au-dessus de sa tête en guise de parapluie. Gênée de ce privilège, elle leur fit signe de n'en rien faire, mais les Grenettes ne l'entendaient pas de cette oreille. Alors, Oksa n'insista pas et rejoignit le cercle d'un pas pesant, son Foldingot collé à elle.

Le linceul d'Edgar, le vénérable Sylvabul, l'ami de son arrière-grand-père, fut le premier à être recouvert de terre humide.

— Ces gens sont morts à cause de moi..., murmura Oksa.

Elle baissa la tête pour laisser ses cheveux cacher son visage et cligna vivement les paupières pour repousser les larmes qui montaient.

— Ce n'est pas ma Jeune Gracieuse qui a confisqué la vie de ses partisans, fit le Foldingot dans un souffle. C'est le Félon abominé, Orthon, et ses guerriers.

Pavel et Zoé vinrent se mettre à ses côtés et tous les habitants de Gratte-Feuillée les laissèrent passer en les saluant avec gravité et respect. Soudain, une voix s'éleva au milieu de la foule :

— Vive notre Jeune Gracieuse !

Les têtes se redressèrent et les corps se tendirent. Tout le monde fit bientôt écho à cette exclamation, les vivats fusèrent de partout avec une puissance inattendue dans de telles circonstances.

Paralysée par des émotions totalement contradictoires, Oksa tressaillit. Comment apprécier cette manifestation si fervente alors que les morts s'étalaient à ses pieds ? Elle chercha la main de son père et la serra aussi fort qu'elle le put. Cette situation était insoutenable.

Elle voulut se retourner, traverser la foule pour retrouver la quiétude quelque part, en haut d'un arbre ou au fond d'un terrier. Là où on ne la verrait pas. Là où on n'attendrait rien d'elle. Là où elle ne serait un danger pour personne. Elle tremblait maintenant de la tête aux pieds, elle était trempée, sale, épouvantablement malheureuse. Les acclamations des habitants de Gratte-Feuillée parvenaient jusqu'à ses oreilles, mais ne réussissaient pas à atteindre son cœur.

— Si tu te retires, tu anéantis leur dernière chance de retrouver le monde qu'ils aimaient, murmura Pavel sans la regarder. Laisse-les croire en toi, Oksa.

La Jeune Gracieuse se laissa imprégner de ces mots pendant quelques instants. Puis, après un signe plein de gratitude pour son père, elle accepta l'une des pousses de fleurs que Lucy distribuait à ceux qui souhaitaient honorer leurs morts. Elle regarda les fragiles racines au bout de la tige molle, puis plongea la pousse dans le petit tumulus de terre que formait la sépulture d'Edgar. Aussitôt, la pousse frémit avant de se mettre à grandir et à grossir pour laisser éclore à son extrémité une magnifique fleur aux onctueux pétales bleus. La plante s'inclina, caressa la terre, et commença à chanter une mélodie apaisante comme une berceuse.

Émerveillée, Oksa se retourna et interrogea son père des yeux. Pavel se contenta de lui adresser un sourire entendu. Il se dirigea à son tour vers la plante qui se balançait tendrement, imité par l'assemblée et, quelques minutes plus tard, toutes les sépultures se recouvraient d'un tapis mélodieux et parfumé. Pavel passa son bras autour des épaules d'Oksa alors que tout le monde les entourait dans un silence intense. Les mots étaient superflus, mais le message était clair : Oksa avait bel et bien sa place dans ce monde.

La cérémonie à peine terminée, les Velosos qui officiaient en qualité de sentinelles lancèrent une alerte : une créature volante s'approchait de la cité. Sur le qui-vive, tous levèrent la tête vers le ciel pluvieux.

— Pffff… c'est le Culbu-gueulard de notre Jeune Gracieuse ! annonça l'une des Devinailles, drapée dans un tricot de mohair. S'il pouvait nous apporter de bonnes nouvelles météorologiques, ce ne serait pas de refus ! L'hydrométrie est calamiteuse dans ces contrées.

Oksa poussa un soupir de soulagement. Son petit informateur revenait enfin de la mission d'inspection qu'elle lui avait confiée à la fin de cette terrible bataille.

— Viens vite, mon Culbu ! Dis-moi !

La créature ronde se posa sur sa chaussure crottée. Les Sauve-Qui-Peut s'approchèrent, accompagnés de quelques Sylvabuls, tous avides de recevoir des informations.

— Culbu de sa Jeune Gracieuse, au rapport ! fit le Culbu-gueulard en bombant son minuscule torse.

— Je t'écoute !

Les yeux exorbités, le Culbu s'ébroua et commença :

— Après avoir été emportés au-delà de Gratte-Feuillée par les Tornaphyllons de ma Jeune Gracieuse, le dénommé Ocious et ses alliés ont voulu rejoindre la Colonne de Verre. Mais à leur arrivée à Du-Mille-Yeux, ils en ont été empêchés.

— Comment ça ? l'interrompit Oksa.

— Du-Mille-Yeux bénéficie désormais d'une haute protection, répondit le Culbu.

Tous s'entre-regardèrent, abasourdis, et les respirations se firent plus rapides. Certains visages s'éclairèrent d'un espoir fou, alors que d'autres s'assombrissaient sévèrement.

— Qui protège Du-Mille-Yeux ? demanda Oksa avec une appréhension qui fit grimper sa voix dans les aigus. Orthon ? Il s'est retourné contre son père, c'est ça ?

— Je suis au regret de contredire ma Jeune Gracieuse, répondit le Culbu.

Oksa écarquilla les yeux.

— Tu es au regret de me contredire ! s'exclama-t-elle. Mais je te *supplie* de me contredire ! On crève tous d'envie que tu me contredises !

Le Culbu-gueulard se balança de droite à gauche, ses longs bras le long du corps, et lâcha d'une traite :

— Ni Orthon ni aucun Félon ne se trouvent à Du-Mille-Yeux. Ocious et toute sa famille, ainsi que leurs partisans, ont dû fuir. Ils se sont réfugiés dans leur fief troglodytique des Montagnes À-Pic à l'ouest d'Édéfia. La protection de Du-Mille-Yeux a été installée par les Sans-Âge et leurs intendants magiques qui ont mis en place un bouclier autour et au-dessus de la Colonne. Les issues sont sous bonne garde, la résidence Gracieuse est protégée…

Au bord de l'asphyxie, il reprit son souffle et ses yeux roulèrent dans leurs orbites. Il paraissait sur le point d'exploser !

— Les Sans-Âge et le peuple sont prêts, conclut-il. Ils vous attendent, ma Jeune Gracieuse !

25

L'armée d'Oksa

— C'est complètement hallucinant ! On se croirait dans un film !

Pavel sourit. Oksa avait raison, la scène avait tout d'une superproduction hollywoodienne. Derrière le Dragon d'Encre dont les amples ailes flamboyantes battaient en cadence, des centaines d'hommes, de femmes et d'enfants volticalaient dans le ciel tourmenté d'Édéfia.

Ils avaient convergé de partout, des confins de Vert-Manteau aux profondeurs d'À-Pic, et les rangs grossissaient de minute en minute. Même les oiseaux n'avaient pu résister à cet élan et formaient des nuées aussi bruissantes que multicolores autour des Volticaleurs. Plus bas, sur la terre ferme, une foule de Sylvabuls couraient et bondissaient avec la souplesse de jeunes fauves. Le vacarme de leurs pas foulant la terre détrempée s'accompagnait des encouragements des créatures non volantes convoyées par les Gélinottes, les énormes poules de Léomido. Sans surprise, les Gétorix se montraient les plus exaltés en faisant mine d'abattre des fouets imaginaires sur l'échine des coureurs. Mais personne n'avait besoin de ce genre de « stimulant » : malgré les épreuves et les pertes, les cœurs étaient gonflés à bloc et les regards résolus. Sous la direction de la Nouvelle Gracieuse, le peuple d'Édéfia, électrisé par ses propres certitudes et par une détermination inédite, prenait son présent en main.

Les Sauve-Qui-Peut ouvraient la voie, escortés par ceux disposant d'un Propulsar. Libérés de leurs chaînes, ils montraient désormais une farouche volonté de prendre leur revanche sur des semaines d'enfermement et de frustrations. Depuis leur arrivée à Édéfia, la plupart d'entre eux n'avaient rien connu d'autre que les appartements de la Colonne de Verre. Aussi, quand Orthon était venu les chercher pour les emmener à Gratte-Feuillée, le soulagement qu'ils avaient ressenti s'était révélé plus important que le danger qui planait au-dessus de leur tête. Les Bellanger et le clan Fortensky, Réminiscens et les Knut étaient ainsi passés du statut de prisonniers à celui d'otages, ce qui s'annonçait beaucoup plus périlleux, mais aussi plus riche de perspectives. Le risque en valait la chandelle. Et le résultat avait dépassé tous leurs espoirs : ils étaient tous là, enfin réunis aux côtés de leur Inespérée.

— Regarde, Tug ! claironna la voix claire du petit Till. Regarde ce que je sais faire !

Le garçonnet fit plusieurs pirouettes aériennes sous la vigilance amusée d'Helena, sa mère. Ses boucles blondes, presque blanches, auréolaient son visage radieux. Oksa le regarda avec tendresse, il était plus mignon qu'un ange, véritablement à croquer. Puis son regard bifurqua vers Tugdual qui adressait à son adorable petit frère un sourire à la fois plein d'affection et de souffrance.

— Bravo, Till ! lança-t-il en se rapprochant. Mais où est-ce que tu as appris tout ça, petit champion ?

— C'est maman et grand-père qui m'ont montré, fit l'apprenti Volticaleur. Maintenant, je suis presque aussi fort que toi, tu sais !

Tugdual se referma. Oksa essaya d'attirer son attention et le regretta aussitôt : quand il affichait cette mine, il n'y avait rien à faire. Elle le savait pourtant. La jeune fille serra les poings et une moue contrariée se dessina sur son visage. Mais qu'est-ce qui n'allait pas chez ce garçon ? Elle le chercha à nouveau. Il avait disparu dans la foule des Volticaleurs.

— Tu m'énerves, Tugdual…, murmura-t-elle. Gus était bien moins compliqué que toi !

Elle tressaillit. Non seulement elle venait de comparer les deux garçons – ce qu'elle s'était secrètement interdit de faire –, mais, plus grave encore, elle avait évoqué Gus au passé. Rien n'était plus… effroyable ! Ses narines se pincèrent sous l'effet des larmes qui montaient. Comme s'ils le sentaient, Pierre et Jeanne se postèrent à ses côtés.

— Ça va, Oksa ?

— Je pensais à Gus, ne put-elle s'empêcher de répondre avant de se mordre la lèvre jusqu'au sang.

Pierre avait tant maigri qu'on aurait dit qu'il avait fondu. Sa peau et ses cheveux devenus gris, son regard autrefois si vif n'offrant plus que le reflet terne de son esprit inconsolable. Celui qu'on appelait le « Viking » était devenu l'ombre de lui-même. Et, sans le vouloir, Oksa venait de lui rappeler cruellement l'objet de son plus grand supplice.

— Nous aussi, nous pensons à Gus, renchérit Jeanne avec sa douceur habituelle. Merci de nous avoir donné des nouvelles… Savoir qu'il va bien et qu'il est en sécurité à Londres est un immense soulagement.

— Il me manque, lâcha Oksa, la voix étranglée. Il aurait tellement adoré voir ça ! ajouta-t-elle en balayant du regard tout ce qui l'entourait.

La mère de Gus lui prit la main et la serra avec chaleur.

— Je suis sûre qu'un jour, nous pourrons lui raconter, fit-elle à brûle-pourpoint.

Oksa faillit répondre, mais se ravisa à temps.

— Mais pour le moment, nous avons une bataille à mener ! poursuivit Jeanne, ses yeux bruns étincelants.

Alors que le récit de son échappée à Du-Dehors avait écrasé Pierre de chagrin, il avait au contraire rempli Jeanne d'un bonheur sans nom, transformant cette femme frêle et discrète en conquérante à la volonté d'acier. Le contraste s'avérait déroutant et un peu triste aussi.

— Du-Mille-Yeux en vue ! s'écria quelqu'un. Nous approchons !

Une rumeur impressionnante s'éleva depuis le sol et dans les airs. L'allure s'accéléra sensiblement, tout le monde paraissait si impatient d'arriver ! Les créatures s'agitèrent sur les Gélinottes.

— Hue les cocottes ! braillèrent les Gétorix survoltés en faisant un usage acharné de leurs cravaches fictives. C'est mou, tout ça ! Plus vite !

Les poules géantes poussèrent un long cri rauque. Les Foldingots et les Devinailles s'accrochèrent à leur plumage et leur firent écho, transformant l'équipage déjà fort singulier en une escorte tonitruante et échevelée. Oksa plissa les yeux : la Colonne coupait l'horizon à la verticale. Tout autour, le ciel se veinait de bleu-gris et de mauve. Le soleil déclinant se devinait, loin derrière les nuages. Seul le rayon extraordinaire les traversait pour s'enfoncer au cœur de la Colonne. Quant au bouclier évoqué par le Culbu-gueulard, ce n'est que grâce à une Reticulata qu'Oksa réussit à en percevoir les contours cristallins. Il surplombait Du-Mille-Yeux comme un gigantesque nuage transparent aux contours solides et irréguliers. Étrangement, la jeune fille en éprouva un vif sentiment de réconfort. Elle se concentra, jeta un regard à son père soudé au Dragon d'Encre et à l'énorme foule qui la suivait, puis fonça vers la capitale d'Édéfia.

26

Contrôle aux frontières

Depuis son poste d'observation juché au sommet des falaises jouxtant Du-Mille-Yeux, Orthon regardait le ciel se noircir, non pas de nuages menaçants, mais d'une foule aussi dense que conquérante. Sur la terre ferme, le sol se couvrait lui aussi d'une immense tache sombre, comme une ombre qui s'étalait dans un vacarme sourd. Le Félon serra les poings. Cette maudite Oksa Pollock avait réussi, le peuple tout entier était à ses côtés. Ou peu s'en fallait… Orthon fit une moue pleine de mépris. Ils n'étaient qu'un millier à avoir respecté l'allégeance faite à Ocious. Tous les autres avaient purement et simplement choisi de rejoindre l'autre camp, celui de leur Nouvelle Gracieuse.

— Traîtres… Rats…, grommela-t-il.

Malgré son opacité, le nuage enveloppant la cité n'échappait pas au crible de son regard. Un filtre protecteur, voilà qui était très ingénieux. Et fort contrariant. C'était sûrement une idée d'Abakoum. Ce satané Homme-Fé n'avait pas son pareil pour lui mettre des bâtons dans les roues. Un jour, Orthon le tuerait. Il s'en faisait la promesse. Mais en attendant, les premiers Volticaleurs et coureurs à pied se pressaient au bord de la frontière. Alors, quand une cinquantaine de personnes passèrent au-dessus de lui pour rallier ouvertement les partisans de la Gracieuse, il s'élança vers celui qui fermait le groupe, un sourire carnassier aux lèvres.

Les mains posées sur les hanches, Oksa contemplait la protection enveloppant Du-Mille-Yeux. Presque transparente, elle paraissait constituée d'une mince couche d'eau à peine ondoyante qui déformait légèrement la vision qu'on pouvait avoir de la cité. L'énorme foule qui l'accompagnait semblait avoir tacitement conclu qu'elle devait être la première à entrer, et tout le monde s'était arrêté au bord de ce qui constituait la frontière. La jeune fille prit son inspiration et tendit d'abord une main prudente en retenant son souffle. Elle effleura la surface étrange du bout des doigts et, déconcertée, chercha son père des yeux : il ne se passait rien. Pavel fronça les sourcils, l'air inquiet. Soudain, la surface transparente de l'enveloppe vibra : deux formes massives se rapprochaient. Un frémissement parcourut les rangs. Parmi les plus âgés, certains les reconnaissaient pour avoir été conviés, bien des années auparavant, à la Source Chantante ou pour en avoir été sèchement repoussés. Pour tous les autres, les Corpusleox restaient une légende qu'au fond de soi chacun espérait vivante. Avec la somptuosité des grands félins, les êtres à corps de lion et tête de femme s'avancèrent au plus près de la barrière cristalline et s'inclinèrent devant Oksa.

— Jeune Gracieuse, nous sommes honorés de vous retrouver et de vous servir, firent-ils d'une même voix.

Comme amplifiées, leurs paroles résonnèrent au-dessus de l'énorme foule.

— C'est fantastique de vous revoir ici..., bredouilla

Oksa. Merci pour tout ce que vous avez fait, ajouta-t-elle en parcourant des yeux l'enveloppe protectrice.

Les Corpusleox agitèrent leur crinière et se redressèrent de toute leur impressionnante hauteur.

— Nous ne sommes pas les seuls à avoir préparé votre arrivée, annoncèrent-ils.

Derrière eux, le halo flottant des Sans-Âge brillait doucement. Puis une silhouette aimée se détacha bientôt dans le clair-obscur.

— Abakoum ! s'exclama Oksa.

Instinctivement, elle se précipita. Les Corpusleox reculèrent alors qu'une étroite ouverture se formait dans l'enveloppe et Oksa put se jeter dans les bras de celui qu'elle considérait comme un grand-père rassurant et infaillible. Le Veilleur de Dragomira était devenu le sien.

— Je me doutais bien que tu allais préparer quelque chose de grandiose, fit-elle, radieuse.

Abakoum posa ses mains sur les épaules de la jeune fille et la contempla. Ses yeux verts reflétaient toute l'exaltation de ces retrouvailles singulières.

— Cette protection est l'Égide. Elle va nous offrir un répit momentané, fit-il avec un large geste de la main.

— C'est vraiment génial ! Et tu as vu ? poursuivit Oksa en montrant les centaines de personnes qui attendaient de l'autre côté de l'enveloppe. Je ne suis pas venue seule !

Le visage du vieil homme se voila légèrement.

— Nous devons rester très prudents, ma chère petite. Tes partisans te seront fidèles jusqu'à la mort, ils l'ont prouvé et le prouveront encore, c'est certain, car rien n'est terminé. Nous avons remporté une sérieuse victoire, mais Ocious et les siens ne sont pas encore à terre.

Parmi ceux qui sont aujourd'hui à tes côtés se cachent des hommes et des femmes à la solde des Félons. Nous ne devons prendre aucun risque.

— Comment les reconnaître ?

Abakoum lui adressa un sourire mystérieux.

— Il y a un moyen infaillible…

— Je sais à qui tu penses ! le coupa la jeune fille, revigorée.

Les paroles de son grand-oncle Léomido étaient gravées dans sa mémoire. « Cette petite créature a une très intéressante fonction de révélateur de vérité car elle voit au-delà des apparences. Sur Édéfia, elle nous servait de détecteur de mensonges… »

— Elles ne se trompent jamais, confirma Abakoum.

Oksa se tourna vers l'extérieur et lança :

— Devinailles ? Où êtes-vous ? Venez !

Quatre petites poules émergèrent de la foule et franchirent l'enveloppe sans aucune résistance. Oksa ne put s'empêcher de rire en silence en les voyant arriver, frétillantes dans leur pull de laine tricoté par Abakoum en personne. Elles semblaient plus en forme que jamais.

— Jeune Gracieuse, piailla l'une d'elles, l'humidité est certes épouvantable avec toute cette pluie qui est tombée, mais sachez que nous ne vous en tenons pas rigueur, car les températures sont nettement plus supportables que celles que nous avons endurées en Grande-Bretagne ou, pire, en Sibérie où nous sommes passées très près d'une mort par congélation !

Oksa s'esclaffa.

— Merci de nous avoir ramenées sur notre Terre, Jeune Gracieuse ! clamèrent-elles toutes ensemble.

— On a besoin de vous, les Devinailles, fit Oksa en redevenant sérieuse.

— Notre fidélité et notre gratitude n'ont pas de limites, nous sommes à votre service !

Oksa regarda les poules avec une certaine gravité.

— Il va falloir filtrer les passages à Du-Mille-Yeux afin d'être sûr qu'aucun Félon n'entre. Vous pensez pouvoir y arriver ?

Les Devinailles s'étranglèrent d'excitation.

— Mais c'est notre fonction première, Jeune Gracieuse ! Aucune vérité et aucun mensonge recelés au plus profond de l'esprit des hommes ne peuvent échapper à notre perspicacité. En poste, mes camarades !

Elles s'installèrent devant l'unique issue avec les Corpusleox, aux côtés desquels elles paraissaient encore plus minuscules, et redressèrent leur bec pointu.

— Tout le monde doit être examiné avant de franchir l'Égide, précisa Abakoum. Les Félons peuvent être partout.

Un à un, les habitants d'Édéfia furent évalués par les Devinailles dont la sagacité s'avérait la meilleure protection contre ceux qui possédaient un tant soit peu de malveillance au fond de leur esprit. Nul besoin de décliner son identité ou de dire quoi que ce soit, personne ne pouvait rien cacher : les petites poules frileuses sentaient, comprenaient, voyaient tout. Et ainsi que l'avait craint Abakoum, des Félons s'étaient mêlés aux partisans d'Oksa pour tenter d'entrer à Du-Mille-Yeux. Mal leur en prit ! Outre le fait de mettre les Devinailles dans une colère noire, ceux-là durent affronter un ligotage musclé, puis une expulsion menée avec vigueur par des cohortes de Grenettes, les grenouilles volantes survoltées.

— Votre cœur recèle des projets malintentionnés ! braillaient les Devinailles. Vous n'êtes pas des nôtres !

Il fallait plusieurs secondes, parfois quelques minutes pour analyser une personne. Aussi les entrées se faisaient-elles au compte-gouttes, et pourtant personne ne manifestait le moindre signe de fatigue ou d'impatience. Comme déversés par un entonnoir extrêmement étroit, les partisans se groupaient peu à peu derrière Oksa et les Sauve-Qui-Peut et, malgré les épreuves, une réelle exaltation éclairait les visages. La jeune fille ne se lassait pas d'observer toutes celles et tous ceux qui entraient. Mis à part leur façon de s'habiller, rien ne les distinguait des Du-Dehors. Et pourtant, la puissance que chacun abritait avait quelque chose de fascinant. Même le plus jeune enfant – en l'occurrence l'arrière-petit-fils du vénérable Edgar – avait davantage d'aptitudes que le plus fort des Du-Dehors ! Leur passage validé par les Devinailles, tous défilaient devant Oksa et la saluaient en exprimant des remerciements sincères. La Jeune Gracieuse leur répondait alors par un mot gentil, un geste de la tête, un sourire. Parfois, elle surprenait le regard de son père ou d'Abakoum, lumineux et ému.

— Je suis fière de toi, ma fille, murmura Pavel.

— On va y arriver, papa, on va y arriver ! répliqua-t-elle avec en tête des perspectives plus lointaines que le moment présent.

La nuit était déjà bien avancée quand les dernières personnes se présentèrent devant les Devinailles. Ils étaient nombreux à avoir été accueillis à bras ouverts chez les Gorges-Hautes de la cité qui possédaient encore une maison. Mais Oksa et les Sauve-Qui-Peut avaient préféré rester à l'entrée de Du-Mille-Yeux jusqu'à la fin de l'opération de filtrage. D'ailleurs, leur confort était garanti avec une efficacité sans faille par les Foldingots et les Gétorix qui n'économisaient pas leurs efforts pour ravitailler leur maîtresse et ses proches.

— Ça va, ma P'tite Gracieuse ?

Après avoir gardé une certaine distance qui avait troublé Oksa, Tugdual s'était finalement rapproché. Son passage à Du-Mille-Yeux avait été entaché par l'hésitation d'une des Devinailles. Plumage frémissant, bec dressé, la petite détectrice était restée un long moment dans une espèce d'incertitude très déstabilisante pour Abakoum, Oksa et Zoé, témoins de la scène.

— Que se passe-t-il ? avait murmuré Oksa, soudain inquiète.

— Il se passe que notre amie commence à être un peu fatiguée, était intervenu l'Homme-Fé en entourant d'un bras ferme les épaules de Tugdual pour l'inviter à passer l'Égide.

— Courbaturée par l'humidité et la température déclinante, oui… Mais fatiguée, non ! avait pépié la Devinaille.

Puis elle avait porté son attention sur un nouveau candidat à l'admission dans les rangs des partisans de la Jeune Gracieuse alors que Tugdual venait s'installer non loin d'Oksa. Ses longues jambes de chaque côté du siège bas sur lequel il était assis, les coudes sur les cuisses, il la fixait avec une ardeur glacée. Oksa se contenta d'opiner de la tête.

— En tout cas, t'assures vraiment…, continua le garçon.

— Merci, murmura Oksa. J'essaie de faire du mieux que je peux.

— C'est réussi ! Ces gens t'adorent.

Elle salua un homme qui s'inclinait devant elle et enchaîna :

— On vit quelque chose de complètement dingue, non ?

Tugdual sourit et Oksa se rendit compte qu'elle avait envie de faire un geste absolument incongru : l'embrasser. Elle écarquilla les yeux, stupéfaite de l'inconvenance de ses pensées dans de telles circonstances.

— Patience…, articula Tugdual du bout des lèvres.

Une fois de plus, il avait lu dans ses yeux ce qui se passait dans sa tête.

— Arrête de sourire, s'il te plaît, chuchota-t-elle, le rouge aux joues.

— Et si je désobéis ?

— Si tu désobéis ? C'est très simple, je te fais enfermer dans le sous-sol le plus sordide de la Colonne de Verre jusqu'à ce que tu moisisses.

— Il n'y a pas de sous-sol sordide dans la Colonne, rétorqua Tugdual, amusé.

— Eh bien, j'en ferai construire un spécialement pour toi ! Il sera très glauque et tu feras moins ton malin, je te le garantis !

— Tu n'as pas peur qu'on pense de toi que tu es une horrible dictatrice si tu fais ça ?

— Non, mon cher, car tout vaut mieux que de supporter un jour de plus ton petit sourire en coin.

Le regard brillant, elle détourna la tête, sans toutefois pouvoir cacher ses fossettes qui se creusaient joliment.

Il restait une cinquantaine de personnes à passer, un groupe de Mainfermes souhaitant se rallier à la Jeune Gracieuse, quand un nouvel incident survint.

— Est-ce que tu te rends compte ? tonna soudain la voix de Pavel, à quelques mètres de l'entrée.

Les deux mains posées sur les épaules de son ami, Abakoum tentait de le calmer. Non loin d'eux, encadrée par les Corpusleox, une femme blonde attendait, les bras le long du corps, le visage terriblement accablé. Un jeune garçon se trouvait à ses côtés, l'air paniqué.

— Annikki..., murmura Oksa. Annikki et son fils.

— Nous sommes formelles ! glapirent les Devinailles. Le cœur de cette femme est droit, il ne contient aucune mauvaise intention !

— Mais enfin..., objecta Pavel, blême de colère. Elle est la petite-fille d'Agafon, partisan d'Ocious et d'Orthon !

Il regarda les Sauve-Qui-Peut et les partisans Gracieux qui s'étaient approchés.

— Si vous ne nous faites pas confiance, il ne nous reste plus qu'à démissionner ! menacèrent les Devinailles, scandalisées, les plumes dressées sur la tête.

— Vous avez déjà oublié sa complicité lors de l'enlèvement de Marie ? insista Pavel, la voix cassée.

— Papa, Annikki est infirmière, intervint Oksa, le souffle court. Et tu sais très bien que c'est grâce à elle que maman a pu tenir le coup sur l'Île des Félons. Elles étaient très attachées l'une à l'autre.

Elle fixa son père, les yeux brillants.

— Annikki n'est pas comme eux, ajouta-t-elle à mi-voix. Ses origines sont plus un fardeau qu'une force et, comme nous, elle a payé le prix fort en venant ici : son mari est resté à Du-Dehors.

Cette évocation arracha un gémissement à Pavel.

— Souviens-toi de ce que disait Baba, conclut Oksa, ce ne sont pas les liens du sang qui comptent, mais ceux du cœur.

Ces derniers mots achevèrent de convaincre son père. Son corps se tassa sur lui-même alors qu'il jetait un long regard plein de douleur à Annikki et à son fils qui passaient timidement la frontière. Puis il tourna les talons et s'éloigna, le dos voûté.

La nuit était bien avancée et la fatigue gagnait du terrain. Il restait neuf personnes au bord de l'enveloppe protectrice et Oksa devait avouer qu'elle avait hâte de voir se refermer l'unique porte de Du-Mille-Yeux. Pourtant, quand Tugdual se figea sur son siège, ses sens se mirent à nouveau en alerte. Le visage du jeune homme trahissait une gravité extrême, presque violente.

— Qu'est-ce que tu as ? murmura-t-elle.

Il ne répondit pas. Oksa suivit son regard arrêté sur un des hommes du groupe. Corpulent, les cheveux grisonnants et emmêlés, il fixait Tugdual de ses yeux clairs avec une telle ardeur que l'attention de tous se concentra rapidement et exclusivement sur eux deux. Abakoum avança de quelques pas, l'air soucieux, alors que les Devinailles s'excitaient.

— Faites votre travail, je vous en prie..., leur demanda-t-il, la voix troublée.

Les quatre Devinailles s'approchèrent de l'homme. Sans dévier son regard d'un millimètre, ce dernier bomba le torse et serra les poings. Les créatures le humèrent, plongèrent leurs yeux minuscules dans les siens et se révulsèrent :

— Vous n'êtes pas qui vous prétendez être ! Mais qui que vous soyez, vous n'êtes pas le bienvenu !

Tous ceux qui étaient encore là se regroupèrent.

— Vous êtes le pire d'entre nous, s'emporta la plus âgée des Devinailles. Hors d'ici !

Aussitôt, Pavel et Abakoum se jetèrent devant Oksa pour former un bouclier entre l'homme et elle. Oksa poussa un cri de surprise. La main devant la bouche, elle se sentit comme vidée de tout son sang.

— Ce n'est pas possible..., bredouilla-t-elle, interdite, tout en détaillant en vain l'homme qui leur faisait face de l'autre côté.

Les souvenirs de sa rencontre avec le double parfait de Dragomira dans la cave londonienne d'Orthon McGraw – à l'époque son prof de maths détesté – remontèrent à la surface. Instinctivement, elle attrapa le bras de Tugdual qui se tenait droit comme un I à côté d'elle. Effrayée par sa raideur, elle se tourna vers lui dans un mouvement brusque. Tugdual paraissait absent, isolé dans sa souffrance. Quand les Grenettes survinrent dans un bruissement d'ailes furieux pour emporter celui qui s'avérait indésirable, l'homme décolla comme une fusée et disparut dans le ciel d'encre. Tugdual frémit, battit des paupières et contempla les Sauve-Qui-Peut, éberlué.

— Ça va, mon garçon ? lui demanda Abakoum d'une voix étranglée.

Tugdual opina de la tête. À court d'air comme si elle avait fait un sprint, Oksa tremblait des pieds à la tête. Elle croisa le regard de Zoé, sombre comme cette nuit sans lune.

— C'était Orthon, n'est-ce pas ? murmura-t-elle.

Abakoum murmura un « oui » lugubre. Alors, Oksa étouffa un cri rageur, jeta un coup d'œil plein de douleur et d'incompréhension à Tugdual et ordonna d'une voix plus assurée qu'elle ne s'en serait crue capable :

— Corpusleox, Devinailles, Grenettes, merci infiniment de votre aide. Maintenant, vous pouvez fermer cette porte, nous sommes ici chez nous !

27

Les Claustrés

Il n'existait certes pas de sous-sols sordides dans la Colonne de Verre, mais pourtant des prisonniers y étaient bel et bien enfermés. Ocious ne supportant aucune manifestation de contestation ou même d'opposition, il avait soumis ces hommes et ces femmes au Sortilège de Claustration, dont il avait découvert les secrets dans les Archives Gracieuses. Ajoutant à leur peine, il les avait en outre rendus muets grâce à une Granok depuis longtemps tombée en désuétude : la Muselette. Ainsi les malheureux survivaient-ils tant bien que mal à l'abri des souterrains confinés de la Colonne, prostrés dans leur silence, nourris chichement, hors du monde.

— Ces personnes ont besoin de votre aide, assurèrent les Corpusleox. Vous seule pouvez les libérer.

Les somptueuses créatures marchaient d'un pas souple et puissant aux côtés de la Jeune Gracieuse.

— Nous avons examiné leur cœur, toutes sont de votre côté, reprirent-elles. N'ayez aucun doute sur leur loyauté. Du-Mille-Yeux a été débarrassée de tous les Félons qui pouvaient encore s'y cacher.

— Je n'ai pas de doute, confirma Oksa. Allons-y ! Il ne faut pas laisser ces gens vivre ce calvaire une minute de plus.

Au plus profond de la nuit, oubliant l'épuisement et la faim tiraillant son corps, elle s'engagea vers la Colonne qui se dressait jusqu'aux nuages dont on devinait la présence massive à très basse altitude. Tout le monde, partisans comme Sauve-Qui-Peut, avait été invité à aller prendre un peu de repos. « On y verra plus clair demain… », avait conclu Oksa. Seuls restaient à ses côtés son père, Abakoum, Tugdual et Zoé, et tous les quatre lui emboîtèrent le pas, escortés par les Sans-Âge.

Une lumière éparse filtrait des maisons alignées le long des rues, allongeant les ombres et déformant l'aspect du moindre arbuste, muret ou buisson. En toute autre circonstance, l'atmosphère aurait été oppressante, ou du moins vaguement inquiétante. Là, il n'en était rien, Oksa et les siens avançaient en toute confiance sur le sol couvert d'une fine couche de boue qui dégageait une odeur douceâtre invitant à un état d'étrange somnolence, comme si la terre transmettait aux humains son assouvissement retrouvé.

— Jeune Gracieuse ! entendit-on soudain.

Abakoum dressa sa Trasibule et une jeune fille émergea bientôt de l'obscurité.

— Hé, Lucy ! s'exclama Oksa.

Le visage de la jeune Gorge-Haute était illuminé par un espoir sans nom.

— Mon père est là-bas, fit-elle simplement en montrant la Colonne.

Oksa la regarda avec une intensité sincère. Elle savait ô combien il était douloureux d'être séparé de ceux qu'on aime.

— Alors, ne traînons pas ! lança-t-elle. Il est temps que tu le retrouves enfin !

Les corridors aux étonnantes parois cristallines ne laissaient entrevoir aucune issue ni aucune ouverture sur une quelconque pièce, si ce n'était celle où se trouvait la Chambre de la Pèlerine, au septième sous-sol. Mais les Corpusleox semblaient savoir exactement où se diriger. Malgré leur taille, peu compatible avec l'étroitesse des couloirs, ils se faufilaient avec une aisance qui impressionnait Oksa. Les yeux fixés sur leur crinière léonine, elle se laissa conduire en compagnie des siens jusqu'au cinquième niveau, où les Corpusleox s'arrêtèrent devant un mur que rien ne distinguait des autres.

— Nous sommes arrivés, annoncèrent les créatures.

Sceptique, Oksa passa la main sur la surface opalescente, irrégulière mais douce comme si elle avait été polie par des milliers de caresses.

— Je ne vois rien..., murmura-t-elle en examinant le mur, les sourcils froncés.

— Bouchez-vous les oreilles, Jeune Gracieuse et vous tous, nous allons ouvrir la porte, avertirent les créatures.

Tous obéirent et, les mains plaquées sur les oreilles, ils assistèrent à l'effet inattendu du rugissement hors du commun des Corpusleox sur la matière minérale. Venu du plus profond de leur âme, le cri s'éleva dans un souffle qui grossit peu à peu, grave et puissant comme un ouragan, emportant tout sur son passage. Oksa tituba, déséquilibrée. Tugdual la rattrapa de justesse et la força à s'accroupir pour atténuer la prise du souffle furieux. La jeune fille lui jeta un coup d'œil alarmé tout en grimaçant de douleur : le rugissement heurtait ses tympans avec force, au risque de les déchirer. Sans pouvoir l'en empêcher, elle vit alors Tugdual retirer ses mains de ses propres oreilles et recouvrir les siennes pour doubler la protection. Puis, il la serra contre lui et enfonça son visage dans le creux de son épaule, le corps crispé par l'onde insupportable que plus rien n'arrêtait.

Le tumulte finit par s'atténuer et le calme revint bientôt, laissant tout le monde pantois et échevelé. Tugdual aida Oksa à se redresser pour constater le prodige : une ouverture apparaissait désormais dans le mur, parfaitement découpée en arc de cercle et assez large pour laisser passer plusieurs hommes de front. Les Corpusleox l'entourèrent et, d'un geste de leurs pattes massives, ils invitèrent Oksa et les siens à entrer. Abakoum devança la jeune fille, Crache-Granoks à la main, et tous le suivirent à l'intérieur du mur.

Grâce à la blancheur des pierres laiteuses, l'endroit ne dégageait pas l'impression sordide que son usage était pourtant censé indiquer. À la lueur de la Trasibule d'Abakoum, les contours d'une longue pièce étroite apparurent, barrant perpendiculairement ce qui servait de vestibule sans qu'aucune trace de vie soit visible.

— Éclairez-vous, conseilla Abakoum.

Oksa et les Sauve-Qui-Peut sollicitèrent une Trasibule alors que Lucy s'accrochait spontanément au bras de Zoé, et tous s'avancèrent. L'Homme-Fé avait raison : il fallait en effet une luminosité extrême pour pouvoir distinguer l'ombre de silhouettes humaines derrière les pavés de cristal dont l'épaisseur rendait toute perception opaque, voire impossible.

— Il y a des gens, *là* ! s'exclama Oksa, la main devant la bouche. Ils sont emmurés !

— Papa ? se mit à crier Lucy. Où es-tu ?

Aussitôt, les ombres se rapprochèrent des parois qui les séparaient de la vie et s'agitèrent comme des fantômes de vapeur noire. Le regard voilé par des larmes brûlantes, Oksa se tourna vers Abakoum.

— Qu'est-ce que je dois faire ?

— Depuis la nuit des temps, la Claustration a été réservée aux Gracieuses, lui répondit Abakoum. Mais même si claustrer et entableauter représentent des sortilèges difficiles à accomplir, ils ont toujours été réalisables par d'autres, ainsi qu'Orthon et Ocious ont su nous le rappeler. Cependant, et c'est là que leur habileté atteint ses limites, déclaustrer et désentableauter requièrent une faculté dont seules les Gracieuses disposent.

— Une ultime sécurité…, murmura Oksa. Et tu crois que cette ordure d'Ocious connaissait ce *détail* avant de claustrer ces pauvres gens ?

— Ocious, comme Orthon, fait partie de ceux qui surestiment leurs capacités et qui se laissent aveugler par leur propre pouvoir, fit Abakoum d'un air amer. Nul doute qu'il se pensait capable de tout maîtriser, quitte à se trouver confronté à sa propre incapacité et à condamner ces innocents à un sort atroce.

Oksa regarda les ombres qui se pressaient contre les blocs de cristal. Instinctivement, elle mit sa main contre la paroi et, à sa grande surprise, elle sentit ses doigts s'enfoncer comme si le cristal était crémeux. Elle tourna la tête pour adresser à Abakoum un regard interrogateur.

— C'est mon côté Murmou ?

Pour toute réponse, Abakoum invita Tugdual et Zoé à imiter Oksa. Les deux jeunes gens – Murmous par leur ascendance – obtempérèrent, sans obtenir aucun résultat.

— Ton côté Murmou ne t'est ici d'aucune aide, commenta Abakoum, le sourire aux lèvres. Par contre, je n'en dirais pas autant de ton état de Gracieuse.

Le cœur gonflé à bloc, Oksa se sentit emplie d'un vertige si enivrant qu'elle chancela. Elle inspira à fond et posa ses deux mains sur le cristal qui se ramollit instantanément au contact de sa peau. Elle fit alors le geste incroyable d'écarter la matière avec la même aisance que s'il s'agissait d'un simple rideau de taffetas. L'intérieur de la prison minérale apparut. Une rumeur gémissante s'éleva et Oksa recula, horrifiée par le spectacle épouvantable dévoilé devant elle : les visages aux yeux exorbités et les corps exsangues d'une centaine d'hommes et de femmes s'avançaient vers elle, chacun bâillonné par un gros insecte plat aux reflets bleus dont les six pattes s'enfonçaient autour des lèvres pour les sceller hermétiquement.

— Quelle horreur… ! bredouilla la jeune fille au bord de la nausée. C'est ça, la Muselette ?

Livide, Abakoum acquiesça.

— Eh bien, c'est une Granok infecte ! protesta Oksa en grimaçant. Il faut en libérer ces malheureux !

— Écoutez-moi et répétez, ânonna Abakoum à l'intention de tous ceux qui l'entouraient.

Par le pouvoir des Granoks
Déchire ta coque
Par tes griffes tu muselles
De tes ailes tu démuselles.

Les quatre possesseurs de Crache-Granoks prononcèrent la formule avec application. Les Museleurs se détachèrent alors dans un bruit de succion qui brisa définitivement le dernier espoir d'Oksa de pouvoir supporter un jour un quelconque insecte. S'élevant au-dessus des têtes, un essaim aux ailes vibrantes se forma et ondula en dégageant une odeur pestilentielle. Puis il se sépara en plusieurs petits groupes compacts qui foncèrent vers les Crache-Granoks des Sauve-Qui-Peut pour s'y introduire et y disparaître. Dégoûtée, Oksa lâcha sa sarbacane et, d'un geste nerveux, s'essuya les mains contre son pantalon. Tugdual se baissa pour ramasser la Crache-Granoks, observa son embouchure avec prudence et la tendit à Oksa, non sans lui jeter un regard amusé.

— Te moque pas, s'il te plaît ! marmonna-t-elle en faisant mine de le pousser.

Tugdual prit doucement sa main et entrecroisa ses doigts à ceux d'Oksa.

— Regarde, fit-il.

Devant eux, Lucy était blottie contre son père, Achille. Tout autour, ceux qui s'étaient élevés contre la tyrannie d'Ocious laissaient éclater leur joie et leur gratitude envers leurs libérateurs. Les plus âgés d'entre eux se mirent à pleurer en reconnaissant Abakoum, et ce dernier ne put cacher son émotion à l'apparition d'un homme à la longue chevelure tressée et au profil acéré.

— Sven ? C'est bien toi ? bredouilla Abakoum, la lèvre tremblante.

— Abakoum, mon ami…, répondit le vieillard. Au fond de moi, j'ai toujours su que tu ne pouvais pas être mort.

Les deux hommes se donnèrent une longue accolade.

— Et non seulement tu es revenu, mais en plus tu nous as amené le plus précieux des cadeaux, poursuivit Sven en se tournant vers Oksa.

Alors que tous dévisageaient la Jeune Gracieuse d'un air aussi radieux que respectueux, personne ne semblait oser l'approcher. Oksa serra plus fort la main de Tugdual et se rapprocha sensiblement de lui jusqu'à ce que leurs épaules se touchent. Toute cette attention focalisée sur elle lui donnait envie de prendre ses jambes à son cou et de monter tout en haut de la Colonne de Verre pour s'y cacher jusqu'à la fin des temps. Enfin, elle croisa le regard de Lucy, dense et exalté, puis celui de ces hommes et de ces femmes. Ses yeux glissaient, pudiques, sans s'attarder sur les corps sales et amaigris, jusqu'à ce qu'elle parvienne à les voir pour ce qu'ils étaient vraiment : le reflet d'un peuple épuisé, mais solidaire et loyal. Alors, elle se redressa, inspira profondément et adressa à tous un sourire conquérant.

— Vive notre Jeune Gracieuse !

Le cri, unanime, résonna dans les sous-sols de la Colonne de Verre comme l'annonce de l'abolition des Années de Goudron. Maintenant était venu le temps du renouveau. Résolument.

Deuxième partie

Renouveau et désillusions

28

Assumer

C'est dans un climat de grande frénésie et de vigilance accrue que se déroulèrent les premiers jours du règne de la Gracieuse Oksa. L'Égide, énorme enveloppe transparente et mouvante qui protégeait Du-Mille-Yeux, s'avérait fort utile et son efficacité fut à plusieurs reprises mise à l'épreuve quand des Félons tentèrent de la franchir, par les airs, par son unique issue ou même par voie souterraine. Escortées par les Corpusleox et épaulées par la population tout entière, les Devinailles déjouaient les plus habiles subterfuges. La Métamorphose, les aptitudes Murmous, les Granoks de Cafouillis ou d'Hypnagos, rien n'y fit : les petites poules étaient infaillibles.

Du haut de la Colonne de Verre, Oksa observait le va-et-vient d'un groupe de Gorges-Hautes qui volticalait le long de l'enveloppe afin de vérifier son étanchéité. Dans quelques minutes, elle se rendrait dans la grande Salle du Conseil où elle allait devoir nommer le Pompignac, son gouvernement Gracieux. Elle soupira.

— Un problème ?

Oksa se retourna et regarda Tugdual sans répondre à sa question. Le jeune homme était allongé de tout son long sur un lit, les bras derrière la tête, les jambes croisées l'une sur l'autre.

— Ne te gêne surtout pas ! lança Oksa, les mains sur les hanches.

— On est si bien chez toi..., dit Tugdual en souriant.

— Monsieur n'est pas content de ses appartements, peut-être ?

— Tout à fait content. Mais c'est quand même toi qui as le plus somptueux de tous.

— Normal ! répliqua Oksa avec un petit haussement d'épaules.

Elle voulut faire basculer Tugdual de son lit, mais ne réussit qu'à se laisser attirer à ses côtés. Sur le ventre, les coudes plantés dans la courtepointe soyeuse, elle entreprit d'effilocher l'ourlet tout en regardant autour d'elle d'un air distrait. Depuis la fuite d'Ocious et des Félons, les Sauve-Qui-Peut avaient investi le dernier étage, traditionnellement réservé à la famille Gracieuse, ainsi que les quelques niveaux juste en dessous. Une partie des appartements supérieurs et de la Mémothèque avait été détruite lors du Grand Chaos, puis restaurée à l'accession d'Ocious au pouvoir. Aujourd'hui, les lieux apparaissaient un peu fanés, mais le passage des années semblait avoir magnifié leur ancienne splendeur, comme si leur faste devenait plus beau sous l'effet du temps. Oksa aimait par-dessus tout son appartement et les multiples niveaux qui organisaient l'immense pièce principale en différents espaces, tous plus plaisants les uns que les autres, ainsi que les colonnes de cristal et les mosaïques de verre translucide couvrant certains murs. Certes, elles étaient défraîchies, parfois, il manquait même des morceaux et, pourtant, elles restaient si belles. Oksa regrettait juste qu'il n'y ait pas davantage de verdure dans cet univers majoritairement minéral. Mais elle saurait bientôt y remédier, se promettait-elle.

Pour le moment, elle avait une préoccupation plus sérieuse, ce qui n'échappait pas à Tugdual.

— Alors, ce problème ? demanda-t-il.

Oksa hésita un instant avant de répondre :

— Je ne sais vraiment pas comment faire.

Tugdual lui jeta un coup d'œil réconfortant.

— Tu vas te débrouiller magnifiquement bien, j'en suis sûr. Et puis n'oublie pas que tu n'es pas seule. Ceux qui sont autour de toi sont tous dignes de confiance, ils ne veulent que ton bien et celui d'Édéfia. Tu n'as pas le droit de douter.

À ces mots, Oksa se redressa.

— Comment ça, je n'ai pas le droit de douter ? s'insurgea-t-elle.

— Il n'y en a qu'un qui ait le droit de douter ici, c'est moi, répondit le jeune homme à mi-voix.

Oksa le fixa alors qu'il fuyait son regard.

— Tu doutes ? De moi ?

Sa voix s'étrangla. Il ne manquerait plus que Tugdual la lâche… Ce serait la fin de tout.

— Je n'ai jamais douté de toi, fit-il. Jamais.

Oksa ouvrit la bouche, mais les mots restèrent bloqués.

— Viens près de moi, murmura Tugdual.

La Jeune Gracieuse savait qu'il ne dirait rien de plus. Elle se laissa envelopper par ses bras et se pelotonna contre lui. Le besoin de contact physique devenait chaque jour plus présent et dépassait de loin les tendres émotions de ses quatorze ans. Aujourd'hui, elle avait plus de seize ans et le contraste la tourmentait sans répit. Elle caressa le torse de Tugdual à travers le tissu de son tee-shirt noir, alors que son cœur s'enflammait.

— Je ne suis pas normale..., souffla-t-elle.

Tugdual l'embrassa au coin des lèvres.

— Tu es la Jeune Gracieuse, je te signale. Cela fait de toi quelqu'un de différent, pas d'anormal.

Oksa se colla encore davantage contre lui et finit par céder à son envie de passer la main sous le tee-shirt du garçon. Sa peau était douce. Incroyablement douce.

— Je voudrais rester comme ça jusqu'à la fin de ma vie.

— Tu finirais par t'ennuyer.

— J'adore être avec toi.

— Je ne suis jamais très loin, assura Tugdual avant de l'embrasser.

Oksa se laissa emporter par un vertige dévastateur où s'enchevêtraient mille sensations confuses. Tout se mélangeait dans sa tête. Le regard polaire de Tugdual qui l'incendiait. Les images de sa Pèlerine, lourdes de symbolisme. Celles du peuple d'Édéfia libéré envahissant le ciel et celles, poignantes, de sa mère clouée dans son fauteuil roulant au milieu du salon humide de Bigtoe Square. Le parfum de Gus et le goût de ses lèvres. Choquée par le cheminement de ses pensées, elle écarquilla les yeux et se dégagea en douceur.

— Je t'assure..., murmura-t-elle en plongeant son visage dans le cou de Tugdual. Je ne suis vraiment pas normale.

Ils étaient environ deux cents à l'attendre dans la grande Salle du Conseil baignée par la clarté laiteuse du puits de lumière. Deux cents hommes et femmes vêtus de l'habit traditionnel d'Édéfia, pantalon large et haut croisé, qui se levèrent dans un même mouvement exalté quand Oksa fit son apparition en haut de l'amphithéâtre, en jean et chemise blanche fraîchement lavés, le tout rehaussé de sa cravate fétiche au nœud desserré. Elle parcourut des yeux l'assemblée installée en demi-cercle, alors que le souvenir encore très présent de sa dernière visite en ce lieu lui imposait un sentiment pénible. C'était Ocious, entouré de ses épouvantables fils et alliés, qui l'avait alors « accueillie » dans des circonstances hautement plus périlleuses. Aujourd'hui, dans ce même cadre impressionnant de grandeur et de symbole, elle n'avait rien à craindre. Et tous ces visages tournés vers elle, leur expression mêlée de respect et de certitude, le lui confirmaient.

Dans un silence absolu, elle s'avança, les joues légèrement rougies mais le front haut, et descendit les gradins devant les têtes qui s'inclinaient à son passage. Sans pouvoir croiser un seul regard, elle parvint à l'estrade faisant face à la salle et se retourna pour apercevoir enfin les Sauve-Qui-Peut installés au premier rang. Son père, Abakoum, Zoé, Tugdual, les créatures… Ils étaient tous là, radieux, émus, et la fierté qu'elle pouvait lire dans leurs yeux lui procurait une énergie indescriptible.

Dans cette ambiance solennelle, le halo doré d'une dizaine de Sans-Âge émergea soudain du cylindre qui parcourait les dix étages supérieurs de la Colonne pour déverser un cône de lumière dans l'immense salle. Les Sans-Âge flottèrent jusqu'à Oksa et la jeune fille se surprit à les scruter avec un espoir qu'elle savait pourtant vain. De toutes les silhouettes qui ondulaient devant elle, aucune ne correspondait à celle qu'elle souhaitait voir plus que tout. Dragomira, sa Baba tant aimée, n'était pas parmi les Sans-Âge. Elle lui manquait tellement… Sa présence à ses côtés en cette journée si particulière aurait été un tel réconfort.

— Apaise-toi, ma chère petite, souffla une voix qu'Oksa reconnut pour être celle de Malorane. Dragomira est auprès de nous pour l'éternité.

Oksa lui jeta un coup d'œil fiévreux. Ces mots, même s'ils étaient d'une grande justesse, ne lui apportaient qu'une piètre consolation. Mais déjà, la vie poursuivait son cours, l'obligeant à regarder vers l'avant. La paume de la main grande ouverte, Malorane présenta à la jeune fille une minuscule boule multicolore qui s'avéra être, quand elle la déploya, la Pèlerine aux fantastiques broderies. Oksa se laissa revêtir et la Pèlerine l'enveloppa, diffusant en elle sa puissance légendaire, ainsi qu'elle l'avait fait dans la Chambre du septième sous-sol. Un murmure admiratif parcourut les gradins. Puis un applaudissement résonna, suivi de dizaines d'autres qui explosèrent dans un tumulte sensationnel. Oksa se mordit la lèvre inférieure et finit par se laisser gagner par la liesse générale. Avec un sourire éclatant, elle tendit les bras vers son père et Abakoum. Les deux hommes la rejoignirent sur l'estrade et les applaudissements redoublèrent. Elle parcourut des yeux la salle bondée, des premiers paliers au plafond parsemé de taches de lumière changeantes en passant par le Foldingot, vêtu de sa plus belle salopette, et l'Insuffisant, dont l'air de parfaite hébétude était plus drôle que jamais. La voix d'une Sans-Âge s'éleva :

— Voici venue l'heure de l'investiture de votre Pompignac, Notre Gracieuse. Que votre choix soit éclairé et votre décision respectée par tous.

Cela dit, l'un après l'autre, chacun des halos se dirigea vers le puits de lumière et disparut dans un étincellement d'or.

— Je pense que tout le monde attend un discours, ma chérie, murmura Pavel à l'oreille d'Oksa.

Oksa le regarda, effarée.

— Oh, non, pitié…, gémit-elle.

— Juste quelques mots…

Il se retira et descendit les marches qui séparaient l'estrade des premières rangées de gradins. Oksa se racla la gorge, inspira profondément et se lança comme on se jette à l'eau. Une eau aussi tentante que celle d'un lac gelé en plein hiver… « Vas-y, Oksa-san, ne réfléchis pas, parle avec ton cœur et tout ira bien ! » s'encouragea-t-elle intérieurement.

— Eh bien, déclara-t-elle, je suis très honorée d'avoir été choisie pour être votre Nouvelle Gracieuse. La révélation de mes origines et de votre existence a bouleversé ma vie en la rendant à la fois palpitante, complexe et dangereuse. Mais elle m'a également projetée dans une dimension hors norme : le monde de la magie. Et ça, ce n'est pas donné à tout le monde. Malgré tout, arriver jusqu'à vous n'a pas été facile à concevoir et encore moins à faire. Même si mes proches et moi, nous avons beaucoup perdu en venant ici, je sais combien c'était nécessaire et tout ce que cela peut représenter pour nous tous. Mais j'ai aussi compris que ma destinée vous appartient autant qu'elle m'appartient et que, derrière la magie, il y a… nous. Alors, je veux bien assumer ce que je suis, votre Nouvelle Gracieuse, je sais que j'en suis capable. Mais je ne veux pas avancer seule. J'ai… j'ai besoin de vous…

À bout de souffle, elle s'arrêta, le regard ardent, alors qu'un tonnerre de vivats et d'acclamations retentissait dans la salle aux murs arrondis. Elle attendit que la frénésie se calme, mais personne ne semblait décidé à s'arrêter. Il fallut l'intervention de son Foldingot pour que chacun accorde à nouveau son attention.

— Notre Gracieuse et le peuple d'Édéfia font la rencontre avec une joie qui inonde leur cœur, leurs yeux et leur bouche, mais ils ne doivent pas négliger la nécessité de faire la nomination du nouveau Pompignac ! cria le petit intendant en se juchant sur la longue table installée sur l'estrade. Les voix doivent procéder à l'adoption d'une concentration farcie de mutisme !

Sous les injonctions des créatures disposant d'un tant soit peu d'autorité – Devinailles, Gétorix et Ptitchkines en tête –, le silence finit par revenir tant bien que mal. Satisfait, le Foldingot descendit de son perchoir et se posta aux côtés d'Oksa, les yeux pleins de vénération. La jeune fille se dirigea derrière la longue table de métal frappé et s'installa dans le fauteuil central tendu de cuir brun et piqué de clous en laiton.

— Il est temps qu'on se mette au travail maintenant, annonça-t-elle d'une voix claire. Alors, s'il est d'accord avec mon choix, je souhaiterais qu'Abakoum devienne le Premier Serviteur du nouveau Pompignac.

Tout le monde approuva avec chaleur cette décision incontestable et absolument légitime, alors qu'Abakoum se levait pour rejoindre Oksa sur l'estrade. La main sur le cœur, il s'inclina, ses yeux verts éclairant son visage d'une sagesse inaltérable.

— Oksa, ma chère petite, ma Gracieuse, j'honorerai ton choix jusqu'à ma mort.

Oksa ne put se retenir : oubliant la solennité imposée par les circonstances, elle se jeta dans les bras de l'Homme-Fé, plus que jamais Veilleur des Sauve-Qui-Peut et de la famille Gracieuse.

29
Les sept Missions

Oksa n'était pas venue dans la Salle du Conseil en dilettante : elle avait pris soin de se renseigner avant cette étape capitale pour le futur d'Édéfia. Ainsi, elle s'était longuement entretenue avec les Anciens – et les moins anciens… – sur la façon la plus judicieuse d'envisager les choses. Puis, avec l'aide de son Foldingot, elle avait passé des heures dans les rayonnages poussiéreux de la Mémothèque et découvert des archives tout à fait intéressantes sur les différents Pompignacs qui s'étaient succédé au fil des siècles.

— Ma Gracieuse se répand dans l'exactitude, avait confirmé la petite créature de sa voix nasillarde. La constitution des Pompignacs et l'attribution des fonctions de Serviteurs connaissent la variation et l'attachement aux besoins du moment.

— Regarde ! avait renchéri Oksa, penchée sur les pages de cristal d'un gros registre. À une époque, il y a même eu un Serviteur du Partage des Richesses !

— L'affirmation emplit la bouche de votre domesticité, ma Gracieuse. Cette Mission avait fait la nécessité de la création sous le règne de la Gracieuse Édith, l'antérieure grand-mère de ma Vieille Gracieuse-Disparue-Et-Tant-Affectionnée, afin de procéder à l'empêchement de la prolifération d'un déséquilibre. Car comme ma Gracieuse en détient la connaissance, la nature de l'homme le propulse parfois vers son nombril plutôt que vers son voisinage…

Quelques heures plus tard, devant l'assemblée de la Salle du Conseil, elle sourit à ce souvenir tout frais et fit un clin d'œil à son Foldingot dont le teint se colora d'une ahurissante couleur aubergine. Sur la table était déposé un nouveau registre de cristal qui s'ajouterait aux dizaines d'autres conservés dans la Mémothèque : son Elzévir personnel dans lequel elle devrait consigner toutes les grandes étapes de son règne. Un stylet y était rattaché par une fine chaînette dont les maillons formaient ces lettres : Gracieuse Oksa. La jeune fille plaqua ses mains sur le métal patiné de la table et avisa son Curbita-peto. Ne détectant aucune perturbation dans l'esprit de sa jeune maîtresse, le petit bracelet vivant se tenait tout à fait tranquille autour de son poignet. Agréablement surprise par le contact velouté du meuble, Oksa resta quelques secondes à observer l'assemblée qui attendait en silence dans l'amphithéâtre. Elle croisa le regard de son père et le vit opiner de la tête en signe d'assentiment. Alors, elle se sentit prête.

— Édéfia a connu des années difficiles, annonça-t-elle, mais son agonie ne doit plus être qu'un mauvais souvenir. La bonne volonté et la détermination de tous sont capitales pour une renaissance solide. Cependant, vous savez comme moi que les circonstances sont particulières et que l'harmonie ne se retrouvera pas si facilement. Certains feront tout pour nous en empêcher. C'est pourquoi, en suivant les conseils des plus expérimentés et les leçons du passé, je pense qu'il serait vraiment important d'organiser le Pompignac en sept Missions.

Elle s'interrompit, troublée par le sérieux de son propre ton et par l'attention qu'elle suscitait. La petite collégienne impulsive était bien loin… C'était aussi ce que devaient penser Zoé et Tugdual qui la dévisageaient avec admiration. Une admiration ardente pour l'une et glaciale pour l'autre.

— Je ne vous connais pas tous, malheureusement, poursuivit Oksa. Mais sans confiance ni solidarité, nous n'arriverons à rien. Alors, je vais nommer deux Serviteurs à la tête de chaque Mission : un Sauve-Qui-Peut et un Du-Dedans, afin d'unir les meilleures idées issues de nos Deux Mondes. Ces Serviteurs devront ensuite s'entourer de tous ceux qu'ils souhaitent pour travailler au mieux et surtout donner l'élan au peuple tout entier.

L'auditoire acquiesça vigoureusement.

— Je vous présente maintenant les sept Missions et leurs Serviteurs, en vous expliquant les raisons de mon choix, poursuivit Oksa avec une certaine excitation dans la voix. Tout d'abord la Reconstruction, avec Olof et Emica. Olof est le fils de Naftali et Brune Knut. Dans notre monde, il était architecte et son expérience pourra être très utile pour rebâtir les villes, avec l'aide d'Emica dont on m'a dit qu'elle était l'une des meilleures charpentières d'Édéfia.

À l'annonce de ces noms, les Ptitchkines s'envolèrent dans un pépiement enjoué et se posèrent chacun sur l'épaule des personnes citées. Impressionnant comme son père, l'élégant et puissant Scandinave se leva et attendit Emica, une lumineuse femme aux cheveux courts et au visage d'une douceur angélique. Tous deux rejoignirent Oksa devant laquelle ils s'inclinèrent. « Ah… Je déteste quand ils font ça… », soupira intérieurement la jeune fille.

— La Mission de la Préservation de l'Eau sera menée par Brune et Achille. Je crois savoir que ce sujet vous tient particulièrement à cœur, ajouta Oksa en souriant.

Les deux nouveaux Serviteurs, accompagnés par les minuscules oiseaux au zèle irréprochable, approuvèrent avec un plaisir non dissimulé.

— Les Biens Essentiels seront dirigés par Tin, un ami d'Abakoum, et Jeanne. La Mission des Biens Essentiels représente la gestion raisonnée de tout ce qui peut s'avérer nécessaire à notre survie, expliqua Oksa.

Elle hésita un instant avant de continuer d'une voix un peu tremblante :

— Mes parents tenaient un restaurant à Du-Dehors avec Jeanne et Pierre. Et Jeanne incarnait la prévoyance. Grâce à elle, rien ne manquait. Jamais.

Le visage de madone de la mère de Gus s'éclaira de reconnaissance.

— La quatrième Mission regroupe la Granokologie, la Pharmacopée et la Protection. Sven et Naftali en seront les Serviteurs, Naftali pour la vigilance qu'il a toujours su avoir face à nos adversaires, Sven pour sa grande maîtrise des plantes et des minéraux. Vous avez été un élève de Mirandole, comme Abakoum, n'est-ce pas ? demanda Oksa en se tournant vers le vieil homme aux longues tresses blanches.

— Abakoum était et reste le meilleur d'entre nous, répondit ce dernier, et vous me permettrez de profiter de ses conseils avisés et de sa longue expérience à Du-Dehors, je l'espère.

Oksa lui sourit : l'Homme-Fé faisait l'unanimité dans le cœur de tous.

— Sacha et Bodkin serviront la Mission de la Probité, reprit-elle. Bodkin est un Sauve-Qui-Peut d'une grande sagesse et je sais que Sacha a consacré sa vie à lutter contre l'injustice et la déloyauté au prix de sa liberté.

Bodkin, le Sauve-Qui-Peut à l'allure de dandy anglais, tendit avec courtoisie le bras à une femme âgée d'une quarantaine d'années, au regard étonnamment clair, dont l'intensité était amplifiée par des cheveux tirés en un chignon impeccable. Sacha faisait partie des Muselés libérés deux jours plus tôt. On disait d'elle qu'elle était une femme aux principes irréductibles, une combattante éprise de justice et d'équité. Elle avait marqué Oksa par la détermination qui se dégageait d'elle. Une détermination solide comme une montagne, insoumise et invincible.

— Merci, Gracieuse Oksa, fit-elle d'une voix encore éraillée par des semaines de Muselage. Vous pouvez compter sur moi.

— Je sais..., dit Oksa d'un ton réconfortant avant de reprendre. Voici maintenant la sixième Mission, celle de la Répartition des Richesses et des Biens, qui m'a directement été inspirée de celle instituée par mon aïeule, la Gracieuse Édith. Je crois qu'il est important de veiller à l'équilibre également à ce niveau. Cockerell, comme vous le savez, était le Trésorier de la famille Gracieuse avant le Grand Chaos. Il saura être un excellent Répartiteur car il est juste.

Elle regarda alors dans la direction d'une femme dotée d'abondantes boucles rousses et d'une peau saupoudrée de taches de son.

— Mystia, ils ont été plusieurs à m'assurer que vous seriez vous aussi une très bonne Répartitrice. J'espère que vous accepterez de travailler aux côtés de Cockerell.

La femme répondit par un éblouissant sourire et vint s'installer à la table du Pompignac.

— La dernière Mission, enfin, sera celle des Initiations, dirigée par Pierre et Olenka. Olenka a inculqué la pharmacopée à des générations de Du-Dedans, c'est une très bonne pédagogue, tout comme Pierre. Je n'oublierai jamais que c'est lui – pardon papa ! – qui m'a appris à faire du vélo !

Tous les Sauve-Qui-Peut ne purent s'empêcher de rire, suivis par les créatures qui manifestaient leur hilarité à leur façon : gloussements convulsifs pour les Foldingots, caquetages stridents pour les Devinailles, esclaffements frénétiques pour les Gétorix… Seuls les Insuffisants affichaient une réserve, uniquement due à leur indolence cérébrale. Quant aux Du-Dedans, le concept de vélo échappait à la plupart d'entre eux. Ceux qui par chance avaient conservé le souvenir des Caméræils publics de Malorane expliquèrent brièvement en quoi consistait « faire du vélo » et tout le monde comprit bientôt l'hilarité des Sauve-Qui-Peut.

— Et à propos des Crache-Granoks, reprit Oksa, les joues rouges, il me paraît important que tout le monde retrouve la sienne. Car un Du-Dedans sans Crache-Granoks n'est pas un vrai Du-Dedans, n'est-ce pas ?

Cette annonce cloua l'assemblée de stupéfaction. Les premières ovations jaillirent, d'abord hésitantes. Puis, quand les Foldingots de Léomido approchèrent, ployant sous le poids de lourdes caisses plombées, chacun s'en donna à cœur joie. Oksa se leva, ce qui eut pour effet d'imposer immédiatement le silence. Gênée d'interrompre cet enthousiasme, elle annonça :

— Il existe dans le sixième sous-sol de la Colonne une pièce secrète dans laquelle ont été entreposées deux cents caisses comme celle-ci. Ces caisses renferment les milliers de Crache-Granoks qui vous ont été volées lors de la Grande Confiscation ordonnée par Ocious, ainsi qu'un stock colossal de Granoks. Je propose de confier à nos Serviteurs de la Répartition des Richesses et des Biens la tâche de redonner à chacun ce qui lui appartient. Ensuite, nous nous mettrons tous au travail. Édéfia a grand besoin de nous !

Deux Gétorix, dont celui d'Oksa, surgirent alors avec chacun un pot de terre en main. Agités comme de vrais diablotins, ils ne contenaient pas leur excitation et manquaient de renverser leur cargaison à chaque instant. Les pots arrivèrent par miracle à destination, devant la Jeune Gracieuse qui les observa avec étonnement. Elle adressa à son père un regard interrogateur, et le geste qu'il fit en lui souriant l'éclaira aussitôt. Sans le quitter des yeux, elle plongea alors chaque main dans la terre. Les pots se mirent à trembler jusqu'à marteler la table dans un fracas métallique. Et c'est avec un émerveillement incomparable qu'Oksa vit jaillir de la terre deux petites pousses vert tendre. Rapidement, les tiges s'élevèrent, laissant s'épanouir une fleur qu'elle avait déjà rencontrée, une Incendiante aux pétales incandescents. Les tiges s'agrandirent encore et caressèrent ses poignets et ses avant-bras avec un attachement très convaincant. Le cœur des fleurs crachota quelques minuscules étincelles qui picotèrent sa peau, les tiges se cabrèrent, sautillèrent dans leur pot réduit à l'état de moignon, puis s'allongèrent soudain pour s'élancer vers le plafond dans un mouvement aussi inattendu que puissant. Culminant à plus de trois mètres, elles laissèrent alors éclater leur bonheur en un spectaculaire feu d'artifice dont l'extravagance n'avait d'égale que l'ardeur qu'Oksa venait d'insuffler dans tous les cœurs présents.

30

Le Secret Éphémère

Depuis son balcon, elle avait observé pendant plus d'une heure la remise à leur détenteur des premières Crache-Granoks garnies de toute la gamme des Granoks existantes. Tout le monde semblait ivre de joie et personne ne manquait de lever les yeux vers le sommet de la Colonne de Verre, là où se trouvait leur Nouvelle et Bienveillante Gracieuse. Puis la fatigue avait fondu sur elle comme un aigle sur une souris et elle s'était retirée, le cœur chargé d'émotions.

Dans le calme de son appartement, elle décompressait. Elle caressait son Foldingot d'une main distraite, repassant en mémoire tout ce qui venait d'arriver. La journée avait été longue. Intense. Hors norme. Et surtout très compliquée.

Un peu plus tôt, elle avait croisé son reflet dans le miroir piqué qui couvrait presque un mur entier. Elle s'était alors approchée avec précautions, il y avait si longtemps qu'elle ne s'était pas observée. Elle était très pâle, peut-être même ne l'avait-elle jamais été à ce point. Elle avait rejeté ses cheveux en arrière et balayé sa frange du bout des doigts. Sans pour autant les durcir, la tension des derniers jours marquait ses traits. Un pli sur le front, un voile sur le gris de ses yeux, un cerne plus lourd... Mais rien qui distinguait radicalement « la Oksa » d'hier de celle d'aujourd'hui.

— Qu'est-ce que tu croyais ? avait-elle alors marmonné. Ce n'est pas parce que tu viens de prendre des décisions capitales que tu es devenue quelqu'un d'autre, ma vieille !

En prononçant ces deux derniers mots, elle s'était mordu la lèvre. C'étaient les mots de Gus. Les mots que Gus lui aurait dit s'il avait été là.

— Arrête, Oksa..., avait-elle conclu. Tu te fais du mal.

Elle avait ensuite tourné sur elle-même pour examiner sa silhouette. Même si son apparence était loin d'être une obsession, elle ne se sentait pas encore tout à fait à l'aise avec ses nouvelles formes, mais elles lui devenaient chaque jour un peu plus familières. Et le regard de Tugdual sur elle l'y aidait sans conteste.

Depuis plus d'une heure, elle était pelotonnée dans le fauteuil qui était rapidement devenu son préféré, un joli siège de cuir usé au moelleux incomparable. Non loin d'elle, posé sur un adorable bureau en bois de Majestique, son Elzévir brillait du doux éclat des Trasibules aux tentacules éclairants. Elle devrait bientôt s'atteler à la rédaction du récit de ses premiers pas de Gracieuse. Mais fallait-il tout dire ?

— Ma Gracieuse fait l'exposition d'un grand désarroi dans la niche de son cœur, fit remarquer le Foldingot en la contemplant de ses gros yeux bleus.

— C'est à propos du Secret..., précisa Oksa.

Le Foldingot soupira.

— Ce Secret ne rencontre pas la même composition que le précédent. Il ne fait pas la possession des conséquences et des contraintes similaires à celles du Secret-Qui-Ne-Se-Raconte-Pas. Possédez-vous la connaissance de son nom ? Il est comblé de sens.

— Non, les Sans-Âge ne m'ont rien dit ! Mais si tu sais comment s'appelle le nouveau Secret, dis-le-moi, s'il te plaît !

— Le Secret Éphémère. Telle est sa désignation.

Oksa resta pensive quelques instants. Ses yeux passaient de la Pèlerine, soigneusement posée sur un mannequin d'osier, à l'immense baie vitrée à travers laquelle elle pouvait contempler Du-Mille-Yeux endormie, constellée d'une multitude de petites lumières tremblotantes.

— Le Secret Éphémère…, répéta-t-elle. Éphémère, peut-être. Mais avant tout, secret.

Un bruit la sortit de ses songes : on frappait à la porte. Le Foldingot se redressa. Mais, déjà, le Gétorix se précipitait, la chevelure en bataille et les jambes alertes.

— Qui va là ? brailla-t-il en direction de la porte. Qui ose déranger notre Gracieuse ? Parlez !

Oksa sourit. Le Gétorix n'était vraiment pas le champion de la demi-mesure.

— C'est Abakoum, fit une voix étouffée par l'épaisseur de la porte.

— Ouvre-lui tout de suite ! lança Oksa à la créature.

Abakoum entra dans la pièce. Son premier geste fut de serrer Oksa dans ses bras. La jeune fille s'y blottit, le souffle court.

— L'Homme-Fé et ma Gracieuse ressentent-ils l'attrait de laper une boisson gorgée de réconfort ?

Oksa rit doucement alors qu'Abakoum tapotait la tête chauve du Foldingot.

— Avec plaisir !

Le Foldingot s'éclipsa et un tintement de vaisselle s'éleva bientôt depuis une pièce attenante.

— Comment vas-tu, ma chère petite ? demanda Abakoum après avoir pris place aux côtés d'Oksa sur un sofa recouvert de fourrure sombre.

— Je ne crois pas avoir vécu de journée aussi… étrange que celle-ci, répondit-elle. J'avais l'impression d'être dans un jeu de simulation, tu sais, comme quand on doit construire des villes, mettre en place une administration, établir des règles… Et pourtant, je sais que tout ça est bien réel !

— C'est une épreuve peu ordinaire que tu viens de vivre, concéda Abakoum. Mais tu as été brillante, tu t'en es acquittée avec beaucoup d'habileté, je te félicite ! Et comme tu es partie plutôt vite après le Conseil, laisse-moi te livrer quelques commentaires…

Oksa, embarrassée, se passa les mains sur le visage.

— Tu as conquis le cœur de nos amis Du-Dedans et les Sauve-Qui-Peut sont tous fiers d'être à tes côtés, tout le monde a été très impressionné par ton assurance. J'ai promis à Tugdual de te dire qu'il a été bluffé et que tu t'es débrouillée comme une chef – je le cite.

Devant la grimace d'Oksa, Abakoum s'interrompit avant de demander :

— Qu'est-ce qui te contrarie ?

La jeune fille fit mine de reporter son attention sur le Foldingot qui revenait avec un plateau. Le petit intendant entreprit de les servir, tout en jetant des regards inquiets à sa jeune maîtresse.

— C'est mon père, finit par lâcher Oksa.

Abakoum inspira profondément.

— Tout le monde a bien compris que tu avais certainement de très bonnes raisons de ne pas lui confier la responsabilité d'une Mission.

— Peut-être, mais c'est tout de même horrible ! Il va beaucoup m'en vouloir.

Abakoum avala une gorgée de thé et la regarda avec un air de profonde sagesse.

— Ça m'étonnerait beaucoup de Pavel.

— Tout le monde doit penser que je suis une fille ingrate.

— Personne ne pense cela, la coupa Abakoum. Nous savons que tu aimes ton père et qu'il ne sera jamais très loin de toi. Les décisions que tu as prises font l'unanimité, ma chère petite. Tu as fait des choix raisonnés, sensés et respectés par tous.

— Merci..., murmura Oksa. Tu m'as beaucoup aidée. Sans toi, je n'y serais pas arrivée.

— N'oublie pas qu'après avoir été le Veilleur de ta grand-mère, je suis désormais le tien.

— Je le sais, Abakoum.

— Je voudrais juste te poser une question. Une seule question à laquelle tu es libre de répondre ou non.

Le Foldingot ne put retenir un gémissement. Son teint devint translucide, alors que ses yeux roulaient comme des toupies dans ses orbites.

— Ma Gracieuse...

Il paraissait au bord de l'évanouissement. Oksa posa une main sur son bras duveteux en évitant de regarder Abakoum qui fronçait les sourcils.

— Ton souhait de ne pas nommer ton père comme Serviteur a-t-il un rapport avec le nouveau Secret qui t'a été confié par les Sans-Âge ? demanda l'Homme-Fé.

C'en fut trop pour le Foldingot. Le malheureux chancela avant de s'effondrer mollement sur un coussin de sol. Le Gétorix se pressa à ses côtés et l'éventa en battant l'air de ses mains.

— Hé, le domestique grassouillet ! Reste avec nous ! piailla-t-il.

Plus loin, sagement assis dans un fauteuil, l'Insuffisant d'Oksa ouvrit un œil et observa la scène avec sa perplexité coutumière. Puis il bâilla avant de reprendre son cycle de sommeil, tel un bienheureux.

Abakoum et Oksa s'agenouillèrent près de la pauvre petite créature qui retrouvait déjà ses esprits. Oksa lui redressa la tête pour verser dans sa large bouche quelques gorgées de thé bien chaud.

— Baba disait toujours qu'un bon thé valait tous les remèdes du monde.

— La Vieille Gracieuse-Disparue-Et-Tant-Affectionnée faisait la possession de colossales vérités en bouche, bredouilla le Foldingot.

Abakoum le porta jusqu'à un petit lit fait sur mesure et l'allongea, non sans lui avoir massé les poignets en des points très précis. Puis il revint vers Oksa et reprit sa place dans un silence préoccupé.

— Tu n'as pas besoin de répondre à ma question, ma chère petite, fit-il au bout de longues minutes. Ce qui vient de se passer m'en a suffisamment appris.

Quelques heures plus tard, au beau milieu de la nuit, Oksa était tout à fait éveillée. Ce n'était pas le ronflement régulier du Foldingot qui l'empêchait de dormir. D'ailleurs, elle ne l'entendait même pas. Les yeux fixés sur la vaste baie vitrée, elle pensait. Les lumières nocturnes de Du-Mille-Yeux se réverbéraient sur l'Égide qui protégeait la cité, lui donnant l'aspect d'une méduse laiteuse. Un spectacle envoûtant qu'en d'autres circonstances elle aurait trouvé apaisant. Mais cette nuit, aucun réconfort n'était envisageable.

Elle se retourna et sentit les vêtements qu'elle avait négligemment roulés en boule tomber par terre. Agacée, elle tendit le bras pour les ramasser. Son jean, son tee-shirt, sa cravate… Le contact avec la mince bande de tissu bicolore l'électrisa, et son esprit quitta instantanément son corps.

31

Griffures

Les coudes sur les genoux, Gus était assis contre le mur, sur une planche de bois posée à même le sol. Il toucha du bout des doigts la moquette détrempée, laquelle exhalait l'odeur désagréable de la boue sale. Les chambres avaient bien souffert de l'ultime crue qui avait recouvert Londres quelques jours plus tôt. Pour la première fois depuis le retour des Refoulés, l'eau était montée jusqu'au premier étage et avait envahi les pièces sur une bonne trentaine de centimètres de hauteur. Une vraie catastrophe qui avait torpillé le moral de tous. Puis l'eau s'était retirée, aussi brutalement qu'elle était arrivée, le soleil avait même refait son apparition. Mais le découragement était profond et menaçait de rester indélébile dans l'esprit des Du-Dehors du monde entier, comme dans celui des habitants de la petite maison de Bigtoe Square.

La chambre d'Oksa se trouvait dans un état déplorable et, pourtant, Gus s'y réfugiait souvent. C'est là qu'emmenée par son Autre-Moi, la toute Nouvelle Gracieuse le retrouva, absorbé par ses réflexions, l'air grave. Le premier réflexe de la jeune fille fut de se précipiter vers le garçon, de redresser son menton pour le regarder en face et de hurler : « Je suis là, Gus ! Je suis là ! » Il ne l'aurait pas entendue, mais en revanche, il aurait pu sentir sa présence. Pourtant, et en dépit de l'envie d'Oksa, l'Autre-Moi l'obligea à garder une distance. Il lui fallait évaluer, se rendre compte, comprendre. Alors, elle resta en suspension au-dessus de la pièce ravagée et observa.

Quand Gus chassa la mèche qui cachait une partie de son visage, la trace des journées passées et présentes se révéla dans toute sa dureté. Malgré le gros pull irlandais dissimulant son corps, il était impossible de ne pas constater que le jeune homme avait considérablement maigri. Ses joues creusées accentuaient l'aspect angulaire de sa mâchoire, la durcissant presque. Ses mains étaient devenues noueuses à force de clouer, arracher, poncer, recoller, réparer tout ce que les tempêtes et les inondations avaient détruit. Quant à ses yeux, ils avaient perdu leur pureté marine, comme si un voile d'encre les recouvrait pour dissimuler l'ampleur de sa tristesse. Oksa avait mal de le voir ainsi. Il se prit la tête entre les mains et gémit doucement. Alors, l'Autre-Moi céda et elle s'approcha.

Au moment où elle s'apprêtait à effleurer la main de son ami, la porte de la chambre s'ouvrit et Kukka entra. Oksa se recula vivement bien que personne ne puisse deviner sa présence.

— Ça va, Gus ? fit Kukka à mi-voix.

— Oh, j'ai juste l'impression d'avoir un engin diabolique en train de forer l'intérieur de mon crâne...

Contrariée, Oksa vit la jeune fille regarder Gus d'un air compatissant et s'asseoir à côté de lui. Elle rejeta ses longs cheveux blonds en arrière, dégageant un doux parfum de vanille qui parvint jusqu'à Oksa. Même amaigrie, même éreintée, elle était indéniablement très belle.

— On peut dire que ces sales chauves-souris auront tout fait pour avoir ma peau, fit Gus.

Kukka posa sa main sur l'avant-bras de Gus. Et sa tête sur son épaule. À deux mètres d'eux, Oksa restait clouée sur place. Gus ne faisait pas le moindre geste pour se dégager ! *Comment en était-il arrivé là ?* L'Autre-Moi d'Oksa restait immobile.

Il ne pouvait pas agir.

Car Oksa voulait savoir.

— Dès que tout sera à peu près rétabli, Andrew va t'emmener voir les meilleurs médecins, murmura Kukka.

Gus ne dit rien. Il releva la tête et l'appuya contre le mur. Ses traits se détendirent peu à peu alors que Kukka se blottissait encore davantage contre lui.

— Tu sais bien qu'aucun médecin ici sur cette Terre ne peut rien pour moi, finit-il par lâcher. Depuis la minute où j'ai été mordu par cette vermine de Chiroptère Tête-de-Mort, le compte à rebours est enclenché. Et même si j'ai pu bénéficier de la transfusion Murmou, je suis condamné. Tout ce qui peut me sauver, c'est le mélange de la sève d'une plante flippée, d'une pierre qui n'existe nulle part et de la morve d'une créature qui se drogue aux sentiments humains. Alors, je ne veux pas paraître pessimiste, sinon tu vas encore me le reprocher, mais je crois que ça se présente plutôt mal. Je ne battrai pas le record de longévité, ça, c'est sûr…

Oksa se raidit. En toute autre circonstance, l'Autre-Moi était un pouvoir absolument génial. Mais en cet instant, il n'était qu'une violente source de souffrance, lui permettant d'accéder à quelque chose tout en la laissant impuissante à agir.

— Tu vas t'en sortir, reprit Kukka. Ce n'est pas possible autrement. Sinon, avec qui je vais pouvoir faire d'interminables parties d'échecs, moi ?

L'Autre-Moi ne réagit pas. Et pourtant, ce n'était pas faute d'y être sévèrement motivé par l'esprit d'Oksa qui recevait ces mots comme des flèches empoisonnées. À des milliers de kilomètres – dans cette autre dimension –, elle vivait depuis son lit un véritable supplice, comme si elle se trouvait réellement dans sa chambre de Bigtoe Square, près de Gus et de cette… fille. Au-delà de la tentative d'humour de Kukka qu'elle ne pouvait trouver que lamentable, elle découvrait ce qu'elle n'aurait pas imaginé découvrir un jour et que pourtant elle n'avait jamais cessé de redouter : une rivale. Son cœur s'emballa. Pourquoi son Autre-Moi ne faisait-il rien ? Pourquoi n'attrapait-il pas les cheveux sublimes de cette fille sublime et ne lui donnait-il pas un sublime Knock-Bong qui l'enverrait à l'autre bout de la Terre ? Et depuis quand Gus jouait-il aux échecs ? C'était sûrement *elle* qui le lui avait appris, enjôleuse comme elle l'était…

— Comme c'est ton anniversaire demain, fit Gus, peut-être que dans ta grande générosité me laisseras-tu une chance de gagner ?

— Ça, c'est le genre de choses qui se méritent ! répliqua Kukka.

Oksa vit Gus sourire. Elle serra les poings.

— Tu sais, ça fait douze ans jour pour jour que j'ai été adoptée par Olof et Léa. C'était la veille de mes quatre ans.

Oksa poussa un cri dans son lit alors que son Autre-Moi restait tapi dans un coin de sa chambre de Bigtoe Square. Kukka avait été adoptée ! Comme Gus ! Voilà qui devait singulièrement les rapprocher. Mais avec cette révélation émergeait une cruelle évidence dans l'esprit d'Oksa : elle avait manqué de réflexion et d'altruisme en ne se demandant à aucun moment pourquoi Kukka, fille de deux Du-Dedans, n'avait pu entrer à Édéfia. Tout ce qui l'avait intéressée, c'était sa relation avec Tugdual, puis celle avec Gus. Rien de plus. Jamais elle n'avait cherché à en savoir plus sur l'histoire personnelle de Kukka. Et aujourd'hui, elle recevait comme une griffure féroce la réponse aux questions qu'elle n'avait jamais pris la peine de se poser.

— Tu as des souvenirs d'avant, alors..., dit Gus.

— Quelques-uns, très vagues. Olof et Léa étaient tellement parfaits que c'était facile d'oublier ce qui s'était passé.

— C'est terrible ce qui t'est arrivé.

— Oui, murmura Kukka.

Elle marqua un temps d'arrêt, le regard voilé, avant de reprendre :

— Et toi ? Tu t'en souviens ?

— Non. J'étais un bébé quand mes parents sont venus me chercher dans cet orphelinat chinois. Je n'ai connu qu'eux.

Les deux jeunes gens restèrent silencieux un long moment.

— Tu crois qu'on va les revoir ?

— Non, répondit Gus dans un souffle.

Le sang d'Oksa se glaça. Gus avait-il donc perdu tout courage ? Était-il à ce point désespéré ? Elle devait faire quelque chose. Une larme glissa le long de sa joue. Elle lâcha prise, laissant le champ libre à son Autre-Moi.

Les yeux écarquillés, Gus fut agité par un violent frisson. Kukka se dégagea et le fixa d'un air stupéfait.

— Qu'est-ce que c'est ? bredouilla-t-elle.

— C'est Oksa..., haleta Gus.

Kukka se redressa brutalement.

— Gus ! s'exclama-t-elle sur un ton plein de reproche. Arrête ! Ça ne *peut pas* être Oksa !

Mais déjà l'Autre-Moi enveloppait le jeune homme d'une douceur intense et incontestable, aussi sûrement que s'il était tangible.

— C'est Oksa, insista-t-il, le visage transfiguré.

Dépitée, Kukka le dévisagea avec lassitude. Puis elle finit par se lever et sortit de la chambre, la mine sombre.

— Oksa, si tu m'entends, fais quelque chose ! supplia Gus.

Au prix d'une immense concentration, Oksa essaya de rendre perceptible un mouvement, un souffle, un geste. Elle arrivait à faire sentir sa présence à Gus, ce qui était déjà prodigieux, alors elle devait pouvoir passer à la vitesse supérieure ! Elle avisa la cravate que le garçon, tout comme elle, semblait ne pas quitter, et se vit en saisir l'extrémité pour tirer dessus. Les quelques grammes de tissu paraissaient plus lourds qu'un bloc de béton. Le corps en nage et le cœur en miettes, elle pleurait de frustration dans son lit. Mais peut-être valait-il mieux en rester là ?

Peut-être qu'un espoir voué à rester vain était-il pire que le désespoir ?

Alors, se soumettant avec douleur à la volonté de son Autre-Moi, Oksa le laissa donner une dernière étreinte à son ami et fut envahie d'un plaisir triste. Et au bout de quelques secondes, elle comprit enfin que ses efforts n'avaient pas été inutiles quand elle entendit Gus murmurer « merci ».

Après un long moment, apaisé et excité à la fois, Gus s'était décidé à quitter la chambre d'Oksa, suivi sans le savoir par l'Autre-Moi qui avait conduit la Gracieuse dans les étages supérieurs.

L'atelier-strictement-personnel de Dragomira était plongé dans la pénombre. Seule une petite lampe à huile brûlait à l'intérieur d'une des multiples niches aménagées dans les murs et éclairait d'une lumière jaunâtre la pièce reconvertie en dortoir.

Oksa vit Gus se coucher avec un soupir accablé. Grâce à son Autre-Moi, elle le frôla une ultime fois en lui promettant de revenir bientôt, puis elle chercha lequel des sept lits pouvait être celui de sa mère. Elle n'eut aucun mal à le trouver : le fauteuil roulant le lui indiqua tout de suite. Poussant un cri muet, Oksa se sentit précipitée vers le lit qu'elle reconnut comme étant celui qui appartenait autrefois à Dragomira. Marie Pollock était là, endormie, le corps tourné sur le côté. Oksa posa sa tête sur l'oreiller, à quelques centimètres du visage de sa mère, et la regarda. Même endormie, elle paraissait épuisée. La faible lumière rendait sa peau cireuse, mais Oksa ne doutait pas que ce soit encore pire en plein jour. Elle tendit la main et caressa ses cheveux. Ils lui parurent rêches et nettement moins épais que dans son souvenir. Soudain, Marie bougea dans son sommeil, ses lèvres gercées s'entrouvrirent pour laisser échapper un murmure plaintif.

— Oksa…

— Je suis là, maman…, souffla Oksa. Je suis là.

Marie soupira dans son sommeil et ses traits se détendirent. Elle dormait profondément. Alors Oksa s'allongea de tout son long à ses côtés, sans quitter des yeux le visage tant aimé. Puis la nuit eut raison d'elle et l'emporta vers un répit aussi consolateur que fugace.

32

Une visite guidée

Les bienfaits de cette visite à Bigtoe Square s'avéraient encore plus ambigus que ceux de la précédente échappée. Quand Oksa se réveilla, il lui fallut plusieurs minutes pour se rendre compte qu'elle se trouvait dans ses appartements de la Colonne de Verre, à Édéfia. Dans cet ailleurs invisible, si loin et pourtant si proche. Son cœur, son esprit étaient restés à Londres, dans l'atelier-strictement-personnel de Dragomira, sur le lit où elle avait laissé sa mère endormie. Et ils avaient le plus grand mal à revenir.

— La souffrance du réveil revêt l'inscription sur le visage de ma Gracieuse.

Toujours allongée, Oksa tourna la tête pour jeter un coup d'œil dubitatif à son Foldingot.

— Ma Gracieuse doit procéder au rapatriement de son intégralité, résonna la voix nasillarde de la créature. Son cœur ne peut pas laisser le désenchantement se saisir du pouvoir truffé de destruction. Il doit se repaître de l'espoir qui installe sa résidence dans le futur car la solution connaît l'existence dans le Secret Éphémère.

Oksa acquiesça sans dire un mot.

— Le serrement de la gorge de ma Gracieuse peut connaître la suppression par l'ingurgitation d'une collation matinale, possède-t-elle la volonté d'exercer la tentative ?

Devant la non-réactivité d'Oksa, l'intendant passa à l'action. D'un geste audacieux transgressant sa réserve naturelle, il se saisit de la main de sa jeune maîtresse et tira de toutes ses forces en ahanant.

— Le stationnement horizontal et la mélancolie font la rencontre de l'inutilité, poursuivit-il. La liste des tâches de ma Gracieuse connaît le foisonnement et ne fait pas l'oubli de l'incorporation de la guérison de sa mère et de son ami. Et cette liste exige le retour du courage de ma Gracieuse.

Le Gétorix sautillait sur le lit à pieds joints en tentant de faire des pirouettes, ce qui arracha un sourire à Oksa, alors que le Foldingot continuait de tirer son bras.

— Cette jeune fille a l'air très lourde, commenta l'Insuffisant depuis le fauteuil dans lequel il semblait posé comme un simple objet.

Oksa ne put résister à cette remarque : elle éclata d'un rire si nerveux que les larmes lui montèrent aux yeux.

— Hé, le liquéfié de la cervelle ! s'exclama le Gétorix en rebondissant sur le lit. Cette jeune fille, c'est notre Gracieuse, je te signale !

Le sentiment d'une suspicion confuse sembla s'emparer de l'Insuffisant.

— On dirait que ça ne lui fait pas très plaisir…, fit-il.

Oksa s'arrêta net de rire pendant que le Gétorix bondissait vers l'Insuffisant pour assener des petits coups de poing rageurs sur son abdomen plissé. Et pourtant, les paroles de l'être au cerveau mou s'avéraient plus pertinentes qu'elles ne semblaient au premier abord. Piquée au vif, Oksa se leva enfin de son lit, se passa la main dans les cheveux pour les peigner sommairement et se dirigea vers l'Insuffisant. Elle saisit le Gétorix par la peau du dos et le maintint à bout de bras pour pouvoir donner à la créature indolente un baiser bien mérité.

— Merci ! fit-elle. Du fond du cœur, merci ! Tu as visé dans le mille.

L'Insuffisant la dévisagea avec une expression de profonde incompréhension avant de retourner à ses songeries nébuleuses. Oksa lâcha le Gétorix qui se démenait comme un petit diable et se tourna vers son Foldingot.

— Tu ne m'avais pas parlé d'une collation matinale ?

Le Foldingot opina de la tête, la face éclairée par un sourire allant d'une oreille à l'autre.

— Il faut que je reprenne des forces, ajouta Oksa en le fixant avec intensité. Car j'ai du boulot, vois-tu.

Même s'ils étaient encore rares, les rayons du soleil avaient réussi à réchauffer de quelques degrés la température d'Édéfia. Et plus encore que la température, c'est la luminosité qui s'était nettement améliorée. Comme à Londres, le ciel était toujours bas et encombré de nuages d'un gris déprimant, mais le soleil parvenait néanmoins à forcer le passage pour nimber Édéfia d'un éclat nouveau et déposer des taches de lumière réconfortantes.

Guidée par Emica et Olof, les deux Serviteurs de la Reconstruction, et accompagnée de sa garde rapprochée – Abakoum, Pavel, Tugdual, Zoé et le Foldingot –, Oksa parcourait les larges allées de Du-Mille-Yeux en forme d'arc de cercle. Ce qu'elle en avait vu lorsqu'elle était prisonnière d'Ocious, cantonnée dans la Colonne de Verre, n'avait plus rien à voir avec ce qu'elle avait aujourd'hui sous les yeux. L'épaisse couche de poussière grise qui recouvrait les rues dallées, les squelettes d'arbres et les maisons délabrées s'était évacuée avec la pluie provoquée par la guérison du Cœur des Deux Mondes et le retour de l'équilibre. Mais, comme Édéfia tout entière, la cité avait souffert et affichait encore de nombreuses blessures. Construite en cercle autour de la Colonne, sa surface s'était peu à peu réduite avec les années, rongée par la désertification. Cependant, le centre pouvait se réjouir d'avoir été relativement préservé : leur entretien n'ayant pu être maintenu dans de bonnes conditions, il était évident que les Années de Goudron n'avaient pas épargné les bâtiments de leurs assauts réguliers. Écaillés, lézardés, parfois amputés, ils avaient pourtant réussi à conserver une certaine splendeur, digne et touchante. Construits sur une base mobile qui permettait à toute la structure de suivre le soleil au fil de la journée, la plupart d'entre eux avaient la forme de cubes de différentes tailles, superposés en pyramide ou de façon moins classique. Leurs armatures de métal ou de pierre soutenaient des cloisons constituées de pavés de verre opaque ou de cubes de bois sur lesquels s'étalaient toutes sortes de plantes. Ainsi qu'Oksa l'avait vu pratiquer à Gratte-Feuillée, la culture verticale était adoptée à grande échelle. Mais alors que les constructions avaient vaillamment affronté les affres de la pénurie et malgré les dernières pluies, la végétation était moribonde. Quand elle n'avait pas tout à fait disparu.

— Ça fait pitié, fit Oksa en roulant entre ses doigts les sarments morts d'une vigne noueuse qui surplombait l'entrée d'un bâtiment.

— C'est une véritable catastrophe, vous voulez dire ! s'égosillèrent des Gétorix qui passaient à proximité, les bras chargés de pierres de construction.

— Voilà pourquoi la préservation de l'eau sera un enjeu essentiel, renchérit Emica, son regard clair fixé sur Oksa. Vous avez eu raison de créer une Mission spéciale. Avant le Grand Chaos, nous avions une gestion raisonnable de nos ressources, mais nous n'avions pas anticipé ce qui allait se passer. Le manque ne faisait pas partie de notre quotidien, nous ignorions ce que cela signifiait.

Ses yeux s'écarquillèrent.

— C'était tout simplement au-delà de ce que nous pouvions concevoir, conclut-elle.

— C'est normal ! s'exclama Oksa. Quand tout se passe bien depuis toujours, on ne peut pas imaginer que cela puisse être autrement ! Mais je trouve que vous vous êtes sacrément bien adaptés aux circonstances, vous avez su…

Elle s'interrompit, les yeux dans le vague.

— Survivre ? suggéra Emica.

Oksa la regarda avec attention.

— Vous avez su survivre, oui…, confirma-t-elle.

— Et si elle génère une renaissance, la survie prend tout son sens, fit Abakoum en faisant crisser sa courte barbe sous ses doigts. Viens par là, ma chère petite, ma Gracieuse…, reprit-il avec un sourire.

Il l'invita à s'agenouiller au pied de la vigne morte. Sous le regard curieux d'une vingtaine de créatures – Velosos aux jambes rayées, Merlicoquettes aux formes changeantes, Gétorix chevelus –, la Jeune Gracieuse accepta avec une impatience enthousiaste, d'autant plus qu'elle savait ce qui allait se passer. Sitôt ses mains plongées dans la terre redevenue noire et grasse, elle sentit les vibrations chaudes de la vie parcourir ses doigts, se propager dans le sol, diffuser ses bienfaits entre chaque grain d'humus. En surface, le tronc de la vigne se mit à trembler, d'abord de façon imperceptible, puis plus vigoureusement. Il gonfla et se dégonfla, comme s'il inspirait et expirait à fond, alors que de minuscules bourgeons émergeaient le long des sarments. Ils ne tardèrent pas à exploser, libérant un feuillage vert et pourpre qui couvrit bientôt la treille. Déjà, les premières grappes de raisin se formaient, prometteuses. Oksa se redressa et, les mains sur les hanches, elle recula, émerveillée, pendant que les Velosos faisaient des tractions enjouées sur les branches revigorées.

— Ma Gracieuse fait la détention du don de la Vertemain, précisa le Foldingot.

— C'est bien ce qui me semblait, fit gentiment Oksa.

Elle regarda son père avec un air de connivence nostalgique. Tous deux partageaient le souvenir encore vif du *French Garden,* le restaurant fondé à Londres par les Pollock et les Bellanger réunis. Pavel y avait mis à profit ce formidable pouvoir qu'Oksa venait d'expérimenter en créant un endroit unique, un véritable jardin à l'intérieur de l'établissement avec des buissons d'aubépine, des rosiers grimpants, du gazon parsemé de pâquerettes et même un magnifique chêne en plein milieu de la salle ! Il fit un clin d'œil à sa fille : la Vertemain allait lui plaire. D'ailleurs, Oksa l'affichait ouvertement. Courant d'un massif desséché à un arbuste aux branches stériles, elle semait le printemps. Des habitants et de multiples créatures domestiques affairés sur les toitures-terrasses ou dans les jardins s'arrêtèrent pour encourager leur Nouvelle Gracieuse et applaudir le prodige qui s'accomplissait sous leurs yeux. Soudain, Oksa s'arrêta. Les joues rouges d'excitation et les mains terreuses, elle demanda :

— Il y a quelque chose qui m'échappe… Pourquoi les Sylvabuls n'ont-ils pas utilisé plus tôt ce pouvoir ? J'avais cru comprendre que tous en disposaient.

— Ce n'est pas tout à fait exact, ma chérie, répondit Pavel. Être Sylvabul ne suffit pas. C'est la combinaison avec le sang Gracieux qui procure la Vertemain. Ainsi, nous sommes très peu nombreux à pouvoir participer à la renaissance accélérée d'Édéfia.

Oksa lui adressa une petite moue qui fit apparaître ses fossettes.

— Il y a toi, moi…, dit-elle d'un air concentré.

— Le clan Fortensky, poursuivit Pavel, c'est-à-dire mes cousins, Cameron et Galina, ainsi que leurs enfants. Et, en vertu de ses origines particulières, notre cher Abakoum.

Oksa réfléchit un court instant.

— C'est tout ? s'écria-t-elle enfin.

Pavel eut un rictus plein de résignation.

— C'est déjà beaucoup, tu ne crois pas ?

Oksa continuait de réfléchir.

— Bon, je laisse volontairement Orthon et ses ignobles fils de côté, mais Réminiscens et Zoé ? Elles devraient avoir ce don, non ?

— Malorane n'était pas une Sylvabul, précisa Pavel. Elle était Gorge-Haute. La Vertemain s'obtient par lignée Sylvabule et Gracieuse directe.

— Oh, je ne savais pas…, soupira Oksa. Dommage, on aurait pu aller plus vite !

Elle réfléchit encore un instant.

— En revanche, Zoé est concernée, elle aussi !

— Grâce à son ascendance avec Léomido, oui.

— Extra ! s'écria Oksa, enthousiaste.

— Gracieuse Oksa, souhaitez-vous que nous poursuivions notre visite ? intervint Emica.

— Euh, oui ! Allons-y.

Le groupe se dirigea vers des allées concentriques plus éloignées de la Colonne et des maisons cubiques. Ici, les constructions étaient plus arrondies, leurs courbes plus douces, certaines en forme de yourte, d'autres semblables à des demi-sphères, toutes couvertes de plaques de verre en partie brisées, composant de multiples facettes miroitantes. Et, surtout, toutes en ruine. Un véritable champ de désolation.

— Cette partie de Du-Mille-Yeux a été créée une vingtaine d'années après le Grand Chaos, expliqua Emica. Des tempêtes comme on n'en avait jamais connues ravageaient alors notre terre, le vent causait des dégâts énormes, notamment sur les maisons du type de celles que vous avez vues dans le centre.

— C'est sûr que les cubes ne sont pas vraiment aérodynamiques…, admit Oksa.

— La plupart des habitations qui se trouvaient dans cette zone ont été détruites par les éléments, reprit Emica. À cette époque, personne n'avait encore conscience des conséquences du déclin qui nous menaçait. Nous savions que tout avait bien changé et que rien ne serait plus comme avant, mais aucun de nous ne pensait que nous allions chuter aussi rapidement, ni aussi profondément. De plus, nous étions encore nombreux, la natalité restait dynamique et les logements détruits manquaient cruellement. C'est pourquoi tout le monde s'est mis à l'œuvre pour rebâtir ce qui avait été démoli tout en réfléchissant, comme nous l'avions toujours fait, à la meilleure adaptation possible. C'est ainsi que cette ceinture de maisons rondes a été édifiée et baptisée le « Quartier des Bulbes ».

— Bien vu ! commenta Oksa.

— Comme les maisons cubiques, elles pivotent sur leurs fondations afin de capter au maximum les rayons du soleil.

— C'est vraiment ingénieux. Mais elles sont en si mauvais état…, ajouta Oksa en avisant les nombreux débris qui jonchaient le sol et le délabrement général.

— La population a diminué de façon dramatique, les gens se sont regroupés au centre des cités principales, délaissant certaines parties du territoire, expliqua Emica. Ces maisons ont été inhabitées pendant plus de dix ans. Jusqu'à ce que vos alliés les investissent à nouveau il y a quelques jours. Ils sont si nombreux que les habitants de Du-Mille-Yeux n'ont pas pu tous les accueillir chez eux. Alors, ils se sont installés ici et regardez, ils sont déjà au travail !

Oksa plissa les yeux. À la faveur d'une éclaircie, elle entrevit l'intérieur de quelques maisons-dômes. Des hommes et des femmes vêtus de larges pantalons de kimono bleus ou kaki s'activaient, des outils à la main et le sourire aux lèvres, pendant que de gros hérissons et d'étonnantes marmottes bleues rampaient le long des parois vitrées. Intriguée, Oksa s'approcha.

— J'ai déjà vu ces créatures à Gratte-Feuillée, dit-elle. Mais on ne nous a pas présentées…

Abakoum lui prit la main et l'entraîna vers la première maison, une vaste demeure en forme de cloche à fromage. Il saisit délicatement un des hérissons et une des marmottes qui gigotèrent avant d'apercevoir Oksa et de se figer comme des statues.

— Oksa, voici un Gobecra et une Luxuriante ! fit-il en les déposant aux pieds de la jeune fille.

33

La zone de sécurité

— Eh bien, enchantée ! fit Oksa en s'agenouillant avec précaution.

Les yeux des deux créatures s'agrandirent démesurément avant qu'un cri strident ne sorte de leur bouche étroite aux dents microscopiques. Oksa se releva et recula de quelques pas. Les créatures tremblaient comme des feuilles.

— Ouh, les trouillardes ! pouffa le Gétorix.

Abakoum lui fit les gros yeux, ce qui n'empêcha pas le malicieux de sautiller autour des créatures transies.

— Calmez-vous, leur murmura l'Homme-Fé en se penchant. C'est notre Nouvelle Gracieuse.

Cette annonce eut le bénéfice immédiat de faire cesser leurs tremblements. Abakoum se tourna vers Oksa en souriant.

— Oksa, outre le fait qu'elles ont l'air très impressionnées par toi, ces créatures sont très utiles pour la gestion ménagère.

Oksa ne put s'empêcher de rire, ce qui n'arrangea pas l'anxiété – et la rigidité – des deux petits domestiques.

— Le Gobecra tient tout simplement son nom de sa principale qualité, poursuivit Abakoum, il gobe la crasse. Tu vois ses longs pics mous ? Il s'en sert pour ramasser toute la saleté, puis il l'avale et la digère. Même s'il ne refuse jamais un grain de maïs ou de raisin, la saleté est la base de son alimentation.

— Excellent ! s'exclama Oksa. Une vraie chaîne de recyclage à lui tout seul ! Et cette… marmotte ?

— La Luxuriante ? Elle travaille en duo avec le Gobecra. Son rôle est de lustrer, de faire briller, de polir… Des fonctions qu'elle assure grâce à son opulente fourrure bleue qui contient la substance idéale pour ce genre de tâche.

L'envie de plonger la main dans la magnifique toison bleu électrique de la Luxuriante démangeait Oksa. Elle risqua un geste pacifique, aussitôt récompensé par la présentation du dos rond de la marmotte lustreuse.

— Fantastique ! soupira avec délectation la jeune fille, les doigts enfouis dans le pelage. Je n'ai rien connu d'aussi doux depuis la pieuvre en peluche de mon enfance ! Et rien d'aussi gras depuis que j'ai dû nettoyer la bouteille d'huile que j'avais cassée dans la cuisine…, ajouta-t-elle en retirant sa main luisante.

La Luxuriante émit une sorte de gloussement rauque et, au vu de son air ravi, Oksa en déduisit que ces remarques lui allaient droit au cœur. Encouragés, Tugdual et Zoé l'imitèrent et les trois jeunes gens se mirent à cajoler l'étonnante ménagère qui s'aplatit sur le sol dallé fraîchement nettoyé, offrant une surface maximale aux câlineries. Oksa riait de bon cœur quand elle remarqua soudain la mine inquiète d'Abakoum. Le ciel s'obscurcit brusquement et tout le monde se redressa, aux aguets, alors que le Gobecra et la Luxuriante détalaient à l'intérieur d'une maison. En alerte, toutes les personnes qui travaillaient dans les bâtiments aux alentours sortirent, les yeux en l'air.

Crache-Granoks à la main, Pavel, Abakoum et Emica entourèrent Oksa pendant que Tugdual, Zoé et Olof s'élevaient au-dessus d'elle, à trois mètres du sol. Oksa concentra toute son attention et scruta le ciel.

Le Quartier des Bulbes se trouvait à proximité de la dernière zone qui ceinturait Du-Mille-Yeux. Une zone dévastée par le désert insatiable, une bande de terre stérile, couverte de poussière noire transformée en une pâte visqueuse par les dernières pluies. En bordure était amarrée l'enveloppe protectrice dont les reflets opalins étaient à peine visibles. Seuls le souffle du vent et les rares rayons du soleil permettaient d'en distinguer l'existence, et cette transparence ne cachait rien de ce qui se passait à Du-Mille-Yeux aux Félons qui se trouvaient à l'extérieur. Et inversement… Avec effroi, tout le monde comprit les raisons de l'assombrissement inquiétant de cette partie du ciel : face à Oksa, des dizaines de milliers de Chiroptères et de Vigilantes couvraient une large superficie de l'Égide et en faisaient frémir les contours en les frappant de leurs ailes d'un air menaçant.

— Quelle horreur ! murmura Oksa, la main sur la bouche.

Des escadrons Gracieux ne tardèrent pas à jaillir de tous les quartiers de Du-Mille-Yeux pour se poster le long de la couverture transparente, Crache-Granoks en évidence. De l'autre côté, les premiers Félons apparurent, bardés de leurs armures de cuir. Aucun combat n'était possible avec cette barrière à peine visible qui séparait les deux clans. Cependant, si efficace soit-elle, elle n'empêchait pas la démonstration de force et le pouvoir d'intimidation de faire son œuvre : les Félons étaient peut-être cinq fois moins nombreux que les alliés d'Oksa, mais ils paraissaient terriblement aguerris. Et puis, ils disposaient de ces infernales bestioles qui glaçaient le sang des plus courageux. D'ailleurs, même étouffés par la protection, les sifflements stridents des Chiroptères ne manquaient pas d'endolorir les tympans et de se frayer un chemin perturbateur dans le système nerveux de tous ceux qui se trouvaient là.

Oksa chercha Abakoum du regard.

— Il existe sûrement un moyen de lutter contre *ça* ! s'exclama Oksa.

L'Homme-Fé lui fit un signe de tête positif avec l'air de celui qui a déjà concrètement réfléchi à la question. Oksa écarquilla les yeux dans l'attente de détails, surtout s'ils pouvaient être rassurants. Mais Abakoum s'était déjà détourné pour se concentrer sur la nuée sombre. Les chauves-souris aux yeux rouges et les chenilles urticantes se pressaient contre l'enveloppe, l'étirant comme un élastique, cherchant à percer une brèche. De toutes parts, des Félons fendaient les nuages grouillants en poussant des cris de guerre en direction d'Oksa et de ses protecteurs et en lançant des Crache-Granoks ou des Feufolettos qui rebondissaient vainement, mais produisaient néanmoins un indéniable effet provocateur.

— J'espère que c'est assez solide..., fit la Jeune Gracieuse à court d'air.

— L'Égide n'est pas indestructible, lui répondit Abakoum, mais elle est assez solide pour résister à ce genre d'assaut, ne sois pas inquiète. Aujourd'hui, les Félons veulent se montrer plus forts qu'ils ne le sont réellement. Mais pour le moment, ils ne sont pas prêts à aller au-delà de cet étalage.

Oksa en eut le souffle coupé.

— Tu veux dire qu'un jour, ils le seront ? articula-t-elle. Ils pourraient être plus puissants que nous ?

— Bien sûr..., répondit Abakoum d'une voix grave, à peine audible.

Oksa vit Tugdual et Zoé volticaler au plus près des créatures monstrueuses et les marteler de coups de poing à travers la matière extensible. Elle mourait d'envie de se joindre à eux et de se défouler, de décharger toute l'anxiété que ces horreurs volantes et les Félons lui causaient. Elle était décidée à s'élancer quand l'apparition d'une silhouette bien connue se distingua au milieu des Chiroptères. Orthon se tenait en vol stationnaire à quelques mètres seulement, un sourire mauvais déformant son visage austère. Un cri retentit : sous les yeux de Zoé, Tugdual venait subitement d'être projeté contre Orthon. Tous les deux se fixaient, l'un avec une détermination malsaine, l'autre avec une sorte de soumission aussi involontaire que douloureuse. Puis, avec la même violence que celle qui l'avait attiré contre le Félon, Tugdual fut rejeté en arrière et perdit l'équilibre avant de tomber de tout son poids sur le sol.

Oksa se précipita. Agenouillée auprès du jeune homme, elle prit sa main, glacée et raide comme tout son corps. Il ne paraissait pas blessé, mais le voile qui noircissait son regard trahissait un profond désarroi. Il fixait l'endroit précis où Orthon était apparu. Oksa se retourna. Le ciel était à nouveau visible et les Montagnes À-Pic hérissaient l'horizon. Le Félon avait disparu, ainsi que les nuées de Chiroptères et de Vigilantes.

— Ça va ? murmura Oksa, la gorge serrée. Tu n'as rien de cassé ?

Tugdual se redressa, puis s'assit, les coudes sur les genoux.

— Non, je crois que c'est bon, balbutia-t-il, encore sous le choc.

Le Foldingot d'Oksa se posta face à lui et approcha sa face livide du jeune homme.

— La confrontation des Cœurs Gracieux fait l'entraînement de conséquences farcies de gravité sur l'équilibre des esprits.

Oksa pencha la tête sur le côté. Son front se plissa alors qu'elle regardait son petit intendant avec scepticisme.

— Le bris d'os ou la foulure de membres ne signalent aucune déploration, se hâta de poursuivre ce dernier. Le corps du bien-aimé de ma Gracieuse revêt la conservation de son intacte constitution.

Même si le Foldingot ne disait que la stricte vérité en qualifiant Tugdual de la sorte, Oksa ne put s'empêcher d'être affreusement gênée. Elle laissa tomber ses cheveux devant son visage pour cacher ses joues qui s'empourpraient et se dirigea d'un pas mécanique vers l'enveloppe. Ses doigts en effleurèrent prudemment la texture. Alors qu'elle imaginait une substance proche du plastique ou de la silicone, elle découvrait une matière intense, presque vivante, une sorte de chair devenue eau invisible. Et comme tout corps vivant, elle avait à la fois cette imperméabilité et ce pouvoir d'absorption et de défense instinctive qui lui permettaient de rester en vie. Ainsi, elle laissait passer le vent et la pluie, ne faisant obstruction qu'à ce qu'elle considérait comme indésirable ou nuisible.

— On dirait une Nascentia géante…

Un grand fracas la tira de son observation : les Corpusleox accouraient vers elle, escortés par une dizaine de Devinailles, dont les deux lui appartenant, toutes vêtues de leur pull en laine mohair multicolore. Les immenses créatures mi-lion mi-femme pilèrent devant Oksa dans un panache de boue noire.

— Recevez nos hommages, notre Gracieuse ! fit l'une d'elles d'une voix de stentor. Vous devez être informée que vos ennemis viennent de tenter de percer l'unique entrée de Du-Mille-Yeux sur le flanc sud.

Oksa blêmit.

— Ils… ils ont réussi ? bredouilla-t-elle.

Pour toute réponse, les Corpusleox rugirent, la tête renversée en arrière, une patte hérissée de griffes menaçantes et nettement ensanglantées balayant le vide. « Quelle question idiote… », pensa Oksa en se mordant la lèvre.

— Comment ont-ils fait ? demanda Abakoum.

— Ils ont commencé avec des Feufolettos sans aucun effet, répondit une Devinaille. L'Égide n'est sensible ni au chaud ni au froid, contrairement à nous autres dont le métabolisme est d'une extrême fragilité face aux variations de température… Mais qui s'en soucie ? Nous pourrions mourir d'hypothermie sans que personne s'aperçoive de rien…

— Oh, si ! releva le Gétorix, hilare. Ce serait bien plus calme !

La petite poule frissonna et leva les yeux au ciel avant de poursuivre :

— Puis ils ont continué en envoyant des Granoks chargées d'un acide dont nous ne connaissions pas l'existence. La porte a subi quelques dommages, mais le blindage a tenu bon. Les Corpusleox ont dissuadé ces impudents Félons de continuer et certains risquent de s'en souvenir pendant longtemps, croyez-nous ! Nous avons aussitôt renforcé les gonds de la porte avec l'aide de nos Serviteurs de la Granokologie et de la Protection.

— Magnifique ! s'exclama Oksa.

La Devinaille la fixa de ses drôles de petits yeux en forme de bille.

— Notre Gracieuse, saviez-vous que Cameron – le fils de notre déploré Léomido – était un des meilleurs serruriers de cette horrible ville humide et glaciale qu'est Londres ?

— Je l'avais entendu dire, effectivement, confirma Oksa.

— Eh bien, il travaille à la Mission de la Protection maintenant et ses talents, alliés à ceux de Sven en matière de Granokologie, ont fait des merveilles pour renforcer la porte. Elle est maintenant plus solide que jamais ! Ce qui est loin d'être le cas de nous autres, infortunées Devinailles, qui devons affronter une atmosphère frigorifique lors de nos gardes nocturnes..., ne put s'empêcher d'ajouter la petite poule.

Oksa se retint d'exploser de rire. Décidément, les Devinailles ne manquaient jamais une occasion d'évoquer leur sujet favori.

— Je vous ferai porter des braseros, annonça Abakoum, un sourire aux lèvres.

— Soyez convaincu de notre reconnaissance éternelle ! s'égosillèrent à l'unisson les Devinailles.

— Oh, je le suis, fit Abakoum, amusé.

Oksa chercha Tugdual du regard pour partager cette parenthèse divertissante, mais elle ne croisa que celui de Zoé, grave et fixe. Du jeune homme, on ne voyait que le dos étroit, plus loin dans une des rues circulaires du Quartier des Bulbes. Sur le point de l'appeler, Oksa serra les poings et finit par renoncer, le cœur pollué par une étrange tristesse.

34

Inéluctable

Assise au bord de son lit, les coudes sur les cuisses, Oksa respirait par saccades. Le cauchemar qu'elle venait de faire l'avait ébranlée. Elle resta immobile quelques instants, puis se leva et se dirigea vers la salle de bains dans une semi-obscurité. Son Foldingot se redressa.

— Rendors-toi, murmura Oksa sans lui laisser le temps de poser la moindre question. Tout va bien.

Le petit intendant afficha un certain scepticisme, mais obéit sans mot dire.

Réchauffée par les profondeurs souterraines, l'eau s'écoula dans la baignoire ovale en cristal bleuté. Oksa alluma une minuscule bougie et retira son pyjama trempé de sueur avant de se glisser dans l'eau. Elle fit couler quelques gouttes d'essence de Nobilis dont le parfum lui rappelait la cardamome… et un délicieux épisode en compagnie de Tugdual dans les racines de l'Arbre Magistral de Vert-Manteau.

Tugdual… Le jeune homme avait été au cœur de cet épouvantable cauchemar au cours duquel elle le tuait, guidée par la main froide et implacable d'Orthon. Elle s'était vue, Crache-Granoks à la main, en plein accomplissement de ce geste fatal, puis effondrée près du corps de celui à qui elle venait de retirer la vie, pendant qu'Orthon les contemplait d'un air à la fois triomphal et terriblement malheureux.

Allongée dans ce bain si doux, elle secoua la tête comme pour chasser ces images terribles qui ne voulaient rien dire. Elle ferma les yeux et s'enfonça dans la baignoire, avide de se laisser envahir par la quiétude de la nuit. Mais son esprit résistait. Elle se releva avec une certaine rudesse, éclaboussant d'eau le sol en bois de Pieds-en-l'air. Elle attrapa son peignoir et s'en enveloppa avant de se jeter sans ménagement dans son fauteuil près de la baie vitrée.

Demain serait un autre jour.

Alors, vivement demain…

Leurs longues jambes rayées les propulsant comme des sauteurs de haies, des Velosos parcouraient les couloirs de la Colonne de Verre et les rues de Du-Mille-Yeux. Leur Nouvelle Gracieuse leur avait confié une mission – la première ! – et chacun mettait un point d'honneur à s'en acquitter à la perfection.

La première personne à recevoir la visite des diligentes créatures fut Abakoum.

— Un message Gracieux pour vous ! clama le Veloso.

L'Homme-Fé le laissa entrer dans son appartement et referma la porte derrière lui.

— Je t'écoute.

— Notre Gracieuse Considérablement Aimée souhaite réunir le Pompignac, annonça le messager. Rendez-vous à la Salle Ronde du dernier étage de la Colonne dans une heure, mesure temporelle de Du-Dehors, ou bien vingt graines de sablier, selon les normes d'Édéfia.

Abakoum sourit, non pas en raison de la forme du message, ni de son contenu. Seulement de satisfaction.

— Alors, tu peux dire à notre Chère Gracieuse qu'elle peut compter sur ma présence ! s'exclama-t-il.

De la même façon, tous les Serviteurs du Pompignac reçurent la visite d'un Veloso et la livraison du message Gracieux dans les minutes qui suivirent. Bien que ne faisant pas partie du Pompignac, Pavel fut lui aussi invité en tant que Conseiller Particulier de sa Jeune Gracieuse. Il se hâta de terminer sa tasse fumante en grimaçant : il avait oublié de donner en pensée l'indication de la boisson qu'il souhaitait boire – un café bien serré – et la Papillax à l'état brut était plutôt infecte…

Une heure plus tard, très précisément, tout le monde se retrouvait dans une salle qu'Oksa avait découverte et jugée idéale pour ce genre d'usage. Imitant à la perfection la forme d'un aquarium, elle se trouvait au centre de ce cinquante-cinquième et dernier étage, entre la Mémothèque et les appartements Gracieux qui longeaient le périmètre de la Colonne. Le plafond de verre blond adoucissait la lumière sans néanmoins cacher toutes les traces de dégradations datant du Grand Chaos. En effet, contrairement aux autres parties du bâtiment, cette salle avait été plus ou moins délaissée, Ocious la trouvant trop peu majestueuse pour un homme de son envergure. Oksa, elle, avait tout de suite été conquise par sa dimension et son atmosphère confidentielles. Les Gobecras et les Luxuriantes avaient briqué les murs, puis les Foldingots s'étaient chargés de l'aménagement en récupérant de-ci de-là du mobilier inutilisé et disparate qui donnait à la Salle

Ronde davantage l'aspect d'un confortable salon que d'un lieu de réunion impersonnel.

— Quelques questions me tracassent…, déclara Oksa.

Installée dans un fauteuil en peau de serpent rosée, les avant-bras sagement posés sur les accoudoirs, la jeune fille parlait d'une voix réfléchie. Seuls son père et Abakoum n'étaient pas tout à fait dupes de ce calme apparent. Mais leurs regards, d'abord inquiets, devinrent peu à peu encourageants, puis admiratifs. À n'en pas douter, Oksa avait du cran. Elle dévisagea les Serviteurs du Pompignac groupés autour de petites tables devant elle et demanda à brûle-pourpoint, le corps légèrement tendu :

— Qu'est-ce que nous allons faire ? Qu'est-ce que nous devons faire ?

La franchise de ces questions sembla mettre la plupart des Serviteurs dans l'embarras. Certains s'agitèrent sur leur siège, d'autres se figèrent pendant qu'un silence tourmenté se posait, lourd comme une chape de plomb.

— Je veux dire… quel est notre but ? Que recherchons-nous ? insista Oksa, les yeux brillants.

Abakoum se racla la gorge et prit son temps avant de répondre :

— Ma chère petite… Ma Gracieuse… Ce que nous sommes en mesure d'entreprendre dépend en partie du secret qui t'a été confié dans la Chambre de la Pèlerine, lâcha-t-il enfin.

— Pourquoi ? s'exclama Oksa, crispée par toute l'incompréhension qu'elle ressentait.

— Si Édéfia doit rester close, l'effet ne saurait être le même sur nos… motivations, répondit Abakoum avec précaution. Sans parler de celles de nos ennemis.

L'intensité du regard qu'Oksa lui adressa n'échappa à personne.

— Notre avenir dépend entièrement de cette condition.

— Je comprends…, murmura la jeune fille.

Abakoum connaissait la teneur du secret, elle le savait. Et elle appréciait d'autant plus sa délicatesse, ainsi que la marge de manœuvre qu'il lui laissait. Le Veilleur des Gracieuses restait l'homme de l'ombre et elle, maîtresse de la situation. Elle inspira, cala son dos contre le dossier du fauteuil et se lança :

— Les Sans-Âge ne pouvaient pas instaurer un secret identique au Secret-Qui-Ne-Se-Raconte-Pas puisqu'il n'en est plus un. C'est pourquoi elles m'en ont confié un nouveau : le Secret Éphémère.

Le Foldingot qui se tenait à proximité, attentif au moindre mot et au moindre besoin de sa maîtresse, fut pris d'un spasme. L'évocation du Secret Éphémère le rendait décidément très fébrile.

— Comme le précédent, il est soumis aux règles qui régissent n'importe quel secret : il ne doit pas être divulgué, poursuivit Oksa, le front barré d'un pli soucieux. Cependant, il est très différent. Vous aurez compris par le nom qui lui a été donné que les circonstances et la situation que nous endurons actuellement lui confèrent un caractère provisoire.

Tout le monde acquiesça avec gravité.

— Je ne peux pas tout vous dire…

— Ne te mets pas en danger ! l'interrompit Pavel dans un souffle.

Oksa lui jeta un coup d'œil rassurant.

— Ma vie n'est pas mise en danger par le Secret.

Le soulagement éclaira aussitôt le visage de Pavel, puis celui de toutes les personnes présentes.

— Le Portail pourra-t-il s'ouvrir à nouveau ? ne put-il s'empêcher de demander.

En abordant le sujet du Secret, la question de l'ouverture du Portail était inévitable, et pourtant le cœur d'Oksa s'emballa. Elle chercha du réconfort du côté du Foldingot : il était translucide, pétrifié d'angoisse. Quant à Abakoum, il avait fermé les yeux. Alors, devant un auditoire suspendu à ses lèvres et tremblant d'impatience, elle répondit d'une voix plus forte qu'elle ne le pensait :

— Oui.

La pression retomba d'un coup. Tous s'entre-regardèrent, les yeux embués, alors que le choc de cette révélation submergeait Oksa. L'atroce image des Refoulés sur les rives du lac de Gaxun Nur la frappa de plein fouet. Elle remua la tête, oppressée. Peine perdue… Les souvenirs défilaient, sans cohérence, tous douloureux. L'aéroport russe bondé de passagers hystériques, le parfum citronné des cheveux de Gus, l'odeur de moisi de la maison de Bigtoe Square. La désespérance dans les yeux de sa mère, les stigmates de sa souffrance.

À ses côtés, Pavel était secoué par cette nouvelle. Il se tassa dans son fauteuil, comme si le fait d'être délivré du doute faisait effondrer ses dernières résistances. Des larmes se mirent à déborder en silence et à glisser le long de son visage bouleversé. Quant aux autres Sauve-Qui-Peut qui avaient laissé certains des leurs à Du-Dehors – les Bellanger et les Knut, Cockerell –, ils étaient plus remués encore. Oksa ne pouvait pas les regarder, elle n'était pas capable de supporter toute l'espérance qui renaissait avec ce simple « oui ».

Trois petites lettres seulement… Trois petites lettres qui ébranleraient l'avenir de chacun.

Bâillonnée par le poids du Secret Éphémère, elle détourna les yeux, horrifiée. La panique ne tarda pas à monter. Elle ne pouvait pas tout dire, d'accord ! Cependant, elle ne devait à aucun prix donner un espoir qui serait faux pour la plupart d'entre eux.

— Le Portail pourra s'ouvrir et je n'en mourrai pas, confirma-t-elle en faisant son possible pour ne pas craquer. Mais ce n'est pas si simple, il y a des contraintes…

— Nous savons l'essentiel ! la coupa Abakoum.

Malgré la douceur de son ton, l'intervention de l'Homme-Fé, Premier Serviteur du Pompignac, sema un malaise certain. Qu'est-ce que ces « contraintes » qu'il souhaitait manifestement garder sous silence impliquaient ?

— Ce que tu viens de nous confier est primordial, Oksa, enchaîna-t-il aussitôt. Savoir que le Portail pourra s'ouvrir va nous permettre de nous projeter et de répondre aux questions que tu posais. Qu'allons-nous faire ? Quel est notre but ?

Oksa lui adressa un coup d'œil reconnaissant.

— Pour le moment, nous sommes protégés par l'Égide et nous reconstruisons Du-Mille-Yeux qui représente une infime partie d'Édéfia, expliqua-t-il. Mais comme le nouveau Secret, cette situation est passagère.

— Nous sommes trop nombreux pour pouvoir nous installer à long terme dans ces conditions, intervint Sven, le vieillard aux longues tresses. Nous finirons par manquer de place et surtout de vivres. La cité est avant tout urbaine, elle dispose de peu de terres cultivables et de ressources primordiales. Même en les exploitant aussi raisonnablement que possible, nous ne pourrons pas tenir très longtemps.

— Nous aurons rapidement besoin de Vert-Manteau et de tout le territoire, ajouta Emica. Mais il nous faut également de quoi nous protéger. Nous ne sommes pas encore prêts à affronter les Félons.

— Pourquoi ? ne put s'empêcher de demander Oksa.

Nerveuse, elle se triturait les ongles jusqu'à s'en faire mal.

— Nous devons préparer le plus d'armes possible, lui répondit Abakoum en faisant crisser sous ses doigts les poils de sa courte barbe.

— Combien de temps faudra-t-il ? insista Oksa.

De multiples regards s'échangèrent, certains interrogateurs ou dubitatifs, d'autres éclairés et convaincus.

— Le temps que mettront les Félons à nous attaquer, finit par dire Naftali.

— Quoi ? s'écria Oksa en se redressant. Tu veux dire que nous attendons que les Félons nous attaquent ?

— C'est tout à fait exact, admit le géant suédois.

— Mais on est beaucoup plus nombreux qu'eux ! s'insurgea la jeune fille. On pourrait les écraser comme des cloportes dès aujourd'hui, j'en suis sûre !

Mystia et quelques Serviteurs frémirent. À Édéfia, on n'écrasait rien ni personne, pas même les cloportes. Mais Oksa était trop concentrée pour prêter attention à ce genre de considérations. Elle se renfonça dans son fauteuil et croisa les jambes, la mine contrariée. Puis son regard ardoise balaya la petite assemblée, une lueur l'éclairant d'un feu nouveau.

— On les laisse venir à nous en gardant l'avantage du terrain et du nombre, fit-elle en réfléchissant à mi-voix. Et puis on sort tout ce qu'on a et on les réduit en poussière ! Pardon pour l'image…

— Tu as tout compris ! dit Abakoum avec un sourire.

— C'est bien vu…

— Quelles que soient les conditions qui régissent l'ouverture du Portail, l'affrontement avec les Félons est inéluctable, reprit Naftali.

Une rumeur affirmative s'éleva de l'auditoire : tout le monde semblait bouillir d'envie d'en découdre enfin avec ceux qui les avaient soumis pendant des années.

— Grâce au Culbu-gueulard d'Abakoum, nous savons que de fortes tensions divisent nos ennemis, renchérit Sven.

— Je ne savais pas que vous aviez envoyé un espion ! s'étonna Oksa.

Sven et ceux qui n'étaient pas des Sauve-Qui-Peut baissèrent la tête, contrits.

— Oh, mais c'est excellent ! reprit Oksa, gênée d'avoir fait naître cette réaction. Et qu'a-t-il vu ?

— Andreas et Orthon semblent mal supporter leur filiation, précisa Abakoum. Chacun veut être le seul à briller aux yeux d'Ocious et lui préférerait les laisser s'entretuer plutôt que de prendre parti.

— C'est vraiment pourri comme attitude ! s'exclama Oksa. Mais c'est plutôt bon pour nous, non ?

Abakoum fit une moue sceptique.

— Oui et non. Leur division est un avantage pour nous. Mais tant qu'ils sont capables de nous nuire, l'harmonie ne pourra être retrouvée et rien ne sera en mesure d'être véritablement entrepris, que nous soyons destinés à rester ou à partir.

Oksa opina de la tête. Tout cela paraissait empreint de bon sens, et le tact avec lequel l'ouverture du Portail était abordée la remplissait de reconnaissance. Le Portail était extrêmement important, mais la priorité était ailleurs.

La Jeune Gracieuse frissonna. L'appréhension et l'impatience s'entrechoquaient dans son esprit, contractoires et complémentaires à la fois. Elle sentit le sang affluer avec force dans ses veines. Ses tempes battaient à une cadence folle. Fiévreuse, elle demanda :

— Savons-nous comment procéder ? Avons-nous une tactique ? Une stratégie ?

L'ardeur des regards que les Serviteurs du Pompignac lui renvoyèrent fut plus explicite qu'une longue démonstration.

— Est-ce que nous sommes prêts ? demanda-t-elle enfin, les yeux plissés.

— Un peu plus à chaque heure qui passe, lui répondit Abakoum.

Alors, elle se leva, le cœur battant mais la tête haute. Les Félons allaient voir à qui ils avaient affaire…

35

Demi-teinte

Les mains plongées dans la terre, Oksa ne ménageait pas ses efforts. Ce matin, elle avait décidé de mener une opération botanique dans la rue commerçante que les habitants avaient remise en état avec un enthousiasme à la hauteur de leur désir de retrouver une vie normale. Bien qu'encore un peu vides, de nombreuses boutiques, prometteuses de jours meilleurs, jalonnaient désormais l'artère en forme de demi-cercle.

Cependant, la normalité à laquelle tous aspiraient restait pour le moment un rêve lointain, et l'enveloppe protectrice qui se couvrait régulièrement de taches noires et grouillantes ne manquait pas de le rappeler à chacun des habitants de la cité. Le ciel s'obscurcissait alors et, même si la baisse soudaine de la luminosité créait chaque fois une certaine nervosité, les offensives nocturnes s'avéraient encore plus angoissantes.

En plein jour, les impacts de Feufolettos et de Granoks chargées d'acides de toutes sortes généraient des gerbes d'étincelles qui, en pleine nuit, ressemblaient davantage à l'assaut destructeur de centaines de chalumeaux. Des milices de surveillance, baptisées les « Escadrons Noctuidés », relayaient les équipes de jour, les « Brigades Diurnes » qui s'étaient spontanément mises en place. Utilisateurs de Propulsars ou bien Volticaleurs, ces hommes et ces femmes de tous âges arpentaient l'Égide sur toute sa surface et en vérifiaient l'étanchéité tout au long du jour et de la nuit. Quand une fragilité apparaissait, les Serviteurs de la Granokologie et de la Protection étaient prévenus et intervenaient aussitôt pour renforcer la couverture. À chaque niveau de cette société en reconstruction, tout le monde agissait selon ses capacités avec une volonté sans faille.

Oksa rendait souvent visite aux sages Corpusleox et aux Devinailles agitées afin de les encourager dans leur mission capitale de surveiller l'entrée de Du-Mille-Yeux. De nouveaux aspirants se présentaient encore de temps à autre avec la volonté d'intégrer le camp Gracieux et la présence de gardiens intraitables prenait alors toute son importance. Mais la Jeune Gracieuse se gardait bien d'exprimer les raisons personnelles qui la menaient si fréquemment jusqu'aux confins du Quartier des Bulbes : au fond d'elle se tapissait un besoin impérieux de se rassurer. Les fréquentes tentatives des Félons pour entrer dans la cité la mettaient dans une panique qu'elle ne pouvait et ne voulait révéler à quiconque.

Elle était la Gracieuse, elle devait se montrer forte et exemplaire. Envers et contre tout.

Plusieurs fois par jour, elle constatait que l'unique issue tenait ses promesses d'inviolabilité. D'ailleurs, Cameron, le talentueux serrurier, s'était installé sous une tente juste à côté de la porte afin d'en contrôler l'état à chacune des attaques des Félons. Comme tous les Sauve-Qui-Peut, il était évident que le fils de Léomido se donnait corps et âme à cette mission pour éviter de penser aux Refoulés. Ses trois fils avaient été propulsés à ses côtés lors de l'ouverture du Portail, mais Virginia, sa femme, était restée sur les bords du lac de Gaxun Nur, en plein désert de Gobi. Et la blessure de cette séparation devenait chaque jour un peu plus insupportable.

Deux jours plus tôt, voyant le visage miné de chagrin de Cameron, Oksa s'était résolue à lui dévoiler ce qu'elle avait pu voir grâce à son Autre-Moi : sa femme Virginia était à Londres, auprès des autres Refoulés. Elle allait bien et faisait preuve d'un grand courage. Les yeux de Cameron s'étaient aussitôt illuminés, puis emplis de larmes. C'est à ce moment qu'il avait décidé de monter une tente près de la porte et de se concentrer de toutes ses forces sur ce qu'il pouvait faire de mieux dans les circonstances actuelles : son travail. Trop heureuses d'avoir quelqu'un auprès de qui déverser leur insatisfaction perpétuelle quant aux conditions climatiques, les Devinailles s'étaient immédiatement attachées à cet homme qui avait hérité de la bonté et du physique sec et élégant de Léomido. Ainsi, les petites poules n'avaient pas hésité à envahir la tente et s'étaient révélées de distrayantes – bien qu'extrêmement volubiles… – compagnes.

Prévoyante, la population n'avait jamais cessé de stocker des quantités phénoménales de graines devenues de plus en plus précieuses au fil de la déchéance d'Édéfia. « Les graines sont ce que la nature nous offre de plus durable », avait rappelé Abakoum en ouvrant un des quatre silos géants de Du-Mille-Yeux.

Harnachée d'un sac plein à craquer des inestimables semences, Oksa recréait le paysage. Chaque plante, chaque arbre qui jaillissait de terre nécessitait une énergie considérable qu'elle puisait et réalimentait au fur et à mesure dans une sorte de circuit interne perpétuel : plus elle donnait, plus elle recevait. Ils étaient onze à bénéficier du don de la Verte-main, mais c'est avec elle qu'il se manifestait de la façon la plus prodigieuse. Alors que Zoé et le clan Fortensky n'allaient pas au-delà de la production de massifs de fleurs et de légumes – ce qui était déjà formidable ! –, des doigts d'Oksa émergeaient les plus gros spécimens végétaux d'Édéfia. Ses préférés étaient les Ombrelliers. Malheureusement, Abakoum et les Sylvabuls lui avaient déconseillé d'en « semer » en trop grande quantité : des arbres de plus de cinq cents mètres de hauteur généraient un entrelacs de racines capables de soulever plusieurs pâtés de maisons… L'Ombrellier n'était pas un arbre citadin et Oksa dut choisir des essences plus inoffensives, quelques Boules-Feuillues par-ci, quelques Majestiques-Nains par-là.

De temps à autre, elle ne résistait pas au plaisir de sortir de sa besace quelques graines d'Incendiantes, une des plantes qu'elle affectionnait le plus, et de les enfoncer dans la terre. Quelques secondes suffisaient pour que les premières fleurs commencent à hurler leur joie de renaître en crachant de minuscules postillons de lave incandescente qui, dès qu'ils touchaient la terre, mettait à leur tour au monde une nouvelle tige.

— On dirait que tu t'éclates ! lança Tugdual depuis le haut d'un mur contre lequel il se tenait accroché comme une énorme araignée.

— Comme une folle ! répliqua Oksa avec un grand sourire. Regarde un peu ça !

Elle brandit une graine d'un rose délicat et, avec un sens de la mise en scène étudié, elle la montra à Tugdual sous toutes les coutures avant de l'enfouir dans le sol mou.

— Bof…, soupira Tugdual avec un sourire frondeur. Il va falloir que tu fasses mieux que ça si tu veux *vraiment* m'impressionner !

— Hum hum, puisque tu le prends sur ce ton, tu vas voir ce que tu vas voir, mon cher…

Une nouvelle plante jaillit de terre. De son tronc émergèrent de multiples petites tiges très vite couvertes d'un feuillage aussi dru qu'hirsute. Des dizaines de feuilles se déplièrent, offrant aux regards d'Oksa et de Tugdual le spectacle accéléré d'une nature extravagante.

— Bienvenue sur Terre, Pulsatilla ! murmura Oksa. Veux-tu me rendre un service ?

La plante, haute maintenant d'une quarantaine de centimètres, s'ébroua comme un chien mouillé. D'une de ses tiges, elle enveloppa le poignet d'Oksa dans un geste d'une tendresse surprenante de la part d'une plante. Puis elle changea brutalement d'avis. Elle s'étira pour s'enrouler autour de la cheville de Tugdual et tira le jeune homme vers le sol.

— Hé ! cria ce dernier. Tu as des complices, c'est absolument déloyal !

Les mains contractées comme des griffes, il s'accrochait au mur de toutes ses forces. Mais la Pulsatilla était plus forte que le Varapus : il dut bientôt céder. Avec une douceur insoupçonnée, la plante joueuse le fit flotter en l'air et le déposa enfin à côté d'Oksa qui ne faisait rien pour cacher sa satisfaction. La Pulsatilla rassembla ses tiges et les enroula sur elles-mêmes pour former un foisonnement de bouclettes serrées.

— Excellent ! s'exclama Oksa en applaudissant. Désormais, je vais t'appeler la Pulsatilla Frisée !

La plante glousse de plaisir. Tugdual souriait quand Oksa croisa son regard et son visage s'illumina davantage encore.

— Bon, j'avoue..., concéda le jeune homme en caressant du bout des doigts la joue d'Oksa. Tu m'as impressionné sur ce coup-là.

Il la dévisagea, la tête penchée sur le côté, avec ce petit air auquel elle n'avait jamais su résister.

— Il est pas mal, ton pouvoir de la Vertemain, fit-il avec nonchalance.

— Il est pas mal, ton pouvoir du Varapus, rétorqua Oksa sur le même ton.

— On se fait une petite pause ?

Oksa acquiesça et tous les deux s'assirent sur un épais gazon tout juste planté.

— C'est un sacré chantier, dit-elle en observant tout autour d'elle.

— À tous les niveaux, oui ! renchérit Tugdual avec un petit rire.

Faire avec les moyens du bord était le mot d'ordre général. Mais la magie s'avérait être une valeur ajoutée considérable. Tout allait plus vite que n'importe où à Du-Dehors et surtout tout semblait si facile... Non seulement les hommes et les femmes d'Édéfia savaient transformer les matières et utiliser leurs dons à bon escient, mais surtout ils pouvaient enfin unir leurs efforts pour une cause commune qui les exaltait au plus haut point. Ils œuvraient pour redonner leur lustre aux bâtiments décatis. Les matériaux voltigeaient de main en main, les humains volticalaient d'un point à l'autre ou grimpaient le long des murs avec l'aisance qu'Oksa leur connaissait, mais qui ne manquait jamais de l'émerveiller. Autour d'eux, les Gobecras et les Luxuriantes rampaient pour effacer toute trace de saleté, les Gétorix s'activaient généreusement, truelle à la main, la chevelure couverte de poussière de plâtre ou d'éclats de bois. Les trois Insuffisants n'étaient pas en reste.

Porteurs infatigables, véritables établis sur pattes, ils suivaient ou tentaient tant bien que mal de suivre leurs compagnons pour leur fournir tous les outils dont ils pouvaient avoir besoin. Leurs réponses ne correspondaient pas toujours – souvent… – aux sollicitations des créatures improvisées maçons, menuisiers, plombiers, couvreurs… Dans leur esprit relâché, les marteaux se transformaient en scie et les tournevis en chignole. Mais force était de reconnaître qu'ils mettaient une irréductible bonne volonté dans leur contribution.

— Tout le monde assure à mort ! fit remarquer Oksa.

Tout en parlant, elle donna à distance un coup de main à son Insuffisant qui cherchait en vain le sens du mot « boulon » et envoya directement l'objet dans les mains d'une Merlicoquette impatiente.

— J'adore faire ça ! souffla-t-elle.

— Et tu le réussis plutôt bien, commenta Tugdual. Comme beaucoup d'autres choses.

— C'est pourtant loin d'être parfait, rétorqua Oksa.

Au même moment, un groupe de Félons apparut à une quarantaine de mètres d'altitude, de l'autre côté de l'enveloppe. Leurs silhouettes sombres filèrent dans le ciel gris perle et disparurent après qu'une énorme gerbe de flammes eut explosé dans un fracas menaçant. Quelques secondes plus tard, les Brigades Diurnes se rendaient sur place pour une inspection minutieuse.

— Tu vois ! grommela Oksa, les sourcils froncés. Parfois, j'ai l'impression qu'on ne sera jamais en paix.

Son Insuffisant vint s'asseoir à ses côtés. Elle caressa sa tête plissée d'un geste préoccupé et poursuivit :

— J'adore cet endroit, c'est absolument fantastique et il y a des milliards de choses à faire. Mais il faut reconnaître que c'est comme une belle et grande prison, non ? Je pense qu'il ne va pas falloir longtemps pour que je devienne complètement folle. Si au moins je pouvais aller à Gratte-Feuillée ou à l'Inapprochable… Ou même dans les Montagnes À-Pic ! Je rêve de retourner dans ces grottes de pierres précieuses et de contempler Édéfia depuis le Mont Démezur… On ne va quand même pas vivre sous cette bulle jusqu'à la fin des temps !

— Tu sais bien que non, répliqua Tugdual.

Oksa baissa la tête pour laisser ses cheveux masquer son visage.

— Je ne parle pas de l'ouverture du Portail, lança le jeune homme. Je sais que tu dois garder le secret.

— Je ne sais pas quand il s'ouvrira ! le coupa-t-elle. Ça peut être demain comme dans dix ans… Tu imagines ?

Tugdual lui jeta un coup d'œil surpris.

— Je parle de l'affrontement, Oksa. Il est inévitable, tu t'en doutes. Et ça, ce n'est qu'une question de jours.

Oksa inspira à fond et finit par s'allonger de tout son long sur l'herbe veloutée. L'Insuffisant la contempla d'un air incrédule.

— Je me demande comment ils arrivent à mettre autant d'énergie en sachant que tout peut être à nouveau détruit du jour au lendemain, dit-elle.

— Ils ont besoin de s'accrocher à quelque chose après ces années pénibles. Tu voudrais qu'ils fassent quoi ? Qu'ils attendent sagement, Crache-Granoks à la main, ou bien qu'ils s'entraînent comme des fous ? Ils savent se battre, ils te l'ont prouvé il n'y a pas si longtemps.

— Ils n'ignorent pourtant pas que le pire reste à venir !

— Le pire ? s'étonna Tugdual.

— Mais enfin, personne n'est dupe, tu ne crois pas ? On sait bien que ça va être terrible.

— Ça te fait peur ? demanda Tugdual.

— Sûrement pas ! s'exclama Oksa.

Il s'étendit à côté d'elle, les yeux rivés sur le ciel.

— Tu deviens une vraie guerrière, fit-il, amusé.

— Tu as remarqué ?

Ils rirent doucement.

— Une sacrée guerrière, ajouta Tugdual. Audacieuse et déterminée.

— Redoutable, tu veux dire ! renchérit Oksa.

Tugdual la regarda en biais.

— Redoutable, d'accord, concéda-t-il.

Ils restèrent silencieux un moment, bercés par le mouvement des nuages au-dessus de leurs têtes et par l'écho des travaux alentour. Malgré l'Égide, une légère brise soufflait, tiède et apaisante.

— C'est dingue tout ce qui se passe, non ? murmura Oksa.

— Je ne sais pas si c'est le terme que je choisirais, mais effectivement, c'est assez surprenant.

Oksa lui donna une tape sur le bras. Plus rapide qu'un serpent, il saisit sa main et la retint prisonnière.

— Tu es retournée à Londres ? demanda-t-il à brûle-pourpoint dans un chuchotement troublé.

— Ce n'est pas moi, protesta Oksa d'une voix presque inaudible. C'est mon Autre-Moi.

— Toi ou ton Autre-Moi, c'est la même chose, P'tite Gracieuse.

— Non ! protesta Oksa.

Tugdual serra plus fortement sa main.

— Si, c'est la même chose, insista-t-il. Ton Autre-Moi va là où toi, tu veux aller.

— Qu'est-ce que tu cherches à me faire dire ?

— Tu penses souvent à lui ?

Oksa le regarda, piquée au vif. Elle voulut se redresser, mais renonça, les joues en feu et le souffle court.

— Puisque tu veux *absolument* tout savoir, si je pense souvent à lui, c'est parce que je m'inquiète beaucoup ! Et pas seulement pour lui, pour ma mère aussi et pour tous ceux qui sont restés là-bas ! Gus…

Sa voix trembla alors que son corps se raidissait de colère. Elle voulut retirer sa main de celle de Tugdual, mais le jeune homme n'avait aucunement l'intention de céder.

— Gus et ma mère sont en danger de mort, je te signale ! fulmina-t-elle. Alors oui, je vais voir ce qui se passe quand mon angoisse est trop grande. Et oui, je suis atrocement contrariée de constater que ta très belle cousine Kukka fait tout pour que Gus tombe dans ses bras et que lui ne fait rien pour empêcher que ça arrive !

Elle s'interrompit, stupéfaite et essoufflée, avant de lâcher dans un cri étouffé :

— Mais ce qui me préoccupe encore plus atrocement, c'est son état de santé et celui de ma mère !

Elle jeta un coup d'œil rageur à Tugdual.

— C'est bon ? Tu as eu ce que tu voulais ? Tu es content ?

Un énorme nuage noir se formait à toute vitesse au-dessus d'eux. Tugdual lâcha la main d'Oksa, elle s'assit et enfouit son visage contre ses genoux.

— Je peux te répondre ? murmura Tugdual.

Oksa gémit une vague approbation.

— Premièrement, non, ce n'est pas très bon, commença Tugdual d'une voix oppressée. Deuxièmement, oui, j'ai eu ce que je voulais et plus encore. Et troisièmement, non, je ne suis pas spécialement content. Tu as autre chose à me demander ?

Oksa fit non de la tête. Alors, avec une grande délicatesse, Tugdual prit une mèche échappée de la chevelure de la jeune fille et l'entoura autour de son index. Elle fut tentée de le repousser, mais il passait déjà un bras ferme autour de ses épaules. Malgré sa colère, elle ne sut résister.

— Regarde dans quel état tu t'es mise…, murmura-t-il à son oreille. Calme-toi, sinon tu vas encore nous provoquer un déluge.

— C'est trop tard, fit Oksa en essuyant les premières gouttes de pluie qui venaient de s'écraser sur son front et, au passage, la larme qui glissait sur sa joue.

Elle se colla contre le jeune homme et referma les bras autour de sa taille. Puis, le visage enfoui au creux de son épaule, elle l'étreignit de toutes ses forces, comme si elle voulait disparaître en lui.

36

Préparatifs tous azimuts

L'averse diluvienne qui venait de s'abattre avait eu un double effet positif : elle avait à la fois nettoyé les rues dallées de Du-Mille-Yeux de la boue dont les allées et venues les avaient recouvertes, et libéré le cœur d'Oksa d'une partie de la colère qui l'étouffait. Rien n'était réglé, la route restait longue et périlleuse, mais cette nouvelle crise avait permis de relâcher une partie de l'insupportable pression dont souffrait la Jeune Gracieuse.

— Tu veux que je te montre quelque chose ? demanda Tugdual.

Oksa lui jeta un coup d'œil reconnaissant.

— Je me trompe ou j'ai une nouvelle fois l'impression que tu as une longueur d'avance sur moi ? fit-elle. Tu connais mieux cette Terre que moi, c'est un comble, non ? Je vais finir par te faire enfermer, parole de Gracieuse. Et tu ne pourras pas dire que tu n'as pas été prévenu !

Tugdual lui adressa un sourire provocant qui contamina aussitôt la jeune fille.

— Alors, qu'est-ce que tu as encore découvert ? soupira-t-elle, le ton faussement exaspéré, mais l'œil brillant.

— Viens…

Il l'entraîna dans le dédale des rues circulaires jusqu'aux collines qui jalonnaient la partie nord de la cité. Ils passèrent devant quelques bâtisses désolées dont la magnificence déchue fascina Oksa, puis arrivèrent au sommet.

De là, on avait une vue intégrale sur Du-Mille-Yeux, véritable labyrinthe s'épanouissant en arcs de cercle, comme autant de petites virgules ou de grandes parenthèses autour de la Colonne de Verre. De l'autre côté, un vaste lac formait un ovale parfait qui miroitait sous les rares rayons du soleil ; ses rives, bordées de sable blanc, contrastaient magnifiquement avec l'intensité soyeuse du noir de ses eaux.

— Oksa, je te présente le lac Brun, annonça Tugdual.

— Je croyais que tous les lacs d'Édéfia étaient asséchés ! fit remarquer Oksa.

— Mais tu as fait tomber tellement de pluie…, objecta le jeune homme.

— À ce point-là ?

— On dirait bien.

Oksa reconnut son père au loin, en plein exercice de son pouvoir de la Vertemain. Autour de lui, des Ombrelliers émergeaient de terre pour s'élever en quelques minutes à plusieurs mètres de hauteur.

— Papa ! ne put s'empêcher de crier Oksa.

Pavel se releva et lui fit un signe de la main avant de se remettre au travail.

— Cet endroit est merveilleux, fit la jeune fille. C'est tellement calme !

Soudain, comme pour la contredire, des groupes d'hommes et de femmes apparurent et volticalèrent au-dessus du lac Brun à toute vitesse, bientôt suivis par d'autres personnes équipées de Propulsars.

— Qu'est-ce qu'ils font ? interrogea Oksa, intriguée par leurs pirouettes et leurs acrobaties.

Tugdual lui prit le bras et l'incita à faire demi-tour.

— Hé ! s'insurgea-t-elle. Qu'est-ce que tu me caches ?

— C'est une surprise, répondit Tugdual. Allez, viens maintenant.

Oksa se dégagea d'un bond, un sourire aux lèvres.

— Une surprise ? Quelle surprise ? Dis-moi !

Tugdual fit le geste de sceller ses lèvres.

— Oh, ce que tu peux être énervant !

Le jeune homme leva les yeux au ciel.

— Est-ce que quelqu'un peut me dire ce qui se prépare ici ? clama-t-elle, les mains en porte-voix.

Les Volticaleurs et leurs compagnons à Propulsars interrompirent aussitôt leurs figures aériennes et passèrent en trombe au-dessus d'elle en la saluant avec respect. Personne ne dirait rien.

— Super..., maugréa Oksa en passant la main dans ses cheveux. Je n'ai vraiment aucune autorité.

— Ma pauvre P'tite Gracieuse..., ironisa Tugdual.

— Dans ta grande bonté, tu ne me donnerais pas un indice, par hasard ? Ou bien faut-il que je me traîne à tes pieds en te suppliant ?

Tugdual avança la main pour lui ébouriffer les cheveux. Elle décida de se laisser faire.

— Ne me tente pas ! fit le jeune homme, rieur. Je ne te révélerai qu'une seule chose : tu vas adorer !

Oksa haussa les épaules.

— Si tu le dis...

Et elle décolla dans un Voltical énergique.

Quand elle arriva à la Colonne de Verre, son Insuffisant l'attendait, un Ptitchkine sur chaque épaule.

— On m'a demandé d'attendre quelqu'un et de le conduire quelque part, mais je ne sais plus qui et je ne sais plus où, fit-il d'un air candide.

Oksa éclata de rire. Les Ptitchkines se mirent à pépier en volant autour de la créature étourdie.

— Vous êtes attendue dans le troisième sous-sol de la Colonne, notre Gracieuse ! s'égosillèrent-ils.

— Eh bien, allons-y ! lança Oksa.

Les minuscules oiseaux dorés poussèrent l'Insuffisant de leur petit bec effilé comme l'épine d'une rose.

— Il n'a vraiment rien dans le cerveau, commenta l'un d'eux.

Oksa prit de bon cœur l'Insuffisant par la main. Il la regarda d'un air pénétré et annonça :

— Je suis un peu perdu. Je me demande si ce n'est pas vous qui deviez m'attendre pour me conduire quelque part…

Oksa le serra dans ses bras.

— C'est tout à fait possible ! s'exclama-t-elle.

— C'est bien ce qui me semblait, conclut-il avec un vague air de défi en direction des oiseaux qui gazouillaient de gaieté.

La Jeune Gracieuse se dirigea vers l'ascenseur transparent qui mena le petit groupe jusqu'au premier sous-sol. De là, il fallait continuer à pied en longeant d'interminables couloirs au sol incliné en pente douce et tapissés de pierres brutes. L'Insuffisant marchait lentement, son gros corps mou hérissé d'une crête dorée se balançant de droite à gauche à un rythme incertain. Quant aux Ptitchkines, ils volaient dans tous les sens, frôlant avec agilité les parois qui se rétrécissaient.

Depuis le début du troisième sous-sol, on pouvait déjà entendre l'agitation qui régnait dans la toute dernière salle dont la lumière filtrait à plusieurs dizaines de mètres. Oksa et ses compagnons approchèrent, alors qu'un Gétorix braillait à la cantonade :

— La Gracieuse arrive !

Le visage d'Abakoum apparut dans l'encadrement de la porte.

— Ma chère petite, te voilà !

D'un geste du bras, il l'invita à entrer dans une immense pièce voûtée aux murs couverts d'une mosaïque défraîchie et irrégulière qui avait dû être splendide autrefois. Accrochées aux chapiteaux des colonnes par un de leurs tentacules, les Trasibules produisaient un éclairage intense, révélant à Oksa la nature de la singulière activité menée en ces lieux.

— Comment doit-on dire ? demanda-t-elle à Abakoum. Un élevage ou une plantation de Goranovs ?

L'Homme-Fé laissa échapper un petit rire auquel fit écho celui des trois personnes et de la dizaine d'Attentionnés qui travaillaient à ses côtés. Devant eux, installés sur de longues tables, une bonne cinquantaine de pieds de Goranovs se balançaient au gré des pales d'un énorme ventilateur de plus de trois mètres de diamètre encastré dans le mur du fond. Des Gétorix équipés de toutes petites binettes passaient de pot en pot pour aérer la terre et retirer la mousse qui se formait en surface. Mais, apparemment, les exigences de ces plantes hypersensibles ne s'avéraient pas encore comblées.

— Quelqu'un va-t-il enfin nous traire ? cria l'une d'elles, les branches tendues vers le plafond. Ou bien attend-on qu'on explose ? Est-ce vraiment ce que l'on souhaite ?

Une violente nervosité s'empara des végétaux. Les Attentionnés se précipitèrent et commencèrent la traite en pressant délicatement les bourgeons gonflés entre leurs sabots.

— Waouh ! s'émerveilla Oksa en contemplant les plantes magiques et leurs soigneurs non moins extraordinaires.

Elle se tourna vers Abakoum et ses amis, tous vêtus de tabliers et de gants. Elle reconnut parmi eux Sven, le vénérable vieillard natté, et deux femmes plus jeunes qui avaient été libérées de la Muselette et de la Claustration du cinquième sous-sol quelques jours plus tôt.

— Sais-tu que ce que tu vois là tient du miracle ? fit Abakoum. Car il s'en est fallu de peu que nous perdions le dernier plant de Goranov existant sur les Deux Mondes…

Oksa lui lança un regard interrogateur, alors qu'une plante, plus imposante que les autres, tremblait de toutes ses feuilles.

— Il n'existait plus une seule Goranov à Édéfia suite à la gestion inconsidérée de la culture de cette plante par Ocious, et cela, depuis plusieurs années, expliqua l'Homme-Fé. À Du-Dehors, Dragomira, Léomido et moi nous nous étions partagé les trois plants que nous avions réussi à emporter dans ma Boximinus lors de notre éjection d'Édéfia. Malgré les conditions de vie difficiles en Sibérie, les Goranovs se sont bien acclimatées.

— Contrairement aux Devinailles ! fit remarquer Oksa avec un sourire malicieux.

— Les pauvres poulettes ! commenta un Gétorix.

— En effet, poursuivit Abakoum. Quand nous avons migré en France, puis en Angleterre, elles ont résisté grâce à une vigilance et des soins constants. J'avais même réussi à faire enfanter le plant de Léomido et celui que je possédais...

— Mes petiiiiiits... ! l'interrompit la grande Goranov en laissant échapper un gémissement déchirant.

Aussitôt, deux Gétorix se précipitèrent pour masser tendrement ses larges feuilles brillantes. Mais l'évocation de sa progéniture avait déjà projeté la malheureuse dans un douloureux évanouissement.

— Comme tu le sais, le plant de Dragomira a été enlevé par Mercedica et le fils aîné d'Orthon, Gregor, lorsque nous étions entableautés, reprit Abakoum. La séquestration sur l'Île des Félons et la peur que cela a provoquée ont eu raison d'elle : elle n'a pas survécu. Puis, au cours de notre périple pour rejoindre le désert de Gobi, la Goranov que j'étais parvenu à maintenir en vie depuis toutes ces années n'a pu supporter le stress auquel nous étions soumis. Même à l'abri de ma Boximinus capitonnée, entre les remous du bateau, le voyage en avion, puis en train et en bus, c'était beaucoup demander à ma Goranov, une des plus sédentaires parmi toutes. Une fois à Édéfia, j'ai découvert son cadavre au fond de ma Boximinus, ainsi que celui de deux pousses issues du plant de Léomido.

— C'était terrible ! intervint le Gétorix d'Oksa. Ils gisaient là, raides morts, leurs feuilles grises recroquevillées. Sous le choc, la Goranov et les trois gamins encore vivants ont failli y passer, eux aussi !

— Heureusement, les autres créatures ont eu la présence d'esprit de profiter du coma temporaire dans lequel les pauvres plantes étaient tombées pour les mettre à l'écart. Mais le traumatisme avait déjà fait son œuvre sur les plus jeunes. Ajouté à l'angoisse d'une éventuelle culture extensive et de l'extraction industrielle de leur sève par les Félons, il eut raison d'elles et les emporta. Seule la Goranov de Léomido fut assez forte pour surmonter cette énorme pression.

Devant les toutes nouvelles Goranovs qui tendaient leurs feuilles pour écouter, l'Homme-Fé avait murmuré ces derniers mots. Les plus proches réussirent cependant à saisir quelques bribes et payèrent leur curiosité au prix fort : incapables de supporter l'horreur de ces détails, elles s'effondrèrent en poussant de petits cris terrifiés.

— Alerte ! Alerte ! brailla un Gétorix. Nous avons un malaise collectif sur le flanc avant ! Vite, besoin urgent de baume de crête d'Insuffisant ! Je répète : besoin urgent de baume de crête d'Insuffisant !

Des bruits de sabots claquèrent sur le sol de mosaïque : les Attentionnés accouraient au secours des souffrantes, se faufilant entre les tables et se frôlant de leurs bois noueux.

— Il faudrait peut-être leur faire un massage cardiaque, suggéra l'Insuffisant avec une présence d'esprit inhabituelle.

Le Gétorix d'Oksa le regarda d'un air exaspéré.

— Merci pour cet avis médical fulgurant, le ramolli ! Mais je ne vois pas trop comment on pourrait faire un massage cardiaque à des plantes qui n'ont pas de cœur !

— Mais si, on a un cœur ! protestèrent les Goranovs qui ne s'étaient pas évanouies, du moins pas encore.

Malgré le tragique de la situation, Oksa pleurait de rire.

— Excusez-moi..., fit-elle en battant l'air des mains pour s'éventer.

Elle réussit à retrouver tant bien que mal son sérieux et se tourna vers Abakoum.

— Mais alors, si je comprends bien, heureusement que tu as réussi à récupérer ta Boximinus lorsque vous vous êtes évadés de la Colonne.

— Tout à fait ! acquiesça Abakoum. Et le mérite en revient à Tugdual. Dans la confusion générale, c'est lui qui a eu l'idée d'emporter ma Boximinus. Sans lui, nos créatures et la dernière Goranov vivante seraient aujourd'hui aux mains des Félons.

Oksa resta songeuse un instant, les yeux rivés sur les plantes qui revenaient peu à peu à elles.

— Est-ce que cela nous procure un avantage ? demanda-t-elle.

— Un avantage considérable en ce qui concerne la Goranov ! répondit Abakoum. Sa sève est depuis toujours l'ingrédient indispensable dans la confection des Crache-Granoks et surtout des Granoks.

— Mais c'est génial ! exulta Oksa. Ça veut dire que les Félons ne peuvent pas fabriquer de Granoks !

— Effectivement, mais nous ne devons pas nous réjouir trop vite. Je sais de source sûre qu'Ocious a fait preuve d'une grande prudence en divisant les énormes stocks constitués au fil des années, puis ceux saisis à la population. Une partie se trouve ici, dans les souterrains où nous avons découvert les Crache-Granoks confisquées, et une autre dans les Montagnes À-Pic, dans le repaire même de nos ennemis. Et d'après ce que nous avons pu constater, ils ont réussi à mettre au point de nouvelles armes. Les Granoks d'acide lancées contre l'enveloppe qui nous protège en est un exemple.

Le gris ardoise des yeux d'Oksa s'assombrit alors

que les Attentionnés la fixaient avec une curiosité se voulant rassurante.

— Nous travaillons sans relâche pour contrer un maximum de dangers, intervint une femme aux joues rebondies comme des pommes de reinettes. Venez par là, voulez-vous ?

37

La terrible Granok

Oksa la suivit vers le fond de la pièce, jusqu'au ventilateur géant dont les pales tournaient lentement avec un léger grincement. À la grande surprise de la Jeune Gracieuse, la femme enfonça son bras dans le mur de pierre avant de lui adresser un sourire confiant et de disparaître.

— Mais..., bredouilla Oksa.

— Essaie ! l'encouragea Abakoum.

— Je n'ai encore jamais réussi, avoua-t-elle, dépitée.

Le bras de la femme traversa à nouveau le mur. Oksa mit sa main dans la sienne et se retrouva plaquée contre la pierre qui s'obstina à rester impénétrable.

— Ça ne marche pas ! pesta-t-elle. Quand je pense que je suis une Murmou et que je n'arrive même pas à franchir une malheureuse cloison !

— Il y a des choses qui s'acquièrent spontanément et d'autres qui demandent davantage d'efforts, fit remarquer Abakoum. Et cette nouvelle aptitude nécessitera un peu d'entraînement, sans doute.

— Tu peux compter sur moi ! s'exclama Oksa. Je rêve de pouvoir faire ça.

— Tugdual pourrait être un excellent professeur, ajouta Abakoum avec un clin d'œil.

Révélant une porte escamotée, un morceau du mur s'entrouvrit au moment où Oksa tournait la tête, gênée et ravie à la fois.

— Une solution de secours pour les inaptes comme moi ! fit-elle en se faufilant dans l'entrebâillement. Bien vu !

La femme aux joues rondes l'attendait de l'autre côté dans une pièce au plafond haut et bombé qui paraissait sans fin. Avec un sourire bienveillant, elle invita Oksa à se rendre compte par elle-même de la fiabilité de ses paroles : tout le monde était sur le qui-vive.

— Ah, d'accord ! murmura la jeune fille, éberluée par ce qu'elle voyait.

Des étagères couvraient intégralement les murs de cette salle secrète. D'énormes bocaux de Granoks et de Capaciteurs les surchargeaient et d'autres, plus gros encore, étaient posés à même le sol, étiquetés avec soin par des Attentionnés très concentrés sur leur mission.

— Bonjour, Oksa ! lança une voix.

— Réminiscens !

Une Trasibule sur chaque épaule, la frêle dame émergea de la pénombre. Son visage laissait encore paraître la marque des souffrances subies : la dureté des jours de captivité et les blessures infligées par son jumeau, Orthon. Et pourtant, elle semblait plus épanouie que jamais. Sa longue tunique de soie prune bruissa quand elle s'approcha, ses yeux bleu pâle brillant d'un éclat volontaire.

— Comment vas-tu ? demanda poliment Oksa.

Depuis le jour où elle avait fait sa connaissance sur les Collines Maritimes, lors de l'Entableautement, Réminiscens l'avait toujours impressionnée. Fille d'Ocious et de Malorane, jumelle d'Orthon, grand-mère de Zoé et surtout farouche combattante, cette femme portait un lourd passé : soumise au Détachement Bien-Aimé par son propre père, éjectée à Du-Dehors, seule et enceinte de Léomido – celui dont elle ignorait qu'il était son demi-frère –, privée de son fils tué sur les ordres d'Orthon, entableautée… Elle avait tant subi.

— Pour te dire toute la vérité, il y a longtemps que je ne m'étais pas sentie aussi bien, répondit Réminiscens d'une voix enjouée.

Oksa aurait juré que son sourire s'adressait à Abakoum. Elle jeta un bref coup d'œil à l'Homme-Fé. Elle avait beau n'avoir que seize ans, elle savait qu'il aimait Réminiscens depuis toujours ! Mais la vie avait fait en sorte que cet amour reste à jamais dans l'ombre. D'abord Léomido, puis le Détachement Bien-Aimé empêchaient Réminiscens de lui donner autre chose que de la tendresse. Oksa trouvait cela affreusement triste, même si Abakoum semblait en éprouver un bonheur sans limites.

Un crépitement la tira de ses pensées. Un peu plus loin, dans l'immense salle, un alambic dix fois plus imposant que celui qui trônait dans l'atelier-strictement-personnel de Dragomira vibrait d'une activité soutenue. Ses tubes s'entrelaçaient pour former un réseau si complexe qu'il en était incompréhensible aux yeux d'Oksa. Une fumée douceâtre s'échappait du plus élevé alors que le plus bas crachait des centaines de Granoks recueillies à grand renfort de précautions par un Attentionné. En les observant avec attention, Oksa s'étonnait d'ailleurs de constater autant de délicatesse chez des créatures en apparence aussi malhabiles – manipuler quoi que ce soit avec des sabots de cerf représentait un véritable défi ! Et, pourtant, les Attentionnés s'acquittaient de leur tâche à merveille.

Oksa s'approcha des bocaux qui lui arrivaient à la taille, pleins à ras bord de Tornaphyllons, Dermenfeux, Dormidents, Vrac-Mémoires, Colocynthis, Arborescens, Putrefactios, Hypnagos… Chacun devait contenir dix bons milliers de Granoks ! En haut d'une étagère, elle avisa un bocal en verre noir, beaucoup plus petit que les autres, dont l'étiquette et le scellé de plomb l'intriguèrent.

— Le Crucimaphila…, murmura-t-elle après avoir déchiffré le nom inscrit en lettres argentées. Le Globus Noir absolu.

Elle se retint de préciser ce qu'elle savait des effets de cette Granok hors norme. De la catégorie des plus dangereuses, le Crucimaphila générait un trou noir qui aspirait et réduisait à néant toute forme de vie.

Abakoum s'approcha et resta debout derrière elle, les mains sur ses épaules.

— Maintenant que tu es une Gracieuse, cette Granok t'est autorisée, précisa-t-il. Tu es d'ailleurs la seule à pouvoir l'utiliser.

— Avec toi ! l'interrompit Oksa avec fièvre.

Elle n'oublierait jamais le courage qu'il avait fallu à l'Homme-Fé pour lancer la terrible Granok sur Orthon quand Dragomira se trouvait en danger dans la cave londonienne du Félon. En raison de sa filiation avec Témistocle, le premier et plus puissant des Murmous, qui lui conférait un métabolisme particulier, Orthon n'était pas mort. Mais le Crucimaphila l'avait néanmoins neutralisé un bon moment.

— Tu te doutes combien son usage doit rester exceptionnel, poursuivit Abakoum. D'autant plus que j'ai renforcé ses effets, ajouta-t-il en faisant allusion à l'épisode tragique qu'Oksa venait d'évoquer.

La jeune fille acquiesça gravement, les yeux rivés sur le bocal sombre.

— En raison de la puissance et du caractère remarquable du Crucimaphila, ta Crache-Granoks ne peut en contenir qu'un seul à la fois. Sinon, il annihilerait l'effet des autres Granoks et endommagerait irrémédiablement ta Crache-Granoks. De même, un certain laps de temps doit s'écouler entre deux utilisations.

— Combien de temps ? demanda Oksa, captivée.

— Cent jours.

La Jeune Gracieuse siffla entre ses dents et se tourna vers Abakoum.

— Le Crucimaphila est mortel, insista ce dernier dans un chuchotement troublé. En disposer est une responsabilité énorme qui va à l'encontre de nos principes de respect de la vie.

Il s'arrêta, le visage contracté.

— Orthon et les siens ne nous ont pas laissé le choix, ajouta-t-il. Je sais que c'est la pire des raisons, mais le danger était si grand... Il fallait que nous puissions nous défendre, y compris par ce moyen ultime.

— J'ai bien compris, le coupa Oksa dans un souffle.

Il se plaça devant elle et la fixa avec une intensité pleine de tristesse et d'amertume.

— Ce que je vais te dire me fait horreur. J'aimerais qu'il en soit autrement, mais je dois malheureusement te donner une de ces funestes armes, car elle pourra s'avérer être le seul moyen d'arrêter l'homme qui nous mène vers des périls encore plus grands que ceux que nous venons de surmonter.

— Qu'est-ce que tu veux dire ? bredouilla Oksa. Je vais devoir... tuer Orthon ?

Cette pensée lui glaça le sang. Elle avait maintes fois souhaité sa mort. Mais même si Orthon était l'ennemi juré des Sauve-Qui-Peut et que les Deux Mondes réunis se porteraient nettement mieux sans lui, l'idée de le tuer était non seulement terrifiante, mais encore inconcevable.

— Orthon est notre plus grand ennemi. Il fait partie de ces hommes que seule la mort peut arrêter et je le regrette plus que quiconque. Mais n'oublie jamais qu'il n'est pas un solitaire et que le mal est déjà semé.

Oksa se figea, les yeux écarquillés.

— Alors, si tu dois le faire, fais-le…, souffla-t-il.

— Abakoum, tu dois tout me dire !

— Sache que je serai toujours auprès de toi, ma chère petite. Mais c'est le destin qui t'éclairera, pas moi.

Il se tourna vers l'étagère et son bras s'allongea de plusieurs dizaines de centimètres pour attraper le bocal noir. Un Attentionné galopa aussitôt vers lui pour offrir son échine en guise de tablette. Ses yeux d'un beau velours brun enveloppèrent Oksa d'une admiration sans bornes, alors qu'Abakoum ouvrait le précieux flacon. Réminiscens le rejoignit et lui tendit une pince chromée. Tous deux échangèrent un regard empreint de gravité.

— Oksa, sors ta Crache-Granoks, veux-tu ?

La jeune fille fouilla fébrilement dans la petite sacoche qui ne la quittait jamais.

— Tiens…, fit-elle en tremblant.

Abakoum retira du bocal une Granok noire comme du charbon, si grosse qu'Oksa douta qu'elle puisse entrer dans sa Crache-Granoks. Mais, sitôt à l'embouchure, elle se comprima, s'aplatit, se tendit jusqu'à être aspirée au cœur de la sarbacane magique. Sa surface en écume de mer se mit à chauffer, à tel point qu'Oksa faillit la lâcher. Mais un souffle de l'Attentionné suffit à la faire revenir à la normale.

— Abakoum ? murmura Oksa. Prends-en une… S'il te plaît.

Il la regarda avec douleur et obéit.

— Écoute bien, dit-il enfin, la mine grise.

Il glissa alors dans le creux de son oreille la formule qui lui permettrait d'utiliser la terrible Granok quand le moment viendrait. Et la Jeune Gracieuse ne put s'empêcher de prier intérieurement pour que ce moment n'arrive jamais.

38

Une mystérieuse surprise

Au dernier étage de la Colonne de Verre, debout sur son balcon, Oksa contemplait Du-Mille-Yeux d'un air perplexe. Aujourd'hui, la cité d'habitude si vivante semblait inerte, presque morte, comme si tous ses habitants… avaient disparu.

— Tu ne veux vraiment pas me dire, mon Foldingot ?

Le petit être potelé secoua énergiquement la tête de gauche à droite.

— La volonté de la domesticité de ma Gracieuse ne rencontre aucun empêchement pour procurer l'apport d'une contribution informative, répondit-il.

— Eh bien alors ? s'exclama Oksa en s'accroupissant pour se mettre face à lui. Si ta volonté est d'accord, qu'est-ce qui t'empêche de me dire ce qui se trame ?

— La domesticité de ma Gracieuse a fourni la promesse à l'Homme-Fé et au père de ma Gracieuse de conserver sa bouche silencieuse.

Oksa se gratta la tête.

— Je vois… On conspire autour de moi.

Elle se força à le regarder d'un air sévère avant d'assener cette sentence tranchante :

— C'est très laid.

Le Foldingot eut un hoquet de surprise. Ses gros yeux bleus roulèrent dans leurs orbites alors que la panique faisait blêmir sa face pleine comme une citrouille.

— Bouh, ma Gracieuse fait la rencontre de l'immersion dans l'erreur, bredouilla-t-il. La conspiration et la laideur ne connaissent pas l'existence dans les cœurs de l'Homme-Fé et de la paternité de ma Gracieuse !

Les mains glissées dans les poches de son jean, Oksa le dévisagea, puis éclata de rire. Elle se pencha pour prendre la pauvre créature déconfite dans ses bras. Ce qui eut pour effet de colorer son teint d'une nuance plus extrême.

— Excuse-moi, mon Foldingot ! Je te faisais marcher !

Il n'en fallut pas plus au Gétorix pour lancer une salve taquine.

— Hé, le domestique ! Tu sais ce que c'est, l'humour ? H, u, m, o, u, r..., épela-t-il en sautillant autour du Foldingot.

— Vilain ! lui lança Oksa. On ne se moque pas, d'accord ? En plus, regarde, il s'est fait tout beau.

Le Gétorix observa la salopette impeccable du Foldingot, fit une révérence assez peu académique et retourna épousseter les feuilles d'une Pulsatilla qu'Oksa avait récupérée. La plante, étonnamment câline, ne pouvait en effet plus concevoir la vie sans la jeune fille après qu'elle eut contribué à sa naissance, puis à sa croissance fulgurante. Plus loin, enfoncé dans son fauteuil à l'angle de la grande baie vitrée, l'Insuffisant comptait sur ses doigts.

— H, u, m, o, u, r..., répétait-il avec une expression empreinte d'incertitude.

Le Gétorix leva les yeux au ciel en sifflant entre ses dents pendant qu'Oksa mettait la main devant sa bouche pour s'empêcher de rire trop fort.

— Ça fait six lettres, conclut l'Insuffisant, visiblement content de cette découverte.

— Génial ! ne put s'empêcher de commenter Oksa, les yeux brillants.

— Par pitié, ne l'encouragez pas, ma Gracieuse ! marmonna le Gétorix.

— L'intendant de ma Gracieuse doit faire l'attribution d'un renseignement farci d'importance, intervint le Foldingot.

— Quoi ? s'étonna Oksa avec malice. « Humour » n'a pas six lettres ?

Prouvant que le Gétorix avait tort, le Foldingot eut un sourire qui fendit son irrésistible visage d'une oreille à l'autre.

— La communication d'une visite imminente et aimée doit être annoncée, fit-il.

À ces mots, Oksa se rua sur la porte d'entrée et l'ouvrit à la volée. Son père se trouvait à quelques mètres, dans le couloir bordé de colonnades effritées par la corrosion du temps.

— Papa ! s'écria-t-elle en se jetant dans ses bras.

Touché par l'intensité de cette réaction, Pavel referma ses bras autour de sa fille et la serra avec tendresse.

— Eh bien, que me vaut cette débauche d'affection ? dit-il avec un petit rire.

— Oh, tu exagères ! Je suis tout le temps comme ça avec toi ! s'insurgea la jeune fille. Mais viens, mon Foldingot a préparé des biscuits avec une espèce de noix si succulente que ça va te rendre dingue.

— Ah, parce que tu trouves que je ne le suis pas assez, peut-être ? rétorqua-t-il en la suivant à l'intérieur de la grande pièce principale.

Oksa le regarda en souriant.

— Je suis trop contente de te voir ! lâcha-t-elle en se laissant tomber dans un fauteuil.

La Pulsatilla inclina la plus longue de ses tiges pour venir caresser le bras de celle qu'elle adorait.

— Tu es drôlement élégant, dis donc ! poursuivit-elle, ses yeux détaillant le costume traditionnel d'Édéfia en lainage gris foncé que portait son père. Ça te va bien.

Le large pantalon à plis plats et la tunique croisée, nouée sur le côté par des cordons de cuir, lui donnaient l'allure d'un samouraï. Ses cheveux blonds désormais parsemés de fils cendrés étaient coupés court et rehaussaient le bleu grisé et infiniment mélancolique de ses yeux. Il se pencha pour prendre avec gourmandise un des gâteaux vantés par Oksa. La jeune fille profita de ce moment pour lancer :

— Alors, il paraît qu'Abakoum et toi, vous conspirez contre moi…

Entendant cela, la Pulsatilla se raidit et braqua son unique fleur aux pétales rose bonbon vers Pavel. Bien que non dotée d'un visage ou d'un regard, il était évident qu'une certaine animosité motivait sa réaction.

— Je plaisante, Pulsatilla…, précisa Oksa en repoussant sensiblement le pot en arrière.

Puis, s'adressant à son père, elle ajouta :

— Elle est très protectrice à mon égard.

— Je vois ça ! fit Pavel, amusé. Tu es vraiment entre de bonnes mains.

— Sauf qu'il y a des tas de choses qu'on refuse de me dire, riposta Oksa. Comme par exemple cette agitation partout à Du-Mille-Yeux, ces conciliabules qui cessent dès que j'approche, les sourires en douce… Pour un peu, je deviendrais parano !

Le visage de son père s'éclaira quand il annonça :

— Tu n'as pas manqué de remarquer mon élégance encore plus étonnante que d'habitude. Eh bien, tu vas devoir te mettre sur ton trente et un, toi aussi, car aujourd'hui est un grand jour, ma chère et Gracieuse fille !

Le Foldingot s'approcha de la Pèlerine soigneusement posée sur son mannequin d'osier. Dès qu'il voulut s'en saisir, le vêtement se rétracta pour former une boule compacte aussi hermétique qu'une boule d'acier.

— Tu a vu ? Ma pèlerine est équipée d'une sécurité, expliqua Oksa. Dès que quelqu'un d'autre que moi la touche, elle se blinde.

— C'est très ingénieux…, commenta Pavel.

La manipulant avec précaution, le Foldingot présenta à sa jeune maîtresse la boule textile. Oksa l'agita et libéra la Pèlerine, révélant une nouvelle fois la splendeur de son étoffe et de ses broderies. Oksa lissa sa chemise blanche et ajusta sa cravate qu'elle ne quittait plus, épousseta son jean et tendit les bras pour revêtir la Pèlerine. Les fils tissés n'avaient rien perdu de leur puissance. Sitôt en contact avec la Jeune Gracieuse, ils diffusèrent en elle une énergie incroyable, gonflant son cœur de force et de chaleur. Et, comme chaque fois, elle se laissa emporter par l'émerveillement. Elle chercha son père des yeux. Il avait disparu.

— Le conseil est donné à ma Gracieuse de faire dévier son regard vers le balcon, indiqua le Foldingot.

Oksa se tourna vers l'extérieur et aperçut ce qu'au fond d'elle, elle s'attendait à voir : son Dragon d'Encre déployé au-dessus de lui, son père l'attendait, le visage radieux.

Juchée sur l'échine de la créature gigantesque, Pèlerine au vent, Oksa survolait Du-Mille-Yeux. L'impression qu'elle avait eue depuis le sommet de la Colonne se confirmait : la cité était déserte, comme vidée de ses habitants. Le Dragon d'Encre planait en rase-mottes au-dessus des toits-terrasses et des rues en arc de cercle, bordées partiellement d'une végétation prometteuse. De temps à autre, le battement de ses ailes claquait avec le son mat et lourd d'une tenture de velours que l'on agite pour la défroisser.

— Où sont-ils donc passés ? interrogea Oksa.

Embarquées à ses côtés, ses créatures la regardèrent sans répondre. On pouvait compter sur elles pour respecter la consigne de silence absolu qui leur avait été fermement donnée par les « conspirateurs ». Soudain, le Dragon d'Encre bifurqua vers les collines du nord, là où Tugdual avait emmené Oksa trois jours plus tôt. Volant toujours au ras du sol, il frôla les magnifiques bâtisses en ruine et les allées au pavage quasiment disparu pour atteindre enfin le sommet des collines pelées.

Bien qu'Oksa ait eu une petite idée de ce qui se préparait, rien ne lui laissait prévoir l'ampleur de ce que le peuple tout entier avait réussi à mettre en place à son insu. Aussi, quand le Dragon d'Encre émergea et qu'elle découvrit la teneur de la surprise qu'on lui réservait – *sa* surprise –, elle faillit lâcher la carapace.

Installés dans une dizaine de tribunes sur pilotis, tout autour du lac aux eaux noires, se massaient quelque cinq mille hommes, femmes, enfants et créatures ralliés à la Gracieuse qu'elle était devenue. À son apparition, tous se levèrent dans un même mouvement alors qu'une formidable clameur s'élevait, répercutée par l'Égide qui ondulait en altitude au-dessus d'eux. Le Dragon d'Encre plongea vers l'étendue d'eau et en parcourut la longueur avant de faire demi-tour pour longer les rives surpeuplées à une vitesse minimale. La clameur enflait au fur et à mesure que l'équipage passait, projetant Oksa dans un état d'intense exaltation. Les larmes au bord des yeux, elle croisait des centaines de regards, des milliers de sourires, tous dirigés vers elle, tous s'adressant à elle. Et plus encore que le ralliement extraordinaire qui avait conduit tous ces gens à la suivre, c'était leur joie à la célébrer aujourd'hui comme leur Gracieuse qui explosait de toute sa force et irradiait en se démultipliant à l'infini dans le cœur de chacun.

39

Que la fête commence !

Sous les acclamations enflammées de la foule, le Dragon d'Encre se posa sur la minuscule plage qui bordait la plus petite des tribunes. Un ample voilage la surplombait en ondulant mollement sous la brise légère, à l'unisson des banderoles et des bannières rayées aux couleurs… de la cravate d'Oksa : marine et bordeaux ! Cette attention submergea la jeune fille d'une émotion indescriptible. Elle se laissa glisser le long du flanc du Dragon et atterrit sur le sable blanc, bientôt rejointe par ses trois créatures – Foldingot, Insuffisant et Gétorix. Le Dragon retrouva ses contours d'encre sur le dos de son maître, stupéfiant les spectateurs dont les cris émerveillés vibrèrent au-dessus des eaux.

— Ma Gracieuse rencontre-t-elle le souhait de procéder à l'ascension de ces gradins ? demanda le Foldingot. Les amis Sauve-Qui-Peut et les intimes Gracieux connaissent l'attente de votre proximité géographique.

Oksa leva les yeux vers le sommet de la tribune et aperçut ceux qui lui étaient chers : les clans Knut et Fortensky, les Bellanger, Zoé et Réminiscens, les Serviteurs du Pompignac et Abakoum, bien sûr, Veilleur plus superbe et radieux que jamais.

— Viens, ma fille…, murmura Pavel à ses côtés.

Il esquissa le geste paternel de mettre la main sur l'épaule de la jeune fille et se ravisa. Consciente de cette retenue, Oksa effleura la main de son père. La Pèlerine frôla la peau de Pavel. Il frémit à ce contact, surpris par la puissance dégagée par les broderies de feuillages et d'oiseaux ornant la manche. Puis Oksa se tourna, rejeta ses cheveux en arrière et s'élança pour gagner la tribune Gracieuse où Abakoum l'accueillit les bras grands ouverts. Par-dessus l'épaule de l'Homme-Fé, elle aperçut Tugdual, le regard polaire et pourtant incandescent, et, comme si souvent dans son sillage, Zoé, le visage ombré de mystère. Tous deux, à l'instar de leurs proches, avaient revêtu le costume emblématique des habitants d'Édéfia. Oksa s'attarda un instant sur celui qui occupait nombre de ses pensées. Tugdual avait opté pour une tunique croisée fermée sur le côté par des lacets de cuir, un pantalon de kimono et des bottines de cuir souple, l'ensemble étant noir comme ses cheveux. Quant à Zoé, son allure s'inspirait de l'Asie avec sa robe de soie matelassée au col montant portée sur un large pantalon et des sandales plates. La coiffure en macarons de ses cheveux blond vénitien embellissait son visage constellé de taches de rousseur. Sa beauté, pure et grave, était indéniable. Oksa adressa au garçon qu'elle aimait et à son amie un coup d'œil lumineux auquel ils répondirent tous deux à leur façon, l'un par un clignement de paupières complice, l'autre par l'ébauche d'un sourire réservé.

L'Insuffisant agrippé sur son dos et les bras encombrés par le Foldingot et le Gétorix, Pavel atterrit à son tour sur la tribune. Quelques secondes plus tard, une voix tonitruante retentit.

— Mesdames et messieurs, créatures et végétaux, votre concentration, s'il vous plaît !

Oksa chercha d'où pouvait venir cette voix incroyable. Tout de même pas de ce minuscule oiseau aux ailes jaune citron ? Et pourtant…

— Nous voici tous réunis aujourd'hui pour honorer celle qui est devenue notre nouvelle souveraine, j'ai nommé la Gracieuse Oksaaaaa ! reprit l'oiseau-mégaphone.

Bien entendu, tous les regards étaient braqués sur Oksa dont les joues, le front et le cou se couvrirent de spectaculaires plaques pourpres. Dévoué, le Gétorix entreprit de l'éventer avec une petite feuille d'Ombrellier.

— Je crois qu'il faut que je dise quelque chose…, marmonna Oksa.

Tout en se faisant cette remarque, elle regarda son père, un pli vertical creusé entre ses yeux ardoise avec l'expression de celle qui pense très fort : « Je suis vraiment obligée, n'est-ce pas ? » Pavel opina de la tête, l'air amusé.

— OK, j'ai compris, fit-elle, de mauvaise grâce.

Puis son regard glissa vers les tribunes sur pilotis, bondées, frémissantes, guettant un signe de sa part, même le plus infime. Alors, elle s'approcha et, les mains cramponnées à la rambarde, elle prononça d'une voix claire :

— Je suis très heureuse d'être parmi vous aujourd'hui…

Naftali l'interrompit, la main tendue vers elle. Dans sa paume, une bille lançait des reflets d'une blancheur irisée.

— Avec ce Capaciteur d'Amplivox, tout le monde pourra t'entendre.

— C'est vrai ? fit Oksa, à nouveau enthousiasmée.

— Tout à fait ! confirma Naftali, magnifique dans sa tenue de flanelle anthracite.

Oksa prit le Capaciteur et le porta à sa bouche. Il fondit en un instant en lui procurant une singulière sensation au fond de la gorge.

— Hum…

Cette simple interjection résonna jusqu'au bout du lac. Surprise, Oksa laissa échapper un petit rire dont les ondes sonores se propagèrent, amplifiées mais fidèles. Un petit rire très communicatif qui se mit à éclairer les visages et à faire briller les yeux avant de fuser à travers les lèvres de chacun. Bientôt, la gaieté éclata comme un véritable coup de tonnerre, irrésistible et absolu. Et plus Oksa riait, plus l'hilarité gagnait en vigueur.

— Eh bien, je disais donc que c'est un plaisir pour moi d'être ici avec vous ! put enfin continuer Oksa après avoir repris tant bien que mal son sérieux. Je vais faire mon possible pour que l'harmonie que vous avez perdue soit à nouveau retrouvée, mais j'ai besoin de vous, nous avons tous besoin les uns des autres, et c'est ensemble que nous y parviendrons…

Elle profitait de ce que le peuple tout entier était présent pour confirmer ce qu'elle avait déjà annoncé lors de la création du Pompignac à une poignée de privilégiés. Une immense acclamation l'interrompit alors qu'une main se posait sur son épaule.

— Tu ferais une excellente femme politique, P'tite Gracieuse ! murmura Tugdual à son oreille.

Oksa lui fit les gros yeux d'un air espiègle et reprit de sa voix amplifiée :

— Chacun de nous s'est attelé à la reconstruction de Du-Mille-Yeux tout en étant conscient du danger qui rôde autour de nous et, à tous points de vue, nous sommes loin d'en avoir terminé. Mais j'ai cru comprendre qu'aujourd'hui était un jour spécial. Un jour de répit, plein de surprises que je ne demande qu'à découvrir… enfin !

Le menu oiseau-mégaphone se posta sur la rambarde, juste à côté de sa main.

— Alors, que la fête commeeeennnce ! proclama-t-il.

La clameur se fit plus tonitruante encore. Sur les tribunes, des milliers de fanions marine et bordeaux s'agitèrent, accompagnant les cris de joie et d'impatience.

— Le spectacle auquel vous allez assister fait partie des traditions ancestrales d'Édéfia ! annonça l'oiseau. Seuls certains d'entre nous, les plus anciens, en auront gardé le souvenir puisque la dernière représentation a eu lieu en 1952, sous le règne de la Gracieuse Malorane. Gracieuse, mesdames, messieurs, créatures et végétaux, je vous demande d'accueillir comme elles le méritent les deux équipes qui vont s'opposer dans quelques instants dans un formidable, un incroyable, un exceptionnel match de Ballawave !

Oksa regarda Abakoum, bouche bée.

— J'y crois pas ! chuchota-t-elle pour atténuer les effets de l'Amplivox. J'ai lu des tas de choses à propos de ce sport dans les Archives Gracieuses. Ça a l'air complètement dingue !

Abakoum acquiesça avec un sourire et l'invita à reporter son attention sur les huit personnes qui venaient de surgir sur des Propulsars. L'oiseau-mégaphone fit les présentations :

— Vêtue de bleu, voici l'équipe des Anguilles Véloces, opposée à l'équipe des Hardis Scarabées, vêtue de vert, on les applaudiiiiiiit !

Les deux équipes passèrent en trombe en se croisant devant la tribune Gracieuse. Puis elles revinrent au niveau d'Oksa, se maintinrent en vol stationnaire pour la saluer, elle et les siens, avant de foncer vers le lac pour longer les rives droite et gauche à grand renfort de voltiges et d'acrobaties, générant de généreuses salves d'applaudissements et les cris assourdissants de la part du public ravi.

— Tu nous expliques ? fit Oksa à l'intention d'Abakoum.

Accompagnée des plus jeunes Sauve-Qui-Peut, un œil sur les deux équipes qui se livraient à des croisements périlleux, elle tendit l'oreille.

— C'est très simple, précisa Abakoum. C'est un peu comme le hand-ball, avec des règles et quelques variantes qui ne devraient pas vous déplaire…

— J'en suis persuadée ! s'exclama Oksa.

— Deux équipes s'affrontent, poursuivit l'Homme-Fé. Le but est de lancer la balle, appelée la Piqueuse, dans les buts de l'équipe adverse. Le lancer ne peut être validé qu'après un minimum de trois passes entre les membres d'une même équipe et la Piqueuse – vous comprendrez pourquoi – ne peut être gardée par un joueur plus de dix secondes. Quant aux variantes, je vous laisse les découvrir par vous-même.

Sous les cris de protestation de son auditoire, Abakoum s'installa confortablement dans son fauteuil et pointa de l'index le lac. Autour d'eux, l'enthousiasme déjà fort vif des spectateurs redoubla d'intensité. Et les jeunes Sauve-Qui-Peut ne tardèrent pas à se taire, médusés par la créature qui venait d'apparaître au milieu des eaux noires…

40

Un sport traditionnel décoiffant

— C'est quoi ce truc ? bredouilla Oksa, les bras posés sur la rambarde de la tribune.

Personne ne lui répondit : tout le monde était bien trop concentré sur l'énorme créature, une sorte de dinosaure d'au moins quatre mètres de hauteur trônant avec majesté sur l'eau ! Son corps gris clair et ventru, lisse comme celui d'une baleine, brillait à la lumière du jour. De sa petite tête coiffée d'un casque en cuir, perchée sur un cou d'une longueur exceptionnelle, la créature luisante pivota pour regarder la foule de ses yeux doux et Oksa aurait juré qu'elle avait incliné la tête pour la saluer.

— On dirait un Élasmosaure, murmura Zoé.

— Ou le monstre du Loch Ness..., suggéra Oksa, fascinée.

Le commentateur ailé, comme les spectateurs, était en transe :

— Et voici le magnifique, le somptueux, le gigantissime Nestor !

— C'est donc ça, un Nestor ! fit Oksa à mi-voix.

Le lien entre ce qu'elle avait lu à la Mémothèque et la créature qu'elle avait sous les yeux ne manquait pas de la surprendre.

— Rendons justice à Ocious, intervint Abakoum. Malgré la pénurie d'eau, il a réussi à maintenir en vie un couple de Nestors dans les profondeurs d'une grotte sous-marine des Montagnes À-Pic. La grotte était quasiment à sec quand nos alliés nous y ont menés, les pauvres Nestors agonisaient. Mais heureusement, l'équilibre est revenu, la pluie est tombée et nous sommes tous sains et saufs.

Oksa frissonna à l'idée de cette extraordinaire créature en train de mourir lentement de déshydratation au fond d'une grotte stérile. Une boîte dorée fixée par une sangle sur l'échine du Nestor attira son attention, alors qu'un cercle flamboyant d'une dizaine de mètres de diamètre se dessinait autour de la créature. Elle comprit alors que le lac Brun se transformait en un gigantesque terrain de jeux au moins aussi vaste que quatre terrains de foot – selon les valeurs de Du-Dehors.

Au même moment, des Gétorix et des Merlicoquettes mettaient en place des cages de but en lianes tressées aux extrémités du lac. Flottant à cinq mètres de la surface de l'eau, elles accueillirent chacune une Trasibule équipée d'un casque aux couleurs de l'équipe qu'elle représentait. Installées, les créatures agitèrent leurs tentacules en prenant un air guerrier des plus dissuasifs.

— J'adore ! s'exclama Oksa.

— Nous allons maintenant demander au Fléchard de chaque équipe de bien vouloir rejoindre les autres joueurs, annonça l'oiseau-mégaphone.

Oksa lui jeta un coup d'œil amusé. Comment un être si minuscule pouvait posséder une telle voix de stentor ?

— Il est vraiment hallucinant, celui-là ! murmura-t-elle.

— Je pense qu'il a dû tomber dans la marmite des Capaciteurs d'Amplivox quand il était bébé, fit remarquer Zoé, l'air pince-sans-rire.

— Tu m'étonnes ! renchérit Oksa.

— Qui a été choisi ? reprit l'oiseau. Nous allons le découvrir tout de suite.

Deux Gélinottes apparurent dans le ciel. Chacune portait sur son dos un joueur bardé d'un arc et d'un carquois. Leur selle affichait chacune un emblème, une anguille ailée pour l'une et un scarabée armé d'un bouclier pour l'autre.

— Les Fléchards seront donc Gunnar pour les Anguilles Véloces contre Sigurd pour les Hardis Scarabées ! précisa le commentateur.

Les deux Fléchards se campèrent fièrement sur leur Gélinotte et, rejoints par leur équipe, firent le tour de l'étang sous les cris assourdissants de la foule.

— On les encourage, s'il vous plaît ! Le match commence mainteeeenant ! hurla l'oiseau jaune.

Aussi dignes que des cygnes, les deux Gélinottes se dirigèrent vers le centre de l'étang en battant l'eau de leurs pattes palmées.

— En place, Fléchards, que le plus habile gagne !

Des hommes et des femmes répartis autour du lac se mirent alors à souffler dans leurs Crache-Granoks et une multitude de Granoks Oscillantes fut lancée vers le ciel, provoquant par ricochet sur les ondes aériennes une brise aux courants contraires contre lesquels les Gélinottes ébouriffées luttaient pour se maintenir en l'air. La tâche était ardue pour les énormes volatiles et pour les deux Fléchards dont l'équilibre était compromis à chaque salve. Plus bas, l'effet des Oscillantes s'avérait aussi tumultueux en créant de grosses vagues et de dangereux remous à la surface de l'eau.

Ayant réussi à s'approcher du périmètre lumineux, un des joueurs se préparait à décocher une flèche à bout rond quand, soudain, il se mit à pencher sur le côté : sa Gélinotte venait de prendre de plein fouet une vague latérale d'au moins quatre mètres de haut qui la fit tanguer sérieusement. La foule retint son souffle, contrairement au commentateur :

— Gunnar est en danger ! Attention, une chute annulerait toutes les chances des Anguilles Véloces de se qualifier pour le titre du Meilleur Fléchard d'Édéfia ! Mais Gunnar vient de saisir les plumes de la Gélinotte pour se redresser, c'est courageux, chers spectateurs, très courageux !

Il était de notoriété publique que les énormes volatiles supportaient mal qu'on s'agrippe à leur plumage et les cris de désapprobation de celle que chevauchait Gunnar le confirmaient bruyamment. La malheureuse se démenait comme une véritable furie. Pendant ce temps, le joueur de l'équipe adverse vidait son carquois en visant la petite boîte fixée sur le dos du Nestor. L'énorme dragon d'eau sautait sur l'eau, ajoutant encore à l'agitation des flots provoquée par les cracheurs d'Oscillantes qui s'en donnaient à cœur joie. Gunnar s'approcha du périmètre lumineux et tira une première flèche qui rebondit sur la peau épaisse du Nestor. Une deuxième flèche atterrit dans l'eau alors que Sigurd préparait un nouveau tir.

— Qui va réussir à se saisir de la Piqueuse le premier ? Le suspense reste entier, Gracieuse, mesdames et messieurs, créatures et végétaux…

Mais au tir suivant, ce qui semblait être attendu de tous arriva enfin : une gerbe lumineuse jaillit de la boîte fixée sur le dos du Nestor en une sorte de feu d'artifice étincelant. La foule des spectateurs se leva des gradins dans un fracas assourdissant pour clamer sa joie.

— Eh oouuii, chers spectateurs, la Piqueuse vient d'être libérée ! Et c'est Gunnar, au troisième tir seulement, qui apporte le premier point aux Anguilles Véloces ! Hourra pour Gunnar !

L'ovation se propagea dans les gradins comme une traînée de poudre. Le Nestor tourna la tête et d'un mouvement souple ouvrit du bout du museau la boîte fixée sur son dos pour en sortir une grosse balle qui scintillait comme un diamant en plein soleil. Quel que soit l'endroit où l'on se trouve, y compris le plus éloigné des gradins, on ne pouvait manquer de la voir. La saisissant avec précaution entre ses dents, le Nestor tendit son immense cou jusqu'à Gunnar et la déposa entre ses mains avec une délicatesse inattendue pour une créature de cette taille. Sa mission accomplie, il tourna alors sur lui-même et plongea dans un panache de gouttelettes brillantes dans les eaux sombres du lac d'où il réapparut quelques secondes plus tard, escorté de sa compagne.

— Ballariders et Ballabuts, veuillez prendre place ! Notre Gracieuse va ouvrir le jeu ! annonça le commentateur ailé.

— Quoi ? bredouilla Oksa. Qu'est-ce que je dois faire ?

— Tu volticales jusqu'aux deux Nestors, lui indiqua Abakoum. Gunnar va te confier la Piqueuse. Là, tu devras la lancer aussi haut que possible.

— C'est tout ? Bon, eh bien, je devrais y arriver, à tout de suite ! s'exclama la jeune fille avec un sourire radieux.

Pendant ce temps, les huit joueurs, vêtus de combinaisons et de casques aux couleurs de leur équipe, piaffaient d'impatience. Propulsars dressés devant eux, ils se mirent en position de départ, tandis que, dans les cages, les Trasibules agitaient leurs tentacules.

— Notre Gracieuse bien-aimée, à vous de jouer ! informa l'oiseau-mégaphone.

Oksa volticala jusqu'au centre du lac. Là, Gunnar s'inclina devant elle en lui tendant la balle scintillante. Un énorme sablier sortit de l'eau et s'éleva aussi haut que l'Égide le permettait. Alors, Oksa balança le bras pour donner de l'élan à la Piqueuse et la projeta de toutes ses forces en l'air. Le sablier se retourna lentement, prêt à laisser couler le sable argenté qu'il contenait.

La foule hurla d'excitation pendant qu'Oksa rejoignait la tribune Gracieuse. Le sablier était presque retourné, quelques secondes encore et le match put enfin commencer !

À ce signal, les joueurs des deux équipes s'élancèrent sur leurs Propulsars vers le centre du lac. Arrivée à quelques mètres seulement de la surface de l'eau, la Piqueuse fut aussitôt renvoyée en l'air par le vigoureux coup de queue d'un Nestor. Les joueurs se lancèrent à sa poursuite et ce fut une joueuse à l'habit vert qui réussit à s'en saisir la première.

— Oouuii, et c'est Lucy de l'équipe des Hardis Scarabées qui prend la main ! clama le présentateur à plumes.

— Lucy ! s'exclama Oksa. Excellent !

— Attention ! reprit l'oiseau jaune. Je rappelle, chers spectateurs, que trois passes minimum dans une même équipe sont nécessaires avant de pouvoir tirer dans la cage ! Deuxième passe à Holger ! Ooohhh,

Spears vient de chuter, touché par une vague frontale ! Une équipe de Grenettes, vite !

L'infortuné Spears venait en effet de plonger tête la première dans le lac. Aussitôt, les grenouilles aux ailes de libellules volèrent vers le joueur en perdition et le saisirent pour l'enlever à la fureur aquatique. Sur le rivage, les cracheurs d'Oscillantes se déchaînaient en transformant l'air en tempête furieuse et les flots en vagues impressionnantes, aidés dans leur mission par les Nestors qui frappaient l'eau de leur queue pour ajouter à la tourmente. La balle passait entre les mains des joueurs qui filaient, accrochés à leurs Propulsars, en essayant d'éviter d'être renversés par les bourrasques et les vagues. Plusieurs tactiques se dégageaient : certains optaient pour des figures de surf afin d'affronter les vagues, debout sur leur Propulsar ; d'autres pour le slalom entre les Nestors survoltés ; d'autres encore pour la vitesse, fendant les rouleaux qui s'abattaient sur les eaux. Soudain, la foule poussa des cris stridents : la Piqueuse avait gonflé entre les mains de Lucy, la joueuse des Hardis Scarabées.

— Quatre… Trois… Deux…, décompta l'oiseau-mégaphone d'une voix dramatique alors que Lucy tournait dans tous les sens pour trouver un joueur de son équipe.

Tout le monde retenait son souffle. Jusqu'à ce que la Piqueuse passe enfin dans les mains d'un des équipiers de Lucy.

— Ouiiiii ! À une seconde près, Lucy échappe aux aiguillons impitoyables de la Piqueuse !

Oksa fronça les sourcils.

— Qu'est-ce que ça veut dire ?

— Au-delà de dix secondes de prise en main, la Piqueuse se transforme en un gros oursin hérissé d'aiguilles dont tu peux aisément imaginer les fâcheux effets, précisa Abakoum.

Oksa grimaça et se concentra à nouveau sur le match palpitant, d'autant plus qu'une joueuse en combinaison verte s'apprêtait à lancer la terrible Piqueuse dans la cage de ses adversaires. La Trasibule vêtue de bleu dressa ses longs tentacules pour faire obstruction et les agita dans tous les sens. Peine perdue… La balle s'engouffra au-dessus de sa tête !

— Un point pour les Hardis Scarabées ! Égalité parfaite, chers spectateurs, égalité parfaite ! s'enthousiasma le commentateur.

Le jeu reprit aussitôt avec encore plus de détermination de la part des deux équipes. Tout à coup, un membre des Anguilles Véloces se rua sur une joueuse des Hardis Scarabées. Concentrée sur la balle qui rebondissait dans tous les sens, la joueuse en combinaison verte ne vit pas le joueur en bleu qui fonçait vers elle. Arrivé à son niveau, ce dernier la percuta de plein fouet. La joueuse, sonnée, entra en collision avec un autre membre de son équipe dans un fracas impressionnant. Leurs Propulsars se brisèrent en mille morceaux et les joueurs tombèrent à l'eau. La foule se leva pour huer le joueur en bleu.

— Méfait ! hurla le commentateur. Méfait pour les Anguilles Véloces ! Cette action est totalement interdite ! Junius doit être exclu du jeu pour une durée de quinze grains d'argent. Et qu'on apporte de nouveaux Propulsars pour les Hardis Scarabées !

Le jeu se poursuivit ainsi pendant environ trois quarts d'heure, avec une succession de plongeons en tout genre, de passes courageuses et de pirouettes de Propulsars, et de temps à autre quelques actions plus musclées mais nettement moins réglementaires, du type de celle qui venait de valoir une exclusion temporaire à Junius. Quand le sablier eut laissé s'écouler le dernier grain de poudre argentée, le minuscule oiseau-mégaphone siffla la fin de la partie sous les vivats du public exalté.

— Les Anguilles Véloces comptabilisent donc trois points, plus une qualification pour le prix du Meilleur Fléchard d'Édéfia ! Bravo, on les applaudit, s'il vous plaît ! Regardons maintenant leurs adversaires : les Hardis Scarabées ont marqué quatre points, ce sont eux les grands gagnants du match d'aujourd'hui ! Hourra ! Qu'on se réjouisse !

41

Une fête que rien ne saurait gâcher

— Alors ça, on peut dire que c'était un sacré spectacle ! fit Oksa.

Elle s'était tant égosillée que sa voix était complètement rauque. Ce match de Ballawave resterait mémorable à bien des titres. Sitôt la fin de la partie annoncée, les partisans de chaque joueur s'étaient rués pour ovationner leurs favoris. Oksa, quant à elle, aurait été bien en mal de dire vers laquelle des deux équipes allait sa préférence.

Les Anguilles Véloces l'avaient stupéfiée par leur virtuosité à dompter les vagues, mais les Hardis Scarabées étaient loin d'avoir démérité avec leur façon inimitable de surfer sur les airs. Oksa volticala jusqu'à l'attroupement constitué autour des joueurs, aussitôt rejointe par le clan Gracieux et les membres du Pompignac. Mais alors qu'elle s'approchait des Propulsars avec une convoitise impossible à cacher, la plage se couvrit d'une ombre sinistre. Tout le monde leva les yeux. Il fallut quelques secondes pour que les conversations cessent et soient remplacées par des cris d'inquiétude.

Les Brigades Diurnes décollèrent très vite en direction de l'enveloppe protectrice sur laquelle explosaient maintenant des boules de feu. Des gerbes d'étincelles rebondissaient dans un panache assourdi par la surface élastique du bouclier, dont la transparence, en revanche, ne cachait rien de cette nouvelle offensive des Félons. Sur la plage, Pavel fulminait tellement qu'il ne tarda pas à s'élever à son tour dans les airs, son Dragon d'Encre déployé. Mais la masse sombre des Félons et de leurs armes volantes s'était déjà volatilisée, laissant derrière elle la trace de son passage : une fumée âcre et des impacts noircis s'étalant en de larges cercles sur l'Égide. Un silence de plomb s'abattit pendant que les Brigades Diurnes s'appliquaient à renforcer la protection avec l'aide des Serviteurs de la Protection et des meilleurs Granokologues.

Sur les rives du lac, la consternation était totale bien que cette nouvelle attaque confirmât ce que tout le monde savait : les Félons ne reculaient devant aucune provocation. Alors, prouvant la solidité de leur détermination, plusieurs centaines d'hommes et de femmes s'envolèrent d'un air décidé. Groupés en un essaim compact, ils passèrent au-dessus d'Oksa en clamant à tue-tête :

— Forts pour la vie, unis jusqu'à la mort !

La foule qui entourait la Jeune Gracieuse ne tarda pas à leur faire écho et à scander ce cri de guerre, poing levé et front haut. Même les créatures participaient à cet élan spontané en sautillant, glapissant, voltigeant.

— Si ces pourris de Félons veulent nous impressionner, eh bien, c'est raté ! vitupéra Oksa, la lèvre tremblante. Ils ne vont pas tarder à découvrir qui nous sommes vraiment et ils comprendront alors leur douleur !

Elle voulut lancer un appel, mais sa voix ne portait pas assez loin.

— Où est Naftali ? demanda-t-elle, empressée.

— L'ami scandinave de ma Gracieuse opère la consolidation de la housse qui fait la conservation de Du-Mille-Yeux dans la sécurité, répondit le Foldingot. La domesticité de ma Gracieuse dispose-t-elle du pouvoir de procurer une aide ?

— Il me faut un Capaciteur d'Amplivox, soupira Oksa.

À quelques pas de là, entendant ces mots, Réminiscens fouilla dans la poche de sa longue tunique en crêpe de Chine et en sortit son Coffreton. Elle en retira une bille irisée qu'elle tendit à Oksa avec un sourire. Cette dernière se hâta de l'avaler.

— Mes amis, aujourd'hui est *notre* jour de fête ! s'exclama-t-elle.

Sa voix se répercuta autour du lac, attirant l'attention de tous.

— Et ce n'est pas cette dérisoire poignée de Félons qui va jouer les trouble-fête et gâcher notre plaisir ! poursuivit-elle avec une excitation qu'elle ne cherchait pas à contrôler.

Cette déclaration et le ton d'Oksa eurent l'effet escompté : des acclamations approbatrices fusèrent de la foule galvanisée. L'oiseau-mégaphone s'approcha à tire-d'aile et se posa sur son épaule.

— Ma Gracieuse, puis-je annoncer la suite des festivités ? pépia-t-il tout doucement à son oreille.

Oksa fut ravie d'acquiescer. Alors, l'étonnant volatile s'ébroua, gonfla ses ailes et inspira profondément avant de s'envoler à quelques mètres de hauteur.

— Gracieuse, mesdames et messieurs, créatures et végétaux, il est temps pour nous tous de poursuivre les réjouissances de cette merveilleuse journée ! annonça-t-il.

Les Brigades Diurnes et tous ceux qui se trouvaient en l'air rejoignirent les abords du lac. Mais il n'échappa pas à Oksa que d'autres milices décollaient en toute discrétion pour parcourir l'enveloppe de long en large. La prudence restait de mise.

L'oiseau-mégaphone plongea vers Oksa, frôla son visage et remonta comme une minuscule fusée pour donner une directive qui stupéfia la jeune fille.

— Charpentiers, charpentières, veuillez procéder à la conversion des tribunes, s'il vous plaît !

Plusieurs Sylvabuls, conduits par Emica, s'emparèrent de Propulsars et s'envolèrent vers les plus grands gradins, sur lesquels ils se placèrent en des points apparemment stratégiques. Des grincements se firent entendre alors qu'une mécanique sophistiquée se mettait en branle. Les poutrelles qui constituaient les tribunes pivotèrent et se dressèrent pour s'encastrer à nouveau les unes dans les autres, en une ébauche de structure complètement différente. En quelques minutes, les estrades furent réunies et transformées en un gigantesque chapiteau.

— Prodigieux ! s'émerveilla Oksa.

— Attends, tu n'as pas tout vu…, précisa Tugdual.

Une nuée d'oiseaux fit irruption dans le ciel, soutenant une immense tenture aux couleurs de celle qui était devenue la Nouvelle Gracieuse : marine et bordeaux. Les petits porteurs volants se positionnèrent au-dessus du chapiteau et déposèrent adroitement le tissu afin d'en recouvrir la charpente. Et afin de finaliser cette prouesse architecturale, les Trasibules s'emparèrent des extrémités de la gigantesque étoffe qui tombaient jusqu'au sol et les remontèrent en élégants drapés, dégageant ainsi les passages qui permettaient d'accéder à l'intérieur.

Suivie par ses proches et par des centaines de personnes, Oksa volticala jusqu'à l'impressionnante tente. À terre, une foule se pressait le long des rives du lac pour converger vers le même point comme une cohorte de félins, tous plus puissants et racés les uns que les autres.

Oksa arriva enfin au pied de la tente, dont le sommet semblait vouloir atteindre le ciel tant elle était gigantesque. Toutes sortes de créatures, ainsi que de nombreuses personnes s'activaient autour et à l'intérieur, opérant en duo ou en trio pour porter d'immenses plateaux recouverts de victuailles. Une Gélinotte apparut, chargée comme une mule et sévèrement dirigée par un Gétorix au zèle intransigeant.

— Allez, allez, ma cocotte ! On s'active si on ne veut pas que notre Gracieuse meure d'inanition !

Sans râler comme à son habitude, la Gélinotte s'engouffra sous la luxueuse tente.

— Ça te fait quel effet d'être aimée à ce point ? fit Tugdual en se rapprochant le plus près possible d'Oksa.

Une fois de plus, la jeune fille sentit un véritable incendie naître en elle.

— Tu m'ennuies avec tes questions à deux *cents*, répondit-elle, les yeux brillants.

— Les *cents* n'ont pas cours à Édéfia, répliqua Tugdual avec son invariable petit sourire.

— Ha ! ha !

— Un peu faible comme repartie, si je peux me permettre, ma P'tite Gracieuse.

— Toi, tu joues avec le feu ! fit mine de s'énerver Oksa en gardant tant bien que mal son sérieux. Je t'ai pourtant déjà parlé des cachots sordides des sous-sols de la Colonne, n'est-ce pas ?

— Arrête, j'en tremble encore !

— Rigole, va...

— Merci, Votre Admirable Altesse, de m'autoriser à me divertir en ce jour de fastueuses célébrations honorant Son Immense Altesse.

Oksa poussa un grondement amusé.

— Allez, viens, on va voir ce qui se passe à l'intérieur !

Elle l'attrapa par le bras et l'entraîna sous le chapiteau.

La première chose qui attira l'attention d'Oksa fut l'énorme lustre de cristal suspendu au centre de la luxueuse tente. Ses innombrables pampilles projetaient des taches de lumière sur les lourdes tentures de satin moiré aux chaudes couleurs aubergine, qui rappelaient à la jeune fille l'appartement de Dragomira et son décor baroque. Sur le sol, de riches tapis de laine turquoise offraient à la fois un confort princier et un contraste éblouissant. Oksa regarda Tugdual d'un air interrogateur.

— Waouh, c'est vraiment dingue, murmura-t-elle. Comment ont-ils pu installer tout ça si vite sans qu'on s'aperçoive de rien ?

— Tu oublies que tu règnes sur un peuple de magiciens, répondit Tugdual.

— Non, je ne l'oublie pas ! Mais ça me bluffe quand même.

Elle s'avança au milieu des centaines de personnes qui se trouvaient là et tout le monde s'écarta sur son passage, sourire éclatant aux lèvres et regard lumineux. Tugdual, les Sauve-Qui-Peut et les Serviteurs du

Pompignac la suivirent en conservant une distance respectueuse et, malgré la densité humaine sous le chapiteau, les pas et les voix de tous étaient étouffés par l'épaisseur exceptionnelle des tapis et des draperies tapissant l'intérieur du chapiteau. Même la voix peu discrète des Gétorix semblait absorbée, ce qui représentait un incroyable prodige si l'on considérait l'état d'excitation des créatures hirsutes. La Gélinotte, énorme et docile, se tenait au fond comme l'idole à plumes d'un char de carnaval et semblait veiller avec intransigeance sur ce petit monde. Y compris sur le bon millier de plantes en pots suspendues aux poutrelles tout le long du chapiteau.

— Ma Gracieuse rencontre-t-elle le souhait de procéder à la sustentation ? demanda soudain le Foldingot, cramoisi de plaisir.

— Eh bien, je ne demande pas mieux ! répondit Oksa.

42

Un plantureux banquet

Le petit intendant lui indiqua les tables réparties en arcs de cercle. Sur les nappes de lin couleur framboise, d'innombrables plats étaient recouverts de cloches en métal qui n'empêchaient pas un délicieux parfum de se diffuser dans l'air, prometteur de mille délices.

Une bande survoltée de Gétorix et de Velosos s'approcha, suivie avec un étonnement nébuleux par les trois Insuffisants. À grand renfort de gesticulations, les créatures s'emparèrent des cloches qu'ils firent virevolter en l'air sans aucune précaution apparente à l'égard de tous ceux qui se trouvaient là. Par instinct, Oksa et les Sauve-Qui-Peut se mirent aussitôt en position de défense, prêts à utiliser leur pouvoir du Magnétus pour repousser la vaisselle avant qu'elle ne leur brise le crâne. Mais les Merlicoquettes veillaient et, déliant leurs membres changeants en d'incalculables bras, elles récupérèrent les cloches avec une adresse qui ne manqua pas de rassurer tout le monde. Les habitants d'Édéfia, nullement surpris mais néanmoins admiratifs, applaudirent avec fougue et sifflèrent. Amusée, Oksa les imita pendant que des Incendiantes crachaient de jolis petits feux d'artifice et que des

Pulsatillas, avides d'affection, s'enroulaient autour des poignets de ceux qui se trouvaient à proximité.

— Ma chère petite, ils ne voudront pas le reconnaître, mais tu dois savoir que c'est ton Foldingot et ceux de Léomido qui ont pris en main l'organisation de ce formidable banquet, l'informa Abakoum.

Oksa regarda l'Homme-Fé d'un air réjoui, puis elle se précipita vers les quatre Foldingots. Pour la plus grande confusion des petits intendants, elle se baissa pour donner à chacun un baiser en leur murmurant des remerciements sincères. La Foldingote – qui avait été au service du grand-oncle d'Oksa pendant de si nombreuses années – s'empourpra et vacilla sur ses maigres jambes.

— Ooohhh, ma Gracieuse ! bredouilla-t-elle, son toupet jaune vif frémissant sur sa tête. Votre domesticité a seulement procédé à l'accomplissement de sa fonction en faisant un usage intense de son cerveau et de la souvenance culinaire des gérontes d'Édéfia.

— Mais c'est énorme ! insista Oksa en montrant les tables débordantes de plats. Je trouve carrément miraculeux que vous ayez pu accomplir cela ! Je sais que beaucoup de choses manquent, on est encore loin de l'opulence d'autrefois… Comment avez-vous fait ?

À l'instar des Goranovs mais pour des raisons différentes, la Foldingote était au bord du malaise. Et ce qui devait arriver arriva… Pendant que des Gétorix se précipitaient pour aérer les plantes affectées par cette scène « insupportable », les deux Foldingots retinrent la très émotive Foldingote. Son petit gémit à ses côtés et une certaine émotion se diffusa tout autour. Ceux qui connaissaient la sensibilité des Foldingots et des Goranovs n'étaient pas surpris : ce trop-plein d'émotions conduisait inévitablement à la syncope. Mais pour les plus jeunes générations qui ne les avaient pas connus, la légende se vérifiait en laissant tout le monde bouche bée.

Gênée, Oksa prit le petit Foldingot dans ses bras. Il avait peu grandi et s'avérait être toujours aussi mignon.

— Ne t'inquiète pas, mon petit chéri..., lui murmura-t-elle à l'oreille. Ce n'est rien.

Le duvet translucide qui recouvrait intégralement son corps lui chatouilla le nez. Mais c'était si doux de presser ainsi contre elle ce gros bébé si gentil et absolument irrésistible.

— Bouuhh, la Foldingote connaît la défaillance farcie de regrets ! se lamenta la malheureuse sitôt revenue à elle. Elle fait l'entraînement du gâchis de la festivité et offre la proposition à ma Gracieuse d'engager une procédure de disparition.

Aidée par ses deux compagnons, elle se releva et lissa l'immense tablier dans lequel elle s'était enroulée.

— C'est hors de question ! s'exclama gaiement Oksa. Tu restes là, avec nous. On est tous très émus... et on a tous très envie de faire un sort à ce festin !

Sans lâcher le petit Foldingot qui ronflotait maintenant sur son épaule, elle se dirigea vers une des tables.

— Si notre Gracieuse rencontre le questionnement gastronomique, sa domesticité dispose de la capacité de procurer les explications culinaires, précisa l'intendant en chef.

— Entendu ! fit la jeune fille.

Elle se saisit d'un minuscule sandwich qui l'attirait depuis un bon moment.

— Bouchée de tomates vertes et d'œuf de Gélinotte, annonça cérémonieusement le Foldingot.

Oksa regarda la grosse poule qui gonflait ses plumes

avec fierté non loin de là, hésita un instant en imaginant la taille de l'œuf et mordit enfin dans le sandwich.

— Mmm, c'est délicieux ! s'extasia-t-elle.

Aussitôt, l'oiseau-mégaphone s'éleva jusqu'au lustre de cristal et clama de sa voix spectaculaire :

— Notre Gracieuse a dit : « Mmm, c'est délicieux ! »

Cette annonce publique fit rougir Oksa.

— Si j'avais su, j'aurais dit quelque chose de plus intelligent…, grommela-t-elle.

— Tu as dit exactement ce qu'il fallait, la rassura Pavel. Regarde, tu as ouvert le banquet !

Les milliers de personnes – les partisans d'Oksa au grand complet – se massèrent autour des tables et tout le monde se délecta bientôt des préparations aussi étonnantes que savoureuses des Foldingots : entremets aux herbes aromatiques des sous-bois de Vert-Manteau, brioches aux baies bleues confites, soufflés aux carottes géantes et aux noix de Boules-Feuillues, salades de courge de la variété « gorge-de-Nestor », fromages issus du lait des Luxuriantes – dont Oksa fut étonnée de découvrir qu'elles étaient non seulement d'admirables ménagères, mais aussi des mammifères, grandes productrices de lait !

Les Foldingots suivaient Oksa de près pour lui présenter chaque plat. Après avoir ressenti de la méfiance à l'énoncé de certains, la jeune fille s'avoua conquise par l'originalité et la saveur inattendue des recettes d'Édéfia. L'omelette d'œufs de Devinailles – encore une sacrée surprise ! – aux champignons rouge sang l'enchanta, mais moins encore que les cubes de gelée de Papillax. Une simple pensée et ils prenaient le goût qu'on voulait bien leur donner ! Oksa s'en donna à cœur joie.

Soudain, des accords de musique retentirent, d'abord légers, puis plus insistants. Oksa et les Sauve-Qui-Peut dressèrent l'oreille, cherchant des yeux d'où venait le son. Depuis qu'ils étaient à Édéfia, aucun d'entre eux n'avait entendu la moindre mélodie. Oksa était certainement celle à qui cela manquait le plus. À Du-Dehors, dans sa vie d'avant, pas une journée ne s'écoulait sans musique et, à la perception de ces instruments qui s'accordaient, elle se rendit compte du manque énorme qu'elle ressentait.

Une plate-forme se souleva pour flotter au-dessus des tables, découvrant une dizaine de musiciens et leurs instruments. Oksa écarquilla les yeux en reconnaissant Tugdual, une sorte de guitare en bois sombre en bandoulière. Une rumeur parcourut le chapiteau alors que les Ptitchkines et un essaim de petits oiseaux indigo incitaient l'assemblée à se taire. Le silence s'installa très vite, tout le monde bouillait d'impatience.

Quand la musique s'éleva, tous les cœurs se gonflèrent. Les yeux s'embuèrent, les narines palpitèrent. Personne ne pouvait rester insensible à cette mélodie intense et enjouée à la fois. Les cordes dominaient sous des formes proches du luth, de la mandoline et du violon, d'un bois brillant abondamment veiné. Mais les percussions n'étaient pas en reste. Quatre jeunes filles s'en chargeaient, debout devant de hauts fûts sur lesquels était tendue une toile où rebondissaient leurs mains agiles. Des couples ne tardèrent pas à se former et à se lancer dans une danse étonnante aux quatre coins de la tente. Pavel attrapa Oksa par le bras.

— Mais, papa, je ne sais pas danser ça ! protesta-t-elle.

— Je vais te guider, rétorqua gentiment Pavel.

Son regard glissa malgré elle vers Tugdual qui lui répondit par un clin d'œil, et elle laissa son père la faire danser.

— Depuis quand tu connais les danses d'Édéfia ? lui demanda-t-elle, frappée par son incroyable aisance.

— Depuis que ta grand-mère m'y a initié, voilà bien longtemps de cela..., répondit il en la faisant virevolter. Il y avait de bons musiciens dans le village sibérien de mon enfance. Il suffisait que Dragomira fredonne les mélodies pour qu'ils les mettent en musique. C'est ce que nous entendons en ce moment. Les instruments sont un peu différents, mais c'est pourtant étonnant de ressemblance, ajouta-t-il, la voix légèrement tremblante.

Subjuguée par les rythmes harmonieux, Oksa dansa un moment avec son père, puis avec Abakoum dont la souplesse l'épata, et avec Brune, à la grâce innée. Sur la plate-forme, les musiciens se relayaient et, quand elle vit Tugdual sauter les cinq ou six mètres de hauteur pour s'approcher d'elle, elle sourit. Brune s'effaça et laissa volontiers la place à son petit-fils.

— J'ignorais que tu savais jouer de la guitare..., fit la Jeune Gracieuse à l'oreille du garçon.

Elle avait conservé le souvenir du morceau que Tugdual avait joué sur le grand piano, quelques heures avant le départ de la demeure de Léomido pour l'Île des Félons. Les quelques notes, sombres et mélancoliques, resteraient gravées dans sa mémoire. Elle posa la tête sur son épaule et ne put retenir un soupir.

— Il y a tellement de choses que tu ignores de moi, ma P'tite Gracieuse..., murmura Tugdual.

Oksa se dégagea en douceur pour l'observer. Son visage avait sa pâleur habituelle, seuls deux plis barraient son front. Il semblait impassible. Mais ses yeux, en revanche, reflétaient tout autre chose derrière leur apparente froideur polaire, un gouffre ardent dont Oksa ne savait traduire la signification. Sa respiration s'accéléra alors qu'elle tentait de sonder les abysses bleutés de ce regard étrange.

— Ne cherche pas à tout savoir, souffla-t-il. S'il te plaît.

Puis il posa sa main sur les paupières de la jeune fille et les abaissa du bout des doigts. Autour d'eux, des centaines de couples dansaient, pendant que dans le cœur d'Oksa se diluait un bien-être assombri par un voile de tristesse.

43
Inquiétante rencontre

Les percussionnistes se déchaînaient sur leurs instruments et la fête battait son plein. Dans une atmosphère surchauffée, on avait fini par lever les tentures pour laisser passer la fraîcheur et l'énorme Centaurée d'Abakoum avait été tractée jusqu'au centre de la tente pour réguler la température et assainir l'air ambiant.

Tout le monde profitait de ce répit, les créatures comme les humains. Les plantes, elles aussi, se défoulaient malgré l'entrave naturelle de leur constitution. Loin de rester inertes, elles agitaient tout ce qu'elles pouvaient remuer. À force de se balancer, une Nobilis avait même réussi à se dépoter ! Racines à l'air, elle avait continué de gesticuler au rythme de la musique envoûtante, jetant les Goranovs dans un émoi inévitable. Par bonheur, tout s'était bien terminé : la frénétique Nobilis avait été prestement rempotée et les Goranovs s'étaient vu offrir un massage qui les avait aussitôt déstressées.

Depuis un moment, Oksa cherchait Tugdual. La dernière fois qu'elle l'avait vu, il dansait avec Zoé. Oksa les avait observés sans se faire remarquer, presque en cachette. L'oreille tendue pour essayer de mettre à profit le don de la Chucholotte, elle avait tenté d'écouter leur conversation. Peine perdue… La fête parasitait toute perception.

Zoé la déconcertait toujours autant. Même Tugdual ne recélait pas autant de mystères. En les voyant tous les deux chuchoter d'un air grave au milieu de la foule des danseurs, elle se rendait compte qu'elle ne savait toujours rien des pensées véritables de sa petite-cousine. Malgré les tentatives d'Oksa, Zoé ne lâchait rien. Impossible de savoir à cause de qui elle avait accepté l'horrible sacrifice du Détachement Bien-Aimé. Bien sûr, elle l'avait fait pour sauver Oksa et la Jeune Gracieuse n'en doutait pas un seul instant. Mais elle savait aussi qu'un des deux garçons l'avait malgré lui poussée au désespoir, la conduisant à renoncer à tout jamais à l'amour. Gus ou Tugdual ? Les arguments penchaient autant en faveur de l'un qu'en faveur de l'autre, et Oksa s'avouait perdue. Quand elle avait parlé à Zoé de son échappée à Du-Dehors, une infime émotion avait voilé ses yeux noisette perpétuellement cernés, mais rien de significatif. Par prudence, Oksa s'était bien gardée d'évoquer Kukka. La sublime Scandinave la perturbait déjà bien assez, inutile de tourmenter aussi Zoé.

— Tu ne danses plus ?

Oksa sursauta. Zoé était à côté d'elle et l'observait. Malgré son visage creusé par les épreuves, elle était très jolie.

— J'adore quand tu es coiffée comme ça, fit Oksa. On dirait la princesse Leia dans *Star Wars* !

— Merci ! fit Zoé, amusée.

Elles restèrent côte à côte quelques instants, à contempler les danseurs et à commenter les tenues des uns et des autres quand Oksa aperçut enfin celui qu'elle cherchait. La silhouette sombre de Tugdual se faufilait à travers la foule.

— Excuse-moi, Zoé, je reviens…

Comme souvent, rien n'avait échappé à Zoé. Une crispation presque imperceptible durcit son regard et ses mouvements. Oksa s'en rendit compte, mais, comme un poisson glissant entre les doigts, Zoé s'était déjà détournée pour disparaître au milieu des fêtards. Contrariée, Oksa se hissa sur la pointe des pieds pour avoir un panorama plus complet et tenta de repérer à nouveau Tugdual. Puis, en désespoir de cause, elle finit par opter pour une légère lévitation verticale et s'éleva d'une vingtaine de centimètres. Bien lui en prit : Tugdual se dirigeait vers une des sorties. Elle redescendit sur le sol et s'engagea dans la même direction que lui.

Le ciel affichait une tonalité crépusculaire qui rendait les eaux du lac Brun et les Montagnes À-Pic au loin plus noires que de l'encre. Un rayon de soleil couchant, plus tenace que les autres, fendait l'épaisseur violacée des nuages comme une épée d'or. Plus loin, les Ombrelliers s'élevaient avec l'envergure de parasols d'ébène démesurés. D'instinct, Oksa parcourut l'Égide des yeux. Les Brigades Diurnes avaient été remplacées par les Escadrons Noctuidés équipés de Trasibules et, malgré la nuit qui tombait, on pouvait encore distinguer des petits groupes de Félons volticalant de l'autre côté, telles de funestes fusées. Oksa frissonna. Dans la pénombre nimbant les rives de sable blanc, elle accommoda sa vue et repéra enfin Tugdual. Le jeune homme s'éloignait vers un bosquet de Majestiques, accompagné par un Veloso. L'obscurité n'était pas un obstacle pour lui, il marchait aussi aisément qu'en plein jour. Intriguée, Oksa le suivit.

Elle avait beau cligner les yeux, ce qu'elle parvenait à voir restait très indistinct. L'ombre écrasante projetée par les arbres rendait toute chose invisible. Et pourtant, au prix d'un effort sévère, elle réussit à entrevoir deux silhouettes : celle de Tugdual et une autre, a priori masculine.

Elle s'approcha à pas feutrés, prenant garde à ne pas trahir sa présence en faisant craquer un branchage ou rouler une pierre. « Si seulement j'étais Mainferme, j'y verrais un peu plus clair... », grommela-t-elle intérieurement. Avec la nuit, la fraîcheur tombait, elle aussi. La jeune fille resserra sa Pèlerine sur elle et se concentra. Tugdual discutait avec quelqu'un à voix basse. Leurs chuchotis se perdaient dans les clapotis des eaux du lac et la brise légère qui agitait les feuilles. Cependant, il était clair que la discussion n'était pas des plus amicales, comme en témoignaient les gestes vindicatifs de Tugdual et de son interlocuteur.

Soudain, un Escadron Noctuidé passa au ras des arbres et c'est à la faveur des Trasibules qui l'éclairaient qu'Oksa eut une vision aussi inattendue qu'épouvantable de cette mystérieuse deuxième personne.

Sonnée, elle prit appui contre un arbre. Ses lèvres articulèrent dans un silence horrifié le nom de celui qu'elle avait reconnu.

Mortimer.

Mortimer McGraw.

Le fils de son pire ennemi.

En pleine discussion avec Tugdual. Elle se reprit tant bien que mal. Il fallait chasser le vertige que cette présence entraînait et essayer de comprendre. Les questions jaillissaient en désordre dans son esprit. La première était de savoir comment Mortimer avait réussi à pénétrer à Du-Mille-Yeux. La preuve était faite qu'on ne pouvait pas tricher. Alors, qu'est-ce qu'il faisait là ? Et pourquoi était-il entré en contact avec Tugdual ? Pourquoi pas avec Zoé dont il avait été si proche ? Et surtout, que voulait-il ? Beaucoup trop de questions pour une absence totale de réponses… L'incompréhension et la frustration faisaient trembler Oksa et la menaient au bord de l'explosion. Son Curbita-peto se mit à onduler avec vigueur autour de son poignet, les battements de son cœur se ralentirent.

Après une vingtaine de minutes qui semblèrent durer des heures, les Escadrons repassèrent en éclairant à nouveau la scène et Oksa eut juste le temps de remarquer que la situation avait évolué. Il n'y avait plus aucune trace d'animosité entre les deux garçons, mais ce qu'elle voyait était cependant loin de la rassurer : Tugdual, adossé à un arbre, les coudes sur les genoux, tenait sa tête entre ses mains. Mortimer était accroupi devant lui. Mais qu'est-ce que tout cela signifiait ?

Dans le ciel, la lune fit son apparition alors que des explosions résonnaient sourdement. Des rais de lumière froide percèrent la frondaison des arbres, dévoilant la partie du sous-bois où se trouvaient Tugdual et Mortimer. Leur ombre, longue et inquiétante, s'inscrivit sur le sol. Bien qu'elle soit toujours à l'abri dans une obscurité relative, Oksa plongea derrière un buisson et s'aplatit de tout son long, le menton dans la terre humide.

Elle comprit très vite qu'elle avait eu une très mauvaise idée. Car, en risquant un coup d'œil à travers le feuillage clairsemé, elle vit avec effroi que les deux garçons regardaient dans sa direction, tels des fauves à l'affût du moindre mouvement d'une proie éventuelle. Et, surtout, elle constata qu'ils étaient bien plus près qu'elle ne l'avait imaginé, une vingtaine de mètres tout au plus ! Aussi, quand Mortimer se leva pour s'approcher d'elle, elle eut à peine le temps de se maudire. À défaut d'être prudente, il fallait faire preuve d'intelligence et réagir, vite ! Elle décolla à une vitesse fulgurante pour se percher sur la branche de l'Ombrellier qui la surplombait. Installée comme une chouette, elle aperçut Mortimer scrutant le buisson qu'elle venait de quitter quelques secondes plus tôt. « Ouf, je l'ai échappé belle… », soupira-t-elle intérieurement. Bientôt rejoint par Tugdual, le garçon abandonna sa fouille sans avoir l'idée de regarder au-dessus de lui. Pour le plus grand soulagement d'Oksa, en équilibre sur sa branche.

— Tu peux compter sur moi, affirma Motimer à Tugdual. Je sais que ce n'est pas facile pour toi, mais je ferai tout ce que je peux pour t'aider.

Tugdual opina de la tête.

— N'oublie pas de me donner ce que tu m'as promis, fit-il d'une voix d'outre-tombe.

Mortimer sortit un petit sachet de sa poche et le lui tendit.

— Qu'est-ce que tu vas faire maintenant ? demanda Tugdual en glissant le sachet dans la poche arrière de son pantalon.

— Je retourne là-bas.

— Tu pourrais rester ici…

— Je serais vite démasqué ! rétorqua Mortimer.

À ces mots, le sang d'Oksa se glaça dans ses veines. Tugdual était hypnotisé, ce n'était pas possible autrement ! Les yeux écarquillés, à court de souffle, elle se retenait à grand-peine de ne pas déverser un déluge de Granoks sur le fils du Félon. « Tugdual… Mais qu'est-ce que tu es en train de faire ? » hurlait-elle dans sa tête. Mortimer tourna la tête et fouilla du regard tout autour de lui.

— Il faut que je parte maintenant, fit-il. On reste en contact, d'accord ?

Tugdual acquiesça, les mains enfoncées dans les poches. Mortimer le dévisagea un instant, puis disparut dans le sous-bois en courant aussi vite qu'un guépard.

Un hurlement déchira bientôt la nuit, si puissant, si surprenant, qu'Oksa faillit tomber de son perchoir. Elle se pencha en retenant son souffle, les ongles enfoncés dans l'écorce. Tugdual était allongé sur le sol, les bras et les jambes en X, à l'endroit même où elle se trouvait plus tôt. La lune éclairait maintenant son corps et son visage pâle comme la mort. Et surtout ses yeux, brûlant d'une folie incandescente.

44

Discussions secrètes

— Jamais ! piaillait la plus autoritaire des Devinailles. Jamais nous ne nous sommes trompées !

— À part quand nous avons cru notre Gracieuse, la Tant-Regrettée Dragomira, lorsqu'elle nous assurait que Londres serait climatiquement plus favorable que Paris, intervint une autre petite poule d'une voix tout aussi véhémente.

— Je vous crois, fit Oksa en se tordant les mains. Je vous crois.

Elle se laissa tomber dans un fauteuil et renversa la tête en arrière, les yeux rivés sur les coutures qui zébraient la toile de la confortable tente de Cameron. En la voyant arriver à l'aube, le visage décomposé, le fils de Léomido avait tout de suite compris que la fête de la veille n'était pas la cause de cet apparent tourment. Il avait proposé son aide avec un tact dont Oksa lui était reconnaissante, mais elle avait néanmoins refusé. L'affaire était trop grave, la discrétion était de mise.

— Nous vous le répétons, assena la Devinaille en chef, les plumes gonflées d'excitation. Si ce garçon a pu entrer à Du-Mille-Yeux, c'est qu'aucune de nous n'a repéré la moindre malveillance. Et si aucune de nous n'a repéré la moindre malveillance, c'est que le cœur de ce garçon n'en possède aucune !

— C'est le fils d'Orthon ! protesta Oksa.

Prenant cette remarque comme une objection – ou, pire, comme la marque évidente d'un manque de confiance –, les Devinailles se mirent à caqueter avec la nervosité et la démesure qui les caractérisaient. Très vite, la tente se mit à ressembler à une basse-cour en folie.

— Calmez-vous ! s'écria Oksa, les mains sur les oreilles. Je vous rappelais juste que Mortimer est le fils de notre plus grand ennemi et que la probabilité qu'il soit un Félon…

Elle chercha ses mots avec précaution.

— … n'est pas négligeable.

Les Devinailles la dévisagèrent de leurs petits yeux survoltés et leur chef lâcha d'un air profondément agacé :

— Laissez-moi vous corriger : cette probabilité n'est pas négligeable, elle est nulle ! Ce jeune homme est entré à Du-Mille-Yeux avec des intentions honnêtes, nous sommes catégoriques et nous souhaiterions que ce sujet soit enfin clos. Et maintenant, si vous n'avez plus besoin de nous, nous aimerions reprendre notre travail au plus vite !

— Vous faites la proclamation de paroles insolentes ! s'indigna le Foldingot. Votre interlocutrice est la Gracieuse, l'oubli ne doit pas être consommé !

Oksa soupira et fit un signe d'approbation aux Devinailles après leur avoir fait promettre de garder le secret sur cet entretien. Puis, perdue dans sa réflexion, elle resta silencieuse un long moment. Elle avait beaucoup de mal à croire les détectrices de vérité, malgré leur insistance et l'immense fiabilité de leur expérience.

Elle se redressa dans son fauteuil, contrariée, et interpella celui qui l'accompagnait sans faillir.

— Mon Foldingot, qu'est-ce que tu en penses ? fit-elle en se tournant vers son intendant joufflu, debout à ses côtés. Qu'on le veuille ou non, Mortimer est un cœur Gracieux…

D'un geste automatique, elle passa les mains dans ses cheveux pour les rejeter en arrière.

— Et les cœurs Gracieux n'ont aucun secret pour toi, n'est-ce pas ? assena-t-elle.

Le Foldingot renifla bruyamment, les yeux écarquillés comme des soucoupes, avant d'acquiescer.

— Ma Gracieuse fait la communication d'une donnée truffée d'exactitude : sa domesticité dispose de cette capacité, la lecture des cœurs Gracieux ne se heurte à aucun obstacle.

Il se tut et, dans une immobilité parfaite, il attendit. Tout comme Oksa qui mit quelques secondes à réagir : le Foldingot répondait strictement aux questions qu'on lui posait. Et c'est ce qu'il venait de faire, ni plus ni moins.

— Qu'est-ce que Mortimer faisait à Du-Mille-Yeux ? S'il te plaît, dis-moi, mon Foldingot.

Le petit être se tortilla, prenant appui sur un pied puis sur l'autre, mettant Oksa au supplice.

— Ma Gracieuse rencontre la nécessité de recevoir l'assurance que les Devinailles possèdent la parole correcte dans leur bec : le fils du Félon honni ne dissimule pas de laides intentions dans son cœur. Ma Gracieuse a-t-elle fait la conservation du souvenir de l'Île des Félons exécrés et du Grand Conseil d'Ocious l'abominé lors de l'arrivée des Sauve-Qui-Peut à Édéfia ?

— Bien sûr que je m'en souviens !

— A-t-elle procédé à la sauvegarde de son impression vis-à-vis du fils du Félon honni ?

Oksa plissa les yeux et tapota les accoudoirs du bout des doigts.

— Mortimer ne semblait pas très à l'aise lors du premier Conseil, reconnut-elle après une intense réflexion. J'avais l'impression qu'il ne cautionnait ni les actes ni les paroles de son père et de son grand-père. Et en plus, il avait l'air de beaucoup souffrir. Je me suis même dit à ce moment-là que sa mère devait beaucoup lui manquer, à lui aussi, ajouta-t-elle, la voix brisée.

— La véracité comble les paroles de ma Gracieuse, approuva gravement le Foldingot. Depuis que Réminiscens a mené l'attentat contre lui sur l'Île de la mer des Hébrides, le fils du Félon honni endure la détention de la connaissance des sentiments paternels à son égard.

— Mes relations avec Mortimer n'ont jamais été amicales, c'est le moins qu'on puisse dire, admit Oksa. Mais il faut bien avouer qu'Orthon a été atroce avec lui. Plutôt que de le sauver, il a préféré engager cet horrible bras de fer avec Réminiscens. C'est tout ce qui l'intéressait : gagner contre sa sœur ! Et peu importe ce qui pouvait arriver à son fils.

— Le jugement de ma Gracieuse rencontre l'hypertrophie…

Oksa fit une moue aussi intriguée qu'amusée et ses fossettes se creusèrent joliment.

— Mon jugement est hypertrophié ? s'étonna-t-elle. Tu veux dire par là que j'exagère un peu ?

— C'est la signification des paroles de votre domesticité.

Bienveillante, Oksa caressa la grosse tête du Foldingot dont la peau avait pris une stupéfiante couleur carmin.

— Exagérer ? Ce n'est pourtant pas mon genre, le taquina-t-elle.

— Ma Gracieuse a sans doute préservé dans sa mémoire l'émotion du Félon honni quand sa sœur a exposé la profération des menaces : le décès de Mortimer contre le décès de Jan, le fils de Réminiscens et de Léomido trépassé à cause d'Orthon. L'évocation de ces représailles avait conduit le Félon honni à une colossale émotion.

— Une colossale émotion qu'il s'est bien chargé de ne pas montrer, alors ! rétorqua Oksa. Car on ne peut pas dire qu'il ait fait tout ce qui était en son pouvoir pour sauver Mortimer. Moi, j'ai plutôt l'impression qu'il mettait un point d'honneur à ne rien lâcher.

Le Foldingot parut déconcerté.

— Mais c'est vrai que tu sais mieux que moi, admit Oksa. En tout cas, je peux comprendre que Mortimer soit un peu… déboussolé. S'apercevoir que son père privilégiera toujours ses ambitions personnelles, même si c'est au détriment de sa propre famille, tu imagines les dégâts que ça peut entraîner dans l'esprit ?

Elle soupira, sincèrement compatissante.

— Tu crois qu'il veut rallier notre clan ?

— C'est le vœu le plus infini de son cœur, approuva le Foldingot.

Oksa s'enfonça dans son fauteuil. La situation était complexe et totalement inattendue, mais tout convergeait vers cette évidence. Cependant, elle ne pouvait s'empêcher de garder au fond d'elle – et malgré tout – une certaine prudence.

— Alors pourquoi est-il venu en cachette ? s'exclama-t-elle soudain. Il pouvait tout à fait se présenter à nous au lieu de se confier à Tugdual !

Le Foldingot tripota les bretelles de sa salopette.

— Le courage a fait la rencontre d'un déficit dans son cœur, répondit-il. Son identité et sa parenté accablent le fils du Félon honni d'un poids qui a entraîné l'empêchement de rendre publique sa visite. Seul le bien-aimé de ma Gracieuse détenait la compétence de réceptionner la confidence.

— Où est-il en ce moment ?

— Le fils du Félon honni a opéré son rapatriement auprès de ses ascendants et de l'armée félonne dans les Montagnes À-Pic, à l'intérieur des grottes troglodytiques farcies de pierres précieuses. Son absence a connu la brièveté, et la perception d'un doute connaît l'inexistence.

— Tant mieux…, murmura Oksa.

Autour d'elle, l'épaisse toile de la tente se gonflait au gré de la brise matinale, avec la douce puissance de la respiration d'un corps humain. Les yeux ardoise de la jeune fille se fixèrent un moment sur les lanternes de verre coloré qui se balançaient avec mollesse en projetant des auréoles de lumière de part et d'autre. Fidèle à son éternelle manie, elle se rongea un ongle. Son Foldingot s'approcha jusqu'à frôler son bras.

— Ma Gracieuse fait la possession d'une idée derrière son crâne, annonça-t-il avec assurance.

Oksa tressaillit, tirée de ses pensées par la voix aigrelette de son petit intendant.

— Tout à fait, mon Foldingot ! fit-elle en bondissant sur ses pieds.

Empressée, elle écarta la lourde tenture qui bouchait l'entrée de la tente et sortit d'un pas résolu.

45

Interrogatoires

— Mais qu'est-ce que tu fais là, l'Insuffisant ?

La créature indolente déambulait dans le hall du rez-de-chaussée de la Colonne de Verre, en pleine contemplation d'une petite brioche fourrée de baies roses.

— Je crois que je me suis un peu égaré…, répondit-il tout en contemplant son gâteau comme s'il s'agissait d'un joyau inestimable.

— Tu es censé ne pas quitter mon appartement ! lui fit remarquer Oksa.

Une certaine inquiétude voilait sa voix et son regard. Le Foldingot se planta devant l'Insuffisant, qui avait décidé d'entamer le grignotage de sa pâtisserie.

— Ta présence ici-bas requiert une justification ! lui dit-il d'un air sévère.

— Un charmant jeune homme m'a gentiment proposé d'aller chercher cette brioche au quarante-septième étage, expliqua l'Insuffisant. C'est très aimable à lui, vous ne trouvez pas ?

Interloquée, Oksa se pencha pour se mettre à son niveau. Elle posa les mains sur les épaules tombantes de la créature et, se retenant de le secouer, laissa échapper une rafale de questions angoissées.

— Un jeune homme ? Quel jeune homme ? Comment était-il ? Tu le connais ? Qui est-ce ?

Son esprit réfléchissait à toute vitesse et ses pensées la conduisaient à un nom : Mortimer. Et, indirectement, Orthon… Malheureusement, cette vivacité s'avérait bien loin d'être partagée par l'Insuffisant dont les gros yeux renvoyaient l'expression de vide sidéral de son cerveau. Il parvint néanmoins à en extirper une réponse aussi hésitante qu'imprécise :

— Il me semble que je l'ai déjà vu, oui. Ses cheveux étaient noirs et ses vêtements aussi… À moins que ce ne soit gris… Ou bleus…

Ravi de pouvoir apporter une contribution aussi « déterminante », il adressa à Oksa un sourire confondant d'optimisme. Une certaine fébrilité s'empara de la jeune fille.

— Et alors ? souffla-t-elle. Qu'est-ce qui s'est passé ensuite ?

— J'y suis allé.

— Tu es allé où ?

— Au quarante-septième étage, bien sûr ! répondit l'Insuffisant. On dirait que vous avez du mal à comprendre.

En d'autres circonstances, Oksa aurait éclaté de rire.

— Quand je suis sorti de l'ascenseur, j'ai vu une brioche dans une jolie petite assiette posée sur le sol. Je me suis alors dit que j'étais très chanceux, ce n'est pas tous les jours qu'on trouve de bonnes choses comme ça sur son chemin !

Le Foldingot leva les yeux au ciel.

— Mais je croyais que c'était le jeune homme qui t'avait invité à aller chercher cette brioche ! s'étonna Oksa.

L'Insuffisant marqua un temps d'arrêt dans sa dégustation et lâcha avec une désinvolture prodigieuse :

— Ah, oui, vous avez raison… Ensuite, comme je ne savais pas d'où j'étais parti, je n'ai pas pu retrouver mon chemin.

— Et le jeune homme en noir ?

— Oh, il est resté dans votre appartement.

Oksa laissa échapper un gémissement de dépit.

— Comment ça, il est resté dans mon appartement ? Personne ne peut entrer sans y être autorisé ! Ne me dis pas que c'est toi qui lui as ouvert ?

— J'ai ouvert la porte quand il a frappé, assurément !

— C'est pas vrai…, se lamenta Oksa.

— Mais si, je vous assure !

— Et tu ne l'as pas refermée derrière toi quand tu es sorti…

L'Insuffisant fouilla dans sa mémoire vaporeuse et n'y trouva aucun élément de réponse.

— Il y a longtemps que tu es là ? reprit Oksa.

— Oui, peut-être…

— Super ! maugréa-t-elle en grimaçant.

— Ah, vous trouvez ? rétorqua l'Insuffisant, exceptionnel de candeur. Eh bien, tant mieux.

Oksa l'attrapa par sa patte libre et l'entraîna vers l'ascenseur de verre, le Foldingot trottinant derrière elle.

Arrivée au cinquante-cinquième étage de la Colonne, elle déboucha comme une trombe dans le couloir, Crache-Granoks à la main. Elle s'arrêta net, interdite.

— Tugdual ?

Le jeune homme se retourna, le regard polaire et torturé. Un quart de seconde plus tard, il affichait un sourire plus énigmatique et séduisant que jamais.

— Tu cherches à m'attaquer, P'tite Gracieuse ? fit-il en avisant la Crache-Granoks d'Oksa.

Troublée, la jeune fille rangea la sarbacane magique dans sa sacoche portée en bandoulière.

— Qu'est-ce que tu fais là ? demanda-t-elle.

— Oui, qu'est-ce que vous faites là ? fit l'Insuffisant.

Oksa lui jeta un regard consterné alors que le Foldingot le tirait par la patte en direction de l'appartement Gracieux.

— Je t'attendais, répondit Tugdual en s'approchant d'elle. Tu me manques, vois-tu…

L'embarras de la jeune fille ne lui échappa pas.

— Tu me laisses entrer ?

Oksa pressa la main sur la porte pour activer la commande digitale qui lui rappelait, chaque fois qu'elle l'utilisait, son étonnement devant l'étui de contrebasse menant à l'atelier-strictement-personnel de Dragomira.

— Tu n'as vu personne dans les parages ? demanda-t-elle en entrant dans l'appartement.

— Dans les parages ? Tu veux dire ici, au dernier étage ?

La gorge serrée, Oksa fit « oui » de la tête tout en laissant entrer Tugdual.

— Non, fit ce dernier. Mais je viens juste d'arriver.

Il la serra dans ses bras. Elle se laissa faire, l'esprit confus, sans pouvoir s'empêcher d'inspecter l'appartement, ses yeux balayant l'espace comme un radar. Les Ptitchkines, tout juste réveillés, s'ébrouaient dans leur minuscule nid installé dans une cavité du mur de mosaïque.

Plus loin, toison ébouriffée, le Gétorix faisait ses pompes quotidiennes en ahanant. Rien d'inhabituel… Par-dessus l'épaule de Tugdual, son regard s'arrêta soudain sur son bureau. La Pulsatilla dormait en ronflotant doucement à côté de l'Elzévir aux reflets cristallins et son cœur faillit s'arrêter. « Quelle sinistre idiote ! se gronda-t-elle. J'ai oublié de le ranger à la Mémothèque ! Nulle, nulle, nulle, je suis nulle… »

— Qu'est-ce qui ne va pas, ma P'tite Gracieuse ? fit Tugdual en lui caressant les cheveux.

Oksa se dégagea de son étreinte et se dirigea vers la baie vitrée surplombant Du-Mille-Yeux. Au passage, elle jeta un coup d'œil à son bureau et au registre Gracieux. Le siège placé comme elle l'avait laissé, le stylet posé en diagonale sur l'Elzévir, la soucoupe à moitié remplie de pistaches… Tout semblait parfaitement en ordre. Et, pourtant, elle ne ressentait qu'un soulagement mitigé.

Dos tourné, elle resta debout un moment, sans dire un mot, alors que Tugdual s'installait dans un fauteuil, silencieux lui aussi. Puis elle se retourna et lui fit face, les yeux brillants.

— Qu'est-ce que Mortimer te voulait ? questionna-t-elle d'une voix dont le calme la surprit elle-même.

Tugdual accusa le coup. Il renversa la tête en arrière, évitant son regard incisif.

— Comment es-tu au courant ? murmura-t-il.

— N'oublie pas que je suis la Gracieuse, rétorqua Oksa. Alors, le problème n'est pas de savoir comment je suis au courant, mais plutôt de comprendre pourquoi je ne l'ai pas été.

Le léger tremblement qui agitait ses mains et ses lèvres était négligeable par rapport aux turbulences qui la secouaient. Tugdual se redressa, puis, les coudes sur les genoux, il plongea ses yeux dans ceux d'Oksa. Seuls la rancune et le doute qui la meurtrissaient permirent à la jeune fille de soutenir la puissance de son regard.

Mortimer veut nous rejoindre, dit-il d'une voix posée.

— Comment être sûr qu'il est honnête ? enchaîna aussitôt Oksa.

— Tu sais qu'il l'est si tu sais qu'il a réussi à entrer à Du-Mille-Yeux.

Oksa inspira profondément. Comme avec les Devinailles et son Foldingot, cette évidence revenait, bouclant la boucle. Cependant, elle n'en avait pas encore terminé avec cette lancinante incertitude tapie dans un coin de son esprit.

— Dans ce cas, pourquoi n'est-il pas resté ? demanda-t-elle.

— Serions-nous prêts à l'accepter parmi nous ? répliqua Tugdual.

Oksa le foudroya du regard. Quand arrêterait-il de répondre à ses questions par des questions ?

— Nous avons bien accueilli Réminiscens et Zoé ! fit-elle. Et, plus récemment, Annikki.

— Tu sais bien que ce n'est pas du tout la même chose. Mortimer est plus utile pour nous là où il est, crois-moi.

— Je peux ? ne put s'empêcher de demander Oksa.

Le visage de Tugdual se crispa sensiblement.

— Tu peux quoi ? rétorqua-t-il.

— Te croire…

Ces deux mots les engagèrent dans un véritable duel. Lequel des deux serait le premier à lâcher le regard de l'autre ? Pendant de longues secondes, Tugdual sembla avoir l'avantage. Mais Oksa tenait bon. C'était le moment ou jamais de savoir.

Sans la quitter des yeux, Tugdual se leva et, malgré la souplesse féline de ses mouvements, Oksa frémit.

— Tu veux une preuve ? lança le jeune homme.

Oksa hocha la tête.

— Attends-moi, je reviens.

Deux minutes plus tard, il frappait à la porte. Oksa lui ouvrit avec une impatience indéniable.

— Quand tu verras ça, tous tes doutes s'envoleront, fit-il.

Il s'agenouilla devant une table basse pour y poser un tube de bois de la taille d'une bouteille et retira un des deux bouchons de liège qui en obturaient les extrémités.

— Qu'est-ce que c'est ? interrogea Oksa en s'agenouillant à ses côtés.

Tugdual prit le tube et déversa le contenu sur la table avec autant de soin que s'il s'agissait d'un objet hautement cassable. Pourtant, ce n'étaient que des herbes. Des herbes d'un vert profond, brillantes et grasses, semblables à des tiges de ciboulette.

— Je… je ne comprends pas, bredouilla Oksa.

Tugdual s'empara d'un des brins répandus en éventail et le lui tendit. Elle le regarda d'un air interrogateur.

— Mortimer nous offre cela en gage de son honnêteté.

Oksa eut un hoquet de surprise et d'incompréhension.

— De l’herbe ? En gage de son honnêteté ? Tu n’es pas sérieux…

— C’est de la Tochaline, Oksa ! la coupa Tugdual. L’herbe qui permettra à ta mère de ne pas mourir !

Hagarde, Oksa saisit le brin que Tugdual lui tendait.

Il n’en fallut pas plus pour l’entraîner dans un vertigineux trou noir.

46

Abandonné

La première chose qu'elle sentit fut une odeur mêlée d'humidité et de café fraîchement préparé. Et la première chose qu'elle entendit fut une chanson, mélancolique et familière, qui envahit sa tête et son cœur sitôt que son Autre-Moi l'eut déposée sur le palier du deuxième étage de la maison de Bigtoe Square.

You try to break the mould before you get too old
You try and break the mould before you die.

Cue to your face so forsaken crushed by the way that you cry
Cue to your face so forsaken saying goodbye[1].

Attirée comme le fer par un aimant, Oksa se dirigea vers la pièce qui avait été – qui était toujours ! – sa chambre. Son immatérialité lui permit de traverser les

1. « Tu tentes de briser le moule avant que le temps / Ne te rattrape / Tu essaies encore et tu le brises avant de t'éteindre. / Touché par ton visage abandonné ravagé par les larmes / Touché par ton visage abandonné faisant ses adieux. »
(*Summer's Gone*, Placebo, paroles & musique : Placebo.)

murs et de se retrouver très vite auprès de Gus, dont la présence en ce lieu ne l'étonnait qu'à moitié.

Depuis sa précédente visite, le confort semblait s'être amélioré. L'électricité était rétablie, les murs débarrassés de leur papier kitch qui avait été remplacé par de la peinture blanche, les sols nettoyés de la boue dont les multiples inondations les avaient recouverts.

Gus, en revanche, ne paraissait pas au mieux de sa forme. Son tee-shirt dévoilait une extrême maigreur, encore plus frappante que la dernière fois où Oksa l'avait vu. Une maigreur que confirmaient son visage émacié, sa mâchoire creusée et ses yeux, marqués par ce que seule une intense douleur physique pouvait infliger : la terreur sourde d'une mort inexorable.

— Gus… Mon Dieu… Que deviens-tu ? murmura Oksa, debout devant le lit où le garçon était étendu.

Ses cheveux, toujours aussi noirs, lui arrivaient aux épaules et ce détail précipita Oksa dans la panique. Combien de temps était passé ? *Combien de mois ?* Elle jeta un coup d'œil par la fenêtre et faillit s'évanouir. Les arbres du square étaient couverts de feuilles, le soleil brillait et, si elle prêtait bien attention, la température était plutôt douce. Chaude…

On était en plein été.

Au moins huit mois s'étaient écoulés depuis la traversée du Portail.

Elle secoua la tête. Les semaines à Édéfia se comptaient en mois à Du-Dehors. Et le temps ne jouait pas en faveur de Gus… Oksa sauta sur le lit et replia ses jambes sous elle. Elle se pencha vers lui, plus près qu'elle n'aurait jamais osé le faire si elle avait été réellement à ses côtés.

— Il faut que tu tiennes bon, je t'assure ! cria-t-elle

en espérant de toutes ses forces qu'il percevrait son message.

Autour d'eux, les guitares diffusaient leur musique triste.

You try to break the mould before you get too old

You try and break the mould before you die.
Cue to your face so forsaken crushed by the way that you cry
Cue to your face so forsaken saying goodbye…

Oksa connaissait cette chanson. Elle l'écoutait souvent, avant, quand tout était… normal. Une bouffée de nostalgie dénuée de toute douceur l'enveloppa alors que Gus fermait les yeux. C'était terrible d'entendre à nouveau ces mots qui coïncidaient aujourd'hui avec une tout autre réalité.

Elle se rapprocha encore et dévisagea son ami. Les veines de son cou et de ses tempes, anormalement gonflées, palpitaient comme si elles charriaient des torrents de sang trop vigoureux, impossibles à maîtriser. De temps à autre, des fulgurances de douleur agitaient son corps et contractaient son visage, donnant à Oksa une immense envie de pleurer.

— Non, Gus, tu ne vas pas mourir, murmura-t-elle. On va bientôt se retrouver et je te sauverai, je te le promets.

Grinçant sur ses gonds, la porte s'entrouvrit et Kukka fit son apparition. « Évidemment… Il suffit que je sois seule avec Gus pour qu'elle rapplique ! » s'énerva Oksa. Elle eut beau crier son désaccord, rien n'y fit. Elle avait autant d'effet qu'une bulle d'air. Même un fantôme serait plus efficace qu'elle à cet instant… Et sans le vouloir, Kukka porta l'agacement d'Oksa à son comble quand elle se laissa tomber sur le lit en traversant purement et simplement le corps immatériel de la Gracieuse. Gus adressa un sourire à la jeune – et toujours aussi sublime – Scandinave dont la peau éblouissante et les cheveux brillants représentaient une provocation aux yeux d'Oksa. Allongée sur le côté, la tête posée sur sa main, Kukka rendit son sourire au garçon.

— Qu'est-ce que tu lis ? lui demanda-t-elle en montrant ce que Gus venait de poser à côté de lui.

Instinctivement, Oksa jeta un coup d'œil. Ce n'était pas un livre, plutôt un cahier d'écolier renforcé par des coutures en son milieu. L'intérieur était si usé que les feuilles paraissaient sur le point de se désagréger à tout moment. Avec une émotion étonnée, Oksa reconnut l'écriture de Dragomira, ample et généreuse. Le cahier conservait-il les Mémoires de sa grand-mère ? Ses secrets d'apothicaire ou bien ses recettes de Gracieuse ?

— Andrew l'a trouvé à l'intérieur d'un coffre dans l'atelier-strictement-personnel de Dragomira, fit Gus en feuilletant les pages avec précaution.

— C'est elle qui a écrit tout ça ? l'interrogea Kukka.

— Oui. Ce sont des petites histoires sur les créatures d'Édéfia destinées à Pavel quand il était enfant. En les lisant, n'importe qui penserait que Dragomira avait une sacrée imagination pour inventer des choses pareilles. Mais quand on sait que ces créatures existent vraiment, ça change un peu le point de vue !

— Un tout petit peu, oui ! approuva Kukka en riant.

— Elles y sont toutes : les Foldingots, les Gétorix, ces folles de Devinailles… Plus quelques-unes que je ne connais pas, le Nestor et la Luxuriante, par exemple.

— C'est génial !

— Oui… Vraiment… Sauf que je ne les verrai jamais. Même si, par miracle, il y avait une possibilité, une microscopique et miraculeuse possibilité, je serais mort avant.

— Gus ! s'offusqua Kukka. Comment peux-tu dire ça ?

Les yeux du jeune homme s'assombrirent pour prendre une teinte bleu foncé alors qu'une profonde détresse marquait son visage. Oksa comprenait sa douleur. Au supplice, elle luttait contre sa propre impuissance. Elle serra les poings, broyant le brin de Tochaline, et son Autre-Moi l'emporta hors de la chambre.

Elle parcourut toute la maison, en vain : sa mère n'était pas là. Le cœur au bord de l'abîme, elle se posta au pied de l'escalier et l'appela en hurlant à pleins poumons, espérant comme jamais que Marie apparaisse. Mais malgré son ardeur, son vœu ne se réalisa pas. Alors, elle se cala sur la première marche et, ainsi qu'un animal apeuré, elle mit tous ses sens en alerte et attendit.

La porte d'entrée claqua et tout le monde entoura rapidement Virginia. Ils étaient tous là, Andrew, Akina, Barbara… Tous, sauf Marie. La discrète femme de Cameron eut à peine le temps de retirer son chapeau de paille qu'on la pressa de questions.

— Malgré la violence de sa dernière crise, les médecins restent confiants, annonça-t-elle. Ils m'ont assuré qu'elle s'en sortait plutôt bien, d'ailleurs.

Recroquevillée sur sa marche, Oksa se pétrifia. Virginia voulait parler de Marie, à n'en pas douter.

— Elle m'a même chargée de vous dire de bien vous nourrir car elle trouve que nous sommes tous maigres à faire peur et elle espère qu'à son retour, nous aurons un peu engraissé ! poursuivit-elle avec un petit rire.

Les Refoulés poussèrent un soupir de soulagement.

— Voilà du Marie tout craché ! s'exclama Andrew.

— Son visage n'est donc plus paralysé ! se réjouit Barbara.

— Non, par bonheur, confirma Virginia. C'est encore un peu engourdi, mais elle peut à nouveau parler et cligner les yeux. Par contre, son bras droit semble mettre plus de temps à retrouver sa mobilité.

— Elle revient quand ? demanda Gus.

— À la fin de la semaine.

Un grand silence s'abattit, interrompu par la conclusion de Virginia.

— Si tout va bien…

Gus laissa échapper un juron et s'engagea dans l'escalier en martelant lourdement les marches de ses pieds.

— Jusqu'à la prochaine fois ! tonna-t-il. Ça ne fera que la dixième depuis le début de l'année !

— Gus ! l'interpella Andrew d'un ton sévère.

Gus fit volte-face depuis le palier de l'étage où se trouvaient les chambres.

— Marie va un peu plus mal à chaque crise, cria-t-il. Tous les deux, on va crever et personne n'y peut rien. Alors, arrêtez de vous voiler la face et de nous faire croire qu'on va s'en sortir, d'accord ?

Il disparut. Une porte claqua si violemment que les murs tremblèrent. Les Refoulés, décomposés, baissèrent la tête.

47

La mission interdite

Esclave de sa loyauté, le Foldingot n'avait pas le choix : où que sa jeune maîtresse décide d'aller et quelle que soit la nature de ses décisions, il se devait de rester à ses côtés. Il n'avait pas manqué de manifester sa désapprobation en comprenant les intentions absolument déraisonnables d'Oksa. Mais la jeune fille était déterminée. Et, surtout, elle était la Gracieuse.

Dès le retour de sa douloureuse expédition à Du-Dehors, elle était entrée dans un état de grande prostration. Tugdual avait bien essayé d'en savoir plus, mais il n'avait fait que croiser les yeux pleins de colère de la jeune fille et son mutisme le plus absolu. Toute la journée, elle avait ruminé, silencieuse et fiévreuse, et ce n'est qu'une fois seule, en tête à tête avec son Foldingot, qu'elle avait ouvert son cœur. Et dévoilé son projet fou.

— Je t'assure qu'il restait au moins la moitié du flacon d'Élixir quand je l'ai rendu à Ocious ! Je l'ai vu quand il l'a scellé et rangé dans cette gigantesque armoire en métal, au fond de la pièce où nous étions tous. Je la retrouverai facilement, j'en suis sûre !

— Ma Gracieuse a procédé à l'élimination de sa promesse, fit remarquer le Foldingot.

— Quelle promesse ?

— La promesse offerte à sa parenté et à l'Homme-Fé de faire l'esquive du danger, répondit doctement le Foldingot. Ma Gracieuse rencontre l'aveuglement du désespoir. L'entreprise projetée revêt le risque exorbitant.

— Le risque, ce serait de ne rien faire ! répliqua Oksa, les joues rouges. L'ouverture du Portail est proche, tu le sais, et l'affrontement avec les Félons imminent. Nous allons au-devant de moments difficiles. Très difficiles… Imagine que le flacon soit détruit et que le Diaphan meure. Il est le seul survivant de sa tribu, le tout dernier, je te le rappelle. Si cela arrivait, Gus n'aurait plus aucune chance d'être sauvé. Tu ne veux quand même pas qu'il meure ?

Sa voix s'était brisée au souvenir des derniers mots de Gus. « On va crever et personne n'y peut rien… » Mais Gus se trompait : Oksa pouvait faire quelque chose. Et encore mieux, elle allait le faire !

— On n'a pas le choix, de toute façon ! avait-elle conclu en sortant de sa sacoche son Culbu-gueulard. Allez, viens.

Le Foldingot, blanc comme un linge, s'était alors laissé entraîner sur le balcon avant de se jucher sur le dos de sa jeune maîtresse, les bras autour de son cou. Surmontant son dégoût pour les insectes – même les plus inoffensifs et les plus magiques d'entre eux –, Oksa avait prononcé à mi-voix la formule consacrée :

Crache-Granoks,
Déchire ta coque
Et libère les Invisibuls
Rendant ma présence nulle.

Paradoxalement, le premier obstacle auquel fut confrontée Oksa faisait partie de ses alliées les plus farouches. Et les plus prévisibles, il fallait bien le reconnaître... Debout devant l'unique ouverture de l'Égide, Oksa dut attendre que les Devinailles motivées et expertes clament leur verdict. Elle s'était promis de ne pas utiliser la contrainte de certaines Granoks sur des personnes ou des créatures de son clan. Mais les tergiversations des petites détectrices faillirent jeter cet engagement aux oubliettes. Car même sous une épaisse couche d'Invisibuls, le cœur d'Oksa n'en battait pas moins pour autant et, comme n'importe quel cœur, il devait être analysé.

— Ce qu'elles peuvent être exaspérantes parfois ! geignit la jeune fille. Puisque je sors de Du-Mille-Yeux, à quoi bon savoir si mes intentions sont bonnes ou mauvaises ?

— Ma Gracieuse ne doit pas rencontrer la tentation de négliger la consigne, tenta de la raisonner le Foldingot.

— Tu as raison, comme toujours..., soupira-t-elle. Tout le monde doit être inspecté, en entrant comme en sortant. C'est la règle. J'espère juste qu'elles ne vont pas me dénoncer à mon père ou à Abakoum. Si elles lâchaient le morceau, je pense que je passerais un mauvais quart d'heure.

— Tenez cette crainte écartée de votre esprit, ma Gracieuse. Les Devinailles accomplissent l'examen des cœurs, pas le contrôle des identités. D'ailleurs, elles connaissent l'obéissance du silence des spécialistes.

— Tu veux dire qu'elles sont soumises au secret professionnel ?

— L'exactitude garnit les paroles de ma Gracieuse, admit le Foldingot. Les Devinailles font le développement de l'extravagance, mais le respect des règles ne rencontre aucune fissure dans leur cerveau. Ma Gracieuse doit absorber la certitude de leur discrétion, aucune information ne souffrira de la divulgation, car elle seule dispose de la capacité de rompre le silence des spécialistes.

— D'accord, concéda Oksa.

D'ailleurs, les Devinailles ne tardèrent pas à la laisser passer. Sans cesser leurs bavardages, elles ouvrirent la porte et Oksa s'envola, excitée par un puissant sentiment de liberté depuis trop longtemps étouffé.

Elle avait parcouru les Montagnes À-Pic pour la première fois sur le dos du Dragon d'Encre de son père, escortée par Ocious et son fils maudit. C'était quelques semaines plus tôt. Elle allait mal, dans sa chair et dans son cœur. Zoé avait décidé de se sacrifier, Tugdual avait disparu. Elle doutait. Aujourd'hui, les doutes s'étaient considérablement émoussés, même s'ils trouvaient toujours un objet sur lequel s'attarder.

Quand les premiers pics s'élevèrent devant elle, un intense frémissement la traversa, électrisant son esprit autant que ses nerfs. Les immenses pitons rocheux se dressaient, somptueux et intimidants, comme les dents d'une mâchoire monstrueuse prête à la dévorer. Les pluies avaient lavé la pierre pour lui rendre une splendeur magnifiée par les rayons obliques du soleil couchant. Son éclat était tel qu'Oksa dut sortir ses lunettes de soleil pour ne pas être aveuglée par le miroitement jaillissant comme des éruptions de lumière colorée. Ce qui ne l'empêcha pas de distinguer les nuées maléfiques de Chiroptères tapies dans les poches d'ombre s'étalant de part et d'autre de la faille annonçant l'entrée sur le territoire des Mainfermes. Oksa se raidit.

— Ah, non ! s'écria-t-elle avec une spontanéité écœurée. Il est hors de question que je passe au milieu de ces immondes bestioles !

— Vous pouvez les éviter, ma Gracieuse, l'informa le Culbu-gueulard amarré à son épaule. Pour cela, vous devez orienter votre vol à trente degrés de votre trajectoire actuelle. Il y a une anfractuosité qui vous permettra de pénétrer dans un canyon désaffecté.

— Un canyon désaffecté ? Eh bien, tout vaut mieux que d'affronter *ça* ! s'exclama Oksa avec un dernier coup d'œil vers les essaims grouillants de chauves-souris.

Elle ralentit, soudain perplexe.

— Par contre, je ne sais absolument pas ce que tu veux dire par « orienter mon vol à trente degrés de ma trajectoire » ! dit-elle. La géométrie n'a jamais été une passion délirante pour moi, vois-tu.

Le Culbu-gueulard agita ses ailes de bourdon et s'enduisit d'une couche d'Invisibuls avant de se placer devant la jeune fille.

— Mettez-vous dans mon axe et suivez-moi, siffla-t-il.

Il fallut un sévère effort de concentration à Oksa pour faire ce que le petit guide lui indiquait. Mais l'équipage invisible finit par se diriger droit vers deux pitons massifs accolés l'un à l'autre comme d'énormes molaires scintillantes.

— Tu es sûr de ce que tu fais ? ne put s'empêcher de demander Oksa en ne décelant pas la moindre ouverture.

Le Culbu stoppa son vol et se retourna, les ailes battant l'air dans le vide. Il s'apprêtait à dire quelque chose quand Oksa s'empressa de corriger :

— Pardon, pardon… Bien sûr que tu sais ce que tu fais ! Allons-y !

C'est seulement devant la roche qu'elle put saisir tout le savoir-faire de son Culbu. Les deux masses rocheuses étaient barrées à la verticale par une faille presque imperceptible ne dépassant pas soixante centimètres de largeur. Pourtant, ce qui la rendait si discrète n'était pas sa taille, mais la cascade qui en dissimulait l'existence aux yeux de tous. Sauf du Culbu-gueulard auquel rien n'échappait ! Fier de pouvoir contribuer à la mission aussi brillamment, la créature conduisit Oksa et son Foldingot jusqu'à l'eau dont le vacarme bouillonnant résonnait à des dizaines de mètres à la ronde. Une fois traversés les flots se précipitant vers le sol, la jeune fille comprit alors ce que « canyon désaffecté » voulait vraiment dire. Elle se faufila dans l'étroit passage et son regard s'attarda un instant sur les centaines de mètres au-dessus et en dessous d'elle qui faisaient ressembler cet endroit à un véritable gouffre ou à une sorte de puits sans fond, angoissant à souhait.

Il y faisait sombre comme dans un four. Le jour déclinant apparaissait très loin dans les hauteurs, minuscule zone orange à peine visible. Oksa se positionna en vol stationnaire et troqua ses lunettes de soleil contre une Trasibule. Les roches laissèrent alors paraître leur transparence noire d'une étonnante et écrasante densité.

— On ne peut pas rester coincés, n'est-ce pas ? souffla la Jeune Gracieuse, la voix anormalement tremblante.

— La largeur du canyon est de cinquante-six centimètres et celle de ma Gracieuse ne dépasse pas cinquante-trois centimètres au niveau des épaules, précisa le Culbu-gueulard. Nous avons amplement la place.

Malgré son extrême réserve sur l'amplitude annoncée par son guide, Oksa ne répliqua pas.

— Ma Gracieuse dispose d'une stature très mince, la rassura la créature. N'importe quelle personne de corpulence moyenne ne pourrait s'engager par ici sans prendre le risque de rester bloquée. Mais un tel désagrément ne peut arriver à ma Gracieuse.

— D'accord…, admit Oksa.

— Nous devons poursuivre notre chemin sur deux cent soixante-quinze mètres et le canyon va alors s'élargir.

— Eh bien, je n'en serai pas mécontente, avoua la jeune fille en balayant des yeux les roches qui l'encerclaient. J'ai l'impression d'être emmurée vivante.

Elle se lança dans l'étroit boyau avec mille précautions. Les Invisibuls la protégeaient du regard des autres ainsi que de l'effet des Granoks et des sorts, mais pas des égratignures lorsqu'elle s'écartait un tant soit peu de sa trajectoire. La transparence sombre des roches n'arrangeait rien ; Oksa avait l'impression d'évoluer à l'intérieur d'une ténébreuse pierre précieuse aux mille reflets trompeurs. Mais à force de se cogner, elle finit par trouver la bonne technique et, les coudes serrés contre elle, les mains tendues vers l'avant et la tête bien droite, elle avança, mètre après mètre.

Ainsi que l'avait promis le Culbu, le canyon finit par s'agrandir. Peu à peu, il s'écarta pour laisser la place à une vallée bordée de falaises abruptes qui paraissaient sans limites. Ni en hauteur ni en profondeur. En levant la tête, Oksa aperçut la lune pleine et haute, si haute qu'il lui sembla s'être enfoncée dans les abysses de la terre sans s'en être aperçue. Les rayons lunaires et les tentacules de la Trasibule éclairaient cette gorge profonde d'une lueur laiteuse. Les roches n'étaient plus aussi uniformément obscures, des taches de couleur les paraient de reflets bleus, rouges ou verts, ou même d'une incroyable teinte ambrée qui évoquait du verre d'or. Plus bas, un mince cours d'eau sinuait comme une guirlande d'argent. Des bancs de poissons volants en jaillissaient et leurs écailles brillaient alors comme de minuscules et innombrables étincelles. Le spectacle était renversant, Oksa en aurait presque oublié sa mission et le danger qui l'accompagnait. Et pourtant, il fallut vite revenir à la réalité du moment quand, au détour d'une autre vallée, une patrouille de Félons surgit.

48

Au cœur du danger

Le Culbu-gueulard s'arrêta net, imité par Oksa un quart de seconde trop tard cependant. Son Foldingot dans le dos, la jeune volticaleuse en plein élan projeta son petit informateur en avant, puis fonça dans le groupe de Félons en laissant échapper un juron. Mais les Félons ne sentirent qu'un léger tressaillement traversant leur corps, à peine plus ténu qu'un souffle d'air. Et heureusement, la collision s'avéra aussi silencieuse que dénuée de conséquences pour le trio d'intrus qui en fut quitte pour un monumental coup de stress.

— On n'a qu'à les suivre ! suggéra Oksa en épongeant son front couvert de sueur.

— Ma Gracieuse a raison, fit le Culbu-gueulard. Ils se dirigent vers le point central des Montagnes À-Pic.

— Là où se trouve la grotte troglodyte d'Ocious et de ses sbires..., ajouta Oksa, agitée soudain par une autre forme de tension. Il me faut absolument cet Élixir Murmou.

Sans un mot, le Foldingot resserra son étreinte. Oksa saisit sa main potelée pour la presser avec tendresse. Elle tourna légèrement la tête et sa joue frôla le duvet qui recouvrait le bras de son adorable compagnon.

— Tout va bien se passer, lui murmura-t-elle.

— Les paroles de ma Gracieuse sont truffées de positivité…

Le commentaire du Foldingot se perdit dans le vide. Oksa filait déjà, cheveux au vent et cœur battant la chamade, dans le sillage des Félons qui ignoraient qu'on les suivait de si près. Ils volticalaient avec une habileté que la jeune fille ne pouvait s'empêcher d'admirer. Une habileté mêlée de puissance et de cette forme d'invincibilité dont seuls les plus aguerris pouvaient s'enorgueillir. « Seuls les plus forts sont restés près d'Ocious et de ses fils, se dit Oksa. Les plus combatifs et les plus déterminés. » L'espace d'un instant, cette pensée tenta de l'ébranler bien malgré elle. Puis des images s'imposèrent et elle retrouva sa détermination : son père, Abakoum, les Sauve-Qui-Peut et tous ces hommes, toutes ces femmes dont le courage et la volonté ne connaissaient pas de limites. Et surtout pas celles de la loyauté.

Ce dont Ocious ne pouvait peut-être pas se prévaloir.

Quand, soudain, l'immense grotte apparut, le sang d'Oksa se glaça dans ses veines. La lumière mouvante qui émanait de l'intérieur débordait sur les parois rocheuses du Mont Démezur, l'entrée se détachait dans l'obscurité telle une arche flamboyante invitant à pénétrer en enfer. Autour, une dizaine de grottes plus petites s'éparpillaient à flanc de montagne. Un feu intense semblait consumer leurs profondeurs et projetait les silhouettes des gardiens debout devant chacune d'elles sur les falaises alentour. Déformées, allongées, tordues, leurs ombres faisaient de ces hommes des colosses monstrueux défiant quiconque de s'approcher sous peine d'être aussitôt désintégré. Tout autour, des Chiroptères volaient avec mollesse, le claquement de leurs ailes dans la nuit faisant penser au bruit du linge que l'on secoue pour le défroisser.

La seule présence de ces gardiens et de leurs escortes aériennes invitait à rebrousser chemin et à fuir le plus loin possible.

C'est ce que le Foldingot aurait ardemment souhaité.

C'est délibérément le choix opposé que fit Oksa.

Elle se sentit toute petite devant la voûte qui frôlait quatre mètres de hauteur. Deux hommes se tenaient chacun d'un côté de l'entrée, campés là avec une sévérité non feinte, une main derrière le dos, l'autre tenant une Crache-Granoks. Quand Oksa constata qu'un insecte bleu couvrait leur nez et leur bouche, elle ne cacha pas son effarement.

— Un Museleur ? Mais pourquoi ? C'est terrible !

Au même moment, elle sentit une torpeur étrange l'envelopper, puis s'insinuer en elle. Alanguie, elle avisa les torches qui brûlaient en crépitant. Un capiteux parfum de santal s'en dégageait, entêtant et engourdissant.

— Ma Gracieuse ne doit pas procéder à la chute dans la somnolence, fit le Foldingot, le nez enfoui dans les cheveux d'Oksa. La combustion d'huile de Morelle Endormante fournit l'engrenage vers un état de seconde catégorie.

— Passez votre chemin, ma Gracieuse ! intervint le Culbu-gueulard, sa main à trois doigts plaquée sur le bas de sa face. Sinon, vous serez anesthésiée par les émanations de la Morelle Endormante, ou Belladone si vous préférez.

— Oh, je ne préfère rien du tout, articula Oksa d'une voix pâteuse.

— Venez, vite !

Luttant de toutes ses forces, Oksa suivit son guide ailé. Une fois à l'intérieur de la grotte, elle se laissa tomber contre une paroi couverte de mosaïque bleutée. Son Foldingot se détacha de son dos pour lui faire face.

— Waouh, c'était fort ! souffla-t-elle en retrouvant ses esprits. On peut dire ce qu'on veut, mais les Félons ont trouvé là une arme sacrément diabolique

Elle ouvrit sa sacoche et en sortit son Coffreton. Un remontant s'imposait ! Avec une grimace de dégoût, elle avala un Capaciteur d'Excelsior à l'inimitable saveur de terre humide. Les brumes de Morelle se dissipèrent, chassées par le souffle efficace de l'Excelsior, et Oksa se releva, à nouveau vaillante.

— Je suis sûre qu'il y a des tas de pièges de ce genre, il faut qu'on fasse vraiment attention, fit-elle en aidant son Foldingot à remonter sur son dos.

— Les yeux vont effectuer la conservation de leur ouverture, acquiesça le petit intendant.

— Oui, ouvrons l'œil ! acquiesça Oksa pour se motiver.

Même si elle avait gardé de sa précédente venue en ces lieux une sourde angoisse, elle n'en avait pas pour autant oublié leur singulière constitution et leur incroyable beauté. Le souvenir du couloir pavé de galets en diamants était encore vif : c'était le chemin à suivre, elle s'en souvenait. Le fil conducteur dans ce labyrinthe de galeries tapissées d'émeraudes, topazes et autres pierreries inestimables en tout autre lieu que ces montagnes extraordinaires.

— À Du-Dehors, des hommes tueraient pour s'approprier un tel endroit…, murmura Oksa en caressant du bout des doigts une paroi couverte de rubis rouge sang.

Elle poursuivit son chemin, les yeux écarquillés par cette splendeur que magnifiait encore la lumière des torches. Le feu se reflétait sur les milliers de facettes dont l'éclat devenait presque douloureux tant il était vif.

Elle croisa peu de monde, un homme et une femme en pleine discussion, puis un jeune homme accompagné de deux Abominaris. Oksa poussa un cri, heureusement étouffé par sa cuirasse de vers minuscules.

— J'avais oublié qu'ils existaient, ceux-là, marmonna-t-elle en se plaquant contre le mur. Ils sont toujours aussi laids.

Les Abominaris la frôlèrent de leur corps visqueux d'où émanait une odeur de transpiration et de moisi. Sans savoir combien son geste terrorisait Oksa et ses compagnons, l'un d'eux fit crisser un ongle racorni sur le mur de pierreries. Le bruit hérissa le duvet du Foldingot qui faillit étouffer Oksa tant il s'agrippait fort à son cou.

— Cinq Vigilantes se trouvent à la prochaine intersection, ma Gracieuse, avertit soudain le Culbu-gueulard. Exactement dans vingt-quatre mètres et cinquante-neuf centimètres dès que vous aurez posé votre pied droit sur le sol.

Oksa s'interrompit aussitôt. Son front se couvrit de sueur alors que tout son corps se raidissait. Elle avait déjà affronté des créatures aussi épouvantables que redoutables, des Abominaris, des Léozards et même des Sirènes Aériennes – ces ignobles fées issues d'une Sans-Âge déchue. Mais les Vigilantes lui posaient un véritable problème. Une chose était sûre : elles n'avaient jamais été et ne seraient jamais ses meilleures compagnes de route.

— Tu es invisible, Oksa, chuchota-t-elle. Tu es invisible et ces sales bêtes ne peuvent pas te voir.

Elle s'avança à pas de loup, malgré l'enveloppe d'Invisibuls qui étouffait ses gestes et ses paroles. Le couloir de rubis s'arrêtait bientôt. Elle voyait déjà le prochain, paré de diamants, fabuleux. Le dernier avant d'arriver au cœur du Mont Démezur, dans l'antre même d'Ocious. Les Vigilantes étaient là, sournoisement tapies dans l'embranchement. En dressant bien l'oreille, elle pouvait entendre leur vrombissement. Elle inspira à fond.

— Du nerf, ma vieille ! fit-elle, les dents serrées. Vas-y !

Sans un regard ni à droite ni à gauche, elle passa le croisement d'un pas plus assuré qu'elle ne le pensait. Deux Vigilantes plus sensibles que les autres s'approchèrent, antennes dressées sur leur tête hideuse, et furetèrent dans le vide avant de retourner auprès de leurs congénères. Oksa se frotta les mains.

— Je vous ai eues ! jubila-t-elle avant de s'engager dans le couloir de diamants.

La luminosité s'accroissait au fur et à mesure qu'elle s'enfonçait dans les entrailles de la montagne. Ce qui laissait à penser que le Diaphan était toujours vivant. Le Sortilège de Claustration lancé par les Sans-Âge plusieurs siècles auparavant avait en effet rendu les membres de la cinquième tribu dépendants d'une lumière intense, et leur survie n'avait pu se maintenir jusqu'au Grand Chaos qu'à cette condition. Les bouleversements des dernières décennies avaient eu raison de tous les Diaphans qui avaient été décimés par la dégradation de l'intensité lumineuse. L'ultime représentant n'avait dû son salut qu'à la ténacité d'Ocious, dont l'attachement à la terrible tribu était ancestral.

Et le survivant était là, à quelques pas seulement d'Oksa.

La jeune fille sentait sa présence écœurante. Elle entra dans cette grande salle où Zoé avait subi une des pires privations qui existent après celle de la vie : le Détachement Bien-Aimé qui l'empêcherait à tout jamais d'éprouver un sentiment amoureux pour quiconque. À cet instant, Oksa pensait à sa petite-cousine et son cœur était révolté. Elle cligna les yeux, éblouie par la lumière irréelle dont la source restait un mystère. Elle ressortit ses lunettes de soleil et aida le Foldingot à descendre de son dos. Ce dernier se colla à elle, apeuré.

— Glisse ton doigt dans le passant de mon jean et ne le lâche sous aucun prétexte, d'accord ? lui souffla Oksa.

Le Foldingot secoua la tête en signe d'approbation et obéit. En aucun cas, la couche d'Invisibuls ne devait être rompue. À la pensée que ce puisse être le cas, le malheureux trembla de tous ses membres.

— La domesticité de ma Gracieuse ne détient pas la texture d'un aventurier…, se lamenta-t-il.

— Tu assures comme un chef, je le jure !

Comme celle du septième sous-sol de la Colonne de Verre, la salle présentait des proportions impressionnantes. Son acoustique était particulière en raison de son confinement : des milliers de mètres cubes de roches l'enveloppaient et ensevelissaient le moindre son. Oksa parcourut des yeux les murs couverts de fines mosaïques en lapis-lazuli sur lesquels de minuscules carreaux argentés s'entremêlaient pour dessiner des silhouettes d'animaux ou représenter le système solaire dans toute son immensité. À part l'ouverture par laquelle Oksa était arrivée, il n'y avait aucune issue.

— Une impasse…, murmura la jeune fille avec une moue inquiète.

Malgré sa taille, la pièce était quasiment vide, si ce n'étaient quatre colonnes massives et un canapé – le plus grand qu'Oksa ait jamais vu – qui formait un cercle au milieu de la pièce. Quarante personnes pouvaient y prendre place, au moins ! Elle chercha la grande armoire métallique. Elle n'était plus là… Une panique sournoise s'insinua dans son cœur et lui fit monter les larmes. Elle n'avait pas fait tout ça pour rien, quand même ! Elle fit le tour de la pièce tout en sachant qu'elle ne trouverait rien. L'armoire avait été déplacée ailleurs, sans doute. Mais où ? La grotte offrait d'innombrables possibilités…

Elle obtint un élément de réponse quand une porte escamotée dans la mosaïque s'ouvrit brutalement, dévoilant une nouvelle issue ainsi qu'une dizaine de personnes.

— C'est moi le Maître ! tonna Ocious d'une voix dure. Ce n'est pas à toi de décider, encore moins demain qu'aujourd'hui !

À quelques mètres d'Oksa, Orthon fusilla son père des yeux. Il s'avança de quelques pas et s'arrêta au centre de la pièce. Ses fils, Gregor et Mortimer, restèrent debout derrière lui. Ocious, suivi par Andreas, s'installa sur le canapé avec une lenteur calculée, s'adossa en croisant les jambes et darda sur celui qu'il méprisait depuis toujours un regard chargé de défi.

49

Acides

D'un geste spontané, Oksa entraîna son Foldingot derrière une des colonnes. Elle n'oubliait pas l'énorme avantage que lui procuraient les Invisibuls, mais se retrouver face à une concentration de ses pires ennemis s'avérait pour le moins stressant. Deux Félons la frôlèrent sans soupçonner sa présence, une femme à l'épaisse chevelure brune et au visage autoritaire, et un homme qu'Oksa reconnut. Agafon, l'ancien Mémothécaire. Elle se plaqua davantage encore contre la pierre froide de la colonne. L'extrême proximité, ajoutée à la situation particulière de cette grotte troglodyte géante, accélérait sa respiration et les battements de son cœur, mais n'entamait pas sa volonté. Il y allait de la vie de Gus ! Le Foldingot leva ses gros yeux affolés vers elle.

— Ma Gracieuse doit réceptionner l'information que sa domesticité connaît l'expérimentation d'une circonstance bondée de terreur, murmura-t-il, la voix terriblement tremblante. Son intendant présente l'offrande d'une échappée immédiate.

Oksa caressa son crâne duveteux pendant que le Culbu-gueulard se posait sur son épaule, telle une vigie.

— Pas maintenant…, souffla-t-elle. Je suis sûre qu'on va apprendre des tas de choses.

Les mains à plat sur la colonne, elle pencha la tête pour observer la scène qui se déroulait à quelques mètres d'elle.

Ocious conservait une attitude supérieure, la tête haute, le regard fixé sur Orthon. Il avait toute la fierté et la puissance d'un vieux lion, bien que les dernières semaines aient laissé quelques traces sur son visage, désormais creusé de deux profondes rides entre les yeux. Malgré le dédain affiché par son père, Orthon gardait la même attitude qu'Oksa lui avait toujours connue, pleine de morgue et de froide folie. « Rien ne peut l'ébranler…, remarqua la jeune fille. Vraiment rien. »

Ses cheveux luisaient de cet étrange éclat d'aluminium que ses yeux, en revanche, avaient perdu pour se noyer d'encre noire. Force était de reconnaître qu'il avait une allure incroyable, cette même élégance austère et impeccable dont il ne se déparait en aucune circonstance. Même en plein combat, il restait un homme de style. Oksa ne put s'empêcher de penser à Tugdual, qui partageait cette particularité avec le Félon. Mais la ressemblance s'arrêtait là, se dit-elle aussitôt, honteuse d'avoir fait ce rapprochement.

— Père a raison !

Oksa reconnut aussitôt cette voix. C'était celle d'Andreas, captivante et dangereuse. Malgré leurs divergences et la profonde mésentente qui les opposait, les deux fils d'Ocious n'étaient pas très différents l'un de l'autre : même distinction, même maigreur, même attitude glaciale et impitoyable. En les observant l'un et l'autre dans leur terrible face-à-face, Oksa voyait plus que jamais en Orthon le tranchant de l'aigle et en Andreas la sournoiserie du serpent.

— Non, Père n'a pas toujours raison ! répliqua Orthon à son demi-frère haï, non sans le gratifier de son insupportable regard exaspéré. Ce serait complètement déraisonnable de lancer l'offensive sur Du-Mille-Yeux maintenant !

— Épargne-nous tes leçons de stratégie, s'il te plaît ! le coupa Ocious. Je crois que parmi toutes les personnes qui se trouvent dans cette salle, tu es le dernier à pouvoir en donner !

Oksa tressaillit, faisant trembloter sa couverture d'Invisibuls. Un silence absolu s'installa pendant les instants qui suivirent et la jeune fille en profita pour examiner les participants à cette extraordinaire réunion.

Debout, légèrement à l'écart, Agafon et la femme au visage intransigeant regardaient droit devant eux, sans autre expression que celle d'une passivité qu'Oksa supposait motivée par une prudence extrême. Au fond de la salle, deux autres femmes parfaitement identiques accompagnaient Lukas, le fameux minéralogiste. Les jumelles, coiffées d'un casque de cheveux gris et dotées du même nez long et fin, firent claquer leur langue contre leur palais. À qui s'adressait cette marque de désapprobation ? Difficile de savoir…

Orthon se tenait droit comme un I, les mains derrière le dos, inflexible. À ses côtés, son fils Gregor était solidement campé sur ses deux jambes, affichant sa solidarité de façon indiscutable. Sa minceur n'enlevait rien à la puissance cruelle qui émanait de toute sa personne, de ses lèvres fines étirées en un rictus mauvais aux paumes de ses mains d'où semblaient pouvoir jaillir à tout moment des sorts fulgurants.

Mortimer, lui, était loin de montrer la même combativité. Sa tentative pour se maintenir en retrait de son père et de Gregor s'était soldée par un échec lorsque Orthon l'avait attiré près de lui sans aucun ménagement. Le jeune homme était pâle comme la mort. Ses yeux passaient d'un point à un autre, incapables de se fixer sur quoi que ce soit. Sans le savoir, il rencontra le regard d'Oksa qui put déceler une infinie désolation et surtout une panique monumentale qu'il masquait tant bien que mal. « Mortimer veut nous rejoindre... » lui avait dit Tugdual. L'assurance apportée par ce dernier était convaincante. Mais ce regard plein de détresse qu'elle venait de croiser l'était plus que tout. Mortimer était malheureux. Il n'était plus à sa place auprès des siens.

Et puis la jeune fille n'oublierait jamais – *jamais !* – que Mortimer avait bravé les dangers de l'Inapprochable et pénétré en territoire hostile pour lui apporter de la Tochaline.

Ça ne pouvait pas être une ruse.

Ça ne pouvait pas être un piège.

— Je t'avais accordé ma confiance, reprit Ocious. Tu avais carte blanche et l'occasion inouïe de me montrer – de nous montrer à tous – que tes théories pouvaient surpasser les miennes.

Orthon était exceptionnel d'impassibilité. Pas un cil ne battait, pas un frémissement ne l'agitait. Ses yeux restaient insondables.

— Nous avions tant foi en toi..., ajouta Andreas, enfonçant le clou.

— Et à cause de tes erreurs, tu m'as fait vivre la plus cuisante des défaites, reprit Ocious d'une voix cassante. Le pire des échecs.

Orthon prit une longue inspiration.

— Pardonne-moi, Père…, commença-t-il avant de s'arrêter.

Tout le monde le regarda d'un air surpris. Orthon n'était pas homme à demander pardon à qui que ce soit.

— Pardonne-moi, reprit-il, mais je crois que tu ne m'as pas attendu pour connaître la défaite et l'échec.

Cette fois, personne ne fut étonné par cette repartie insolente et pourtant si prévisible. Néanmoins, tous retinrent leur souffle. Le bras de fer ne faisait que commencer.

— Vert-Manteau était une mission facile selon toi, contre-attaqua le vieux Maître.

— Et ce fut un fiasco…, commenta Andreas.

Orthon fit un petit geste du bout des doigts, balayant les paroles de son demi-frère.

— Ta stratégie était mauvaise, insista Ocious.

— Ma stratégie était irréprochable, rétorqua Orthon. Mais quand les hommes sont commandés par des chefs aussi peu doués pour le combat que pour la conduite d'un pays, rien d'étonnant à ce que la moindre intervention, si simple soit-elle, se termine par le fiasco que signale mon précieux demi-frère.

Le hoquet d'indignation d'Andreas n'échappa à personne.

— Puis-je te rappeler que c'est toi qui étais à la tête du commandement de toute l'opération ? rugit Ocious.

— Certes…, admit Orthon. Avec un sous-lieutenant toujours dans mes jambes pour entraver la moindre de mes décisions, ajouta-t-il avec un regard aussi appuyé que dédaigneux pour Andreas.

Ocious soupira. Les deux plis entre ses yeux se creusèrent davantage encore. Il redressa la tête, mais une grande fatigue marquait son visage et son corps de vieux Cicérone.

— En tout cas, une chose est sûre : nous payons aujourd'hui le prix des erreurs des uns et des autres, annonça-t-il. Il faut que cela cesse et que nous reprenions la main.

— Nous ne l'avons pas perdue, précisa Orthon.

Andreas leva les yeux au ciel.

— Dans ce cas, je n'arrive pas à comprendre pourquoi tu cherches à repousser l'échéance, poursuivit Ocious. Nous avons les moyens de briser l'Égide, oui ou non ? Lukas ?

Le vénérable minéralogiste opina de la tête.

— La composition des bombes acides est stabilisée, indiqua-t-il sobrement.

Sous sa couche d'Invisibuls, Oksa s'affola. Ses alliés étaient prêts à en découdre avec les Félons. Mais résisteraient-ils à la puissance de leurs armes ?

— Ces bombes peuvent-elles détruire cette satanée enveloppe et nous permettre d'entrer à Du-Mille-Yeux ? demanda Ocious.

— Nous avons procédé au test, répondit Lukas. Il fut concluant. L'acide a creusé une brèche et l'un de nous a même pu s'introduire à Du-Mille-Yeux.

Le cœur d'Oksa faillit se décrocher. Son regard se porta aussitôt sur Mortimer. Et si c'était lui qui était entré ? Et si finalement il agissait pour le compte de son père ? Le jeune homme gardait les yeux baissés et la même attitude tourmentée, le dos voûté sous le poids de sa traîtrise… envers les siens ou envers ceux qui n'hésiteraient pas à l'accueillir bientôt parmi eux ?

— Nous avons refermé la brèche pour éviter d'attirer les soupçons et garder ainsi l'avantage de l'effet de surprise, précisa Lukas. Mais je suis catégorique : l'acide est efficace et nous disposons désormais de quantités suffisantes pour faire fondre l'Égide tout entière.

Oksa gémit et son Foldingot chancela.

— Nous sommes donc prêts ! s'écria Ocious. Attaquons dès demain !

Son air triomphal donna à Oksa l'impression d'avoir en face d'elle un monstre carnassier et barbare.

— Il est trop tôt, intervint Orthon.

À ces mots, Ocious bondit de son fauteuil pour faire face en un éclair de seconde à celui qui venait une fois de plus de contester ses choix.

— Crois-moi, Père, insista Orthon.

Ses pupilles dilatées rendaient son expression plus hermétique que jamais.

— Et pourquoi est-il trop tôt ? tonna Ocious. Quelle stratégie extraordinaire vas-tu extraire de ton cerveau supérieur cette fois-ci ?

Andreas laissa fuser un petit rire désobligeant. Les yeux rivés sur son père, Orthon n'y prêta pas attention.

— L'ouverture du Portail est proche, quelques jours, tout au plus. Arriver à Du-Mille-Yeux trop tôt serait prendre un risque stupide.

Troublé, le vieux Maître passa la main sur son crâne lisse.

— Il nous faut profiter de l'agitation qui régnera quand le Portail s'ouvrira si nous voulons avoir une chance de pouvoir passer, nous aussi. En intervenant aussi précocement que tu le suggères, nous risquons de tout faire échouer.

— Comment sais-tu tout cela ? demanda Andreas dans un souffle.

— Un grand stratège de Du-Dehors disait ceci : « Une armée sans espions est comme un corps sans yeux et sans oreilles. »

Les Félons se regardèrent en silence. Quant à Oksa, mille nouvelles questions l'assaillaient. Mille nouvelles questions en forme de flèches empoisonnées. Qui était l'espion d'Orthon ? Quelqu'un de suffisamment proche pour être au courant de l'ouverture imminente du Portail... Des membres du Pompignac ? Ils étaient tous passés au crible des Devinailles : aucun n'avait de mauvaises intentions. L'un d'eux avait-il laissé filtrer l'information ? C'était peu probable, mais cependant pas impossible.

Ses interrogations la torturaient et la ramenaient peu à peu à Mortimer. Non. Il était entré par la porte de l'Égide, pas par la brèche créée par les Félons. S'il avait pu entrer à Du-Mille-Yeux, c'était uniquement parce que son cœur n'était pas celui d'un Félon. Sinon, les Devinailles l'auraient détecté.

Annikki, la fille d'Agafon ? Pavel n'avait jamais réussi à lui faire tout à fait confiance. En dépit de l'avis des Devinailles, peut-être avait-il raison ?

Tugdual ? L'image du jeune homme dans le couloir du dernier étage de la Colonne s'imposa. Oksa secoua la tête, comme pour refuser à sa mémoire de la forcer à se souvenir du regard qu'elle avait surpris et qui l'avait perturbée plus qu'elle ne voulait se l'avouer. Il avait duré un quart de seconde et, pourtant, elle se rappelait parfaitement la douleur incommensurable qu'elle y avait lue. Comme si Tugdual souffrait d'être à cet endroit, à cet instant. « Arrête de délirer, Oksa..., se morigéna-t-elle en secouant la tête. Tu deviens complètement parano ! »

— Tu as donc un espion ? reprit Ocious, à mi-chemin entre l'amusement et la contrariété. Qui est-ce ?

Orthon s'autorisa un sourire sarcastique.

— Chacun ses petits secrets… Ce qui compte, c'est que notre ami dévoué – appelons-le ainsi – nous prévienne dès que les premiers signes de l'ouverture du Portail seront indiscutables. Alors, nous n'aurons plus qu'à passer à l'action !

En face de lui, à quelques pas, Ocious ne montrait pas un enthousiasme extraordinaire malgré le caractère déterminant de cette nouvelle.

— C'est Andreas qui mènera l'attaque de Du-Mille-Yeux quand je le déciderai, c'est-à-dire demain à l'aube ! déclara-t-il, la tête haute et le torse bombé.

— Tu fais une grosse erreur, rétorqua Orthon avec une grimace.

La mine soudain grave, il murmura :

— Fais-moi confiance, Père. Laisse-moi te mener au Portail. Je suis le seul à pouvoir le faire.

Ocious le dévisagea avec curiosité. Puis ses traits se durcirent, ses yeux se plissèrent et un méchant rictus tordit sa bouche alors qu'il clamait :

— Mais qu'as-tu fait pour croire que tu mérites ma confiance ?

50

Aveux fatals

Tout le monde eut l'impression que la température baissait de plusieurs degrés.

— Le fait que je sois là aujourd'hui devrait t'apporter la meilleure des réponses, répondit Orthon.

Pour la première fois depuis le début de cet échange tendu, le Félon paraissait sérieusement affecté. À tel point qu'Oksa ressentait presque de la pitié pour celui qui pourtant était la cause de tant de souffrances pour les siens. La mâchoire contractée et les tempes palpitantes d'une colère rentrée, il respirait à un rythme beaucoup plus rapide et heurté. Autour des deux hommes, un silence absolu s'installa. Lukas, les lèvres pincées, remua la tête de gauche à droite, l'air dégoûté par l'attitude d'Ocious. Plus loin, Agafon se couvrit le bas du visage de ses deux mains, encore plus désespéré qu'attristé.

— Tu es mon grand-père et tu es aussi un grand homme, intervint Gregor, les poings serrés. Mais tu n'as pas le droit de traiter mon père ainsi !

— Ma façon de traiter ton père ne regarde que moi, rétorqua Ocious avec mépris. J'avais placé tous mes espoirs en mes descendants. Le sang de notre ancêtre Témistocle et le sang Gracieux de Malorane devaient faire de mon enfant un être supérieur. Le destin m'a procuré des jumeaux, j'étais un homme doublement comblé. Mais qu'ont-ils fait de cette immense chance que je leur offrais ? Ma fille a tout perdu pour une vulgaire histoire d'amour, et mon fils…

Son regard glissa vers Orthon avant de revenir à Gregor.

— Mon cher fils Orthon, lui, préférait la musique, la poésie, rêvasser ou s'amuser. Je me suis battu pour qu'il comprenne que ses choix n'étaient pas dignes de ce qu'il devait devenir. Orthon avait un potentiel énorme qu'il a passé toute sa vie à gâcher…

— Mon père est un homme puissant ! l'interrompit Gregor.

— Puissant ? Un homme puissant n'aurait pas dénaturé la lignée de notre famille en ayant des enfants avec des Du-Dehors !

Gregor poussa un cri de rage. Il s'apprêtait à s'élancer vers son terrible grand-père quand Orthon l'arrêta en lui saisissant le bras. Son impassibilité s'effaça un instant, une lueur frémissante éclaira le fond de ses yeux d'une expression de franche haine. Puis le masque glacial et dur réapparut.

— Orthon n'est pas à la hauteur, assena Ocious. Il ne l'a jamais été et ne le sera jamais.

Son ton était si tranchant qu'on avait l'impression qu'il pouvait briser les roches les plus solides. Ou les cœurs les plus durs.

— À la hauteur de qui, Père ? intervint enfin Orthon sur un ton qu'il maîtrisait de façon admirable. À la hauteur d'un homme dont toute la vie n'a été qu'un échec ? Tu n'as même pas été capable de sortir d'Édéfia, alors que moi, ton minable fils, j'ai pu le faire et le referai encore. Mais peut-être que ton mépris cache en fait ton immense jalousie et ton orgueil blessé. Ai-je tort, Père ?

Il le fixa avec défi.

— Et puis, permets-moi de te rappeler que sans l'intervention de notre chère Oksa Pollock, Édéfia se serait éteinte, tout comme Du-Dehors. Une destruction causée par qui ? Par toi, me semble-t-il. Uniquement par toi.

Le calme avec lequel il parlait le rendait plus inquiétant que jamais. L'explosion n'était jamais très loin de ces phases de perfidie et de sang-froid apparent. Oksa le savait bien, elle l'avait expérimenté à plusieurs reprises. Se méfier de l'eau qui dort. Toujours se méfier.

De sang-froid, Ocious n'en manquait pas, lui non plus. Au lieu de répliquer, il se figea et observa longuement son fils sans que son visage trahisse le moindre sentiment, la moindre émotion. Seul un rictus désagréable tordit sa bouche.

— Te rends-tu compte ? poursuivit Orthon avec un sifflement perfide. C'est une gamine qui a rattrapé tes erreurs ! Et tu voudrais me faire croire que c'est moi qui ne suis pas à la hauteur ?

Il ricana et tout le monde sentit la rancune pleine de douleur suinter de ce rire sans joie.

— Tu as échoué, Père. Depuis le début, tu n'as fait que cela.

— Mon plus grand échec, c'est toi, assena Ocious.

Les mots claquèrent comme un coup de feu, avec la volonté farouche d'abattre celui à qui ils étaient destinés. Et pourtant, à défaut de le mettre à terre, ils désintégrèrent l'ultime interdit, la dernière part de ce qui pouvait encore faire d'Orthon un être humain.

L'éclair jaillit de la main d'Orthon, épais et insaisissable, et atteignit le vieux Maître en pleine poitrine.

Personne ne put réagir.

Le choc le projeta à l'autre bout de la pièce comme un boulet de canon. Il heurta le mur de mosaïques, pulvérisant des petits carreaux bleus et argentés pourtant solidement scellés depuis des siècles. Sa tunique laissa apparaître un large cercle calciné, dévoilant la chair meurtrie, pendant que de son crâne se mettait à couler un filet de sang qui paraissait d'autant plus rouge que son visage était devenu aussi blanc que de la craie. Les yeux écarquillés, béants d'incompréhension, il fixait Orthon qui, à distance, le maintenait suspendu en l'air. Les pupilles noires du fils méprisé envahissaient presque l'intégralité de ses yeux d'une profonde colère liquide. Le bras tendu, raide et noueux comme un tronc d'arbre, il évacuait des années de rancune accumulée, et la fantastique énergie qui s'en dégageait ne semblait pouvoir trouver d'autre forme que celle de la destruction.

Un râle s'échappa des lèvres bleuies d'Ocious : Orthon venait de resserrer sa prise autour de son cou. Tout le monde regardait d'un air horrifié les doigts du Félon, contractés pour prendre l'aspect des serres d'un aigle, et il était aussi facile que douloureux d'imaginer leur effet sur la peau du vieux Maître.

Comprenant ce qui était en train de se passer, Andreas se rua sur son demi-frère en poussant un cri de rage. Mais rien ni personne ne pouvait atteindre Orthon, que la soif infinie de revanche rendait invincible. De son bras libre, il jeta un Knock-Bong à celui qu'il haïssait. Andreas fut catapulté contre la colonne où s'abritait Oksa. La main devant la bouche, la jeune fille gémit. Les larmes lui brûlaient les yeux.

— Il va tuer tout le monde…, murmura-t-elle en tremblant.

— Pas la totalité du monde, ma Gracieuse, corrigea le Foldingot au bord de l'évanouissement. Strictement l'exécrable paternel.

La respiration d'Oksa s'accéléra. Son cœur battait si vite et si fort qu'il heurtait douloureusement sa poitrine. Tout son corps réagissait à la violence dont elle était le témoin invisible. Juste devant elle, Andreas gisait sur le sol, inconscient. Ses cheveux d'habitude si bien coiffés barraient une partie de son visage livide. Les yeux mi-clos, il semblait sonné malgré la douleur que devait provoquer son bras gauche tordu dans un angle tout à fait anormal.

Tout autour, personne n'osait bouger. Gregor et Mortimer regardaient fixement leur père, l'un avec une véritable vénération, l'autre terrifié. Quant aux plus âgés – les jumelles, Lukas, Agafon et la femme sévère –, c'était Ocious qu'ils dévisageaient. Avec dureté. Sans pitié. Immobilisé contre le mur, au bord de l'étouffement, le Cicérone les implora des yeux. Le sang voilait son regard de seconde en seconde, la mort approchait.

Aucun d'eux ne bougea, hormis Orthon qui s'avança pour le rejoindre. Tous s'écartèrent.

— As-tu conscience, Père, que tu es la cause de ta propre chute ? lança-t-il, la tête renversée en arrière pour plonger ses yeux dans ceux d'Ocious.

Il écarta les doigts de sa main, relâchant la prise qui étouffait le vieil homme. Le corps disloqué mais l'esprit toujours conscient, Ocious s'effondra dans les éclats de mosaïques explosées.

— Regarde-moi bien, murmura Orthon en s'agenouillant pour mettre son visage au plus près de celui de son père agonisant.

Oksa était la plus proche. Rien de la conversation ne pouvait lui échapper, contrairement aux autres qui restaient les spectateurs sourds de la scène.

— Pourquoi… es-tu revenu ? gémit Ocious entre deux râles. Tu aurais pu… devenir… le maître de… Du-Dehors.

Orthon écarquilla les yeux, visiblement ébranlé par ces mots.

— Est-ce pour cela que tu m'en veux ? fit-il dans un souffle.

Trop faible pour répondre, Ocious ferma les yeux, puis les rouvrit, l'air plus épuisé encore.

— Ton retour… est mon pire échec…, réussit-il à murmurer au prix d'un effort colossal.

Dans ce terrible tête-à-tête, Orthon ne cherchait plus à dissimuler ni sa douleur ni sa rage.

— Je voulais seulement te montrer que tu pouvais être fier de moi ! Je voulais que tu saches que je n'étais pas le garçon faible et peureux que tu croyais ! Mais quoi que je fasse, quels que soient mes choix, tu trouves et tu trouveras toujours à redire… Toujours…

Ses traits se contractèrent et ses mains se mirent à trembler.

— Pourquoi m'as-tu toujours rabaissé ? reprit-il d'une voix quasiment inaudible. Pourquoi ne m'aimes-tu pas ?

— Il valait mieux… que je ne t'aime pas…, répondit Ocious.

— Pourquoi ?

Cette fois, la voix d'Orthon avait déchiré le silence de plomb et fait sursauter tous ceux qui se trouvaient là.

— Sois-moi… reconnaissant…

— Reconnaissant ? répéta Orthon en grinçant des dents. Tu veux que je te sois reconnaissant de m'avoir méprisé, dénigré, humilié depuis que je suis enfant ?

— Tu étais… si sensible… Si je t'avais montré… que je t'aimais… tu n'aurais jamais été…

Il ferma les yeux. Du sang en coula.

— Je n'aurais jamais été quoi ? rugit Orthon en le secouant par les épaules.

Ocious n'offrit aucune résistance. Il rouvrit les yeux et fixa Orthon avant de lâcher dans un souffle résigné :

— Le plus puissant d'entre nous…

Sa tête s'affaissa sur le côté. Son corps renonçait à lutter.

Le vieux Maître était mort.

51

Opération à haut risque

D'instinct, Oksa recula, alors que tout le monde restait immobile, pétrifié par la vision du corps ensanglanté de celui qui avait régné sur Édéfia pendant près de soixante ans. Comment réagir à une telle tragédie qu'au fond de soi chacun savait inévitable ?

Orthon ferma les yeux de son père. Après avoir jeté un dernier regard à celui qui avait fait de lui ce qu'il était, il se dressa face aux Félons qui restaient plongés dans une sorte d'hébétude horrifiée. Il haussa la tête et remit de l'ordre dans sa tenue. Son visage avait retrouvé toute sa dureté et son arrogance, comme si ce qui venait de se passer ne comptait déjà plus.

— Je pense qu'il n'échappera à personne que je suis désormais celui qui commandera l'Armée des Félons, fit-il d'une voix intraitable. Quelqu'un parmi vous conteste-t-il cette… évidence ?

Tous baissèrent la tête. Pas un mot ne fusa. Allégeance ? Peur ? Oksa se demandait ce que ces hommes et ces femmes avaient au fond du cœur.

Le regard d'Orthon glissa vers Andreas qui avait repris connaissance.

— Mon cher frère, j'ai une mission pour toi,

poursuivit-il, non sans une lueur d'intense délectation dans l'œil.

Andreas se releva tant bien que mal, son bras cassé flottant le long de son flanc comme s'il allait s'en détacher. Il grimaça et évita le regard acerbe de son demi-frère.

— Occupe-toi de lui ! ordonna ce dernier en montrant du doigt le corps de leur père.

Andreas s'avança sans un mot, le visage ravagé. Il embrassa le front d'Ocious et, de son bras valide, chargea le corps inerte sur son dos. La femme à l'épaisse chevelure fit un mouvement pour le rejoindre et l'aider.

— Non ! exigea Orthon sur un ton qui n'admettait aucune opposition. C'est à lui de le faire et à lui seul.

Sans réagir, Andreas passa devant Oksa, éberluée par la force incroyable qu'il montrait. Malgré ses blessures. Malgré son humiliation. Malgré sa peine. Ces hommes étaient vraiment hors norme…

— Et maintenant, sortez ! tonna Orthon. Sortez tous !

Ses fils et les Félons obéirent aussitôt. Dans un silence oppressé, ils se dirigèrent vers la petite porte escamotée et disparurent. Oksa se faufila derrière eux avec son Foldingot vacillant et son Culbu-gueulard avant que la porte ne se referme. Depuis la grande salle aux quatre colonnes résonna alors un cri qui se propagea comme une onde de choc, diffusant une énergie noire et puissante d'un bout à l'autre de la grotte du Mont Démezur. Les lumières tremblèrent et faiblirent sévèrement pendant que des parois des innombrables couloirs tombait une pluie de poussière de pierres précieuses.

Qui aurait pu dire ce que ce cri révélait ? Libération ou souffrance ? Triomphe ou échec ?

Sans échanger un seul mot, les fils d'Orthon et les Félons se séparèrent, les uns s'éloignant dans les corridors, les autres venant en aide à Andreas qui manquait défaillir. Quant à Oksa, après le choc et la terreur causés par ce parricide, de grandes bouffées d'adrénaline se diffusaient dans son corps et dans son esprit. Elle mit brutalement de côté les images de la scène à laquelle elle venait d'assister et s'obligea sans ménagement à se concentrer sur l'essentiel : l'urgence de trouver ce qu'elle était venue chercher.

— Culbu, tu dois m'aider ! murmura-t-elle.

L'informateur ailé se posta devant elle.

— À votre service, ma Gracieuse !

— Nous devons chercher une grande armoire en métal noir dans laquelle est enfermé le dernier flacon d'Élixir des Murmous. Si je me souviens bien, ce n'était pas une armoire ordinaire. Elle faisait au moins deux mètres de hauteur et elle avait une bonne trentaine de casiers.

— Mmmhhh..., fit le Culbu. Un meuble pareil, ça ne passe pas inaperçu.

— C'est sûr ! confirma Oksa, pleine d'espoir.

La créature redressa la tête et la tourna lentement de gauche à droite, humant avec exubérance l'air confiné.

— Je sens une forte odeur de métal par là, trente-cinq degrés nord-est ! annonça-t-il au bout de quelques secondes.

Il s'engagea dans un couloir de pierres violettes à une vitesse qu'Oksa eut du mal à suivre, gênée par son Foldingot qui trottinait péniblement. Elle finit par le prendre sur son dos et courut à la suite du Culbu. Les

Félons étaient plus nombreux dans cette partie de la grotte que dans la précédente et elle croisa bon nombre d'hommes et de femmes qui commentaient la mort d'Ocious. Les nouvelles allaient vite et les avis semblaient partagés.

— Tu t'en fiches, Oksa-san ! se raisonna-t-elle. Avance !

Au bout du couloir violet et après de nombreuses intersections, les trois intrus arrivèrent devant un mur constitué d'une énorme pierre aux facettes d'un noir cristallin.

— Tu es sûr que l'armoire se trouve là ? demanda-t-elle au Culbu arrêté en vol stationnaire.

— Certain, ma Gracieuse ! clama-t-il. Elle est à deux mètres quarante, à vingt-sept degrés sur votre gauche.

— Avec ou sans le mur ?

L'ironie de cette question ne cachait pas la contrariété de la jeune fille, accentuée par le voile qui s'abattait sur ses yeux ardoise. Ne se départant pas de son sérieux, le Culbu fit son inspection et transmit bientôt les résultats de son analyse :

— Les trente-deux centimètres d'épaisseur du mur sont inclus dans les deux mètres quarante qui vous séparent de l'armoire métallique.

— Trente-deux centimètres d'épaisseur..., soupira Oksa. Rien que ça ! Et je suppose qu'il n'y a pas de porte et qu'il faut traverser cette très très grosse pierre si on veut accéder à la pièce qui se trouve là-derrière...

— Ma Gracieuse rencontre l'exigence impérieuse de procéder à l'application de sa constitution Murmou, intervint le Foldingot depuis le dos d'Oksa où il était toujours juché.

— C'est bien ce que je pensais, reconnut-elle en rejetant ses cheveux en arrière. Bon, il faut que j'y arrive, pas question d'échouer !

Elle posa son Foldingot sur le sol et lui fit une petite caresse, apitoyée par sa mine défaite.

— Voilà comment on va faire : je vais devoir sortir de la couche d'Invisibuls pour passer et surtout pour prendre le flacon. Si je suis immatérielle, ce sera impossible. Mais il faut que j'en aie avec moi, on ne sait jamais ce qui peut se passer. Je vous en laisse un minimum, il faut que vous soyez protégés, car il y a beaucoup trop de va-et-vient de ce côté. Vous m'attendez ici bien sagement. D'accord ?

Les deux créatures acquiescèrent vigoureusement.

— Culbu, tu détectes quelqu'un derrière ce mur ?

— Pas âme qui vive ! certifia le Culbu.

— Alors, à tout de suite, fit-elle en retirant sa protection. Couvrez-moi !

Coincée entre les Invisibuls qui gigotaient autour des créatures et le mur dont le franchissement paraissait impossible, Oksa se concentrait comme jamais.

— Pense à Gus…, se répétait-elle sans cesse. Pense à Gus… Si tu ne rapportes pas ce flacon, il va mourir. Allez ! Du nerf, ma vieille !

Quand la moitié de son corps s'enfonça dans la pierre, elle faillit crier de joie. Derrière elle, le Foldingot semblait la pousser, à la fois pour la cacher aux yeux des Félons qui seraient amenés à circuler dans ce couloir – ce qui restait improbable, heureusement ! – et pour l'encourager. Fort à propos, Oksa se souvint d'une phrase prononcée par cette étrange tête-racine qu'elle avait rencontrée lorsque Gus était entableauté. « Vos pas vous mènent là où votre volonté veut se rendre. » Ces mots résonnaient aujourd'hui avec une pertinence toute particulière. La force physique n'y était pour rien, tendre ses muscles ne servait pas à grand-chose. La solution se trouvait ailleurs : dans la tête et dans le cœur. « Vos pas vous mènent là où votre volonté veut se rendre. » Une fois qu'Oksa eut parfaitement intégré ce principe, la dureté de la pierre ne représenta plus qu'une vulgaire étape. Comme s'il se gazéifiait, l'énorme cristal perdit toute résistance et Oksa s'enfonça dans la matière, en nage mais victorieuse et déterminée.

La pièce était minuscule, basse de plafond, angoissante. Une seule torche suffisait à l'éclairer tout entière. Et ainsi que l'avait indiqué le Culbu-gueulard, l'armoire était bien là. Oksa la reconnut immédiatement avec ses cinq rangées de six casiers, chacun muni d'une petite poignée en forme d'anneau. Avec un sourire soulagé, elle se félicita des bienfaits du Capaciteur d'Excelsior sur sa mémoire. Elle fonçait déjà vers les casiers du milieu, là où elle se souvenait d'avoir vu Ocious ranger le flacon, quand l'écho de plusieurs voix l'arrêta net.

Elle eut tout juste le temps de prononcer intérieurement la formule permettant de libérer les Invisibuls qu'une porte s'ouvrit dans un angle mort à l'opposé de la roche noire. Éclairé par la lumière aveuglante d'une puissante Trasibule, Mortimer entra dans la pièce, suivi du dernier des Diaphans.

52

Une aide inattendue

Sitôt entrée, l'immonde créature s'immobilisa et l'effarante odeur d'ail, d'œuf avarié et de poussière qu'Oksa lui connaissait emplit toute la pièce. Sous sa peau translucide et graisseuse, la jeune fille vit clairement le sang noir circuler dans ses veines et traverser son cœur démesuré. Les battements soudain accélérés ne lui échappèrent pas non plus, ni le frémissement subit des narines fondues. Elle se plaqua contre le mur alors que le Diaphan reniflait avec frénésie tout autour de lui, à l'affût.

— Qu'est-ce que tu as ? grommela Mortimer tout en essayant d'ouvrir un des casiers de l'armoire.

— Je sens le parfum de l'amour…, répondit le Diaphan de son horrible voix rauque.

Oksa se figea. L'atroce Renifleur avait un odorat hors du commun s'il arrivait à détecter sa présence ! Ni les Vigilantes ni les plus expérimentés des Mainfermes ne pouvaient le faire lorsqu'elle était protégée par ses Invisibuls. Un seul y était presque parvenu : Orthon.

— Tu es écœurant, dit Mortimer avec un air de profond dégoût. Tu me répugnes.

— Aaahhh, c'est délicieux ! continua le Diaphan sans prêter la moindre attention aux commentaires de

Mortimer. Il y a quelqu'un ici. Quelqu'un d'intensément amoureux. Je sens son parfum riche, suave, délectable.

Il s'approcha de l'endroit où se trouvait Oksa et huma avec avidité ce qui s'avérait être la couverture d'Invisibuls. Horrifiée, la jeune fille suspendit sa respiration.

— Quelqu'un d'intensément amoureux ? Ça ne risque pas d'être moi, rétorqua Mortimer en s'affairant sur un nouveau casier. Tu ferais mieux de me dire où se trouve exactement le flacon au lieu de délirer !

— Mon Maître Ocious m'a ordonné de veiller à la sécurité de ce flacon, fit le Diaphan, les narines toujours palpitantes. Je vous répète que vous n'êtes pas autorisé à en disposer.

Mortimer se tourna vers lui et le regarda d'un air impérieux.

— Tu n'ignores pas qu'Ocious est mort, lança-t-il sur un ton ferme.

Sa voix avait pris un timbre plus grave, mais ne montrait aucune faiblesse. Étant donné les circonstances et ce qui venait de se passer seulement quelques minutes plus tôt, son assurance était à la fois surprenante et inquiétante pour Oksa. Ses yeux, aussi noirs que ses cheveux coupés en brosse, reflétaient une autorité indiscutable.

— Mon père est devenu le Maître des Félons, insista-t-il, et le tien. C'est lui qui m'a demandé de venir chercher le flacon. Tu le connais et tu ne voudrais pas lui déplaire, encore moins lui désobéir, n'est-ce pas ?

Le Diaphan grogna et secoua la tête, perplexe. Chacun de ses mouvements entraînait de nouveaux relents pestilentiels menant Oksa au bord de la nausée.

— Le flacon est ici, fit-il enfin en tendant son bras

décharné vers le bas de l'armoire. Vous devez faire un demi-tour à gauche, un quart à droite, trois huitièmes à gauche et deux cinquièmes à droite.

Mortimer se pencha et effleura le verrou du casier désigné. Du bout de l'index, il fit les mouvements indiqués par la créature et la petite porte s'ouvrit. Une vapeur bleutée en jaillit, laissant apparaître le fameux flacon.

Ce ne fut pas par courage qu'Oksa se dévoila, mais par désespoir. Le désespoir dévastateur de voir Mortimer prendre dans ses mains la fiole représentant l'ultime chance de survie de Gus.

Crache-Granoks,
Reforme ta coque
Et rassemble ces Invisibuls
Rendant ma présence nulle.

Les vers mimétiques filèrent à l'intérieur de la Crache-Granoks en un dixième de seconde.

— Oksa ?

Bouche bée, Mortimer la regardait d'un air interdit.

— Mais qu'est-ce que tu fais là ? s'affola-t-il. C'est super dangereux !

— Donne-moi le flacon, Mortimer !

Crache-Granoks à la main, Oksa s'était mise en position d'attaque, le corps fléchi et tremblant de nervosité. Elle s'apprêtait à lancer l'offensive quand, à sa grande surprise, Mortimer lui tendit l'objet.

— J'étais venu le chercher pour te le donner, fit-il.

Oksa s'empressa de le prendre et le fourra dans sa sacoche tout en regardant Mortimer avec une dureté qu'elle devinait injuste. Mais pouvait-elle faire totalement confiance au garçon ? Celui qu'elle avait longtemps surnommé l'« Ostrogoth » avait été un de ses pires ennemis à St. Proximus, et elle n'oubliait pas sa participation non négligeable dans les attaques d'Orthon à son encontre.

— Je vais t'aider à sortir, annonça-t-il d'une voix précipitée.

— Je me débrouillerai toute seule, merci.

— Oksa… Je ne suis pas ce que tu crois. Je… je ne suis pas comme eux.

Ses yeux trahissaient une violente souffrance. Comme il avait changé… Comme il semblait torturé…

— Tu as vu ce qu'a fait ton père ? murmura Oksa, troublée.

Le visage de Mortimer se ferma alors que sa respiration se faisait plus saccadée.

— Tu crois que je peux le supporter ? lui répondit-il dans un souffle.

Oksa se mordit l'intérieur des joues.

— Ma décision est prise, poursuivit-il. Ma place n'est plus ici.

Oksa s'apprêtait à évoquer ce qu'elle savait de sa volonté de rallier les partisans Gracieux quand un fracas résonna dans les couloirs. Les deux jeunes gens sursautèrent.

— Viens ! s'exclama Mortimer en lui indiquant la porte.

— Attends ! Mon Foldingot et mon Culbu-gueulard m'attendent de ce côté ! Je ne peux pas les laisser.

— Et moi, je ne peux pas vous laisser partir sans avoir goûté votre enivrant parfum, intervint le Diaphan en s'approchant dangereusement d'Oksa.

Ses énormes yeux couverts d'un voile opaque avaient déjà commencé leur travail d'immobilisation.

Plongée bien malgré elle dans son regard sans fond, Oksa en sentit aussitôt les effets. Le Diaphan était maintenant si près d'elle qu'elle pouvait – en plus de le voir – entendre le flux de son sang pulser dans les veines de son corps ignoble.

— Laisse-la ! ordonna Mortimer.

Son poing s'abattit sur la tête du Diaphan dans un bruit mou. La créature se retourna, surprise et furieuse, et cracha dans un feulement sinistre. Le jeune homme ne se laissa pas démonter et réintégra sa Trasibule dans sa Crache-Granoks, plongeant ainsi la pièce dans une pénombre s'avérant très douloureuse pour le Diaphan. Puis il attrapa Oksa par le bras pour la précipiter vers la pierre noire.

— Vite, dépêchons-nous !

Il s'enfonça dans la matière comme si le mur était en coton.

— Mortimer !

Le corps à moitié disparu, il se retourna : livide et paniquée, Oksa était retenue par le Diaphan qui tenait fermement son autre bras. Sa Crache-Granoks tombée par terre, elle se trouvait désarmée et en très mauvaise posture.

— Donnez-moi vos sentiments amoureux et je vous laisse en vie..., grinça le monstre. Donnez-les-moi ! Il me les faut !

Mortimer tira d'un côté, le Diaphan de l'autre. Mais la détermination de la créature et surtout son féroce appétit la rendaient plus forte. Ses doigts griffus s'enfonçaient dans la chair d'Oksa, sans scrupules à la déchirer. Plus la jeune fille essayait de se dégager, plus la morsure des ongles la meurtrissait. Du sang commença à couler sur le sol de pierres plates. Le Diaphan en salivait d'extase. Il passa sa langue noire et pointue sur le pourtour de sa bouche et ses narines s'agrandirent démesurément dans la perspective de la dose de sentiments amoureux qu'il s'apprêtait à absorber.

— Lâche-moi, Mortimer, qu'on en finisse ! s'exclama Oksa, terrifiée.

Mortimer hésita pendant un instant, puis finit par accepter. De sa main libérée, Oksa n'attendit pas une seconde de plus pour ramasser sa Crache-Granoks qu'elle porta aussitôt à ses lèvres.

Elle souffla, le regard fiévreux.

Jamais elle n'aurait cru que cela arriverait si tôt.

Jamais elle n'aurait cru qu'elle en serait capable.

Au-dessus du Diaphan se forma une spirale sombre comme une nuit sans lune. Elle se mit à tourner, d'abord mollement, puis de plus en plus vite. Le Diaphan leva la tête et ses yeux opaques se teintèrent d'effroi. Il lâcha Oksa pour tenter d'échapper à son sort. Mais le Crucimaphila était implacable. Partout où le Diaphan se déplaçait, la spirale infernale le suivait.

Fascinée et sans une once de remords, Oksa regarda le trou noir se mettre en place, s'approcher du crâne du Diaphan, le frôler, le jeter dans une panique sans nom. Puis le temps sembla se suspendre.

Le trou noir s'agrandit.

Et le Diaphan explosa.

Les mains sur les cuisses, ébranlée, Oksa fixait le petit nuage noir qui venait d'aspirer l'immonde créature.

— Waouh…, fit-elle dans un souffle. C'est terrible…

Mortimer lui jeta un coup d'œil furtif. Le Crucimaphila lui laissait un souvenir pénible : son père l'avait subi quelques mois plus tôt, dans la cave de leur maison londonienne. Il n'en était pas mort, mais le jeune homme avait été suffisamment traumatisé pour ne pas rester insensible à ce qui venait de se passer. Il frissonna, mais cette fois au souvenir d'un autre moment, plus récent. Zoé, sa cousine qu'il aimait comme une petite sœur. Le Diaphan avait saccagé son avenir.

— Saleté..., lança le jeune homme avec aigreur.

— C'était le dernier, balbutia Oksa. J'ai tué le dernier des Diaphans.

Mortimer prit ses mains et les joignit entre les siennes.

— Tu as bien fait, dit-il en contemplant le nuage qui s'évanouissait peu à peu. Ce monstre n'a eu que ce qu'il méritait.

— Je l'ai tué..., répéta Oksa.

— Et tu peux en être fière ! Mais maintenant, il faut que tu t'en ailles. Après ce qui vient de se passer, les choses vont se compliquer. Il ne va pas faire bon traîner dans le coin.

Il l'entraîna vers la pierre imbriquée dans le mur et tous deux disparurent au cœur des mille facettes obscures. Mais avant de se couvrir à nouveau de sa couche d'Invisibuls, Oksa interpella le garçon.

— Quoi ? fit Mortimer.

— Merci, dit simplement Oksa. Pour ça, ajouta-t-elle en tâtant sa sacoche, et pour la Tochaline.

Le regard de Mortimer se perdit dans le vague.

— Pas de quoi.

— Bon courage, Mortimer.

— Bonne chance, Oksa.

Retrouver son chemin dans cet enchevêtrement de couloirs était un vrai parcours du combattant, mais le

Culbu-gueulard et Mortimer étaient d'excellents guides. La difficulté majeure venait de l'agitation qui régnait dans la principale grotte du Mont Démezur comme dans toutes celles alentour. La mort d'Ocious – et surtout les circonstances qui l'avaient entraînée – créait un émoi certain, voire une profonde panique parmi les plus fidèles du vieux Cicérone, c'est-à-dire la grande majorité des quelques centaines de Félons réfugiés dans les Montagnes À-Pic. La prise de pouvoir immédiate d'Orthon ne semblait pas aussi légitime à leurs yeux que le Félon l'aurait souhaité. Seuls les plus radicaux et les partisans de la force extrême étaient séduits par un meneur aussi déterminé. Mais quelle que soit leur opinion, tous comprenaient une même et unique chose : Orthon était un homme redoutable qui méritait d'être craint. À défaut d'être aimé…

Slalomant entre les cohortes de Félons et d'Abominaris, Mortimer finit par conduire Oksa et ses compagnons jusqu'à l'entrée de la grotte. Les deux gardes, protégés par leurs Museleurs, s'inclinèrent devant le fils de celui qui était devenu le Maître.

Prudente, la Jeune Gracieuse se boucha le nez pour empêcher les fumées hypnotiques qui s'échappaient des torches de l'endormir. Elle s'avança jusqu'au bout du promontoire rocheux et observa le canyon parcouru de Félons volticalant dans tous les sens, entrant et sortant de la multitude de grottes percées dans la falaise. Un essaim de Vigilantes passa tout près d'elle en vrombissant et faillit la faire tomber.

Mortimer s'entretint un instant avec les gardes et revint aux côtés d'Oksa en ayant l'air aussi naturel que possible.

— Il semble que mon père ait fait renforcer la garde à tous les accès qui mènent aux grottes, murmura-t-il, la main devant la bouche en faisant mine d'observer le va-et-vient des Volticaleurs. Je sais que ce n'est pas un problème pour toi, mais fais attention quand même.

Oksa s'élança alors dans la nuit étrangement éclairée par les flambeaux. Avant de quitter le canyon, elle se retourna pour adresser à Mortimer, debout à l'entrée de la grande grotte, perdu dans son immense détresse, un cri qu'il ne pouvait entendre, mais dont l'intention résonnerait certainement jusque dans son cœur.

— Tu n'es pas seul ! Tiens bon !

53

Le bilan

Jamais Oksa n'avait volticalé aussi vite. Sa sacoche serrée contre elle, elle fonçait comme une fusée à travers l'étroite vallée, puis au-dessus des plaines qui séparaient les Montagnes À-Pic et Du-Mille-Yeux. Souvent, le Foldingot poussait de petits cris de joie ou de frayeur, elle n'aurait su le dire. Quant au Culbu-gueulard, il avait du mal à suivre le rythme imposé par sa fougueuse maîtresse malgré son inaltérable bonne volonté. Une crampe d'aile eut raison de ses efforts et il dut se rapatrier sur l'épaule d'Oksa, penaud.

Il faisait encore noir quand le trio d'aventuriers se présenta devant la porte de Du-Mille-Yeux. Deux Devinailles l'accueillirent en se plaignant de la fraîcheur nocturne et Oksa put enfin se débarrasser de sa couverture d'Invisibuls.

— Le risque saisi par ma Gracieuse était colossal, soupira le Foldingot en descendant du dos d'Oksa. Mais le défi en valait la bougie !

Oksa ne put s'empêcher d'éclater de rire. Le langage Foldingot la surprendrait toujours.

— Comme tu dis ! fit-elle en tapotant le crâne de

son extravagant intendant. Le défi en valait la bougie… En tout cas, on a assuré, non ?

Le Foldingot secoua la tête de gauche à droite, la mine dépitée.

— Ma Gracieuse a fourni l'exposition de son courage immense alors que sa domesticité n'a présenté que sa considérable poltronnerie et l'intégralité de son inutilité, gémit-il.

— Tu plaisantes ? protesta Oksa. Ta présence est toujours très importante pour moi, tu es in-dis-pen-sable !

Le Foldingot renifla.

— Ma Gracieuse applique le baume réparateur sur le cœur de sa domesticité. Sa mansuétude à l'égard de son intendant ne fait la connaissance d'aucune limite.

Oksa le regarda avec tendresse.

— Bon, maintenant, il faut qu'on annonce *ça* à tout le monde, fit-elle, le regard assombri. Et j'ai besoin plus que jamais que tu sois à mes côtés.

Était-ce l'instinct paternel, ou bien les créatures d'Oksa avaient-elles alerté Pavel ? Oksa n'eut pas le temps de trouver la réponse à cette question : son père l'attendait à la porte de son appartement, assis contre le mur, les avant-bras en appui sur ses genoux. Il posa lourdement sur Oksa un regard à la fois fiévreux et malheureux.

— Papa ? Mais… qu'est-ce que tu fais là ?

— Qu'est-ce que je fais là ? répéta-t-il en contenant ce qui ressemblait à une terrible colère. Et toi, Oksa ? Qu'est-ce que tu fais *là* ?

Oksa détourna la tête. Son père allait hurler quand il apprendrait où elle était allée. Cependant, il lui simplifia la tâche. En quelque sorte.

— Ne me dis pas que tu es allée aux Montagnes À-Pic. Ce n'est pas vrai, n'est-ce pas ?

Devant le silence de la jeune fille, il se prit la tête entre les mains.

— Mais qu'est-ce que j'ai fait pour mériter ça ? soupira-t-il. Comment, moi qui suis si raisonnable et si prudent, puis-je avoir une fille pareille ? Je pourrais être l'heureux papa d'une adorable adolescente qui ne pense qu'à se vernir les ongles et à faire du shopping ou de la natation synchronisée… Au lieu de cela, la nature m'a attribué une espèce de tête brûlée obstinée qui n'a qu'un seul but dans la vie : tourmenter son pauvre père !

Oksa hésita, puis risqua d'une toute petite voix :

— Si tu veux, je me mettrai à la natation synchronisée dès que ça ira mieux… Je te le promets ! Mais pour le vernis, tu me laisses réfléchir encore un peu ?

Pavel la regarda, l'air toujours furieux. Puis son visage se détendit radicalement. Il ouvrit les bras et laissa Oksa s'agenouiller pour se serrer contre lui.

— Oh, papa ! J'ai un millier de choses à te raconter !

— Un millier seulement ? grommela Pavel, un sourire jusqu'aux oreilles.

— On va pouvoir sauver maman et Gus !

À ces mots, Pavel se redressa. Il posa les deux mains sur les épaules d'Oksa et la regarda droit dans les yeux. Tout à coup, il parut moins vieux. Son cœur venait de s'éclairer d'un nouvel espoir, le plus démesuré et pourtant le plus fragile qui soit.

Les Sauve-Qui-Peut et les membres du Pompignac au grand complet furent tirés de leur sommeil pour une réunion tout à fait extraordinaire dans la Salle Ronde. Devant son père consterné et malgré tout extrêmement fier, Oksa raconta dans les moindres détails son escapade à la grotte du Mont Démezur. L'émotion fut grande quand elle décrivit l'agonie d'Ocious, blessé à mort par la main démente de son propre fils. Tous restèrent muets de stupeur pendant un long moment, que la jeune fille respecta. Puis ce fut un déchaînement de réactions, plus vives les unes que les autres, qui aboutirent toutes à la même conclusion : Orthon était le pire des Félons, bien plus dangereux et incontrôlable qu'Ocious. Un être rendu fou par une rancune qu'il ne pourrait jamais étancher. Maintenant que son père était mort, qui pouvait savoir où sa folie pouvait le mener et, surtout, sur qui, sur quoi elle allait se porter ?

Le sujet de l'espion généra lui aussi un certain trouble. Les Sauve-Qui-Peut et les Serviteurs des différentes Missions se regardèrent, stupéfaits.

— Il faut le trouver ! s'exclama Sven.

— Mais comment faire ? l'arrêta Oksa. Nous ne savons pas à quel clan il appartient. Ça peut être l'un d'entre nous ou bien un Félon infiltré. L'idéal serait de trouver la brèche. Lukas a dit qu'elle avait été refermée, mais il faudra bien que cet espion passe à nouveau pour informer les Félons de l'ouverture du Portail ! Si Orthon réussissait à pénétrer, ce serait terrible pour Du-Dehors… Il faut tout faire pour l'en empêcher.

Tous restèrent pensifs un long moment. Honteuse des pensées qu'elle avait eues quand Orthon avait parlé de l'espion, Oksa n'osait pas regarder Tugdual, comme si elle craignait qu'il ne lise en elle ce qu'elle se refusait d'imaginer. De même qu'elle l'évita soigneusement au moment d'aborder le cas de Mortimer. Elle n'évoqua pas davantage la rencontre secrète dont elle avait été témoin dans le sous-bois au bord du lac. Mais le jeune homme comptait bien assumer ce qui s'était passé. Il se leva et, devant la salle pleine à craquer, il dévoila avec un calme exemplaire le souhait de Mortimer de rejoindre le clan d'Oksa.

— N'oubliez pas qu'il est avant tout un cœur Gracieux, précisa-t-il à l'intention des plus réticents. Comme Réminiscens et Zoé, les liens du sang ne sont pas les plus importants à ses yeux. Et d'après ce que nous dit Oksa, voir son père assassiner son grand-père devant ses yeux lui a permis de couper définitivement les attaches qui pouvaient encore le faire hésiter.

— Qui nous dit que ce n'est pas une ruse d'Orthon ? lança Jeanne. C'est peut-être lui l'espion !

— La tactique du ver dans le fruit ! ajouta Emica.

— Un cheval de Troie ! s'écria Olof.

Cette fois, Oksa prêta main-forte à Tugdual en relatant l'épisode des Devinailles. Mais ce qui acheva de convaincre ceux qui doutaient encore, c'est l'étui contenant les brins de Tochaline.

— Tu veux dire que Mortimer est allé de lui-même sur le territoire de l'Inapprochable chercher de la Tochaline pour toi, alors que vos familles sont de si farouches ennemies ? s'étonna Mystia.

— Pas pour moi, corrigea Oksa. Pour ma mère.

— Vous vous rendez compte du risque qu'il a pris ? poursuivit Sven. Ces dernières années, l'Inapprochable est devenu la partie d'Édéfia la plus sauvage et la plus dangereuse. Les créatures qui s'y trouvent ont toujours été très hostiles et les changements climatiques des dernières années n'ont fait que développer leur agressivité. Aucun d'entre nous n'a réussi à y entrer depuis au moins dix ans…

— Vous croyez vraiment cette histoire ? l'interrompit Emica. Et si ces herbes n'étaient qu'un poison ?

Pavel eut un geste irrité. Très contrariée, Oksa fronça les sourcils. Elle chercha à capter le regard de Tugdual, mais le jeune homme la fuyait. Il était si pâle qu'elle crut qu'il allait se sentir mal. Il s'agrippa au dossier du siège devant lui, ferma les yeux, et son visage redevint aussi impénétrable que celui d'une statue. Il n'avait pas échappé à Oksa que son récit était amputé de certains détails, et elle en éprouva une grande inquiétude. Qu'est-ce que ces omissions signifiaient ? Elle regarda l'étui contenant les précieuses herbes.

— Abakoum, toi, tu sauras nous dire ce que c'est exactement ! s'exclama-t-elle, désappointée.

Jusqu'alors, l'Homme-Fé était resté muet. Il avait écouté le récit d'Oksa, puis celui de Tugdual, avec une gravité qui accablait terriblement son beau visage. Le geste extrême d'Orthon sur son père devait l'affecter au plus profond de son être, pensa Oksa. Il s'approcha d'un pas pesant et prit les brins d'herbe, les observa, les sentit, les exposa à la lumière, en goûta un fin fragment et annonça enfin son verdict :

— C'est bien de la Tochaline ! Plus pure et vigoureuse que nous ne pouvions l'espérer !

Oksa soupira de soulagement et Pavel se décrispa instantanément.

— Tu permets que je l'emporte avec moi, Oksa, ma Gracieuse ? demanda l'Homme-Fé. Je vais préparer le remède pour Marie.

— Tu connais la recette ? ne put s'empêcher de demander Oksa en se mordant aussitôt la lèvre.

Comme elle pouvait être indélicate, parfois…

— Je la connais, confirma Abakoum en inclinant la tête.

— Eh bien, maintenant, nous avons tout ce qu'il faut ! conclut la jeune fille.

— Il ne reste plus qu'à attendre l'ouverture du Portail, enchaîna son père.

— Et l'attaque d'Orthon, ajouta Abakoum, les yeux voilés d'une étrange tristesse. Mais avant que chacun se rende à son poste, ainsi que nous en sommes convenus, je propose que nous prenions quelques décisions concernant notre très proche avenir. À commencer par la désignation de la personne qui te remplacera quand tu seras à Du-Dehors, Oksa, ma Gracieuse…

54

Il faut que tout se passe bien

Elzévir de la Gracieuse Oksa, feuillet numéro douze.

Lieu : appartement Gracieux, Colonne de Verre à Du-Mille-Yeux.

Date : inconnue. Correspond à la cinquante-sixième nuit après la mise en place de mon Sablier de Règne.

Aujourd'hui, j'ai reçu une singulière visite. Mon Phénix est venu me voir. Il m'a communiqué un message de la part de Dragomira. Elle me manque tellement...

Ce message a une importance capitale.

C'est l'information que nous attendions tous.

À l'heure qu'il est, je suis la seule à savoir.

Et la seule à souffrir de ce qui va se passer. Vais-je pouvoir le supporter ?

Voilà trois jours et trois nuits que je suis revenue des Montagnes À-Pic. Trois jours et trois nuits interminables, pénibles, accablants pour tous les miens.

Mais quand ils sauront ce que je sais, ce sera pire.

Je connais tous les détails.

Et pourtant, ce n'est pas si simple. Rien ne l'a

jamais été et rien ne le sera jamais. « C'est comme ça avec les Pollock... », comme dirait Gus.

Je vais pouvoir ouvrir le Portail dans très exactement neuf heures, c'est-à-dire quand les cent quatre-vingts grains du sablier que j'ai devant les yeux se seront écoulés. Je voudrais le retourner, arrêter le temps, revenir en arrière et reprendre tout depuis le début. Autrement.

C'est moi qui ai la clé.

Les clés. Car il y en a deux.

Le Portail ne pourra s'ouvrir que deux fois. Au-delà, il restera fermé à tout jamais. Alors, il faudra faire un choix.

Du-Dehors ou Édéfia.

Le Secret Éphémère va désormais plus loin que ce que les Sans-Âge m'avaient confié.

Plus loin qu'une simple ouverture.

Tout peut être dit car le Secret, ce sont ces clés. Uniquement ces clés.

Elles sont dans ma tête. C'est le meilleur abri. Mais bien qu'elles ne soient que des mots, elles pèsent lourd. Très lourd.

Ma mère et Gus vont guérir. Ce que je souhaite le plus au monde, c'est les retrouver et les sauver.

Si tout se passe bien, ils pourront revenir avec moi à Édéfia, Abakoum me l'a garanti. On me demanderait d'abandonner mes pouvoirs en échange des Capaciteurs intégrateurs qu'il vient d'élaborer, je laisserais tout, bien volontiers !

Abakoum est un génie, une personne extraordinaire. Dans tous les sens du terme. Sans lui, qu'est-ce que je deviendrais ?

Des Capaciteurs intégrateurs... Il fallait vraiment le trouver ! Nous aurons juste à attendre trente-trois jours pour que la matière prenne racine dans le corps des Refoulés et le Portail ne sera plus un obstacle infranchissable pour eux !

Ils pourront passer aussi facilement que n'importe quel Du-Dedans.

Si tout se passe bien...

Il faut que tout se passe bien.

Ce que je dis n'est pas tout à fait exact et c'est pourquoi je suis aussi désemparée en ce jour qui a pourtant tout pour me rendre heureuse.

Je n'arrive ni à me réjouir ni à pleurer. Je suis déchirée en deux parties qui n'arrivent pas à se rencontrer.

Qu'est-ce que je croyais ? Qu'est-ce que j'espérais ?

N'importe quel Du-Dedans ne pourra pas passer le Portail.

Seuls mon Veilleur Abakoum et les Cœurs Gracieux le pourront.

Jeanne et Pierre...

Naftali et Brune...

Tugdual...

Ils vont devoir rester.

Pourquoi faut-il toujours des déchirures ?

Nous retrouverons-nous ?

Pourrons-nous être heureux un jour ?

Je vais utiliser une des deux clés dans quelques heures. Ma mère et Gus ne peuvent plus attendre.

Mais avant, je ferai courir le bruit que le Portail est sur le point de s'ouvrir.

C'est le meilleur moyen d'attirer Orthon. Informé par son espion, il va s'empresser d'attaquer Du-Mille-Yeux pour pouvoir profiter de l'accès.

Nous devons le neutraliser et je n'ouvrirai pas le Portail tant que œ ne sera pas le cas. Nous ne pouvons pas prendre le risque qu'il passe à Du-Dehors. Il est trop dangereux.

Il faut que tout se passe bien.

55

L'attente

Informer ses proches que seuls Abakoum et les Cœurs Gracieux pourraient sortir fut un moment difficile pour Oksa. Jeanne et Pierre étaient effondrés, les membres du clan Knut faisaient bonne figure, mais leur déception était plus que visible. Bodkin, Cockerell, Feng Li… Ils allaient devoir rester. Et attendre.

— Tugdual ! Ne pars pas !

Oksa courut à la poursuite du jeune homme qui venait de quitter la Salle Ronde et s'éloignait dans le couloir. Il traversa un mur et Oksa l'imita, sans même remarquer qu'elle y parvenait sans aucun problème. C'est sur la terrasse du cinquante-cinquième étage qu'elle le retrouva, le visage fermé, le regard perdu dans la douce clarté de l'aube. Comme lui, elle s'accouda à la rambarde et leurs épaules se frôlèrent. Tugdual se poussa, marquant une distance entre eux.

— Hé ! s'offusqua Oksa. Mais qu'est-ce que je t'ai fait ?

Tugdual resta silencieux et détourna la tête.

— Tu crois peut-être que je voulais que ça se passe comme ça ? fit la jeune fille avec un cri rauque. Ce n'est quand même pas ma faute, non ?

Les narines pincées, elle s'agrippa au rebord de pierre et tendit les bras. Elle avait une terrible envie de hurler, de s'envoler et de disparaître. Un grondement de frustration et de colère prit naissance au fond de sa gorge et la fit grimacer.

— Tu trouves que ce n'est déjà pas assez compliqué comme ça ? poursuivit-elle, les larmes prêtes à jaillir. Non, il faut que tu en rajoutes et que tu me fasses culpabiliser.

Soudain, Tugdual se retourna et la fixa. Son expression ébranla Oksa. Ses yeux semblaient envahis par de l'encre en fusion, noire et corrosive. Oksa avait-elle déjà vu pareille souffrance dans un regard ? Certainement pas.

— Je vais revenir vite, je te le promets ! fit-elle. Tu n'auras pas longtemps à attendre.

Son ton s'était radouci. Tugdual voulut dire quelque chose, mais en fut incapable.

— Parle-moi, s'il te plaît…, supplia Oksa. Ne me laisse pas comme ça.

Les mots refusaient de sortir.

— C'est à cause de Gus ? insista Oksa.

Le jeune homme se contracta.

— Je t'aime, Tugdual.

Cette déclaration, à peine murmurée, la surprit elle-même. Jamais elle n'avait dit ce genre de chose à quiconque. Jamais. Tugdual se rendait-il compte de ce que cela représentait ?

Mais face à elle, l'encre noire sembla se transformer en un venin dévastateur. Tugdual effleura sa joue du bout des doigts et, sans un mot, s'envola dans le ciel sillonné de marbrures violettes.

La nouvelle se répandit comme une traînée de poudre : le Portail était en train de s'ouvrir ! Seuls Pavel et Abakoum savaient qu'il n'en était rien – c'était Oksa et seulement elle qui pouvait déclencher l'ouverture. Mais en faisant circuler cette information, Orthon avait toutes les chances d'être mis au courant de l'événement par son espion.

La garde avait été renforcée autour de l'issue de Du-Mille-Yeux : on ne pouvait sortir sous aucun prétexte. Les Corpusleox et une brigade intraitable y veillaient. Mais malgré d'incessantes recherches, la brèche causée par les Félons n'avait pas été repérée et Oksa s'en réjouissait presque. Tout cela n'avait plus vraiment d'importance. Plus vite Orthon serait mis au courant, plus vite il attaquerait et plus vite on en finirait avec cette attente insupportable.

Du haut de son balcon, avec Abakoum et Pavel à ses côtés, la jeune fille observait la cité silencieuse à travers une Reticulata grosse comme un oreiller. Ces trois derniers jours, Naftali et Sven, les Serviteurs de la Granokologie et de la Protection, avaient travaillé d'arrache-pied à mettre au point une stratégie essentiellement basée sur la mobilité et l'usage d'armes non conventionnelles qui risquaient fort de prendre leurs ennemis au dépourvu. Les angles d'attaque avaient été dégagés, les cibles prioritaires désignées, les Crache-Granoks remplies à ras bord, tout le monde était sur le qui-vive, vibrant d'impatience et d'appréhension.

Cela commença par un bruit velouté, comme celui d'un drapeau qui flotte au vent.

Puis *cela* gonfla pour ressembler au battement de milliers de mains sur des milliers de tambours, de plus en plus proche, de plus en plus puissant.

Enfin, *cela* apparut.

Le ciel et l'horizon s'obscurcirent, bientôt envahis par une large nuée bruissante. Au-dessus des Volticaleurs entourés de Vigilantes, des milliers de Chiroptères se trouvaient en première ligne. Leurs ailes claquaient furieusement et les sifflements fusant entre leurs dents pointues heurtaient les tympans.

Sur terre, un martèlement sourd résonnait de la puissance des créatures toutes plus effrayantes les unes que les autres : des Abominaris, visqueux et écœurants ; des rhinocéros bleus dotés d'une corne d'une impensable longueur ; d'énormes tigres au pelage argenté et aux canines longues comme des sabres ; des serpents-zèbres, épais et luisants…

— Ils ont réussi à les dompter…, murmura Abakoum en abaissant sa Reticulata.

— Et nous, on arrivera à les réduire en bouillie ! s'exclama Oksa sans quitter la masse qui fonçait vers Du-Mille-Yeux. On a bien réussi à venir à bout des Léozards, non ?

— Les Léozards étaient nettement moins nombreux, objecta Pavel.

Oksa le regarda d'un air exaspéré.

— Papa ! On ne va quand même pas se laisser impressionner par ces quelques bestioles !

Les yeux fiévreux, Pavel leva les mains en signe de capitulation et fixa à nouveau son attention sur l'avancée ennemie. Arrivés au bord de l'Égide, hommes et créatures se déployèrent pour encercler l'enveloppe transparente. Les monstres terrestres piaffaient d'impatience autour de la base pendant que les Volticaleurs et les Chiroptères se positionnaient pour couvrir un maximum de surface. En quelques minutes, l'Égide se noircit complètement, comme gagnée par une gangrène foudroyante.

Du haut de la Colonne, Oksa retenait son souffle.

— Il est temps que tu te rendes dans le septième sous-sol, lui dit son père avec fébrilité.

— Mais, papa…, gémit-elle.

— Oksa, pourrais-tu m'obéir, juste une fois, s'il te plaît ?

— C'est sur toi que va se concentrer toute la détermination d'Orthon, intervint Abakoum. Il a besoin de toi pour le mener au Portail. Il ne mettra pas ta vie en danger, mais ce qui nous attend va être violent, tu dois rester à l'abri.

— Alors que si je servais d'appât, vous pourriez le neutraliser tellement plus facilement ! s'énerva Oksa.

— Nous en avons déjà parlé, fit Pavel d'un ton tranchant. C'est hors de…

Ce n'est pas Oksa qui l'empêcha de terminer sa phrase. Crache-Granoks à la main, une centaine de Félons se regroupaient sur le côté ouest de Du-Mille-Yeux pour une offensive qui menaçait de dépasser les prévisions les plus sombres. Pavel jeta un dernier regard à sa fille et prit son envol, Dragon d'Encre déployé au-dessus de lui. Un long rugissement retentit en même temps qu'une langue de feu déchirait la pénombre. Abakoum saisit Oksa par le bras et l'entraîna hors de son appartement. Sans échanger un mot, ils prirent l'ascenseur et descendirent jusqu'au premier sous-sol de la Colonne.

— Va te mettre à l'abri, Oksa. L'un de nous viendra te chercher quand ce sera terminé.

Il plongea son regard vert dans celui d'Oksa et fit volte-face pour rejoindre le hall d'entrée et l'extérieur.

Mais dès qu'elle fut seule, au lieu de se diriger vers les souterrains, la jeune fille rebroussa chemin…

— Comme si je pouvais rester planquée dans ce sous-sol alors qu'ils sont tous en train de risquer leur vie ! fit-elle avec ardeur. Orthon et sa clique vont voir ce qu'est une vraie Gracieuse !

56

Le Nouveau Chaos

À peine Oksa eut-elle franchi le parvis de la Colonne qu'une énorme explosion retentit. Le sol trembla si fort que des fragments de pierre et de verre se détachèrent de la haute bâtisse pour s'écraser à ses pieds. La jeune fille se plaqua contre la paroi et resserra sa Pèlerine sur elle pour se donner du courage et de l'énergie. Avec une fascination horrifiée, elle regarda l'Égide rongée par les centaines de bombes acides qui venaient d'être lancées simultanément. Un trou béant se forma dans l'enveloppe fine et pourtant si robuste pendant que d'autres bombes, plus petites mais tout aussi dévastatrices, perçaient des ouvertures de-ci, de-là. En quelques minutes, l'Égide se recroquevilla comme du papier d'Arménie et finit par se désintégrer en projetant des lambeaux calcinés sur la cité.

Du-Mille-Yeux avait perdu sa protection.

Un lourd silence s'installa alors que des cendres légères comme des plumes grises flottaient dans l'air humide. Le temps sembla s'arrêter, tout devint immobile, pétrifié par un répit que tout le monde savait éphémère. Puis une clameur guerrière s'éleva, redoutable et résolue, et la ceinture de Félons se resserra comme un cercle qui se rétrécit, cherchant peu à peu à se refermer.

Postés sur les terrasses des maisons, les partisans Gracieux se mirent à lancer un déluge de Granoks vers leurs ennemis bardés et casqués de cuir foncé. D'où elle se trouvait, Oksa vit les premiers corps tomber du ciel, mais aussi des essaims de Chiroptères fondre sur les quartiers les plus excentrés de Du-Mille-Yeux.

— Ah, non ! s'écria-t-elle.

Elle s'envola comme une flèche, la rage au ventre.

L'encerclement était un stratagème habile, surtout quand il se situait à deux niveaux. Mené de front sur terre et dans les airs, il s'avérait redoutable. Et en survolant le Quartier des Bulbes, Oksa pouvait en déplorer toute l'efficacité destructrice. Au sol, des Félons chevauchaient des rhinocéros qui terrassaient tout ce qui se trouvait sur leur passage, piétinaient ceux qui se mettaient en travers de leur route, défonçaient les habitations. Un vrai saccage... Des bandes de Chiroptères passaient alors à la charge pour s'insinuer dans les brèches creusées dans les murs par les longues cornes des monstres à peau bleue et mordaient les malheureux piégés à l'intérieur de leur propre abri.

Mais les partisans Gracieux se défendaient avec bravoure. Des hommes apparurent soudain au-dessus des maisons, traînant derrière eux une immense nasse. Oksa la vit passer devant elle et devina aussitôt son origine très spéciale : les Filfollias avaient tissé ce gigantesque filet ! Les hommes volticalèrent jusqu'à l'essaim de Chiroptères qui s'approchait, lui firent face avant de se propulser comme des fusées en déployant la nasse. Sitôt piégés à l'intérieur, les Chiroptères émirent des sifflements atrocement stridents, bientôt étouffés par la combustion pure et simple du filet enduit de sève d'Incendiante et de tous ceux s'y trouvant prisonniers...

Cependant, les Félons progressaient inexorablement et la violence amplifiait au fur et à mesure de leur avancée.

Catastrophée, Oksa volticala au-dessus des rues les plus excentrées de Du-Mille-Yeux. Partout, de terribles corps à corps jetaient les uns contre les autres ceux qui avaient autrefois vécu ensemble.

— Quel gâchis…, murmura Oksa, les larmes aux yeux.

Vue d'en haut, la cité n'était plus qu'un vaste enchevêtrement d'hommes et de femmes qui se battaient à grand renfort de Granoks. Oksa reconnut le clan Fortensky, groupé autour de Galina – la fille de Léomido –, en train d'assaillir un rhinocéros de Putrefactios. Face à cette femme aux tresses désordonnées et à la combativité si étonnante, l'animal se tordait de douleur alors que son corps pourrissait de seconde en seconde. En d'autres circonstances, n'importe lequel de ces combattants aurait ressenti une profonde pitié. Mais pas plus la pitié que la bienveillance ou la bonté n'avaient de place au milieu de ce carnage. Seuls les plus forts avaient une chance de survivre.

Le vénérable Sven, Sacha et Bodkin ne faisaient pas partie de ceux-là. Étendus dans la boue, désarticulés, ils avaient été parmi les premières victimes de ce chaos.

Plus loin, Naftali, Brune et leurs enfants s'acharnaient sur un groupe de Félons récalcitrants, Stuffarax à l'appui. Les hommes tombaient les uns après les autres, étouffés par les insectes qui emplissaient leur gorge. Tugdual n'était pas avec les siens et le cœur d'Oksa se pinça à la pensée qu'il pouvait être en danger. Ou pire…

Les créatures n'étaient pas en reste et s'opposaient avec tous les pouvoirs dont elles disposaient. Les Insuffisants crachaient leur salive corrosive, les Corpusleox désarmaient les Félons à violents coups de griffes, les Attentionnés se ruaient sur les Abominaris dont ils projetaient le corps gluant et disloqué en l'air. Toutes et tous, humains et créatures, avaient abandonné leur pacifisme ancestral pour se transformer en courageux guerriers.

La bataille faisait rage et semblait surprendre les deux clans par sa violence. Qu'ils soient Félons ou partisans Gracieux, aucun ne pensait trouver face à lui des adversaires aussi farouches. De toutes parts, des corps gisaient sans vie. Certains vêtus de cuir, mais beaucoup de simples vestes croisées…

À l'autre extrémité de la cité, l'avant-garde des Félons était tout aussi brutale : les serpents-zèbres et les Vigilantes montraient toute leur férocité. La Jeune Gracieuse aperçut Tin et Olof aux prises avec un de ces énormes reptiles aux écailles zébrées. Un coup de hache bien franc trancha le monstre en deux. Sans pour autant le tuer, malheureusement. Il se redressa sur sa moitié de corps, dominant les hommes de toute sa hauteur. Ses pupilles devinrent vitreuses, il agita sa langue fourchue dans un frétillement diabolique et cracha en direction de ses attaquants. Tin reçut des éclaboussures avant de s'effondrer en poussant un cri terrible.

Voulant protéger Lucy qui envoyait une généreuse quantité de Granoks sur le serpent sans toutefois pouvoir l'atteindre, Olof fut à son tour touché par le venin. Oksa ne put le supporter : son Knock-Bong fut si magistral qu'il projeta les deux morceaux de serpent contre un mur. La vie de l'horrible bête s'interrompit enfin dans une explosion de chair et de venin. Les partisans Gracieux regardèrent leur souveraine, reconnaissants mais médusés de la voir parmi eux, pendant que des Félons s'avançaient avec une détermination menaçante, poings serrés, mine sévère.

— Que personne ne touche à elle ! hurla une voix reconnaissable entre mille.

Oksa leva les yeux : Orthon était là, flottant à quelques mètres du sol, Crache-Granoks à la main. Tout le monde s'écarta.

— Il ne doit rien lui arriver…, siffla-t-il férocement sans quitter la jeune fille des yeux.

Il descendit sur le sol et fit face à celle qu'il détestait et qui était pourtant son sésame. Son plastron de cuir fauve lui conférait une raideur encore plus manifeste que celle dont il était naturellement doté. Mais son visage affichait la même absence d'humanité qu'Oksa lui avait toujours connue. Muscles tendus comme les cordes d'un arc, la Jeune Gracieuse le défia des yeux.

— J'imagine combien ça doit être difficile pour vous de dire cela ! lui lança-t-elle d'un air ironique. M'épargner alors que vous brûlez d'envie de me tuer…

Une lueur de surprise amusée éclaira le regard insaisissable d'Orthon.

— Te tuer ? fit-il. Allons, allons, pas avant que tu m'aies rendu un ultime service !

Plusieurs Granoks d'Arborescens jaillirent à une vitesse fulgurante du groupe de Félons, aussitôt contrées par les Feufolettos des partisans d'Oksa. Les boules de feu interceptèrent les Granoks, les réduisirent instantanément en cendres et s'évanouirent à leur tour en formant de petites volutes orangées dans l'air saturé de poussière. Orthon leva la main et l'offensive s'arrêta aussitôt.

— Parce que vous croyez vraiment que je vais vous conduire jusqu'au Portail ? le nargua Oksa. Dans vos rêves, oui !

Sur ce, elle lui envoya une pluie de Granoks parmi les pires qu'elle possédait tout en regrettant d'avoir gaspillé un Crucimaphila contre le Diaphan – il lui faudrait attendre cent jours pour pouvoir utiliser la Granok ultime à nouveau. Mais, habile et aguerri, Orthon parait les minuscules billes chargées de sorts en déviant leur trajectoire du bout des doigts par de minces courants électriques. Puis, soudain, tous deux s'arrêtèrent, sans pouvoir déterminer avec exactitude de quel côté penchait l'avantage. Orthon dévisagea Oksa, les yeux étrécis et glaçants comme la lame d'un poignard. Elle devait rester sauve et c'était là sa plus grande force. Alors Orthon s'envola et disparut dans le ciel avec un long rire triomphal, laissant Oksa furieuse.

Elle voulut s'élancer à la poursuite de son ennemi. Ses partisans l'en empêchèrent.

— Gracieuse Oksa, vous ne devriez pas être là ! lança une femme en train de régler son compte à un Abominari.

— Oh, mais voilà la fameuse pimbêche ! grinça l'être immonde. Je vomis ta famille et j'exècre tes ancêtres, le sais-tu ?

— On ne parle pas comme ça à notre Gracieuse ! fit la femme en assenant un coup fatal sur sa tête qui éclata comme une pastèque trop mûre.

— Attention, Oksa ! Derrière toi !

Mortimer sauta depuis la terrasse d'une maison en flammes pour la rejoindre. Oksa eut juste le temps de se retourner pour voir un tigre d'argent bondir droit sur elle. Elle tendit la main et sa rapidité eut raison du félin. La boule de feu fusa droit dans sa gueule béante. L'animal rugit, se contorsionna, fit claquer ses dents redoutables pour tenter d'éteindre les flammes qui le ravageaient. Peine perdue… Il finit par s'effondrer aux pieds d'Oksa, impressionnée par sa monstrueuse beauté.

— Mortimer ? Ça va ? demanda-t-elle.

Le jeune homme acquiesça avant de se lancer à l'assaut d'un Abominari qui se précipitait sur lui, toutes griffes dehors. Oksa remarqua qu'il s'était débarrassé de l'armure et du casque de cuir qui rendaient les Félons si reconnaissables. Il avait vraisemblablement choisi son clan.

— Mais qu'est-ce que tu fais là ? s'écria soudain Zoé. Tu n'es pas censée être à l'abri dans la Colonne ?

— Je cherchais Orthon, avoua Oksa.

Zoé la regarda en biais tout en lançant des Colocynthis sur des Vigilantes. Vitrifiées, elles tombaient sur le sol où des Attentionnés les piétinaient de leurs sabots jusqu'à ce qu'elles deviennent un petit tas de verre brisé.

— Tu es folle ! s'exclama Zoé. C'est trop dangereux !

— Ça ne s'arrêtera que quand il sera neutralisé ! cria Oksa en envoyant un Putrefactio sur un Félon qui fonçait droit sur elle.

Et elle décolla à nouveau, à l'affût de celui qui était la cause de tout ce chaos.

Les deux clans s'affrontèrent pendant des heures. Les partisans Gracieux avaient l'avantage du nombre, mais les Félons celui de la force brute. Après une nette supériorité de ces derniers et de lourdes pertes de part et d'autre, l'armée d'Oksa prit enfin le dessus.

La plupart des Félons étaient morts ou bien faits prisonniers. Seuls résistaient quelques irréductibles aux alentours de la Colonne, et Oksa ne doutait pas de pouvoir trouver Orthon parmi eux.

Un attroupement s'était formé près des jardins Gracieux. Elle s'approcha prudemment, bien qu'elle eût reconnu avec soulagement les silhouettes de quelques-uns de ses proches. Abakoum, Cameron, Naftali, Jeanne et Pierre…

Tugdual.

Son cœur s'allégea d'un poids énorme.

Mais quand elle entendit leurs sanglots, elle craignit le pire. Elle se sentit vidée de tout son sang. Qui ? Qui pleuraient-ils ? Qui manquait à l'appel ? Zoé ? Réminiscens ?

Son père ?

57

Point final

Elle crut qu'elle allait s'évanouir. Tout son corps la lâchait, submergé par une douleur fulgurante bien plus aiguë que n'importe quelle douleur physique. Une ombre la survola. Elle leva les yeux : Pavel et son Dragon d'Encre planaient au-dessus du petit groupe, le Phénix aux ailes flamboyantes à ses côtés. Le soulagement se transforma en une véritable libération. Son père était vivant ! Il atterrit non loin d'elle et la rejoignit.

— Tu es là…, fit-il en la serrant dans ses bras.

— Tu ne croyais quand même pas que j'allais rester à vous attendre toute seule dans ce sous-sol ? murmura-t-elle, le visage enfoui dans le creux de l'épaule de son père.

Pavel soupira longuement. Un peu plus loin, un cri s'éleva, interrompant les retrouvailles.

— Non, Cameron ! Attends !

C'était la voix de Naftali. Une voix brisée et pleine de chagrin. Pavel et Oksa s'approchèrent, inquiets. Les Sauve-Qui-Peut présents s'écartèrent pour les laisser passer. Les yeux écarquillés, Oksa porta la main à sa bouche.

Le corps inanimé d'Helena Knut était allongé sur la terre battue.

Agenouillé à ses côtés, Abakoum avait sorti une dizaine de fioles de sa sacoche et tentait par tous les moyens de la ranimer. Elle semblait endormie, presque sereine. Le dos d'Abakoum se voûta soudain. De sa longue main parcheminée, il ferma les yeux bleu délavé d'Helena qui fixaient sans expression le ciel enfumé. Abasourdie, Oksa regarda Tugdual alors que Brune se réfugiait dans les bras de Naftali. Les bras le long du corps, sa longue mèche cachant la moitié de son visage fermé, le jeune homme semblait sous le choc.

Sa mère venait de mourir sous ses yeux.

Il n'avait plus de parents.

À quoi pensait-il ? Comment se sentait-il ? Il avait dû beaucoup se battre, ses vêtements et sa peau étaient couverts de poussière, de traces de brûlures et de sang. Ses grands-parents voulurent le prendre dans leurs bras. Les yeux emplis de larmes semblables à des perles de glace, il les laissa faire avant de les repousser pour rejoindre Cameron. Hors de lui, ce dernier brandissait sa Crache-Granoks en direction de celui que tous haïssaient : Orthon.

— C'est lui ! cria Cameron. C'est lui qui a tué Helena !

Adossé au pied d'un arbre, le Maître des Félons était blessé. Une vilaine trace violette marquait sa gorge, comme si quelqu'un avait tenté de l'étrangler. Il voulut parler, mais, à la place des mots, ce fut un filet de sang qui s'échappa de sa bouche tordue par la douleur. Seuls ses yeux exprimaient ce qu'il pensait en jetant des éclairs venimeux à Cameron.

— Il a tué Helena, répéta le cousin d'Oksa. Je l'ai vu, il n'a eu aucune pitié !

Orthon secoua la tête, ce qui eut pour effet d'aggraver son hémorragie. Il tendit la main, un éclair en jaillit, faible et dérisoire. Puis il tâta sa veste.

— C'est ça que tu cherches ? fit Cameron en lui montrant une Crache-Granoks.

Oksa la reconnut. C'était bien celle d'Orthon, en corne sombre avec de fins filets argentés. Les yeux du Félon s'agrandirent tout en se noyant d'encre. Il tenta de se redresser en enfonçant maladroitement ses poings dans le sol. Mais ses bras fléchirent, ses dernières forces l'abandonnaient.

Cameron s'approcha de lui, surprenant tout le monde par sa rudesse.

— C'est fini, Orthon.

Et sans que quiconque puisse intervenir, il lança une Granok de Colocynthis. En une fraction de seconde, le Maître des Félons fut transformé en une statue de verre que Cameron explosa en mille fragments d'un coup de poing fatal.

Les Sauve-Qui-Peut restèrent muets de stupeur.

Orthon était mort.

C'était à la fois terrible et tellement simple…

Cameron se retourna et fit face aux siens. Son visage avait retrouvé sa douceur, même si une certaine cruauté n'était pas tout à fait absente au fond de ses yeux clairs. Personne ne trouvait rien à dire. Aucun d'entre eux n'aurait pu prédire que les choses se passeraient ainsi. Cette journée avait été une des pires qu'ils aient connues et cette mort, malgré les centaines à déplorer, sonnait comme le point final d'une funeste période.

Illustrant cette impression, un rayon de soleil, fragile et pourtant résolu, perça l'épaisse couche de nuages et de fumée pour balayer Du-Mille-Yeux. Un battement d'ailes tira Oksa de sa torpeur. Elle leva la tête : son Phénix volait au-dessus d'elle. Elle tendit le bras pour l'accueillir, il se posa avec délicatesse, ses serres effleurant à peine la peau de la Jeune Gracieuse. De son bec jaillirent alors les mots que seule Oksa devait entendre.

Quand le Phénix eut repris son envol, elle regarda les siens tour à tour. La respiration heurtée, les lèvres légèrement tremblantes, elle resserra sa Pèlerine autour de son corps et annonça :

— Il est temps… d'ouvrir le Portail…

Les longues cohortes de prisonniers Félons sévèrement encadrées par les partisans Gracieux regardèrent passer Oksa et les Sauve-Qui-Peut. La gravité marquait leurs traits et leur expression alors qu'ils traversaient la cité saccagée. Une clameur ne tarda pas à résonner : le peuple d'Édéfia saluait celle qui avait sauvé le Cœur des Deux Mondes et ceux qui s'étaient élevés à leurs côtés contre Ocious et la tyrannie. Arrivés aux confins de Du-Mille-Yeux, ils décollèrent pour rejoindre les rives du lac Brun.

Le Portail était là, sous ses eaux noires.

Abakoum les attendait, Réminiscens à ses côtés. Ployant sous le poids de sa Boximinus, l'Homme-Fé semblait avoir vieilli de vingt ans.

— Nous nous reverrons bientôt, mon ami…, lui dit Réminiscens en serrant ses mains entre les siennes.

Abakoum opina silencieusement de la tête. Oksa s'approcha de celle qui allait prendre le relais pendant son absence.

— Merci d'avoir accepté, Réminiscens, dit-elle à la belle dame. Dans trente-trois jours, nous serons de retour.

— Je le souhaite, ma chère Oksa.

La jeune fille détourna les yeux, plus émue qu'elle ne voulait le laisser apparaître. Autour d'elle se trouvaient tous ceux qu'elle aimait. Les Cœurs Gracieux qui l'accompagneraient et aussi ceux qui resteraient là, sur cette terre perdue et retrouvée, mais pas toujours choisie.

— Je vais vous ramener Gus, je vous le promets ! s'écria-t-elle en se jetant dans les bras de Jeanne et Pierre.

Pierre « le Viking » lui prit le menton entre ses énormes doigts.

— Nous comptons sur toi, réussit-il à articuler.

La jeune fille s'essuya les yeux du revers de la main. Plus que jamais, son cœur était brisé en deux parties strictement égales. Quitter ceux qu'elle aimait pour retrouver ceux qu'elle aimait... La vie était-elle toujours aussi étrange ? Aussi injuste ?

— Trente-trois jours, Oksa..., lui glissa son père à l'oreille.

Elle pressa sa petite sacoche contre elle. Savoir qu'elle emportait avec elle les deux fioles qui allaient sauver Gus et sa mère lui procurait un réconfort sans nom. Tout cela tenait presque du miracle ! Elle sentit une main potelée se glisser dans la sienne.

— Ma Gracieuse doit agréer la réception de ma gratitude...

— Mon Foldingot, te voilà enfin ! s'écria-t-elle.

— La domesticité de ma Gracieuse rencontre l'ivresse de la reconnaissance en ajoutant sa participation à l'excursion vers Du-Dehors, fit la créature.

— Partout où je vais, tu dois aller..., décréta Oksa. C'est comme ça.

Le Foldingot rosit de plaisir.

— Oksa ? appela son père.

Elle tressaillit. Il était temps d'y aller. Temps de sauver les siens et d'honorer son destin. Sans un mot, elle serra aussi fort qu'elle le put ceux qui étaient à leur façon des Refoulés, s'attardant sur Tugdual dont la froideur la perturba.

— N'oublie pas ce que je t'ai dit, dit-elle simplement.

Par-dessus son épaule, elle aperçut Mortimer, debout à la lisière de la forêt. Elle jeta un dernier coup d'œil à Tugdual. Son regard polaire la brûla.

— Mortimer !

Les Sauve-Qui-Peut se retournèrent. Le garçon n'osait pas s'approcher.

— Viens ! lui cria Oksa.

Il hésita, puis s'avança, la tête baissée. Tous s'écartèrent pour le laisser passer, approuvant tacitement la décision d'Oksa.

La jeune fille gagna enfin le bord de l'eau après qu'Abakoum eut donné à chacun des Cœurs Gracieux un Capaciteur d'Aquapnée leur permettant de gagner le Portail sans se noyer. Oksa eut du mal à l'avaler tant sa gorge était serrée. Mais elle fut néanmoins la première à s'enfoncer dans l'eau.

— Oksa !

Elle fit volte-face en reconnaissant la voix de Tugdual.

— Attends ! lança-t-il. Je t'accompagne.

Le cœur d'Oksa virevolta dans sa poitrine. Elle s'avança jusqu'à ce qu'elle n'ait plus pied et, Tugdual à ses côtés, s'enfonça sous l'eau.

Le Capaciteur d'Aquapnée était fantastique. Sitôt avalé, il avait libéré une multitude d'alvéoles remplies d'oxygène dans les poumons des nageurs, leur donnant ainsi une autonomie de plusieurs dizaines de minutes. Débarrassés de ce problème, ils évoluaient sous l'eau, écartant les longues herbes qui flottaient comme des bannières sous-marines. L'obscurité était dense et inquiétante, seulement percée par quelques pâles rayons de soleil qui n'allaient guère plus loin que la surface du lac. Oksa fut tentée d'utiliser une Trasibule. Elle s'interrogeait encore sur les risques qu'elle aurait fait courir à la pieuvre aux tentacules éclairants quand un banc de poissons phosphorescents dépassa les Cœurs Gracieux pour se placer en tête, infimes étincelles dans les eaux noires. Guidés par cette escorte inattendue, Oksa et Tugdual avançaient à un rythme rapide, suivis par Pavel, le clan Fortenky, Zoé et le Foldingot, Abakoum et Mortimer. Cameron clôturait le cortège, ralenti par un énorme sac sanglé autour de son buste.

Enfin, le Portail apparut.

Oksa s'était attendue à quelque chose de somptueux, de grandiose. Mais le Portail s'avérait beaucoup plus modeste, une simple arche de pierre plate, couchée à même la vase au fond du lac et garnie d'une porte en fer forgé à l'allure séculaire. En quelques brasses, Oksa l'atteignit. Elle voulut parler à Tugdual, mais seules des bulles d'air sortirent de sa bouche. Alors, Tugdual la rejoignit, toucha ses lèvres du bout des doigts et la força à se retourner vers le Portail pour ne plus le regarder. « Trente-trois jours... », lui avait rappelé Pavel.

Tous les Cœurs Gracieux l'entouraient maintenant.

Le moment était arrivé. Incroyable… Une des deux clés se trouvait dans sa tête. Elle se concentra, rassembla les mots et les répéta soigneusement en bougeant à peine les lèvres. Fiévreuse, elle regarda son père et ses amis : le Portail venait de vibrer au fond de l'eau en soulevant un nuage de vase. Tous se rapprochèrent pour observer avec fascination le rai de lumière vive qui s'accroissait à chaque seconde.

Puis le Portail fut grand ouvert.

Sans réfléchir, Oksa sauta à pieds joints et disparut dans la lumière. Aussitôt, les gonds grincèrent sourdement : le mouvement de fermeture s'enclenchait déjà. Il ne fallait pas perdre de temps ! Tous se précipitèrent pour passer les uns après les autres.

Quand ce fut son tour, Cameron marqua un temps d'arrêt. Le Portail allait se refermer dans quelques secondes. Il scruta les profondeurs du lac, fit un large sourire et sauta.

Deux silhouettes chargées de sacs se faufilèrent derrière lui. Un instant plus tard, le Portail se fermait à nouveau et disparaissait entre les herbes sombres.

58

Il y a tellement de choses que tu ignores de moi…

Le processus était le même que celui qui avait conduit les Sauve-Qui-Peut de Du-Dehors à Édéfia et les sensations en tous points identiques, si ce n'était la lumière, vive au point d'aveugler les Cœurs Gracieux. Aspirés par une force hors norme, ils furent emportés dans des dimensions dont ils ne pouvaient avoir qu'une conscience diffuse. La vitesse à laquelle ce passage se faisait dépassait les facultés de perception des humains qu'ils étaient. Tout ce qu'ils pouvaient saisir, c'était une formidable énergie contre laquelle ils ne pouvaient absolument rien.

Oksa essaya de se retourner pour vérifier si tout le monde était là. Quand elle tourna la tête, ses cheveux fouettèrent si violemment son visage qu'elle préféra renoncer. De l'intérieur de sa sacoche lui parvinrent les informations communiquées par son Culbu-gueulard sur la vitesse de déplacement, l'orientation, le taux de pénétration dans l'air, la température, l'humidité… Elle ne put s'empêcher de sourire, ferma les yeux et, comme tous ceux embarqués avec elle, elle se laissa transporter avec, au fond du cœur, l'impatience d'arriver enfin à destination.

Ce ne fut pas très long, quelques minutes tout au plus. Et quand elle vit où le destin avait décidé de l'éjecter, elle se dit que le voyage avait été exceptionnellement court.

Elle avait tout de suite su où elle venait d'arriver. Comment ne pas reconnaître la fontaine de Trafalgar Square quand on habitait Londres ? Oksa était passée cent fois devant quand elle allait à St. James Park. Le problème, c'était que la fontaine était loin de représenter l'endroit le plus discret pour atterrir d'un autre monde… Quand Pavel émergea à son tour en éclaboussant tout autour de lui, les passants ne manquèrent pas de montrer leur surprise, voire leur désapprobation. Heureusement, il faisait nuit, les badauds étaient rares et les Cœurs Gracieux qui jaillissaient tour à tour passèrent davantage pour des ivrognes irrespectueux des lieux publics que pour ce qu'ils étaient réellement.

Abakoum, Mortimer, Galina… Ils débouchaient tous de l'eau claire de la fontaine, hébétés mais soulagés de se retrouver ensemble à Londres. Un double avantage inestimable !

— Tu imagines qu'on ait été éjectés aux quatre coins du monde ? fit Oksa en se serrant contre son père.

— Ne m'en parle pas…, marmonna Pavel.

Le Foldingot surgit à son tour, trempé et livide. Il se précipita vers Oksa.

— Ooohhh, ma Gracieuse ! Votre domesticité fait l'apport d'un message farci d'alarme !

Soudain préoccupée, Oksa se pencha pour se mettre à son niveau. Ses yeux roulaient dans leurs orbites, globuleux et paniqués. De toute évidence, ce n'était pas la fraîcheur de la nuit qui le faisait trembler comme une feuille.

— Que se passe-t-il ? souffla Oksa.

À quelques mètres, les Cœurs Gracieux continuaient d'émerger un à un de la fontaine. Zoé, les jumeaux de Cameron, les filles de Galina…

— Des Cœurs Gracieux supplémentaires ont connu le franchissement du Portail, ma Gracieuse.

Oksa fronça les sourcils.

— Réminiscens ?

Elle connaissait le caractère parfois impulsif de la vieille dame. Au dernier moment, peut-être avait-elle voulu rejoindre Abakoum ? Le Foldingot gémit.

— Deux Cœurs Gracieux ont fait l'ajout de leur présence aux côtés de celui qui a réalisé le revêtement du cousin de ma Gracieuse.

Oksa regarda son père et Abakoum, le cœur à la renverse. Au moment où elle se redressait, Cameron apparut dans la fontaine, son énorme sac dans le dos. Ils étaient là tous les douze. Ils avaient réussi ! Cameron sortit de l'eau, aidé par Galina, sa sœur, et, debout sur les marches de pierre, il rajusta ses vêtements trempés et lissa ses cheveux en arrière. Des gestes qui mirent Oksa mal à l'aise sans qu'elle arrive à savoir vraiment pourquoi. Et l'inquiétude affichée par Pavel et Abakoum n'était pas faite pour la rassurer.

— Cameron, ça va ? demanda l'Homme-Fé, la main plongée dans la poche de sa veste.

— Je ne pourrais aller mieux ! répondit Cameron avec exaltation.

Oksa se raidit. Quelque chose ne tournait pas rond. Les sens en alerte, Zoé et Mortimer s'approchèrent, les bras le long du corps, Crache-Granoks à la main. Derrière Cameron, l'eau de la fontaine bouillonnait furieusement. Un couple de passants se détourna, peu rassuré par ces hommes et ces femmes trempés qui se regardaient avec défiance. Oksa eut juste le temps de pousser son Foldingot derrière elle. Ils allaient finir par se faire remarquer… D'ailleurs, les *bobbies* qui patrouillaient plus loin ne se dirigeaient-ils pas vers eux ?

Alors que les bouillons s'amplifiaient à l'intérieur de la fontaine, deux masses sombres se dessinèrent au fond de l'eau. Le Foldingot avait raison. Paniquée, Oksa reprit en pensée la liste des Cœurs Gracieux. Elle eut la réponse avant de pouvoir arriver à son terme : un homme bondit hors de l'eau et se posta aux côtés de Cameron !

Gregor. Gregor McGraw.

Tout le monde se mit en position de défense. Intrigués, les *bobbies* pressèrent le pas.

— Cameron ? Qu'est-ce que ça veut dire ? bredouilla Galina en voyant son frère poser la main sur l'avant-bras de Gregor.

— Cameron n'a pas franchi le Portail, Galina…, murmura Abakoum d'une voix décomposée.

Illustrant tragiquement ces paroles, les traits de Cameron se mirent à fondre comme un masque de cire pour laisser apparaître celui qui les avait tous dupés : Orthon.

— Eh non, Cameron n'a pas franchi le Portail ! fit-il d'un air triomphal.

Les trois fils de Cameron poussèrent un cri désespéré. Un vertige saisit les Cœurs Gracieux. Si Orthon s'était métamorphosé en Cameron, qui était celui qui avait été pulvérisé en mille éclats de verre ?

— Et je ne remercierai jamais assez ce cher Cameron de m'avoir cédé sa place ! ironisa le Félon.

— Je vais te tuer…, lança Galina, la mine défaite.

— Hé ! Vous là-bas ! appela l'un des *bobbies*. Qu'est-ce que vous faites ? Arrêtez ça tout de suite !

Les bouillons étaient maintenant si forts qu'ils faisaient déborder l'eau de la fontaine.

Enfin, le dernier Cœur Gracieux apparut, enjamba le rebord de pierre et jeta un regard ravagé de désespoir à Oksa. Puis, au lieu de la rejoindre, il laissa Orthon et Gregor l'étreindre avant de disparaître à leurs côtés dans le ciel londonien.

Les policiers s'éloignèrent en jonglant gaiement avec leur casque, l'esprit dévié de la réalité par les Hypnagos qu'Abakoum venait de leur lancer in extremis. Éparpillés sur les marches de la fontaine de Trafalgar Square, Oksa et les siens encaissaient le choc et la Jeune Gracieuse était sans aucun doute la plus affectée.

Tugdual.

Tugdual était un Cœur Gracieux.

Et il était parti avec Orthon.

Tout s'était effondré en quelques secondes.

Elle ne pouvait même pas pleurer. Pour cela, il aurait fallu qu'elle comprenne. Son père mit son bras autour de ses épaules et la serra contre lui. Sur les marches devant elle, Zoé et Mortimer étaient assis côte à côte, abattus, le dos voûté. Tout le monde restait muré dans sa propre douleur.

Le Foldingot s'approcha d'Oksa d'un pas pesant et posa sa main grassouillette sur son avant-bras.

— Qu'as-tu essayé de me dire que je n'ai pas su entendre ? lui lança-t-elle dans un souffle.

Le Foldingot secoua sa grosse tête et renifla bruyamment. Mille pensées s'entrechoquaient dans l'esprit de la jeune fille, les souvenirs affluaient, en quête d'une explication, alors que certains mots prenaient un sens nouveau.

« Il y a tellement de choses que tu ignores de moi, ma P'tite Gracieuse… »

« Ne cherche pas à tout savoir… »

Une scène lui revint en mémoire. Orthon et Tugdual, chacun d'un côté de l'Égide, projetés l'un vers l'autre, puis violemment repoussés. Qu'avait alors dit le Foldingot ? « La confrontation des Cœurs Gracieux fait l'entraînement de conséquences farcies de gravité sur l'équilibre des esprits. » Oksa grimaça. Elle avait cru qu'il parlait d'Orthon et d'elle. Quelle sinistre erreur… Car s'il s'agissait bien d'Orthon, c'était le Cœur Gracieux de Tugdual qu'il venait d'affronter, pas le sien !

— La domesticité de ma Gracieuse a été dans l'incapacité d'offrir des réponses à des questions qui n'ont pas été attribuées…, dit le petit intendant.

Oksa tressaillit et se prit la tête entre les mains. Elle le savait pourtant : son Foldingot ne faisait que répondre aux questions qu'on lui posait. Et à aucun moment elle ne lui avait demandé ce qu'il fallait.

— Ma Gracieuse ne doit pas ensevelir son cœur de reproches, poursuivit la créature. Aucun indice n'avait le pouvoir de faire l'éveil d'un soupçon sérieux sur le petit-fils des amis Knut, bien-aimé de ma Gracieuse.

Oksa s'affaissa contre son père.

— La domesticité de ma Gracieuse donne la confirmation de ce qui a été prononcé dans le passé : le petit-fils des amis Knut, bien-aimé de ma Gracieuse, a en sa possession un cœur sombre, mais comblé de pureté.

— Tu crois vraiment ? fit la jeune fille d'une voix amère. Eh bien, permets-moi d'en douter.

— C'est une assurance, ma Gracieuse. Le cœur de son bien-aimé a fait la réception d'une révélation qui a conçu la pollution de tout son être.

Le Foldingot s'interrompit, hésitant. Les larmes aux yeux, Oksa l'encouragea d'un geste tendre.

— Ma Gracieuse accepte-t-elle désormais la réception de la vérité ?

Elle acquiesça, triste et résignée.

— Le bien-aimé de ma Gracieuse fait la possession d'une filiation clandestine. Dix-sept ans et quelques mois avant aujourd'hui, Orthon, le Félon honni et toujours plein de vie, a fait l'exploitation de la métamorphose auprès d'Helena Knut. Il a commis le vol de l'apparence de Tyko Knut et produit l'enfantement avec Helena sans qu'elle ait la connaissance de cette subtilisation d'apparence.

— Tu veux dire qu'Orthon s'est métamorphosé afin de se faire passer pour le mari d'Helena ? l'interrompit Oksa.

Elle n'osait penser à la suite, pourtant si prévisible.

— Helena Knut a toujours été dans l'ignorance de cette tromperie, reprit le Foldingot. Neuf mois plus tard, elle devint la mère du bien-aimé de ma Gracieuse.

Cette sinistre confirmation fit l'effet d'un coup de poignard dans le cœur d'Oksa et des siens. Orthon était vivant. C'était déjà terrible. Mais Tugdual était son fils. Et rien ne pouvait être pire.

— Un avertissement doit être fourni, ma Gracieuse : son bien-aimé a fait l'acquisition de la révélation de ses origines il y a peu de jours. Son cœur a enduré un tourment colossal et rencontré le plongeon dans une puissante noirceur.

— Pourquoi n'en a-t-il pas parlé ? bredouilla Oksa, le visage couvert de larmes.

— Le Félon Orthon produit la détention absolue sur l'esprit du bien-aimé de ma Gracieuse. Le jeune homme ne fait la possession d'aucune félonie. Seule sa parenté produit l'action sur sa volonté personnelle.

— Orthon le manipule…

— Dans l'intégralité, ma Gracieuse, assura le Foldingot.

Oksa se leva, les épaules tombantes, le cœur explosé en un milliard de morceaux, et s'éloigna de la fontaine. D'un coup de pied rageur, elle expédia à plusieurs centaines de mètres une canette vide qui se trouvait sur son chemin. Elle se retourna et regarda les siens. Puis elle s'envola comme une flèche, direction Bigtoe Square.

Elle avait cru connaître le pire.

Mais il ne faisait que commencer.

L'annonce de la gratitude

Les remerciements rencontrent le choix de cibles abondantes et fort estimées par le duo romancier :

Les membres du Pompignac XO établis dans les étages supérieurs de la Colonne de Verre parisienne sous l'égide du Gracieux Bernard.

Toutes et tous font la fourniture du labeur colossal à chaque degré et doivent impérieusement recueillir la reconnaissance dénuée de limites.

Tous les maillons de la chaîne livresque, libraires, bibliothécaires, documentalistes, professeurs, journalistes, dont l'implication farcie d'enthousiasme apporte la contribution à la croissance d'Oksa.

Les Pollockmaniaks aux âges, origines, sensibilités, tempéraments chamarrés, dont la ferveur constitue la fabrication d'un terreau bondé de nutriments et de solidité.

Les éditeurs étrangers et traducteurs des maints pays, avec l'accompagnement de leurs administrateurs de sites et de feuilles Facebook, grâce auxquels Oksa rencontre le développement polyglotte et la multiplication des amis.

Enfin, et pas du tout des moindres, celles et ceux qui ont offert le prêt de leurs oreilles, de leur présence et de leur complicité pour des parenthèses à la valeur inestimable.

Qu'ils aient la volonté de se reconnaître.

Les accompagnements indispensables

La Foldingote Anne produit généralement la rédaction des aventures d'Oksa avec la présence calorifique de son chat et l'escorte musicale.

L'écriture des *Liens maudits* a ainsi rencontré la cadence régulière et mélodieuse de ces sources :

Massive Attack – *Heligoland*
Depeche Mode – *Remixes 2 : 81-11*
Dave Gahan – *Hourglass*
Lisa Gerrard – *The Black Opal*
Morrissey – *Vauxhall and I*
Hans Zimmer – *Inception (Bande originale du film)*

Ouvrage composé par
PCA – 44400 Rezé

Cet ouvrage a été imprimé
en Espagne par

Liberdúplex
Sant Llorenç d'Hortons (Barcelone)

Dépôt légal : avril 2014
Suite du premier tirage : février 2016

MIXTE
Papier issu de
sources responsables
FSC® C003309
FSC
www.fsc.org

Pocket Jeunesse, une marque d'Univers Poche,
est un éditeur qui s'engage pour
la préservation de son environnement
et qui utilise du papier fabriqué à partir
de bois provenant de forêts gérées
de manière responsable.

PKJ• www.pocketjeunesse.fr
POCKET JEUNESSE

12, avenue d'Italie – 75627 PARIS Cedex 13